画梁春尽落香尘

刘心武 妙解红楼

刘心武 著

北京联合出版公司
Beijing United Publishing Co.,Ltd.

图书在版编目（ＣＩＰ）数据

画梁春尽落香尘：刘心武妙解红楼 ／ 刘心武著．——
北京 ： 北京联合出版公司，2019.9 （2023.3 重印）
ISBN 978-7-5596-3348-4

Ⅰ．①画… Ⅱ．①刘… Ⅲ．①《红楼梦》研究 Ⅳ．
① I207.411

中国版本图书馆 CIP 数据核字（2019）第 113904 号

画梁春尽落香尘：刘心武妙解红楼

作　　者：刘心武

出 品 人：赵红仕
责任编辑：宋延涛
封面设计：吴黛君

北京联合出版公司出版
（北京市西城区德外大街83号楼9层 100088）
北京新华先锋出版科技有限公司发行
天津旭丰源印刷有限公司印刷　新华书店经销
字数200千字　620毫米×889毫米　1/16　22印张
2019年9月第1版　2023年3月第2次印刷
ISBN 978-7-5596-3348-4

定价：79.00元

自　序

"画梁春尽落香尘"，这是《红楼梦》第五回里，概括金陵十二钗中排名十二的秦可卿命运《好事终》曲的头一句。

秦可卿到《红楼梦》第十三回就死掉了。现在我们看到的各种版本里，按情节描述，她似乎都死于疾病。但在第五回里，关于她的册页里，"画着高楼大厦，有一美人悬梁自缢"，很明显，在作者原来的构思里，她其实是上吊而死的。《好事终》曲的头一句，是把"高楼大厦内美人自缢"这个画面诗化了。我很早就对这个《好事终》曲疑窦丛生。对于贾府也好，对于秦可卿也好，究竟有什么"好事"没能成功竟至于"终了"？"画梁""春尽""香尘"这些意象中究竟蕴含着些什么玄机？作者为什么后来要删改关于秦可卿的文字？

从 20 世纪 90 年代初到如今，我顺着以上线索做了一番探究，到目前已积累了十年成果。我诉诸的文字，不仅有学术论文，也有学术随笔，更有别开生面的探佚小说。这本书就是这些成果的一次展现。

《红楼梦》研究早已形成一门特殊的学问，世称"红学"。"红学"早有许多分支：首先是研究其思想内涵和艺术成就的一大支，包括人物论，然后有关于其作者与家世的研究，构成了"曹学"；再有版本学，有研究传世抄本里多以脂砚斋署名批语的"脂学"，有研究其中大观园的"园学"，研究其中诗词歌赋当然也是一个不可小觑的分支，就连研究其中节庆风俗、器物服饰、烹调茶食也构成了耀眼的分支。我的研究，因为是从探究秦可卿之谜入手，十年前就有人戏称我搞的是"秦学"，原来我听了挺不好意思的，现在我要坦率地告诉读者，积十年研究，我的心得已自成体系，把这一体系概括为"红学"研究的一个新分支，命名为"秦学"，不但是未为不可，而且完全当得起了！谦虚固然是美德，但眼下中国更应提倡的是创新的勇气，而创新，首先是要开创新的思路！

我的"秦学"研究，一步步地突破。有人说"红学"研究难在"话已说尽"，我却以为难在突破旧框框，突破旧框框就必须善察能悟。在这本书里，读者可以发现，至少以下这些察觉憬悟，是百多年来"红学"研究中前人未及道出的：

秦可卿的出身，按作者原来设计，不但未必寒微，她实际是有着"义忠亲王老千岁"家族的血统；

秦可秦遗言谶语"三春去后诸芳尽，各自须寻各自门"中的"三春"不是指人，而是指三个春天；

太虚幻境四仙姑的名称，不是随便那么一取，而是影射在宝玉一生中至关重要的四位女性；

芦雪庵联诗，其实是曹雪芹为家族和自己写下的传记；

......

我的研究，得到"红学"前辈大师周汝昌先生的热情鼓励与细心指点。我们完全是君子之交。到目前为止，我只到他家拜访过一次，另在一些公众场合大约见过三四次。我们的主要交流方式是通信，以及在文章里呼应、切磋。周先生看到我一些文章，会主动给我写信。他一眼视力为 0，另一眼视力仅 0.1，写下的字每个有蚕豆甚至核桃那么大，往往互相重叠，常常落款为"盲友"，每当展读，我都感动莫名。他有时还口占一绝赠我。这本书里引录了周先生一些文章、书信，为了使读者能够知道他是为了我哪篇文章而写来的，所以被当作我的文章的附录印在后面。其实他的这些文章和信件都有极其珍贵的独立学术价值，相信将来周先生出全集时会悉数收入，这本书对这些文字的排入方式实为不恭，恳盼周先生和读者见谅！

这虽然是一本"红学"著作，但因为我本来是个写小说和随笔的，所以，自信我的笔触让读者读来绝不会感觉枯燥。我把最新的一篇《帐殿夜警》排在最前面，笔法像小说，但所据资料都很严谨，内容很学术，通体可以说是文史大随笔；读完这篇，一般读者可以马上去读书中最后的三篇探佚小说，阅读它们应该是很过瘾的。其余文章，则可以慢慢地挑着读。我希望这本书也能成为一般读者消遣、消闲、怡情悦性的读物。

当然希望而且殷殷地等候着批评指正。"红学"研究是公众共享的文化空间，无论是机构还是个人，谁能垄断这个话语空间呢？推动"红学"发展的方式之一，就是进一步加强这个话语空间的共享性。共享的方式，可以是嘤嘤求友，更可以是切磋争鸣。我的"秦学"研究之所以能发展到今天，也是一些饱学之士对我驳诘与我争鸣给了我很大的推动力，比如陈诏先生。我希望这本书也能有所反响，引出读者的讨论。

刘心武

2003 年 2 月 18 日

温榆斋

目　录

○ 红学探佚小说

红学论说·阅红随笔

帐殿夜警

1

康熙四十七年（1708年）深秋，北方已然草木凋零，江南山水却还没有卸去彩装，表面上生活如常，但茶楼酒肆里，渐有流言令人惊骇，从贴耳细语，到叩案喊喳，很快地，这动向就被皇帝的耳目获悉。

康熙在江南最大的耳目，就是江宁织造曹寅。那一年他51岁，给皇帝当差之余，他弄文学、玩藏书，当时他校刊了自己喜爱的闲书《楝亭五种》及《楝亭十二种》不久，其中有一卷是《糖霜谱》，专讲精致甜食中一个小类别的制作工艺，可见他的闲情逸致有多么丰富细腻，生活状态是多么优裕高雅。但当他搜集到那流言时，真是如雷灌顶，心乱如麻，他还没来得及向皇上汇报，邸报就到，邸报的内容，竟证实了流言不诬，于是他赶忙写下奏折，其中说："臣于本月二十二日得邸报，闻十八阿哥薨逝，续又闻异常之变。臣身系家奴，即宜星驰北赴，诚恐动骇耳目，反致不便。二十三日以来，民间稍稍闻知，皆缎布两行脚力上下之故。将军、总督严禁盗贼。

目下江南太平无事。米价已贱。"这奏折写得既情真意切，又很技巧——把流言出现的时间列在官方内部通报之后，查明流言的来源是流动于南北的为商行运输绸缎与布匹的脚力，同时表示已注意在此关键时刻"严防盗贼"，更以"江南太平"与"米价已贱"安慰圣上。

2

邸报里所说的十八阿哥，是当时康熙已有的二十个序齿儿子之一，薨逝时才八岁。康熙虽然儿子这么多，但他的父爱绵厚无边，对这个爱嫔王氏所生的十八阿哥，那时尤为宠爱，那一年循例的木兰秋狝，他不仅让众多已是青年或少年的王子随行，还特别把十八阿哥带在身边，北方的秋天昼夜温差很大，这样的武装旅行对一个八岁的儿童来说并不适宜，果然，半路上十八阿哥就发了病，以今天的眼光，那病症大概是腮腺炎，并非绝症，但那时的太医们竟不能救治，康熙搂着爱子，殷殷祷祝，甚至说宁愿牺牲自己的健康，来换取十八阿哥的生命，高烧的十八阿哥在八月底一度病情好转，康熙欣喜若狂，但好景只是一闪，到九月初二早晨，十八阿哥撒手人寰，康熙悲痛欲绝。

如果单是十八阿哥薨逝，民间缎布商行的脚力也许没有多大散布其消息的兴致，但随之发生的，即曹寅在奏折中所不能明书只能暗喻的"异常之变"，那才是朝野不能不关注的，缎布商行脚力从北京回到江南一路上所散布的流言，就是这个"异常之变"。

怎么个异常之变？

倒退三十三年，康熙十四年底（按公历已是 1676 年），康熙立嫡子（若论大排行则是二阿哥）胤礽为皇太子，当时胤礽还不足两岁。皇太子从小得到娇宠，懂事后康熙请来当时硕儒教他功课，并遵从祖训教其骑射，五周岁就在狩猎中射中过一鹿四兔。在康熙精心培养下，皇太子满、蒙、汉文皆娴熟，精通四书五经，书法也很好，善作对子，十多岁时就写出过"楼中饮兴因明月，江上诗情为晚霞"的名对。成年后辅助父王处理国事，显示出政治方面的才干，康熙几次出征时都曾委托他留京代理政事，对他的表现大加赞扬，说他"办理政务，如泰山之固"。后来虽然对他的一些缺点有所批评，如指出他对发往父王率军出征地的包裹捆绑不严多有到达后破损的，应及时改进等等，但总的来说，至少从表面上看，胤礽的接班当政，只是一个时间问题，绝对不会有什么"异变"。在长达三十多年的时间里，像曹寅那样的皇家亲信，也都习惯了在效忠康熙皇帝的同时，也效忠皇太子胤礽，这贯穿在他们的思维与行为当中，丝毫不曾动摇过。可是，万没想到的是，康熙四十七年九月初六，康熙废黜了皇太子，并昭示天下。

这场"异常之变"，不仅使曹寅的心灵蒙上了阴影，而且，一直影响到他的子侄以至孙辈。

3

"异常之变"的触发事件是"帐殿夜警"。

所谓帐殿，就是木兰秋狝时皇帝驻跸的营帐。据康熙自己说，胤礽除了他早已发现的不肖种种之外，"更有异者，伊每夜逼近布城裂缝向内窥视……令朕未卜今日被鸩、明日遇害，昼夜戒慎不宁，似此之人，岂可付以祖宗弘业！"

究竟有没有"帐殿夜警"这回事情？和宋代的"烛光斧影"、明代的"梃击""红丸""移宫"等宫闱疑案一样，清代康熙朝的这个"帐殿夜警"事件，也相当地迷离扑朔。康熙在宣布废黜皇太子时，当着己被绑缚的胤礽以及陪绑的几个王子，还有重臣和供奉于朝廷的西方传教士，愤激地历数胤礽的罪行，吐露出许多的旧恨新仇，特别是胤礽在幼弟十八阿哥病笃父王焦虑万分的情况下，竟然无动于衷，毫无忠孝义悌，说到竟然偷窥圣躬居心叵测，痛哭仆地，大失威严常态。但数日之后，康熙略微冷静些，就觉得皇太子似乎是疯癫而非谋逆，回京途中，大风环绕驾前，康熙认为是天象示警，回銮后他又分别梦见了祖母孝庄皇太后和胤礽的生母皇后赫舍里氏，前者是立胤礽为皇太子的决策者之一，后者是他最爱的女人，梦里两位女士都面有不悦之色；这之间，查出是庶出的大阿哥利用蒙古喇嘛巴汉格隆以巫术镇魇了胤礽，嗣后他连续召见了几回胤礽，发现胤礽疯态消失，他也就心里越来越宽慰。四个月后，他复立胤礽为太子。

雍正当了皇帝以后，因为他很可能是矫诏盗位，所以，大肆修改康熙朝的档案，有的干脆就毁掉，他那时候关于"帐殿夜警"的版本里，说是康熙曾在夜半觉得有人逼近帐殿里的御榻，还发出了声音，那身影声气分明就是胤礽，如果真是这样，不用别人揭发，康熙自己就是胤礽图谋弑父弑君的活见证，但康熙为什么在宣布胤礽罪状时只说他是"逼近布城裂缝向内窥视"呢？又为什么会在四个月后恢复他的皇太子地位呢？据雍正朝也没改掉的记载，胤礽被废押解回京囚禁于宫中上驷院临时帐篷内时，为自己申辩说："皇父若说我别样的不是，事事都有，只是弑逆的事，实无此心。"这大概更接近于事实。"帐殿夜警",恐怕是被人举报而非康熙自己发现的。

有历史学家指出,康熙的皇权与胤礽的储权之间的矛盾,是一步步发展、暴露、激化起来的,"冰冻三尺,非一日之寒"。康熙起头溺爱胤礽,达到相当荒谬的程度,例如他任命胤礽的奶母之夫凌普为内务府主管,不是因为此人有品德才干,仅仅为的是胤礽取用皇家诸种供应的方便;在仪注上,康熙后来后悔地说:"皇太子服御诸物,俱用黄色,所定一切仪注,与朕无异,俨若二君矣!"太子渐渐长大,对于自己的"千岁"地位自觉意识越来越深化,在父王出征时期留守京城当"代皇帝"很过了把瘾,其党羽也日益增多,且在权力欲望上往往更表现出急迫张狂,这就更强化了胤礽"何日为万岁"的心理趋向。但康熙身体健康、精力充沛,是个长寿之君,胤礽隐忍的接班欲望,与康熙不到寿终绝不放权的明显态势,导致了他们父子君臣关系难保平衡的悲剧性结局。历史家从政治视角如此分析当然非常有道理。但作为活生生的个体存在,康熙也好,胤礽也好,其心灵都是非常复杂的,他们的冲突里,应该也杂糅着另外的、非政治性的、与权力、财富不一定结合得那么紧密的心理的、情感的冲突。这个领域应该由文学艺术去切入。

会不会有文学家,乐于来描写康熙四十七年八月底到九月初那些日子里,木兰秋狝营帐中发生的故事呢?特别是在夜深人静之时,皇太子"逼近布城裂缝向内窥视"的诡谲一幕……但写这样的小说至少要了解一下当年"帐殿"的布局。据史料,秋狝之典参与者总数可达一万数千人,所有人员包括皇帝均宿帐幕,届时设行营卡座,各按秩序排列,中间的黄幔城是皇帝居所,外加网城,设连帐一百七十五座，是为内城；外城设连帐二百五十四座，又有警跸帐；整个营盘内圆外方；再外围是蒙古等诸王公、台吉营帐。皇太子的营帐可以想见是在皇帝御帐附近，但深夜躲过密布巡逻值守的人员，私自逼近御帐，绝非易事，要想使小说情节符合逻辑，特别是细节合理，下笔可不那么轻松。我们都知道1919年新文化运动之前的中国文言文是没有标点的，"逼近布城裂缝向内窥视"这个句子，现在引用者多加标点断句为"逼近布城，裂缝向内窥视"，这镜头实在恐怖，因为"裂缝"作为动词，那胤礽彼时就非动用匕首等利器不可，杀气弥漫；但若另行断句理解为"逼近布城裂缝，向内窥视"，那就无须使用利器，胤礽的形象也非凶神恶煞，而是被窥视欲的心火烧得癫狂的一个可怜虫了。试问，御帐会有"裂缝"吗？如果把"裂缝"理解为"破开的缝隙"，当然不可信，但帐幕毕竟是由若干块布幔叠围合成，用手拨开便可出现"裂缝"的部位未必没有……

"帐殿夜警"，究竟是怎么一回事？其原生态的真相，永难揭示了。

4

"帐殿夜警"之后，又发生了许多戏剧性的变故。上面提到四个月后，胤礽复立为皇太子。但"帐殿夜警"一事倘不是康熙亲自发现的，那么，是谁向康熙告的密？康熙始终不曾揭破此谜。当时随扈皇帝的诸王子里，年龄比较大的是大阿哥胤禔（36岁）和十三阿哥胤祥（22岁），他们都属于反皇太子的阵营，在秋狝营帐中的位置应该接近父王与皇储，因此很可能是他们向康熙告的密。胤禔很快又被三阿哥揭发，是他利用蒙古喇嘛魇了皇太子致疯，后来果然在他的府邸里搜出了用来镇魇的木偶多具，康熙盛怒之下将他削爵圈禁，他的余生在圈禁中度过，雍正十二年（1734 年）63 岁时死于禁所。胤祥的遭遇很奇怪，他在康熙三十三年（1694 年）第一次分封王子时因为还小，未受封可以理解（那一次只封到 13 岁的八阿哥），但在太子复位后康熙四十八年（1709 年）的分封里，连十四阿哥都受了封，唯独他未受封，这情形一直持续到康熙薨逝，雍正上台后他才受封为怡亲王。康熙为何不封他爵位？在未予说明中，我们可以悟出，他在"帐殿夜警"事件里一定是扮演了告密者的角色，这角色为父王所需要，却又为父王从内心里鄙视厌恶。而雍正对他的重赏重用，恐怕也是内心里感谢他"亏得告密出了个'帐殿夜警'事件，要不胤礽说不定就真从千岁变成万岁了"。

胤礽在度过"帐殿夜警"的危机以后，最终还是没有获得康熙的信任，康熙五十一年（1712 年），康熙宣布胤礽复立后"狂疾未除，大失人心，断非可托付祖宗弘业之人"，再次将他拘执看守，近 40 岁的废太子此后也就在圈禁中度过余生，雍正二年（1724 年）51 岁时死于禁所。胤礽二次被废后，八阿哥一度觊觎储位，闹出许多风波，但未得逞。康熙以立储失败为训，不再公开对接班人的选择，有的历史学家称他是尝试秘密立储，有许多证据显示，他秘密选定的接班人是十四阿哥，但突然袭来的死亡，使他的苦心付诸东流，其结果是一般人最没想到的四阿哥登上了宝座，是为雍正皇帝。雍正上台后，陆续对他认为威胁自己地位的兄弟下毒手，被修理得最厉害的是八阿哥与九阿哥，他将他们削去宗籍，一个被叫作阿其那，一个被叫作塞思黑，这两个满语恶名究竟是什么意思，民间有说是"狗"与"猪"的，史家有考证出是"俎上冻鱼"与"讨人厌"的，总之是将其"臭名远扬"，后来这两个人都突然吐泻身亡，演出了康熙子嗣间骨肉相残的最阴冷一幕。十四阿哥是雍正的同母兄弟，民间传说雍正是在步军统领隆科多对其他王子封锁康熙病危消息的情况下，将康熙遗诏"传位十四王子"中的"十"描改为"于"的，又说遗诏里写的是名字，十四阿哥的名字是示字旁一个贞，四阿哥的名字是示字旁一个真。则作伪的手法为从"正大光明"匾后取出遗诏，将"贞"描改为"真"。但历史学家指出，将遗诏放在"正大光明"匾后面直到皇帝驾崩才能取看的做法恰是雍正才定下的规矩，康熙时并无此举，而且十四阿哥与四阿哥的满文书写方式差异明显，当时的诏书全得满汉文对照很难描改；但又有历史学家说已查到故宫档案，雍正公布的康熙传位于他的遗诏并非一个句子而是很长一段文字，不过经对比研究，疑点很多，而且那满文似乎是从汉文回译的，与当时先有满文再汉译的规矩不合，所以，仍可得出雍正矫诏的结论；其实，雍正登基不久就把拥戴他的隆科多、年羹尧治了罪，这显然是为了"堵嘴"，也无异于自曝其心虚。十四阿哥的命运比八阿哥、九阿哥略好，他先被派去守陵，后被圈禁，到乾隆时复爵直至郡王，活到68岁才死。

5

废太子在雍正二年就死了，但关于他的故事仍在继续。这就像曹寅死了，曹家的故事还要继续搬演下去一样。实际上头一个故事始终笼罩着，或者更准确地说，决定着第二个故事。

雍正韬晦到 45 岁才登上皇帝宝座，但在 58 岁时就突然薨逝了。雍正上台时，曹家是曹頫在当江宁织造。曹寅死了以后，康熙又让曹寅唯一的亲儿子曹颙继任，没想到曹颙又死了；曹寅母亲孙氏是康熙幼时的保姆（教养嬷嬷）之一，康熙南巡时以曹寅的织造署为行宫，孙氏朝谒，康熙见之色喜，且劳之曰："此吾家老人也。"御书了"萱瑞堂"大匾以赐。康熙对曹家感情很深，视曹寅为"嬷嬷兄弟"，曹寅、曹颙全死了他也还是要曹家当织造，曹頫就是在这种情况下，由侄儿过继给曹寅未亡人充曹寅之子，继任江宁织造的。雍正对曹家可是一点感情也没有，要说有感情那也是反面的厌恶之情，雍正五年（1727 年）抄了曹家，雍正六年将曹頫一家逮京问罪。其后曹家在雍正朝的阴暗日子虽然情况不详，总还多少留下了些档案材料与其他零星文字。

乾隆一上台，便收拾其父王所留下的政治残局，对雍正的政敌，他放的放，赦的赦，加恩笼络，推行皇族亲睦的明智政策，总体而言，大有效果。皇族里的历史遗留罪愆既然淡化乃至过往不究，相关的官僚的命运也就大有改善。正是在这种政治气候里，曹頫的亏空欠额一风吹，重新被内务府任用，曹家又恢复了小康，乃至很快达到贵族里"中等人家"的生活水平，这时曹頫的儿子曹雪芹，已进入少年时代，很过了几年温柔富贵乡里的甜蜜生活。具体而言，从乾隆元年（1736 年）到乾隆三年，这三个"春天"里的曹家真可谓是"春梦正酣"，仿佛从此有几百年的好日子等在前头。

但是在乾隆四年（1739 年），出现了弘晳逆案。弘晳是谁？是废太子的儿子，按血统说也就是康熙的嫡孙。"帐殿夜警"事件那一年，他已经 15 岁，而且有记载证明，康熙很喜欢这个嫡孙，甚至之所以会在一废太子四个月后再予复位，因素之一，就是二阿哥已然有了这样一个眼看成才的子嗣。二废太子时，弘晳已快20岁，是个成年人了，雍正朝时，他以理亲王的身份被安排住在了北京北郊当年叫祁县，现在属于昌平区的郑家庄（现在此庄叫郑各庄），郑家庄那么个乡下，能住得下王爷吗？不要凭空想象，需查史料，一查，原来康熙晚年就命于该处修建行宫、王府、城楼与兵丁营房，在他去世前一年建成，其中行宫大小房屋290间，游廊96间；王府大小房屋189间，饭房、茶房、兵丁住房、铺房则多达1973间，当然还配置得有花园等设施。康熙的意思，是把被圈禁的废太子移到郑家庄去，把他放在远郊那样的一个王府里软禁，这样可以改善他的待遇，而又减少了留在宫廷里图谋不轨的危险，更加上那行宫正位于每年木兰秋狝的途中，经常地途经驻跸也就严密地监视了废太子，兼以广置城楼兵丁，那王府实际上不过是座豪华监狱罢了。但康熙来不及实施这一计划，雍正加以实施，废太子死了，他让弘晳住了进去。雍正大概觉得废太子这一支对他而言已非什么威胁，像八阿哥、十四阿哥都远比弘晳更具"野兽凶猛"的特性，所以放松了对郑家庄的监视。到乾隆四年时，乾隆惊悚地发现，弘晳居然在郑家庄设立了小朝廷，"擅敢仿照国制，设立会计、掌仪等七司"，这还了得！弘晳本人"自以为旧日东宫之嫡子，居心甚不可问"，也就是说他的谋逆尚在意料之中，令乾隆震撼与伤心的是，查出的同盟者竟是这样的一个名单：主谋弘晳外，有庄亲王允禄本人及他的两个儿子，怡亲王允祥的两个儿子，恒亲王允祺的一个儿子（这些亲王名字里原来的"胤"字在雍正登基后都被他改成了"允"字）。这三家亲王本是雍正朝最受恩宠的，谁知"帐殿夜警"事过那么多年了，他们的潜意识里，仍尊胤礽为康熙的接班人，对雍正并不真正服膺，乾隆上台后那么样地实行皇族亲和的怀柔政策，他们也还是不感动，竟至于要"新账旧账一起算"，有证据显示，他们甚至于密谋要在乾隆出巡时布置刺杀，然后用弘晳来"以正帝位"！

乾隆不愧为大政治家，行事能出大手笔。他麻利地处理了这一险恶万分的政治危机。粉碎了政变阴谋后，他并不把对方的罪状全盘向社会公布，摆到明处的只是些似乎不那么罪大恶极的事情，对弘晳的处置最后也只是革去宗籍圈禁在景山东果园，三年后弘晳病死在了那里；其余的从犯处置得也都不算重，个别圈禁，有的只是革爵，有的仅是停俸。但这是对其皇族的政治犯的处置，对所牵连的一般官员，特别是像曹頫那样的包衣家奴出身的内务府人员，那就绝对地严厉无情。处理完此事后，肯定是乾隆授意销毁了相关档案，因此有关弘晳等皇族罪犯的文字材料只剩些零星片段，而像曹頫一家牵连进去后的败落，竟只让我们感觉到一个结果而全然失却了轨迹。

6

乾隆八年（1743 年）时，一位著名的诗家屈复写了一首怀念曹寅的诗，末两句是："诗书家计皆冰雪，何处飘零有子孙？"

他不知道，曹寅有个孙子叫曹雪芹，那时候虽然沦落到社会底层，却已经开始酝酿、着手撰写不朽的巨著《红楼梦》。

《红楼梦》是一部小说。小说的文本当然离不了虚构成分。但鲁迅先生在《中国小说史略》里这样概括《红楼梦》的写作特点："盖叙述皆存本真，闻见悉所亲历，正因写实，转成新鲜。"这是一把打开《红楼梦》文本的钥匙。

《红楼梦》里的贾府，以曹家为原型，荣国府堂屋悬挂着一个"赤金九龙青地大匾"，是皇帝题赐的，上面是"荣禧堂"三个大字，这素材显然就是康熙三十八年南巡驻跸曹寅织造府时所题赐的"萱瑞堂"；而"乌木联牌，镶着錾银的字迹"写的是什么呢？"座上珠玑昭日月，堂前黼黻焕烟霞"，这副小说里的对子立刻让我们联想到生活里的皇太子所撰的那个对联："楼中饮兴因明月，江上诗情为晚霞"，很可能，当年随行的皇太子，为曹家书写过他的这一得意之对。

《红楼梦》是把康、雍、乾三朝的皇帝综合在一起来写。小说里有太上皇，其实清朝直到曹雪芹逝世也没出现过太上皇，他去世三十多年以后乾隆内禅让嘉庆登位，才有了太上皇，曹雪芹不是在预言，他是写出祖辈、父辈和自己的真实感受。实际上，在康熙废黜太子之前，人们的感觉就是二君并存，康熙本人后来也说过太子的仪注已"俨然二君矣"，更具体地说，就是大家都感到犹如有个太上皇在指导"见习皇帝"联袂治国。那时朝臣在奏折里向皇帝请安时，也会同时向皇太子问安，谢过皇帝的恩，循例要再去向皇太子谢恩，因此《红楼梦》在"贾元春才选凤藻宫"一回里写道，贾政谢过皇恩后，"又往东宫去了"。《红楼梦》从第十八回后半到第五十三回，全写的是乾隆元年的事情，那一年四月二十六日交芒种节也如实写了进去，那完全取材于曹家在乾隆元年得到复苏又趋兴旺的真实情景。

在前十几回里，曹雪芹写了关于秦可卿的故事，写成后他的亲密伴侣脂砚斋让他删改，他遵从了。值得注意的是，删改后的文本里暗场出现了"义忠亲王老千岁"，他本来从皇商薛家订了"出在潢海铁网山"的"樯木",准备做自己的棺材,却因"坏了事"没能拿去,结果那"樯木"被做成了棺材,秦可卿睡了进去。秦可卿卧室里有贾府别处都没有的充斥着皇家符码的奢侈物品,她被最挑剔的贾母视为"乃重孙媳中第一个得意之人";她病得很古怪,来了个张友士给她诊病,正文里称张是"上京给他儿子来捐官"的,回目里却大书"张太医论病细穷源",蹊跷不蹊跷?据史料,废太子在圈禁时,曾利用申请派太医来给福晋诊病获准的机会,将用矾水书写的密信托医生带出,与外面的人联系;九阿哥被远逐青海时,也曾利用从西方传教士那里学得的拉丁文写成密信,与京城的同党密商。小说里"张太医"给秦可卿开出的药方,以及跟贾蓉说的那些黑话,未必不是在秘密传递某种政治信息;进了京城的张友士不敢再说自己是太医,但他如回到另立朝廷的地方,那可能就是"名副其实"的太医吧?第七回写及"送宫花",回前诗曰:"十二花容色最新,不知谁是惜花人。相逢若问名何氏,家住江南姓本秦。"她竟是与"宫花"最有缘分的"惜花人"。是曹雪芹原来要把她设计为从江南苏杭一带来到都中的,还是根据其原型有所影射?细究,则郑家庄所在清时称祁县,"秦"或谐"祁"音?现在彼处稍北尚有"秦城"的地名,而且均在白河(当年水旺如江)之南;再者,古抄本里,"林之孝"有由"秦之孝"点改痕迹(清时有王爷将自己家的仆人赠予他人之例),凡此种种,都值得玩味。第八回关于秦可卿是小官吏从养生堂抱养的野婴的"交代",显然是曹雪芹听从脂砚斋建议而打的一个"补丁"。很可能,秦可卿原型是废太子的女儿,弘皙的一个妹妹,为避祸才匿养于曹家的。

"义忠亲王老千岁"既废,曹家怎么还敢收养其女娶为"重孙媳妇儿"？几十年来，他们的关系实在是太深厚了，皇太子未废时，其乳父凌普随时到江宁织造府取银子，简直把曹家当成了太子的"银库"（姻亲苏州织造李煦家也一样），仅太子被废前的三年里，就派人从曹家和李家取银共达八万五六千两之多，这是多么惊人的数字！经济联系的背后，当然也就是政治利害，太子及其羽翼希望他们效忠到底，他们也会觉得终究还是太子扶了正对自身最有利。熬过雍正朝的艰难时期，赶上了乾隆的好政策，曹家受了益，真是枯木又逢春，但又有郑家庄"正王位"的可能出现。于是，反映到《红楼梦》里，第四十回"金鸳鸯三宣牙牌令"，就出现了"双悬日月照乾坤"的令词。这本是唐代李白的诗句，吟的是唐肃宗在乱中自己即帝位，而唐玄宗彼时还没让位于他的一段史实。在太子储位稳固时，曹家有俨然二君并存的感觉，进入乾隆朝后，因为郑家庄的另立小朝廷，弘皙俨然"根正苗壮"地要"正位"，那就更让人铭心刻骨地感到是"双悬日月照乾坤"了，但"天无二日"，日月也不能长久并悬，可让曹家怎么抉择呢？《红楼梦》的八十回后，估计曹雪芹就会节奏加快地写到贾府如何终于进退失据，从"处处风波处处愁"，发展到"忽喇喇似大厦倾，昏惨惨似灯将尽"，"树倒猢狲散"，"家亡人散各奔腾"，"好一似食尽鸟投林，落了片白茫茫大地真干净！"

于是我们也就明白了第十三回秦可卿向王熙凤梦里念的谶语"三春去后诸芳尽，各自须寻各自门"的准确含义：曹雪芹以自家从乾隆元年到乾隆三年享受了三个基本美好的春天为素材，写成该书八十回前的大部分内容，"三春去后"到了乾隆四年，弘皙案发告败，则"春梦随云散，飞花逐水流"，自"帐殿夜警"起的三十年曹家兴衰史，临近了一个湮灭的终点。真本八十回后，无论曹雪芹是否已经写出，可想而知，其构思里也绝非高鹗伪续里的那些内容。

7

康熙在一废太子时痛陈其罪，除"帐殿夜警"外，还罗列出许多方面，如"肆恶虐众，暴戾淫乱，难出诸口"，在随扈行巡时"同伊下属人等，恣行乖戾，无所不至，令朕赧于启齿"，"穷奢极欲，逞其凶恶……今更滋甚，有将朕诸子不遗噍类之势"，等等。虽是暴怒中的言词，未免夸张，但大都有根有据，隐忍多年，绝非临时拼凑。胤礽许多恶行是在光天化日、众目睽睽之下大摇大摆地干出来的，如鞭挞王公大臣，辱骂老师，娈取财货，搜集的古玩珍奇比父王还多还精……也有一些行径，如随父王南巡期间私自作狭邪游，接受讨好者馈赠的美女，交好优伶等，即康熙所"赧于启齿"的，他虽不愿公开，但也并不以之为耻，似乎还有他自己的一番"道理"。

曹雪芹不可能见到这位废太子，但他能够从父辈那里及社会传言里获得关于"帐殿夜警"以及其他的种种故事，想象出一个性格复杂的胤礽形象，也许，抛开政治视角与当时主流社会的伦理道德观念，换另一种眼光来审视，对其人其事会产生出新的解释。在《红楼梦》里，他借贾雨村对冷子兴发议论，提出了一个解释复杂人格的"秉正邪二气"说，这种由正邪二气"搏击掀发后始尽"而铸成的男女，"在上则不能成仁人君子，下亦不能为大凶大恶，置于万万人中，其聪俊灵秀之气，则在万万人之上，其乖僻邪谬不近人情之态，又在万万人之下。若生于公侯富贵之家，则为情痴情种；

若生于诗书清贫之族，则为逸士高人；纵再偶生于薄祚寒门，断不能为走卒健仆，甘遭庸人驱制驾驭，必为奇优名倡。"接下去一连举出了三十来个历代人物，其中有三位（陈后主、唐明皇、宋徽宗）是皇帝，从政治角度上看均为失败者只能做反面教员，可是从另外的角度看，他们却又未必是失败者，他们都有过诗意的生存。曹雪芹在《红楼梦》里写了贾政因为贾宝玉"不肖种种"而大施笞挞，贾政的痛恨愤怒是真诚的，也是有根据的，在他看来，宝玉的"在外流荡优伶，表赠私物"，"在家荒疏学业，淫逼母婢"，发展下去，必定酿到"弑父弑君"，所以父子恩绝，气得非活活将其打死不可。可是我们读了曹雪芹对宝玉与蒋玉菡、与金钏的相关描写，则会发现这位"秉正邪二气"的青年公子原来有着自己独特的生命追求，他不但没有恶意虐人的动机，还觉得是在诗意中徜徉。

读了《红楼梦》，再来回思胤礽"帐殿夜警"一事，我们应该对人性有更深刻的憬悟吧。

红楼探秘

——秦可卿出身未必寒微

1. 《红楼梦》中充满谜阵而秦可卿之谜最大

《红楼梦》是一部谜书。小而言之，"薛小妹新编怀古诗"十首，各首的谜底究竟如何坐实，历来的读者包括"红学"专家们亦总未能做出令人一致信服的解释。大而言之，则曹雪芹身世究竟怎么样、"脂砚斋"究系何人、全书究竟是否曾经完稿……及书中的时空描写与许多人物的命运等，至今仍是令读者探索不尽的无底谜。比如近读王蒙的《红楼启示录》（1991年北京三联书店版），宗璞在前面的"序"中就总结归纳出了许多的谜："红楼中的时间，是个老问题……各人年纪只有个大概。'姐妹兄弟'四个字不过乱叫罢了。事件的顺序也只有个大概，是'一个散开的平面'，不是一条线或多条线……贾府的排行很怪，姑娘们是两府一起排，哥儿们则不仅各府归各府，还各房排各房的。宝二爷上面有贾珠，琏二爷呢？那大爷何在呢？……贾赦袭了爵，正房却由贾政住着……宁国府在婚姻上好像很不动脑筋。秦可卿是一个小官从育婴堂抱来的。尤氏娘家也很不像样。作为警幻仙子之妹的秦可卿，其来历可能不好安排，所以就给她一个无来历，也未可知……"

《红楼梦》中最大的一个谜，是秦可卿。其他的谜，如按照曹雪芹的构思，黛玉究竟是如何死的，贾宝玉究竟是如何锒铛入狱，成为更夫，沦为乞丐，又终于出家的等，因为是八十回后找不到曹公原著了，所以构成了谜。我们在心理上，还比较容易承受——苦猜"断线谜"无益无趣，也就干脆不硬猜吧，但作为"金陵十二钗正册"中压轴的一钗秦可卿，却是在第五回方出场，到十三回便一命呜呼，是在曹雪芹笔下"有始有终"的一个重要人物，唯其作者已把她写全了，而仍放射着灼目的神秘异彩，这个谜才重压着我们好奇的心，使我们不得不探微发隐地兴味盎然地甘愿一路猜下去！

早有"红学"家为我们考证出，秦可卿并非病死而是"淫丧天香楼"，她与贾珍的乱伦，未必全是屈于胁迫，佚稿中有"更衣""遗簪"等重要篇目，这一方面的谜，现在且不续猜。现在我们要郑重提出的，是宁国府在婚姻上是否真如宗璞大姐所说"很不动脑筋"，秦可卿的出身是否真的寒微到竟是一个养生堂（即弃婴收容所）中不知血缘的弃儿？

2. 《红楼梦》中第八回的交代可疑

秦可卿的出身，曹雪芹并没有在有关她本人的情节中交代出来，是在第八回末尾，交代秦钟出身时，顺便提及了她，据人民文学出版社1982年2月第1版中国艺术研究院红楼梦研究所校注本（该校注本以"庚辰本"为底本），文字是这样的：

他（刘注：指秦钟）父亲秦业现任营缮郎，年近七十，夫人早亡。因当年无儿女，便向养生堂抱了一个儿子并一个女儿。谁知儿子又死了，只剩女儿，小名唤可儿，长大时，生的形容袅娜，性格风流。因素与贾家有些瓜葛，故结了亲，许与贾蓉为妻。那秦业至五旬之上方得了秦钟……

这段交代看似明确，实颇含混。秦业"年近七十"，估计是六十八九岁吧，抱养秦可卿，大约是在二十年前，那时他才四十八九岁；不到五十岁的壮年男子——或者我们把秦可卿的年龄算小些，那他当年也不过五十出头——怎么就一定要到养生堂去领养儿女呢？说他"夫人早亡"，丧妻后可以续娶嘛，正房不育，还可纳妾，难道是他本人无生育能力？又不然！因为他"至五旬之上"又有了亲生儿秦钟，这样看来，"夫人早亡"，似乎又说的是原配在生下秦钟不久后死去（死了十几年，从"现在"往回追溯可称"早亡"），也就是说他们夫妻二人都并无生殖力丧失的大毛病，只不过是婚后一段时间里总不奏效罢了——在当时那样的社会环境中，自然会着急，会想辙，但按最普遍最可行最讲得通也最保险的办法，应是从秦业的兄弟（无亲兄弟尚可找叔伯兄弟）那里过继一个侄儿，难道秦业竟是一位"三世单传"的人物吗？书中有铁证：不是！第十六回"秦鲸卿夭逝黄泉路"，宝玉闻讯急匆匆跑到秦家去奔丧，"来至秦钟门首，悄无一人，遂蜂拥至内室，唬的两个远房婶母并几个弟兄都藏之不迭"。婶母虽为远房但多至两个，弟兄也颇有"几个"，而且看来亲戚间关系不错，那么，秦业在五十岁上下时为什么不从那远房兄弟处过继子女，而偏要到养生堂中去抱养孩子呢？抱养孩子一般是为了接续香烟、传宗接代，按说抱养一个男孩也罢了，怎么又偏抱养了一个女孩？既抱养来，怎么又对那儿子马马虎虎，竟由他轻易地死掉，而独活下了秦可卿，既然从养生堂抱养儿子并不困难，那儿子死掉后何不紧跟着再抱养一个？这些，都令人疑窦丛生。

说秦业"与贾家有些瓜葛"，怎样的瓜葛？一个小小营缮郎，任凭与贾家有什么"瓜葛"，怎么就敢用一个从养生堂里抱来的女儿去跟人家攀亲？而威势赫赫的贾家竟然接受了！怪哉！

3. 没有可比性的"重孙媳中第一个得意之人"

按说秦可卿既是如第八回末尾所交代的那种出身，她进入贾府后，难免要受到起码是潜在的歧视；就在交代秦钟和她出身的那段文字中，便有"那贾家上上下下都是一双富贵眼睛"的点睛之句；可是按曹雪芹对秦可卿的描写，除了焦大一人对于她同贾珍的乱伦有石破天惊的揭发批判外，竟是上上下下对她都极宠爱极悦服，第五回她出场，便交代说："贾母素知秦氏是个极妥当的人，生的袅娜纤巧，行事又温柔和平，乃重孙媳中第一个得意之人。"

这很有点古怪。王蒙在《红楼启示录》中这样解释秦可卿和秦钟的受宠："他们身上放射着一种独特的与原生的美丽与邪恶相混合的异彩。""两人如此受宠，很大程度上是由于他们的容貌美丽。"但因貌美受宠也罢，怎么贾母偏要认为秦可卿"乃重孙媳中第一得意之人"呢？

按书中所写，那时宁、荣二府的重孙辈中，也就贾蓉一人娶了媳妇儿，贾兰尚幼，宝玉、贾环均未婚无子，贾琏没有儿子只有巧姐儿，因此并不存在第二个重孙媳妇儿，根本没有可比性，秦可卿"乃重孙媳中第一个得意之人"这句话不是古怪透顶吗？也许是把近支全族都计算在内了？那么第十三回"秦可卿死封龙禁尉"之后，来吊丧的草字头重孙辈计有贾蔷、贾菖、贾菱、贾芸、贾芹、贾蓁、贾萍、贾藻、贾蘅、贾芬、贾芳、贾兰（蘭）、贾菌、贾芝十四位，有的书中明文写到他们仅在恋爱中（如贾蔷、贾芸），有的还很幼小（如贾兰、贾菌），而且即使他们当中有哪位娶了媳妇儿，也几乎没有进入贾母眼中心中的可能，是不必用之一比不堪与之一比的，秦可卿"乃重孙媳妇儿中第一个得意之人"这句话还是不能破译。

要破译，那就必得选择这样的逻辑：不仅就美丽与聪颖而言，秦可卿是拔尖儿的，而就她实质上的尊贵而言，也是无与伦比的——因此，即使贾兰或贾琏和宝玉将来可能会有了儿子娶了媳妇儿，就是再好，也仍可以预见出秦可卿那"第一个得意之人"的稳固地位。

一个养生堂中的弃婴，何以在贾母心中有一种潜在的不可明言的尊贵感，视为"第一个得意之人"，使后来者均不得居上，这是一个多么神奇的谜啊！

4．对秦可卿卧室的古怪描写

不用"红学"家指出，只要通读过《红楼梦》全书的读者都会发现，曹雪芹对秦可卿卧室的描写笔法实在古怪——怪在其风格与全书很不协调：《红楼梦》中写到过贾宝玉的卧室，写到过林黛玉、薛宝钗、贾探春的卧室，都描写得相当细致，但用的都基本上是写实的手法，虽糅合了一些浪漫的情调，略有夸张渲染，风格与全书的文笔是统一的，读者不会感到"咯噔"一下仿佛吃虾仁时咬到了一只胡桃。但第五回写到宝玉进入秦氏卧室时，却出现了全书中仅此一次的奇特描绘：

> ……入房向壁上看时，有唐伯虎画的《海棠春睡图》，两
> 边有宋学士秦太虚写的一副对联，其联云：嫩寒锁梦因春冷，
> 芳气笼人是酒香。案上设着武则天当日镜室中设的宝镜，一边
> 摆着飞燕立着舞过的金盘，盘内盛着安禄山掷过伤了太真乳的
> 木瓜。上面设着寿昌公主于含章殿下卧的榻，悬的是同昌公主
> 制的联珠帐……

抽出来单独看，这段文字一点也不高明，设若"史太君破陈腐
旧套"，怕是要斥为"陈词滥调"，引为败笔的。但曹雪芹偏偏
这样写，却是为何？以往的论者，都指出这是暗示秦可卿的淫荡，
有讥讽之意，或在其更深层竟有她与贾宝玉暧昧关系的隐喻。这些
分析诚然有理，但似乎都忽略了一个很重要的方面——我以为乃是
更重要的一个方面——那就是这一组符号其实在暗示着秦可卿真实
出身的无比尊贵！武则天、赵飞燕、安禄山、杨太真、寿昌公主、
同昌公主，这些历史上的人物固然都同属"风流种子"，但同时也
都是血统最为高贵的一流。我以为曹雪芹这样落笔含有强烈的提示
作用，让我们千万别真的相信他在第八回末尾施放的那个"从养生
堂中抱来"的烟幕弹！

5. 秦可卿在贾府中为何如同鱼游春水

秦可卿即使不是从养生堂抱来的弃婴，而同秦钟一样是秦业所
亲生，那么，以秦业的营缮郎那么个小官，而且书中明言其"宦囊

羞涩"，这就又派生出两个问题：一、她在秦家怎么获得那样圆满的教养，一进贾府便不仅能处处适应，而且浑身焕发出一种天然的贵妇人气派？美丽可以天生，在贾府那样一个侯门中能行止"妥当"，那本事难道也是与生俱来的？二、就算秦可卿是个聪明绝顶的人，从清寒之家一迈进贾家的门便迅速"进入角色"，适应得飞快，那她心底里，总该有着因自己出身不称而滋生出来的隐忧隐愁吧？也就是说，她多少该背着点"出身包袱"，才符合她这一特色人物的特定状况，然而，我们在书里一点也看不出来！后面书里写到妙玉，写到邢岫烟，都有对她们因家庭背景逊于贾府而产生的某种戒备感，某些距离感，如妙玉的执意要贾府下帖子请才愿进府，邢岫烟雪天身无皮毛衣服，冷得拱肩缩背而一声不吭；但秦可卿在贾府中却鱼游春水，心理上没有丝毫的自卑，没有任何因养生堂或薄宦之家出身所带来的精神压力和戒备感、距离感、冷漠感，那气派，那心态，给人一种"宾至如归"的感觉，在若干场合里，她比尤氏更显得有大家风度。

即使在身染痼疾的情况下，对王熙凤吐露衷肠，也只是说："这都是我没福。这样人家，公公婆婆当自己的女孩儿似的看待，婶娘的侄儿虽说年轻，却也是他敬我，我敬他，从来没有红过脸儿。就是一家子的长辈同辈之中，除了婶子倒不用说了，别人也从无不疼我的，也无不和我好的。如今得了这个病，把我那要强的心一分也没了……"并没任何"门不当户不对"的反思和羞愧，有的只是因病不能挑起一大家子重担、当稳阔管家奶奶的遗憾。这是怎么回事呢？

谜底只有一个，即秦可卿自己知道自己的真实出身，她的血统其实是高贵的，甚或比贾府还要高贵，也许根本就是皇族的血统，这一秘密贾母、王夫人、贾珍、尤氏、王熙凤等都知道，贾蓉也不会不知道，倒是贾宝玉不清楚，至于璜大奶奶那样的外三路亲戚，就更蒙在鼓中，所以才敢听了寡嫂金荣之母的一篇闹学堂的话，晃晃悠悠地跑到宁国府去"论理"（后来自己在宁国府那无声的威严面前主动撤退）……而且秦可卿除了托名秦业抱养之女，或许根本就没有在秦家成长，她受到了秦家根本不可能给予的高级教养，她的进入宁国府，骨子里不仅是门当户对，甚或还是"天女下凡"般地让贾家暗中沾了光哩！

6. 警幻仙姑泄露的"天机"

秦可卿确实是"天女下凡"，因为她是太虚幻境中警幻仙姑的妹妹，这在第五回中是有明文的。警幻仙姑与贾府祖宗有种相当特殊的关系，她"原欲往荣府去接绛珠，恰从宁府所过，偶遇宁荣二公之灵"，她对宝玉说："今既遇令祖宁荣二公剖腹深嘱，吾不忍独为我闺阁增光，见弃于世道，是以特引前来，醉以灵酒，沁以仙茗，警以妙曲，再将吾妹一人，乳名兼美字可卿者，许配于汝……"

警幻仙姑泄露了"天机"，这"天机"分解开来就是：她与她妹妹可卿这一支血统，要比贾家宁荣二公传下的血统更为高贵，好比君之于臣，所以宁荣二公之灵见到她只有谦恭拜托的份儿，而并不能"平起平坐"，秦可卿本是要许配给贾宝玉的，后来成了蓉哥儿的媳妇儿，是一次"错位"，错位的原因，则似可从"金陵十二钗正册"最末一幅画儿和判词，以及《红楼梦》十二支曲中《好事终》一曲里，找到线索。

7. 为什么说"箕裘颓堕皆从敬"？

"金陵十二钗正册"最末一幅"画着高楼大厦，有一美人悬梁自缢"，这画的不消说是"秦可卿淫丧天香楼"，判词似乎也不难懂："情天情海幻情身，情既相逢必主淫。漫言不肖皆荣出，造衅开端实在宁。"贾珍"爬灰"，出此丑事，"造衅开端实在宁"这帽子扣得上。但"红楼梦十二支曲"中的《好事终》里有的话就费解了，比如"箕裘颓堕皆从敬，家事消亡首罪宁"，贾家的"箕裘颓堕"即家业不振，贾敬固然难卸其责，但对比于贾赦，他造的孽似乎倒要少些，他不过是"一心想作神仙"，把官倒让贾珍袭了，"只在都中城外和道士们胡羼"而已，相对而言，他的这种生活态度和生活方式，对社会对家族的危害性似乎都较小，贾珍既替父亲袭了官（三品爵威烈将军），在其位而不司其职，一味胡闹，本应说"箕裘颓堕皆从珍"才是，如两府合并算，贾赦袭官，辈分比贾珍大，也可说"箕裘颓堕皆从赦"。可为什么偏偏要说"箕裘颓堕皆从敬"呢？难道仅仅是为了合辙押韵吗？

这也是一个谜。

8. 秦可卿凭什么能托那样的梦

秦可卿临死前向凤姐托梦，面授机宜，指示要永保家业，唯一的办法是"趁今日富贵，将祖茔附近多置田庄房舍地亩，以备祭祀供给之费皆出自此处，将家塾亦设于此"。其最重要的根据是，"便是有了罪，凡物可入官，这祭祀产业连官也不入的……"

一个养生堂里的弃婴，一个长在小小营缮郎家中的女孩，耳濡目染的恐怕净是"东拼西凑"借钱过日子的生活情状，又哪来的这种"趁今日富贵，将祖茔附近多置田庄房舍"的经验教训之谈？

历代的读者，都对秦可卿的这一托梦，感到有些莫名其妙，这些话，似不该出于她的口中，她若说些比如悔淫惭浪、劝人改邪归正的话，倒差不多，可偏她有这样宽的心胸，这样大的口气，可见她并非真是那样的一个清寒出身，她托梦的口吻，俨然"天人"的声气，与她的姐姐警幻仙姑的口气相仿，这只能让我们的思路转向这样一条胡同——秦可卿的真实出身，是一个甚至比荣宁二府还要富贵的门第，但因没能趁富贵之时在祖茔附近多置田庄房舍，结果"有了罪"，一切财产都入了官，连她的真实身份，也不得不隐匿起来，而佯称是养生堂的弃婴，佯装是什么营缮郎的女儿！

9. 北静王为何来祭秦可卿而未见出祭贾敬？

秦可卿死后，丧事办得如此隆重铺张，固然可以从贾珍与之的特殊情感关系上加以解释；但你自家办得如此隆重铺张，别人家却并不一定也随之相应看重；就贾府而言，老祖宗一辈尚在，秦可卿不过是个重孙媳妇儿，贾蓉临时抱佛脚地捐了个身份，也不过是"防护内廷紫禁道御前侍卫龙禁尉"而已，然而来送殡路祭的，却一个比一个有身份，一个比一个规格高，连"现今北静王水溶"，也"不以王位自居，上日也曾探丧上祭，如今又设路奠，命麾下各官在此伺候。自己五更入朝，公事一毕，便换了素服，坐大轿鸣锣张伞而来……"

或者可以这样解释：北静王与贾府关系非同一般，世交之谊，礼当如此。

但奇怪的是宁国府的最高家长贾敬服食金丹宾天时，连天子都亲自过问了此事，那丧事却远比不了其孙媳秦可卿排场，当时贾府并未势败，因元春的荫庇，正更兴隆，不知为何却大有草草了结之态，尽管出殡那天也还"丧仪焜耀宾客如云，自铁槛寺至宁府，夹路看的何止数万人"，却不见有北静王水溶的一隙身影。世交之谊，为何施之于一个重孙媳妇儿如此之浓，施之于一个长房家长却如此之淡？

这也是一个谜。

10. 秦可卿的棺材又泄露了一丝消息

秦可卿死后，贾珍"恣意奢华"，"看板时，几副杉木板皆不中用"，结果是薛蟠送来了一副板，"叫作什么樯木，出在潢海铁网山上，作了棺材，万年不坏……原系义忠亲王老千岁要的，因他坏了事，就不曾拿去"，那樯木板"帮底皆厚八寸，纹若槟榔，味若檀麝，以手扣之，玎珰如金玉"，薛蟠称"拿一千两银子来，只怕也没处买去"。当时贾政劝了一下："此物恐非常人可享者，殓以上等杉木也就是了。"贾珍不听。

过去读这一细节，只觉得作者在揭示贾珍对秦可卿的特殊情感，同时暴露豪门贵族的奢靡，却忽略了也许还有另一层深意：贾政说"此物恐非常人所享者"，而偏偏表面上出身于养生堂、小官员的血统不明、门第寒微的秦可卿，却公然享用了——这暗示着，秦可卿的出身，她浑身中流动过的血液，恰与未坏事的"义忠亲王老千岁"那般尊贵，她躺进那樯木棺材之中，是适得其所！

11. 曹雪芹写成又删去的四五叶中究竟有何秘密？

众所周知，曹雪芹原来所写的第十三回，回目中标出"秦可卿淫丧天香楼"字样，大概详写了她与贾珍在天香楼上乱伦的情形，而这一偷情偏偏被丫鬟瑞珠和宝珠撞见（后来瑞珠触柱而亡，宝珠甘以秦可卿"义女"身份自行未嫁女之礼，"引丧驾灵，十分哀苦"，并到铁槛寺守灵后"执意不肯回家"，决心永缄其口，只求免死，这些现在书中都仍加保留），所以导致了"画梁春尽落香尘"的悲剧结局。但与曹雪芹关系极为密切的脂砚斋干预了曹雪芹的创作，他后来在批语中说："秦可卿淫丧天香楼，作者用史笔也。老朽因有魂托凤姐贾家后事二件，嫡（岂？）是安富尊荣坐享人能想得到处，其事虽未漏，其言其意则令人悲切感服，姑赦之，因命芹溪删去。"删了多少呢？他又在一处眉批中说："此回只十叶，因删去天香楼一节，少却四五叶也。"按最保守的估计，怎么也删去了两千多字。以曹雪芹的叙述文体，两千字中往往密聚着极大的信息量。以往一般读者总估计所删去的文字中大概主要是些较为色情的描写，更有"红学"家考据出其间有"更衣""遗簪"等细节，但我以为还有至关紧要的东西，即秦可卿真实出身的揭秘。

贾珍看来对秦可卿并不是一般意义上的玩弄，他对她确有深厚的感情，甚至秦可卿死后他有"恨不能代死"的想法，这就派生出了一个问题：贾珍是什么时候爱上秦可卿的？是在秦可卿正式嫁给贾蓉之前，还是之后？

这是一个很重要的谜。我猜想谜底在那被删去的两千多字中本是已亮出来了的。

12．删去重要情节后只好"打补丁"

由于对"淫丧天香楼"的情节做了伤筋动骨的删除，已写成的书稿必须再加整理，以求补上由于重大删除形成的"窟窿"，这对于曹雪芹这样的天才，也洵非易事。俞平伯先生早就考证出，为了把秦可卿之死说成不是上吊死而是病死，不得不在那之前好几回书中含混了时间的过渡，又不得不既写到她死讯传出后"彼时合家皆知，无不纳罕，都有些疑心"，却又似乎一切正常，既删去了关于秦可卿真实身份的揭秘，又不能丝毫不交代她的来历，于是便到第八回末尾加了一段从养生堂抱来之类的看似明确却更含糊的文字，实际是打了一个"补丁"，故作狡狯，成云断山岭之势，弄得后来的读者越加好奇，也越加迷惑。

13．脂砚斋"命芹溪删去"的更重要的原因是什么？

说是因为秦可卿有托梦之事，"其言其意则令人悲切感服"，所以不再让她"当众出丑"，放她一马，把她与公公乱搞的情节删去，其实，恐怕还有更重要的原因。什么原因？曹雪芹在脂砚斋协助下写作《红楼梦》（当时叫《石头记》），早定下一条宗旨，并借"空空道人"之口在书中明文标出"毫不干涉时世"，实际上并不是丝毫不涉，比如为秦可卿买棺木时写到"义忠亲王老千岁""坏了事"，便已有影射朝政之嫌，但片言只语，尚好蒙混，倘是一段明显的文字，那就很难躲过致密的文网了，所以为不惹麻烦计，还是删去为妙。

《红楼梦》原名《石头记》，早期雏形还叫过《风月宝鉴》，脂砚斋对性描写，应该说有着较开放的态度，关于贾瑞的种种描写，关于贾琏与鲍二家的、与多姑娘的描写，他都并未建议曹雪芹删去，而秦可卿的"淫丧天香楼"，已画进"册子"写好判词并写定了《好事终》曲子，他还是要曹雪芹四五叶地往下删，那劝告，恐怕就不仅仅是出于对性描写的过多过露吧？

14. 曹雪芹父亲曹頫为何替塞思黑偷藏金狮子？

《红楼梦》当然并不是曹雪芹的自传，贾家的故事也绝不是曹家历史的敷演，但《红楼梦》里当然熔铸着曹雪芹的身世感受。

1728 年，雍正六年，曹家终于败落，直接的原因之一，是查出曹雪芹父亲曹頫替雍正的政敌塞思黑（雍正之九弟允禟，塞思黑据说是"猪"的意思，是雍正给他改的"名字"；另一政敌八弟允禩则被改叫阿其那，据说是"狗"的意思）藏匿了寄顿他家的一对"本身连座共高五尺六寸"的金狮子。允禟明明已经失势，逾制私铸的金狮子明明是一种标志着夺权野心的东西，曹頫为什么肯敢于替其藏匿？除了种种复杂因素之外，很重要的一个因素，恐怕就是在那权力斗争波诡云谲，前景时常变得模糊难测的情况下，曹頫这样的人物总想在表面忠诚于当今最高统治者的前提下，再向一个或几个方面投注政治储蓄金，这样一旦政局发生突变，便可以不至于跟着倾覆，甚至还可以收取高额政治利息。当然，风险是很大的。但那时类似他那样的官吏几乎人人都在搞那么一套，都是两面派或三面派、四面派乃至八面派。

金银财物可以帮着寄顿、藏匿，人呢？特别是刚落生不久尚未引起人们格外注意甚至不及登入户籍的婴儿呢？难道不可以表面上送往养生堂，表面上托付给有瓜葛的不引人注意的、处于权力斗争漩涡之外的如营缮郎之类的小官吏抱去收养，而实际上却在大家庭的隐蔽角落中加以收留、教养，待到时来运转时，再予曝光吗？

事实上，雍乾两朝交替后，政局就发生许多微妙的甚至是相当明显的变化，曹家也一度从灾难中缓过气来，达到过短暂的中兴。倘若政局的变化不是雍正的儿子乾隆当上了皇帝，而是塞思黑活了下来并登上宝座，那曹家仅凭为其藏匿金狮子一事，不就能大受宠信吗？如果所藏不仅是金狮子更是活人，比如说塞思黑的女儿，那就恐怕不只是家道中兴，而是要进入到一个"新的历史时期"了！

但对这一类的事情，即使在小说中极为艺术化地极尽含蓄之能事地加以影射，也是非常危险的。

"天机"，还是不要泄露的好。

15．秦可卿出身的谜底可以大胆地猜一猜了

※ 她出身不仅不寒微，而且竟是相当地高贵，甚至有着类似北静王那样的血统。

※ 但在皇族内部的权力斗争中，她的父母家族一度遭到惨败。她和她的一个兄弟不得不以送往养生堂的弃婴方式隐匿他们的真实血统和身份。

※ 贾府同她的父母家族有着非同一般的深层关系，故而在她和她的兄弟遭此巨变时决计帮助他们的家族将他们保存并藏匿起来。

※ 贾府没有道理直接出面到养生堂抱养别人"弃婴"，必须寻找一个合适的人物扮演此种角色。

※ 贾府找到了秦业。可能秦业曾得到过贾府的某些好处（营缮郎不难从贾府那样的大府第的扩建修葺工程中得到油水，而贾府与营缮郎之类的用得着的小官有瓜葛，也很正常），他当时恰好壮年无儿女，又不引人注意，到养生堂抱养一对儿女在世人眼中不至引出太多的訾议。

※ 那一对儿女，儿子可能确实因病死去，就只留下了秦可卿，而秦可卿也并没有在他家待多久，就被贾府接走了，安排在一处有大家气象的环境中加以调教，说不定就一直在宁国府中当童养媳，似亲生女儿一般地养着。

※ 贾敬的出家修道，同被上层权力斗争吓破了胆、寒透了心有关，因而采取了逃避的态度。收养秦可卿的决策也许是贾代善做出的。贾代善死后，贾母始终秉承贯彻这一意志，所以后来视秦可卿为"重孙媳中第一个得意之人"。

※ 也许贾母曾有过将秦可卿许配给嫡孙的考虑，但贾琏、贾珠成年后都另有更相当的女子可娶，年龄也比秦可卿大得较多，而宝玉又出生得太晚，最后形成的局面是贾蓉最合适（据书上交代，贾蓉当年大约十六七岁，而秦可卿似比他还稍长，有近二十岁的样子）。

※ 但在收养秦可卿的过程中，贾珍爱上了这个渐显绝顶秀色的美人。贾珍不是在秦可卿嫁给贾蓉之后才爱上她的。贾珍早就对"有女初长成"的秦可卿垂涎三尺了。

※ 秦可卿懂事后也就知道了自己的真实血统，因此她心理上丝毫没有自卑自抑的因素。她甚至知道贾母等人一度对她与贾宝玉关系的考虑，因此她对贾宝玉有引诱之举并处之坦然，也就无足怪了。

※ "擅风情，秉月貌，便是败家的根本。"秦可卿确实是一个

"性解放"的先驱，她引诱过尚处混沌状态的贾宝玉，她似乎也并不讨厌她的丈夫贾蓉，但她也确实还爱着她的公公贾珍。如果我们对今人曹禺《雷雨》中周萍与繁漪的乱伦恋可以理解甚至谅解的话，那么，似乎也不一定完全站到同焦大一样的立场上，对贾珍和秦可卿的恋情那么样地不愿做出一定程度的理性分析。

※ 秦可卿成人后同自己家族中的一些残余分子可能取得一些联系，因而能总结出一些大家族彻底覆灭的惨痛教训和一些得以喘息延续乃至起复中兴的经验，这便是她临死前向凤姐托梦的依据。

※《红楼梦》开始后的故事背景，可能是秦可卿真实出身的那个家族已摆脱了原有的政治阴影，甚而已逐渐给贾府此前进行的政治投资带来了政治利润，虽尚不到公开曝光的程度，对外仍称是秦业之女，实际上已是贾府中兴的一大关键人物，所以贾母等人才那么宠爱她，而下人们见此情状，纵使不明真相，也就都必然随之对她恭顺有加，她又偏善于娱上欢下，故而成为贾府内最富魅力的一大红人。

※ 谁知偏在这时发生了"天香楼事件"，她的猝死，给贾府带来了强烈的震动，"造衅开端实在宁"，"家事消亡首罪宁"，都是指她的死，堵死了通过宁国府向她真实的家族背景那边讨取更多更大的政治利润的可能。这对于整个贾氏家族来说，损失是太惨重了，"养兵千日"，竟不到"用兵一时"，便兵死而阵散。所以秦可卿丧事之隆重铺张，并不全是因为贾珍个人对她的露骨的感情因素使然。

※ 秦可卿，据前人分析，谐音为"情可轻"，倘若秦可卿不是那么"性解放"，或贾珍不是那样的一匹超级色狼，也许还不至于

因"情既相逢必主淫",而导致"箕裘颓堕"的糟糕后果。但这是"宿孽",似乎也无可奈何。至于"兼美",未必是因为她"鲜艳妩媚,有似乎宝钗,风流袅娜,则又如黛玉",其寓意倒恐怕是指贾府这样秘密地收养了她,于她的真实家族背景和贾府双方,都是美事吧。

※ 秦可卿卧房中所挂的唐伯虎手笔《海棠春睡图》和宋学士秦太虚的对联,大概都是她自己家族的遗物,而非贾家固有的珍藏。"海棠春睡"以往都只从淫意上解,其实《红楼梦》中一再用海棠的枯荣来作为家族衰败复兴的象征,则"海棠春睡"正象征着"否"快达于极点、"泰"虽仍在沉睡中但可望开始苏醒。对联的上联"嫩寒锁梦因春冷"意味着政治气候尚还未臻温暖,但下联的"芳气笼人是酒香"则暗喻着好时将返,可举杯相庆。

※ 天香楼上的一场戏,当不仅是"皮肤滥淫",也许贾珍在情而忘形之中,坦白陈述了打小将她调理大还有着明确的政治投机用意,而引起了秦可卿的极度悲怆,再加上瑞珠、宝珠的添乱,这才导致了她的愤而自杀。倘真有这样的情节,那脂砚斋下命令让曹雪芹删去,实在是太有必要了:你这不是自己往网里撞吗?

也许,这样一些猜测,全经不起"红学"家的厉声呵斥,但建议普通的读者以我这样的"谜底"为前提,再把书中有关秦可卿的情节通读一遍,我想,恐怕还真可以把原来读不通的地方都读通哩!

再论秦可卿出身未必寒微

我在《秦可卿出身未必寒微》一文（载《红楼梦学刊》1992年第2辑）中，已初步论证了曹雪芹在《红楼梦》第八回末尾关于秦可卿出身的交代，是鉴于删去了"淫丧天香楼"一节的四五叶后，不得不打的一个"补丁"。

下面再提出十二个有关秦可卿的问题。倘若抱定秦可卿确实出身于一个小小营缮郎的家庭，且非亲生并是从育婴堂抱养的，那么，这些问题便全然不能解答；倘若把所谓"营缮郎抱养于育婴堂"只当作一道烟幕，而设想秦可卿实际上有着类似"义忠亲王老千岁"那样的家庭背景和血统，那么，这些问题便几乎全可得到不同程度的解答。不信请看：

1. 第七回写周瑞家的遵薛姨妈之命，往各处送宫花，薛姨妈让她给迎、探、惜三春各送一对，给林黛玉两枝、给凤姐四枝，总计十二枝：送至凤姐处后，凤姐让平儿拿出两枝，叫彩明吩咐道："送到那边府里给小蓉大奶奶戴去。"这本来倒也不稀奇，奇的是甲戌本有回前诗："题曰：十二花容色最新，不知谁是惜花人。相逢若问名何氏，家住江南姓本秦。"蒙府、戚序本亦有此诗，只个别字略异。试问：秦可卿怎么会"家住江南"呢？书中从未交代营缮郎秦业来自江南，而且，秦可卿乃营缮郎秦业从京中育婴堂抱养，既是弃婴，又怎能知其"家住江南"？难道那弃婴的父母，是千里迢迢从江南专程来将她送入育婴堂的吗？倘是纯然出于贫困而不得不弃，有那从江南跑到北京的盘缠，又怎会养不活她呢？将她弃在江南就近处的育婴堂不就结了吗？再有十二枝宫花的其他得主，怎见得就都不是"惜花人"呢？除惜春戏言"若剃了头，可把这花儿戴在哪里呢？"以及林黛玉嫌"别人不挑剩下的也不给我"外，凤姐、迎春、探春怎么就不惜花呢？更值得推敲的是"相逢"二字，此花为宫花，从宫里或相当于宫里出来的人得到此花，才可称"相逢"，因此，那后两句不等于明说秦可卿最有资格佩戴宫花吗？但以往人们都不注意这第七回回前诗，中国艺术研究院红楼梦研究所校注、人民文学出版社 1992 年 2 月北京第一版的《红楼梦》，也将此回前诗摒于正文之外。

2. 第十回写璜大奶奶跑到宁国府去，原想为寡嫂金荣的母亲胡氏抱打不平，要当面"向秦钟他姐姐说说，叫他评评这个理"，谁知真见到尤氏后，"也未敢气高，殷殷勤勤叙过寒温，说了些闲话"，便问"今日怎么没见蓉大奶奶？"谁知这就牵出了尤氏一大篇怜爱秦氏的话来，其中说到她嘱咐贾蓉，对待秦可卿要"不许累掯他，不许招他生气，叫他静静的养养"，而且，尤氏还做出终极判断说：倘或秦可卿有个好和歹，贾蓉"要再娶这么一个媳妇儿，这么个模样儿，这么个性情的人儿，打着灯笼也没地方找去。"这话听着，总让人觉得生疑，秦可卿就是模样、性情再好，那小小营缮郎的家庭背景，育婴堂抱养的卑贱血统，怎么会就达到"打着灯笼也没地方找去"的高不可攀的程度呢？就在《红楼梦》一书中，我们便看到了许多模样、性情都相当不错的贵族女子，只要辈分合适，都不难选出与贾蓉等公子匹配；怎么一个秦氏有病，尤氏便"焦得了不得"，"心里倒像针扎似的"，她除了在为一个儿媳妇儿的健康担忧外，究竟心里头还在为一种与秦氏性命相关联的什么东西在焦虑？

3. 秦氏初病，一群大夫"三四个人一日轮流着倒有四五遍来看脉……倒弄得一日换四五遍衣裳"，这种讲究已超出了簪缨大族贾府的规格，因而贾珍对尤氏说："这孩子也糊涂，何必脱脱换换的……衣裳任凭是什么好的，可又值什么……就是一天穿一套新的，也不值什么。"贾珍还只不过是财大气粗而已，秦可卿却俨然公主做派。试问：一个营缮郎家里长大的弃婴，她怎么会有一种比贾府里更排场的更衣习惯？（更衣这一细节还可深究，当另为文探讨。）

4. 秦氏临终时给凤姐的托梦，像"月满则亏，水满则溢"，"登高必跌重"，"树倒猢狲散"，"盛筵必散"，等等见识，当然都不可能是得自一贯"宦囊羞涩"的营缮郎之家的生活经验；而"于荣时筹划下将来衰时的世业"，"趁今日富贵，将祖茔附近多置田庄房舍地亩，以备祭祀供给之费皆出自此处，将家塾亦设于此……便是有了罪，凡物可入官，这祭祀产业连官也不入的。便败落下来，子孙回家读书务农，也有个退步，祭祀又可永继"，等等具体指示，也只能产生于赫赫扬扬的百年大族在获罪败落后竟因荣时未能筹划而一败涂地的惨痛教训之中，绝不可能是来自营缮郎之家的家训。秦氏临终时在凤姐梦中对凤姐含笑说道："我今日回去，你也不送我一程。"她回哪儿去?从她向凤姐预报元春的"才选凤藻宫"和省亲盛事,以及暗示贾府的衰败结局,口称"天机不可泄露",又联系到第五回中明言她是警幻仙姑的妹妹,则她所"回"的,显然非营缮郎家非育婴堂,也非如秦钟后来那样被许多鬼判持往地狱,而是去往"天上"。她的出身贵及皇族,不是已经暗示得很充分了吗?

5. 凤姐惊梦后,"只听二门上传事之板连叩四下",人回"东府蓉大奶奶没了"。凤姐是什么反应呢?竟并不是悲哀,而是"吓了一身冷汗,出了一回神"。这是为什么呢?"彼时合家皆知,无不纳罕,都有些疑心。那长一辈的想他素日孝顺,平一辈的想他素日和睦亲密,下一辈的想他素日慈爱,以及家中仆从老小想他素日怜贫惜贱、慈老爱幼之恩,莫不悲嚎痛哭者。"怎么就没有一个人——特别是仆从老小中——想到她出自营缮郎之家,"好不容易嫁到贾府,才过上荣华富贵的日子没几天,就伸腿去了"呢?而宝玉对秦氏的死讯,竟"只觉心中似戳了一刀的不忍,哇的一声,直奔出一口血来",闹了个"急火攻心,血不归经",这又是为什么呢?甲戌本脂砚斋有批曰:"宝玉早已看定可继家务事者可卿也,今闻死了,大失所望",这话又该怎样解释?

6. 秦氏一死,贾氏宗族四代计二十八人都马上赶来,而贾珍"哭的泪人一般",又说"谁不知我这媳妇儿比儿子还强十倍",边说边哭,拍手道:"如何料理,不过尽我所有罢了!"秦氏的父亲秦业,却是在贾府二十八人全聚齐后才到的,秦氏即使并非他亲传血脉,毕竟一小从育婴堂中抱来养大,按说他的悲痛,总不至逊于贾府诸人,但书中竟无一句交代他悲痛和落泪的话,全然只是一个丧仪中的小小摆设,这又是怎么回事?

7. 贾珍用薛蟠送来的"帮底皆厚八寸，纹若槟榔，味若檀麝，以手扣之，玎珰如金玉"的一副板解锯糊漆以殓秦氏，该板"叫作什么樯木，出在潢海铁网山"，"原系义忠亲王老千岁要的，因他坏了事，就不曾拿去"。我以为"樯木""潢海铁网山"均非信笔予称，而都隐含着某种深意。"樯木"即桅杆木，乃航船上所用，此桅杆木也许是出自"天潢贵胄"的"铁帽子王爷"的"山"上，原是可以将贾家引航到"万年不坏"的境界中去的吧？不想却"坏了事"。（脂批说："所谓迷津易堕，尘网难逃也。"）《红楼梦》中采取谐音法隐喻人事的命运归宿，尽人皆知，只是没有人在秦可卿的问题上多费些脑筋，依我想来，"秦业"很可能是"勤掖"的谐音，即勤于帮贾府掖掩秦可卿的真实血统也。否则，又该如何解释呢？

8. 秦氏死后"首七第四日"，"早有大明宫掌官内相戴权，先备了祭礼遣人来，次后坐了大轿，打伞鸣锣，亲来上祭"，这很古怪，据周汝昌先生指出，清代有严格的规定，太监是不许擅自出宫的，更何况如此大摇大摆地"坐了大轿，打伞鸣锣"，去给一个本应视为无足轻重的贾府的重孙媳妇儿上祭，几乎是明目张胆地在犯死罪。怎么解释？脂批说"戴权"是"大权"之意，我以为"戴权"亦是"代全"的谐音，暗示他这样做是得到皇帝默许的，"代为矜全"的一种姿态。秦氏之死，与贾元春的得宠，几乎衔接着发生，而且秦氏死时托梦给凤姐，预告了此事，我怀疑这当中有重大的政治交易，即皇帝查明了贾府匿藏秦氏之事，秦氏不得不死，但因有元春的从中斡旋，因而准予"一死了之"，不仅纵容贾府大办丧事，也特准大明宫掌官内相（即大太监）出面"代为矜全"。倘秦氏不过是营缮郎的一个抱养于育婴堂的弃婴，何能有此"殊荣"？

9. 贾珍到邢、王夫人面前求允凤姐协理宁国府，说："婶子不看侄儿、侄儿媳妇儿的份儿上，只看死了的份儿上罢！"这话其实很不合乎传统，但倘若"死了的份儿上"不仅是一个侄孙媳，更非一个出自营缮郎之家的弃婴，而有着非同小可的背景与血统，那就又不足怪了，因而王夫人"今见贾珍苦苦的说到这步田地"，便终于应允了他。否则，秦可卿的"份儿上"，究竟何所指呢？仅仅指她"死了"这一事实吗？

10. 秦氏出殡时，"镇国公牛清之孙现袭一等伯牛继宗，理国公柳彪之孙现袭一等子柳芳，齐国公陈翼之孙世袭三品威镇将军陈瑞文，治国公马魁之孙世袭三品威远将军马尚，修国公侯晓明之孙世袭一等子侯孝康……"等公侯都亲与送殡，余者更有郡王、侯爵伯爵家的头面人物及许多王孙公子不可枚数地蜂拥而上，这难道都是礼仪上必须如此的吗？显然不是，第十四回明文写到，正当贾府为一个重孙媳妇儿办丧事时，便有"缮国公诰命亡故"，贾府只是王邢二夫人去"打祭送殡"而已，贾赦、贾政、贾珍、贾琏、宝玉……等绝对不去。而最可骇怪者，是秦氏不仅得到了东平王府、南安郡王、西宁郡王、北静郡王的路祭，北静郡王还亲自出马，并且一出再出，"上日也曾探丧上祭，如今又设路奠……自己五更入朝，公事一毕，便换了素服，坐大轿鸣锣顶伞而来"。难道那死去的秦氏是他的亲妹子、亲侄女儿吗？何以如此厚爱？如此隆重？他的"入朝"事毕后直奔葬仪，与那戴权的从皇宫"坐了大轿，打伞鸣锣"，径往贾府，前后呼应，相映成趣，都不能不令人猜想到那背后确有天大的隐情！

11. 北静王水溶在贾赦、贾珍等"一齐上来请回舆"时说："逝者已登仙界，非碌碌你我尘寰中之人也。小王虽上叨天恩，虚邀郡袭，岂可越仙軿而进也？"难道仅只是"并不妄自尊大"，"不以官俗国体所缚"？倘秦氏真的只不过是一个小小营缮郎从育婴堂抱养的弃婴，仅只单纯是一个贾府的重孙媳妇，北静王有必要直待"滔滔然将殡过完"，才回舆归府吗？

12．秦氏丧事办完不久，正值贾政生辰，宁荣二处人丁都齐集庆贺，热闹非常。忽有门吏忙忙进来，报说有六宫都太监夏老爷来降旨，"唬的贾赦贾政等一干人不知是何消息"，尽管那夏守忠"满面笑容"地宣旨，贾赦贾政入宫后，"贾母等合家人等心中皆惶惶不定"，而贾母尤其"心神不定"，直到终于知道是元春晋封为凤藻宫尚书，加封贤德妃，"听了方心神安定"，贾母及贾赦、贾政等心中究竟有什么鬼？"夏老爷"自然是"吓老爷"即"吓人一跳的老爷"的谐音，"夏守忠"呢？我前面猜秦可卿之死，有皇帝赐死的可能，且以达成提升贾元春的交换条件，则"夏守忠"的"守忠"，当为"遵守诺言"的含意。

"秦可卿淫丧天香楼"，那丧因中固然有"淫"情，但更有惊心动魄的隐情，那一天天香楼上究竟发生了一些什么事？瑞珠和宝珠的一死一隐究竟仅仅是因为"无意"中撞见了"爬灰"奸情，还是另有深层缘由？她们会不会与紧急报告某项秘密消息或突发情况有关？否则她们是万不可能未听召唤就擅上天香楼的。另据周汝昌先生指出，"天香云外飘"，天香楼的命名显然与"逗蜂轩"之类场所不同，"国色天香"，非形容平民家出身的女子可用，那应是养育藏匿皇族女子的地方，所以天香楼应绝非一处仅涉情色的空间，而也是一所隐蔽的政治舞台。我疑心那冯紫英介绍的张太医张友士，实际身份便是一名政治间谍，"友士"谐音"有事"或"有示"，即"有事而来"或"有所暗示"之意，他那些诊病的议论及所开的药方，都是暗语，应予破译（将另文探讨）；秦可卿所得的病，其实是政治病，因她的真实家族背景的政治活动，已处于一个关键时刻，消息传来，弄得她心神不定，茶饭不思，眼神发眩，直至月经不调。张友士那"依小弟看来，今年一冬是不相干的。总是过了春分，就可望全愈了"的黑话，实际上是开出了一个政治上最后摊牌的时间表，因而写到"贾蓉也是个聪明人，也不往下细问了"。否则仅凭那闭经的病情，似还远远论不到"大限"；第十六回写凤姐与远道而回的贾琏重聚，她炫耀自己协理宁国府一事时，说"更可笑那府里忽然蓉儿媳妇儿死了"，对于她来说，秦可卿之死并非"果然"而是"忽然"，可见秦氏那病，原非绝症，阖家上下对于她的死亡都并无思想准备，也正因为如此，在删却了"淫丧天香楼"的四五叶之后，才越发地使那几回书的时间叙述上发生了无法合理解释的大混乱。

脂砚斋在这一回的批语说："秦可卿淫丧天香楼，作者用史笔也。老朽因有魂托凤姐贾家后事二件，嫡是安富尊荣坐享人能想得到处，其事虽未漏，其言其意则令人悲切感服，姑赦之，因命芹溪删去。"值得注意的是"其事虽未漏"一句，指的什么？可以有下列两种解释：

（1）（原文中）秦可卿的真实出身虽然没有彻底泄露，写她与贾珍的淫情未尝不可，但考虑到她那托梦给凤姐所讲的话实在让人悲切感服，所以让芹溪删去了"淫丧"的文字。

（2）秦可卿在托梦中所讲的那些话，虽然并没有自己泄露自己的真实出身（仿佛是别人委托她来讲那些话似的），但考虑到……还是让芹溪删去了"淫丧"的文字。

无论怎样解释，都有一个前提，即秦可卿的出身及病情及死亡里，都包含着一个可能泄露出的"天机"。庚辰本脂砚斋有条批语说："……可卿梦阿凤，盖作者大有深意存焉，可惜生不逢时，奈何奈何！"设若秦可卿确系一弃婴，则长大后嫁入贾家，死后如此风光，何来"生不逢时"的"奈何"之叹？

该是仔细探讨有关秦可卿的"天机"的时候了！这实在关系着对《红楼梦》一书许多重要问题的再认识、再理解！

"秦学"探佚的四个层次

　　汇辑我关于《红楼梦》研究成果的《秦可卿之死》一书于1994年5月由华艺出版社推出，第一版的五千册书刚开始发行，与我争鸣的文章便连续出现，上海陈诏先生一篇长文发在贵州省红学会的《红楼》杂志1994年第二期，同样的观点，亦见于他为上海市红学会编、上海古籍出版社出版的《〈红楼梦〉之谜》一书（1994年1月第一版）所撰写的"答问"中；同时，山西《太原日报》"双塔"副刊又于1994年7月26日刊出了梁归智先生的《探佚的空间与限度》一文，该文副标题为"由刘心武、王湘浩的红学探佚研究想起"，读其文，则可知他的"想起"，主要还是由于读了我的一篇文章《甄士隐本姓秦？》（该文已收入《秦可卿之死》一书）；这些与我争鸣的文章，我是只恨其少，而绝不嫌其多。关于《红楼梦》，值得我们争论的问题实在太多，最近我在一篇文章里说："《红楼梦》因其传稿的不完整与其作者身世之扑朔迷离，给我们留下了刻骨的遗憾，也使我们在'花开易见落难寻'的惆怅中，产生出永难抑制穷尽的'寻落'激情，我们不断地猜谜，在猜谜中又不断派生出新谜，也许，《红楼梦》的伟大正在于此——它给我们提供了几近于无限的探究空间，世世代代地考验、提升着我们的审美能力！"

关于《红楼梦》中秦可卿这一形象，以及围绕着这一神秘形象所引发的种种问题，是最具魅力的"红谜"，虽然陈诏先生把我的探究说成"形成了他所谓的'秦学'"，并称"由于刘心武同志是著名作家，而他的观点又颇新奇动听，所以他的文章引起广泛的注意，曾在社会上产生一定影响。但在红学界，很少有人认同他的意见。"却也不得不承认，我提出《红楼梦》中有关秦可卿的现存文本"矛盾百出，破绽累累"，"这个问题无疑是提得合理的，富有启发性的"；梁归智先生也在讲述了他对我的观点的一系列质疑之后，这样说："我知道刘心武同志是不会轻易放弃自己的'秦学'阵地的。那只怕已经成了刘心武同志的一种'信仰'。"他们二位在提及"秦学"时都未免是"借辞含讽谏"，但我深信"红学"的这一分支——"秦学"，到头来是能被肯定下来，并繁荣光大的。说我的观点只是"曾产生一定影响"，这个"曾"字恐怕下得匆忙了一点；说"在红学界，很少有人认同"我的观点，以目前情况而言，可能如此，但一种学术观点，其赞同的多寡，并不能说明很多的问题；如果翻看我《秦可卿之死》一书由周汝昌先生所撰的序，当知即使在目前，也"吾道不孤"。

我确实非常珍惜陈诏、梁归智等同志的不同见解，"秦学"必得在坦率、尖锐的讨论中发展深化，我此刻心情正如商议结诗社的贾宝玉一般，要说："这是一件正经大事，大家鼓舞起来，不要你谦我让的。各有主意说出来大家平享！"

我且不忙针对梁、陈二先生对我的质疑、批驳，逐条进行申辩，我想先把我们之间的误会部分排除，这也是我希望所有关心这一讨论的人士弄清楚的。

我对秦可卿这一形象及相关问题的研究，严格来说，并不完全属于"探佚学"，也就是说，"秦学"不仅要"探佚"，也还要牵扯到"曹学""版本学""文本学"乃至于"创作心理学"等各个方面，它其实是"红学"诸分支间的一个"边缘学科"；但为讨论起来方便，我们且姑将其纳入"探佚"的"空间"。

在我来说，这个"秦学"的探佚空间，它有四个层次。

第一个层次，是《红楼梦》的"文本"（或称"本文"）。众所周知，现存的《红楼梦》前八十回里，秦可卿在第十三回里就死掉了，是"金陵十二钗"里唯一一个在公认的曹雪芹亲撰文稿里"有始有终"的人物；可是，又恰恰是这一"钗"，在现存文本里面貌既鲜明又模糊，来历既有交代又令人疑窦丛生，性格既在行为中统一又与其出身严重不合，叙述其死因的文字更是自相矛盾、漏洞百出。亏得我们从脂砚斋批语里得知，形成这样的文本，是因为曹雪芹接受了脂砚斋的建议，出于非艺术的原因，删去了多达四五个双面的文字，隐去了秦可卿的真实死因，并可推断出，在未大段删除的文字中，亦有若干修改之处，并很可能还有因之不得不"打补丁"的地方。因此，"秦学"的第一个探佚层次，便是探究：未删改的那个《红楼梦》文本，究竟是怎样的？在这一层的探究中，有一个前提是非常重要的，就是曹雪芹对有关涉及秦可卿的文本的修改，是出于非艺术的原因，而非纯艺术的调整。那种认为秦可卿的形象之所以出现上述矛盾混乱，系因曹雪芹将其从《风月宝鉴》旧稿中演化到《石头记》时，缺乏艺术性调整而造成的说法，我是不赞成的。显然在一度已写讫的《石头记》文本中，秦可卿的形象是已然相当完整、统一的，现在的文本之矛盾混乱，除了是由于非艺术考虑（避"文字狱"）的删改，还在于第八回末尾所加上的那个关于她出身于"养生堂"的"增添"（即"补丁"）；这是症结所在。概言之，"秦学"探佚的第一个层次，便是探究"在原来的文本里，秦可卿的出身是否寒微？"我的结论，是否定的，并对此做出了相应的推断。

第二个层次，是曹雪芹的构思。从有关秦可卿的现存文本中，我们不仅可以探究出有关秦可卿的一度存在过的文本，还可以探究出他对如何处理这一人物的曾经有过的构思，这构思可以从现存的文本（包括脂评）中推敲出来，却不一定曾经被他明确地写出来过。也就是说，我们不仅可以探究曹雪芹曾经怎样地写过秦可卿，还可以进一步研究他曾经怎样打算过；我关于甲戌本第七回回前诗的探究，便属于这一层次的探佚。我认为这首回前诗里"家住江南姓本秦"（脂批中还出现了"未嫁先名玉，来时本姓秦"的引句），起码显示出，曹雪芹的艺术构思里，一度有过的关于秦可卿真实出身的安排。我还从关于秦可卿之死与贾元春之升的对比性描写及全书的通盘考察中，发现曹雪芹的艺术构思中，是有让秦可卿与贾元春作为祸福的两翼，扯动着贾府盛衰荣枯，这样来安排情节发展的强烈欲望，但他后来写成的文本中，这一构思未充分地展示。我把他已明确写出的文字，叫作"显文本"，把他逗漏于已写成的文本中但未能充分展示的构思，称为"隐文本"，对这"显文本"的探佚与对这"隐文本"的探佚，是相联系而又不在同一层次上的探佚，因之，其"探佚的空间与限度"，自然也就不同。我希望今后与我争鸣者，首先要分清这两层"空间"。

第三个层次，是曹雪芹为什么要这样写、这样构思。这就进入了创作心理的研究。我们都知道《红楼梦》绝非曹雪芹的自传与家史，书里的贾家当然不能与曹家画等号；但我们又都知道，这部书绝非脱离作者自身生活经验的纯粹想象之作、寓言之作（当然那样的作品也可能获得相当高的审美价值，如卡夫卡的《万里长城建造时》）。我们不难取得这样的共识：《红楼梦》并非是一部写贾家盛衰荣枯的纪实作品，但其中又实在熔铸进太多的作者"实实经过"的曹家及其相关社会关系在康、雍、乾三朝中的沧桑巨变。因此，我们在进入"秦学"的第三个层次时，探究当年曹家在康、雍、乾三朝中，如何陷入了皇族间的权力争夺，并因此而终于弄得"家亡人散各奔腾"、"落了片白茫茫大地真干净"，从而加深理解曹雪芹关于秦可卿的构思和描写，以及他调整、删改、增添有关内容的创作心理的形成，便很有必要了。这个层次的研究，当然也就跨入了"曹学"的空间。比如说，我认为，曹雪芹最初写成的文本里，是把秦可卿定位于被贾府所藏匿的"类似坏了事的义忠老亲王"的后裔（注意我说的是"类似"而非必定为"义忠老亲王"一支），根据之一，便是曹家在雍正朝，为雍正的政敌"塞思黑"藏匿了一对逾制的金狮子，陈诏先生对此很不以为然，他说：藏匿金狮子尚且要惹大祸，何况人乎？因此，隐匿亲王之女"在现实生活中是绝对不可能的事情"；我以为他"绝对"二字下得太绝对化了，诚如他所说，清朝宗人府是要将宗室所有成员登记入册的，即使是革退了的宗室，也给以红带，附入黄册，但康熙五十二年四月，在命查"撤带"革退宗室给带载入《玉牒》，以免湮灭的行文中，便有这样的说法："再宗室觉罗之弃子，今虽记蓝档内，以宗人府定例甚严，惧而不报，亦未可定"，并举实例："原任内大臣觉罗他达为上驷院大臣时，因子众多，将弃其妾所生之子，包衣佐领郑特闻之，乞与收养，他达遂与之……"可见规定是规定，即使是皇帝亲自定的，也保不齐有因这样那样缘故，而暗中违件的。我对秦可卿之真实身份乃一被贾府藏匿的宗室后裔的推断，是根据曹家在那个时代有可能做出此事的合理分析，因为谁都不能否认，曹家在康熙朝所交好的诸王子中，偏偏没有后来的雍正皇帝，却又偏偏有雍正的几个大政敌，这几个政敌"坏了事"，自然牵连到曹家，曹家巴不得他们能胜了雍正，也很自然，就是后来感到"大势已去"，想竭力巴结雍正，也还暗中与那几个"坏了事"却也并未全然灰飞烟灭的人物及其党羽联络，从几面去政治投资，也很自然。希望随着有关曹家的档案材料的进一步发现，《红楼梦》中的秦可卿与贾元春这两个重要人物的生活原型，能以显露出来，哪怕是云中龙爪、雾中凤尾。

第四个层次，是曹雪芹创作《红楼梦》的人文环境。《红楼梦》不是一部政治历史小说，曹雪芹明文宣布他写此书"毫不干涉时世"，他也确实是努力地摆脱政治性的文思，把笔墨集中在"忽念及当日所有之女子"的情愫上，而且在具体的文本把握上，他淡化了朝代特征、满汉之别、南北之分，使这部巨著的风格极其诗化而又并非"史诗"。但这部书的创作却又偏偏打上了极其鲜明与深刻的时代印记，显示出作家所处的人文环境是如何制约着他的创作，而作家又如何了不起地超越了这一制约，在"文字狱"罪网密布的情况下，用从心灵深处汩汩流出的文字，编织出了如此瑰丽的伟大巨著。秦可卿这一形象，正充分体现了作者在艰难险恶的人文环境中，为艺术而奉献出的超人智慧，与所受到的挫折，及给我们留下的巨大谜团，以及从中派生出"谜"来的魅力。我最近写成一篇《〈红楼梦〉中的皇帝》，指出，《红楼梦》中的皇帝，是跟曹雪芹在世时，以及那以前的哪一个清朝皇帝，都画不上等号的，因为书中的这个皇帝，他上面是有一个太上皇的，清朝在乾隆以前，没有过这种局面，而等到乾隆当太上皇时，曹雪芹已经死了三十多年了。但这只是事情的一个方面，另一方面，你却又可以从《红楼梦》里那个皇帝的隐然存在的描写中，发现那其实是曹雪芹将康、雍、乾三个皇帝的一种缩写，换言之，他是把对曹家的盛衰荣枯有着直接影响的三朝皇帝，通过书中一个皇帝对贾家的恩威宠弃，典型化了。探究康、雍、乾三朝皇帝与曹家的复杂关系，是弄通《红楼梦》中关于秦可卿之死的文本的关键之一，比如，为什么秦可卿"画梁春尽落香尘"之后，丧事竟能如此放肆地铺张，而且宫里的掌宫太监会"坐了大轿，打伞鸣锣，亲来上祭"，这当然都不是随便构思、下笔的，这笔墨后面，有政治投影，因此"秦学"的空间，也便必须延伸到关于康、雍、乾三朝权力斗争的研究上去，其探佚的空间，当然也就大大地展拓开来。

我感觉，陈诏先生与梁归智先生对我的"秦学"见解的批驳，其中有很大一部分原因，是把我在以上四个层次中的探索，混为一谈了，故而令我感到缠夹不清、一言难辩。现在我将"秦学"探佚的四个层次一一道明，庶几可以排除若干误会，使与我争论的人们，能在清晰的前提下，发表出不同意见，而见解相近者，今后也可更方便地与之讨论。

至于"秦学"研究的意义，我已在若干文章中强调过，兹不再赘。

期待更多的批评与讨论！

櫏木·义忠亲王·秦可卿

汝昌前辈：

得您端午大札，蒙您见告：近考"潢海铁网山"所产"櫏木"即辽海铁岭山中的梓木，潢水是大辽河的主源，蒙语曰锡喇穆伦（或作楞），河自古北口以北流至铁岭之正北，此处明代设"辽海卫"，铁网山即铁岭甚明，夹一"网"字寓"打围"之义，盖清代在此有大猎场。梓木高而直，故似桅杆也，汉帝以梓作棺名曰"梓宫"，义忠老亲王即取此义，隐喻"帝位"（康熙太子胤礽与其子弘皙）。您说：可卿之殁竟用了"梓宫"之材，此中意味深长。极是。

端午大札早悉，迟至今日才回，是因为看了一个月的世界杯球赛，并应邀为报纸特刊写些侃球的文章，都是些速朽的文字，十足的板儿水平——《红楼梦》第四十一回有板儿将手中佛手换来巧姐手中圆柚当球踢着玩的情节——让您见笑了！

大札所示内容极为重要。《红楼梦》第十三回所出现的"义忠亲王老千岁"影射胤礽是很明显的。康熙十五年（1676年），才十八个月的胤礽由乳母跪抱着完成了册封他为太子的庄严仪式，后来被精心培养长大成人，康熙外出征战时他代理政务，六次陪同康熙南巡，可是 1708 年却在随康熙北狩的御营中被废——这"潢海铁网山"可是"千岁爷""坏事"的场所啊！另外，斥废太子是当着全体在场的皇子及其他皇族权贵进行的，即是在"天潢贵胄"云集的情景下"坏事"的，"潢海"或许也还含有此层意思；而且被废后是以铁锁网状绑缚后押回京城的，当时随行的西洋传教士马国贤在其回忆录中有所描写，故"铁网山"我以为亦含双关——但随后不久康熙又后悔，1709 年他将太子复位，到 1712 年康熙又再次将太子废黜；这过程里康熙其他十多个儿子中约有一半卷入了争夺接班人地位的权力斗争，但胤礽始终只是遭到禁锢而并没有被公开或暗中杀害。如果曹雪芹完全虚构，他可以说那檀木的原主已经伏法或者自裁，但他行文却是"原系义忠老千岁要的，因他坏了事，就不曾拿去"，"坏了事"三个字里绵延着康、雍、乾三朝里波澜起伏惊心动魄的故事，胤礽在康熙朝就"坏了事"但并未一坏到底，到了雍正朝一方面对他严加防范，另一方面因为他已经不是最大和最难对付的政治威胁，雍正也还封他为理亲王，他在雍正三年病死（起码表面上病死），雍正准许他的儿子弘晳嗣其爵位（为郡王），这在您的《新证》和《文采风流第一人》等著作中都有极详尽的考证。曹雪芹祖辈、父辈与胤礽过从最密，常被人举出的例子就是胤礽的乳母之夫（乳父）凌普可以随便到曹家取银子，一次就取走过二万两。曹家当然希望胤礽能接康熙的班，即使"坏了事"，因为康熙在最终如何处置他上多次摇摆，胤礽究竟是否彻底失去了继承王位的可能，直到康熙咽气前一刻都还难说，曹家肯定不会中断与胤礽一族的联系，并且还要把宝持续地押在他和弘晳身上，在这种情况下，帮他藏匿财物甚至未及被宗人府登记的子女，一方面可以说是甘冒风险；

另一方面也可以说是进行政治投资。您所提供的材料，进一步说明秦可卿这一艺术形象的原型，正是"义忠老千岁"的千金，她的睡进"梓宫"，正是"落叶归根"。《红楼梦》故事的背景，已是乾隆初期，乾隆为了缓解父王当政时皇族及相关各派政治势力间的紧张关系，推行了一系列的怀柔政策，曹家是受益者之一，这时不仅曹雪芹父亲曹頫得以恢复官职，家境一度回光返照般地锦衣玉食起来，而且朝中有人——曹雪芹的表哥平郡王福彭是乾隆手下的权臣，所以那时大约十几岁的曹雪芹很经历了几年浸泡在温柔富贵乡里的绮梦般生活，这些史实虽经您一再申诉，但许多人直到今天仍懵懂地觉得"曹雪芹不是在南京很小的时候他家就被抄了吗？他哪来写北京贵族生活的生活体验呢？"其实曹雪芹恰恰是有这"最后晚餐"的体验的。当然，好梦不长，到乾隆四年，就爆发了胤礽儿子弘晳勾结另外几位皇族阴谋夺权的事情，弘晳他们甚至已经搭好了政权班子乃至服务机构（如太医院），据说还使用了明矾水来写密信（表面上看不出，需特殊处理才显露真意），《红楼梦》第十回，正文里说那张友士是来京城为儿子捐官的，却在回目里称他为张太医，而且开出那么个古怪的药方，这些细节我以为都有一定的生活依据，绝非向壁虚构。实际上弘晳欲成就"老千岁"的"大业"，摆出"影子政府"的姿态，在那时的贵族富豪家中已经不是什么绝密的事情，《红楼梦》第四十回在牙牌令里出现"双悬日月照乾坤""御园却被鸟衔出"的字样，实非偶然，都是当时那种政治形势的投影。但乾隆毕竟是了不起的政治家，他快刀斩乱麻地处理了这个严重的政治危机，斩草除根却并不大肆宣扬，甚至尽可能不留下什么档案，这就是为什么受到牵连弄得家亡人散各奔腾的曹家在那以后究竟是怎么个情况，竟总难找到具体翔实材料的根本原因。一些人总以为雍正五年曹家在南京被抄后就"落了片白茫茫大地真干净",其实不然,是在乾隆元年经历了一番回黄转绿,"三春过后"才终于"树倒猢狲散"的。《红楼梦》前八十回写的并非江宁织造时期的盛况,而是取材于乾隆初期曹家的末世光景,脂砚斋在批语里一再提醒读者"作者之意原只写末世"。所以说,弄明白了乾隆元年到乾隆四年曹家从死灰复燃又忽然灰飞烟灭这个写作背景上的大关节,才能真正读懂《红楼梦》啊!也只有弄明白了乾隆对"义忠亲王老千岁"那不知好歹的余党的深恶痛绝,镇压起来"接二连三,牵五挂四,将一条街烧得如火焰山一般"毫不手软,才能懂得脂砚斋为什么要求曹雪芹将有关秦可卿的故事加以删节,并且故意把她的真实身份隐去,偏说她是从"养生堂"里抱来的野种。

据王士禛《居易录》卷31,胤礽在十几岁的时候曾经写过一副对子,大受康熙夸赞:"楼中饮兴因明月,江上诗情为晚霞",与胤礽过从甚密的曹寅、曹頫很可能常常引来激励子侄们向这位"千岁"学习。在曹雪芹的《红楼梦》里,我们可以看到"嫩寒锁梦因春冷,芳气笼人是酒香"这样的联句(托言宋秦观句,但翻遍秦观文集也找不出来),还有"烟霞闲骨骼,泉石野生涯"(托言唐颜鲁公句亦无根据),其中,是不是多多少少有些个胤礽少年联句的影响呢?很可能,曹雪芹对胤礽这个牵动着他家至少三代人命运的神秘"千岁"有着自己独特的理解,在《红楼梦》第二回里他通过贾雨村之口所说的那种秉正邪二气的异人里,也许就隐藏着一个胤礽。有些人总嫌"红学"的分支"曹学""喧宾夺主",其实,岂止应该把曹家的事情弄清楚,把胤礽这位"坏了事"的"千岁"的事情弄清楚,都是准确把握《红楼梦》文本真情真意的大前提啊!

我的关于秦可卿这一艺术形象的研究，算是"红学"的一个小分支吧，虽被讥为"秦学"，我却不想改弦易辙，还要继续探究下去，因为我相信，只有把曹雪芹的身世以及写作背景，以及他不得不修改秦可卿出身死因的种种具体缘由弄清楚，才能真正读懂《红楼梦》文本，也才能进入深刻的审美境界。

感谢您的一再指教，特别是多次提供资料线索，令我眼界思路大开！

溽暑中望您格外保重！

晚辈刘心武

拜书

2002 年 7 月 12 日

【附】周汝昌

铁网山·东安郡王·神武将军
——致刘心武

心武学友：

昨日收到前日的《今晚报》，我方看到你 7 月 12 日写给我的"论红书简"——这"看"字是该加引号的，因为拙目已不能阅报观书了，是家里人念给我听的。

我听了之后，大为高兴，深感你的见解与文笔更为深沉精练，可知日进千里，君子不息。

你这篇书简写得好，内容十分重要。我们对这一问题的讨论，通过相互启发切磋和共识，已然逐渐显示清晰，可说是红学史上一大"突破"。因为，这实质上是第一次把蔡元培和胡适两位大师的"索隐"和"考证"之分流，真正地汇合统一起来，归于一个真源，解开了历时一个世纪的纷争，而解读破译了红楼奥秘。

你引了我信札中的考证收获："潢海"即辽海，今之辽北铁岭地区，亦即雪芹上世由京东丰润出关落户的地方，薛蟠透露：檀木是他的父亲给义忠亲王"老千岁"（皇太子也）从家乡带来的。这表明薛家原型也就是铁岭人，都是内务府包衣人，故为"支内帑"做"皇商"之家世。"铁网"者，即"铁岭"（辽海卫地区）的大围场所在，所以冯紫英才随其父神武将军冯唐到那里去打围行猎——而特笔写清是三月下旬启程，到四月底方回，将近一个月，正是京师距铁岭的往返程期，因单程即达一千五百里，素有"里七外八"之谚语，是说关内须走七百里，出关再行八百里之遥也。

我们的共识是秦可卿一案涉及的是废太子胤礽、弘皙一支的史迹，是为清代入关后第一大事，几乎"翻天覆地"，曹家始终卷入此一旋涡而不能自拔——与"王爷级"竟会"同难同荣"，实指非它，即此是矣。

"神武将军"要到铁岭（附近的西丰至今有大围场遗址）去打围，也不是闲文淡话，中有事由。冯家与"仇都尉"家是"对头"，也就是当时政局大斗争中的一个小局面的反映。

如今还要说说你引录的太子胤礽的对联："楼中饮兴因明月，江上诗情为晚霞"，异常重要！我有一种新破解——请看雪芹在书中第三十回，黛玉入府，初见"荣禧堂"大匾，是御笔（先皇，康熙大帝也），故云"赤金、九龙、青地"的最高规制——而下面即又特写一副对联，道是：

座上珠玑昭日月，堂前黼黻焕烟霞。

我们立刻感受的是什么？就是此联文藻风格，怎么就和"老千岁"那么相仿！

我想，你必已注意到了：这副联的落款尤为惊心动目："同乡教弟勋袭东安郡王穆莳拜书"。"同乡"何义？都是辽北之人也。莫忘努尔哈赤破明，第一步是设计诱降了铁岭紧邻（东南接壤）抚顺，随即攻陷铁岭十几个戍守堡，而腰堡的曹世选（雪芹太高祖）被俘为奴，即在此役中（满洲"大金天命三年，戊午"）。

奇怪的是：小说中写得分明的四郡王是东平、西宁、南安、北静，人人尽晓；哪儿又出来一个"东安郡王"呢？难道是作者"一时疏忽"，致此笔误？那太把雪芹看"扁"了。

这就是特意逗漏重要消息：此是真实的"王爷"，另外一级，不在"四郡"之中。尤其要注意一点：高鹗篡改雪芹原文，用心精密，他一见这落款，心里就知"了不得"，马上提笔抹去了真文，换上了什么"衍圣公"云云。

你看《红楼梦》的事情，如此之曲折复杂，没有"学"，不知"史"，只论"文"（也只限字面表层最浅一义），如何能读得其中之味，而解悟字里之情呢？

所以你说得最为深透了：很多人总认为我们的研考是节外生枝，是喧宾夺主，是"不务正业"，是"外围离谱"……殊不知，他们正是看不见雪芹的高妙手法，以"荒唐言"来晓示于天下后世的一段特大的奇闻故事，这事牵连了多少人的生途命途，离合悲欢！所谓"白骨如山忘姓氏，无非公子与红妆"！此种沉痛语言，乍看怎能理解？如果感受到我们的研考的主旨精神之后，就会另有体会了吧？

多亏你提示了《居易录》中幸存的胤礽之对联，月与霞，在《红楼梦》中均有特别重要的意义和地位，这也是一大发现。因此刻笔倦了，留待下次再叙。特表欣佩之意，并祝笔健！

周汝昌拜启

壬午七月初二日入秋之第三日也

【注】

"东安郡王穆莳"当即指皇太子胤礽。"莳"有"立也"一义，又有更（改）种（栽）一义，即移植义。此正合既立又遭废黜的史实。又，太子自古例称，"东宫"，此殆即"东安郡王"的隐意更显者：老皇御匾是"赤金"字，而对联特叙是"錾银"字，又正是皇帝与太子的"级别"标志。"穆"是美词、敬称，如《诗经》"穆穆文王"是例，有和厚欣悦等义。

至于神武将军"冯"家，则喻指富察氏马齐、马武家乃是康、雍、乾三朝富贵极品之家，故时谚曰"二马吃尽天下草"，冯即"二马"隐词。胤礽是索额图的侄女孝成太后所生，索、马皆任内务府总管，又都参与争位"拥立"的皇子政权斗争，是关键性人物，均曾使康熙震怒而欲置之死地：他们二家与曹家的命运关系至深至切！"冯紫英"是马齐家子弟之佼佼者也。凡此，需专文另叙，今不多涉。

【附】刘心武 2002 年 9 月 16 日信

汝昌前辈：

大札早悉，《铁网山·东安郡王·神武将军》大文也已拜读，因家中事冗，迟至今日方复，心甚不安，恳乞谅鉴！

王士禛《居易录》原书未访到。我所据为转引。转引自以下二书：

一、《康熙朝储位斗争记实》美国吴秀良著，张震久、吴伯娅译

该书 1979 年在美国出版，译本 1988 年 9 月中国社会科学出版社第一版，该译本 34 页有下列一段文字：……康熙还自豪地提及胤礽的少年有为，他说："其骑射言词文学，无不及人之处。"太子在十几岁时（约 1684 年）写过两行难得的对联，足以证明他无愧于父亲的称赞。然后引出对联："楼中饮兴因明月，江上诗情为晚霞。"对联后有注解号，脚注是：王士禛《居易录》卷 31。

二、《清朝皇位继承制度》杨珍著，2001 年 11 月学苑出版社第一版

该书 193 页有下列一段文字：康熙帝对于允礽与一般汉臣的交往，也持鼓励态度，如一次南巡中，康熙帝赐给致仕内阁大学士徐嘉炎御书、对联及唐诗后，皇太子允礽"赐嘉炎睿书博雅堂大字，又一联云：'楼中饮兴因明月，江上诗情为晚霞。'并赐睿诗一首。"页下脚注是：王士禛：《居易录》卷 31，第 1—2 页。

"楼中……江上……"一联，确实与《红楼梦》中"座上……堂前……"一联太相仿了！何况当年胤礽确实以此给人题写过，估

计不只是给徐嘉炎一处。

我有中华书局印的王士禛《池北偶谈》，另知上海古籍出版社印过他的《香祖笔记》，《居易录》和《居易续录》不知出过铅排本否？杨珍书后所附参考书目，《香祖笔记》标明铅排本，《居易录》却注明是康熙刻本。倘《居易录》没有影印本和铅排本，则访求不易。《居易录》《居易续录》应尽快访到，以便细阅，也许还会有意外收获。我当努力。

上述二书，美国吴博士的似水平一般。但杨珍女士的两本书（另一本是《康熙皇帝一家》）则相当有参考价值，她通满文，能直接阅读满文档案，见解不俗，书中引用资料较丰，附表中有清朝历朝皇子简表，及康熙帝诸女表，很有用。

先就对联一事汇报如上。

颂秋祺！

晚辈刘心武拜

2002 年 9 月 16 日

【附】周汝昌先生壬午中秋后二日信

心武学友：

昨（22）接 16 日来书，喜知所示出处情况。此二书我毫无所闻，只因目不能读，故多年来不看"新书广告"也不买书（没了蜗室已无处可放……）其孤陋之状可笑之境若被"名流"得知一定大牙笑掉也！此二书即皆专题专著，而且他们又有条件博搜史料，料想此联之外也不见其他记载了（指胤礽之文字）。旧年我曾烦人到郑家庄去"考古"（胤礽所邑，而今恐无遗迹矣）。其师父熊赐履文集应重读（昔时不能注意及此），可惜我已不能而你也不易为此而跑图书馆，徒叹奈何（熊即为曹玺作挽诗的大学士，十分重要，康熙命曹寅看顾他的晚境……见《新证》所引）！这段"公案"是破译红楼的钥匙，盼你能坚持深入不断研究。

兄"枉凝眉"文本想也写写，又虑人家说我二人"对口相声"是"编"好了的，故暂按笔不动，以俟良机。附及。

因老伴突然病逝，心情不好，此信草草望谅。

秋日笔健

盲者周汝昌拜上

壬午中秋后

（另纸）

手文心武亦痴人

绿叶红楼境自新

每见佳篇吾意来

共启尺素托游鳞

临缄口占

解味草

壬午中秋后二日

张友士到底有什么事

王蒙在其《红楼启示录》中议论到《红楼梦》第十回后半回时说："张先生看病一节平平。"并认为曹公写出这么一个人物，是想表现"在医艺上，人们尊敬业余的却不尊敬专业的"等"认识价值"，整个张先生给秦可卿看病一节文字，因找不到内在契因的解释，故而是一种"富有游戏性"的写法，"有一种特殊的间离感"。

此说大谬！我以为张友士为秦可卿诊病一回，实在是惊心动魄的一个大关节，哪里是什么游戏性的闲笔，尤其不能以"平平"二字概括其内涵。

我曾撰一《秦可卿出身未必寒微》的长文，已刊于《红楼梦学刊》1992年第二辑中，并与周汝昌先生就此一重要问题有过通信，亦已发表于1992年4月12日上海《文汇报》上，我的意见，是认为曹雪芹写完全部关于秦可卿的故事以后，他的合作者脂砚斋感到这一人物所关联着的情节已然构成干涉时世的事实，倘任其保留，流传出去，则必惹出弥天大祸，故而令其把写成的第十三回"秦可卿淫丧天香楼"一节大段整页地删去，直至删却四五叶之多，删得伤筋动骨之后，只好被动地打上补丁，在第八回末尾，告诉读者秦可卿竟是一个在小官吏家中长大的从养生堂抱来的弃婴。这当然是一个故意让读者一看便不肯相信的谎言。

据我推测，秦可卿很可能是皇族在权力斗争中，暂时败落的某一方的未及登入户籍的女婴，由于该方与贾府有着鲜为人知而暗中勾连的深层关系，故以小官吏从养生堂抱养后嫁到宁国府与贾蓉为妻的幌子掩人耳目，在那里寄顿下来，而秦可卿的家族背景，在那时不仅并未彻底败灭，到故事发展到第十回时，正处于一个要么能转败为胜，要么便再无希望的极为关键的时刻，所以秦可卿焦虑成疾，而贾府中的知情人也都企盼着秦氏的背景能高奏凯歌。正因为秦氏有着如此非同小可的血统身份，贾母才将她视为"重孙媳中第一个得意之人"，她也才浑身显露出比贾府中任何一位女主子都更高贵更娇嫩的"豌豆公主"（丹麦童话家安徒生笔下人物）般的气派。

以往的论家，多把秦可卿视作一个美丽绝伦而又淫荡无度的尤物，据传在一度出现后又迷失的南京"靖本石头记"中被抄录流出的独家"脂批"中，透露出所删却的"淫丧天香楼"文字中有"更衣"、"遗簪"等情节，因无从看到有关文字，所以一般都猜度是写秦可卿与贾珍的秽行时的细节。秦可卿与贾珍的忘年之恋，当然存在，且为当时的伦理道德规范所不容，"情既相逢必主淫"，"画梁春尽落香尘"，"擅风情，秉月貌，便是败家的根本"，"家事消亡首罪宁"，所以焦大要乱嚷乱叫地骂。但依我看来，秦可卿长大成人后，似乎在表面上嫁给贾蓉之前，已与贾珍互恋，而贾珍对她的爱情，也并非玩弄而颇为真挚，说实在的，读者倘细读现存的文字，便不难发现贾蓉与秦可卿貌合神离，甚至贾宝玉午睡的那间挂着《海棠春睡图》的神秘卧室，也只是秦可卿独享的居室而并非与贾蓉同床共枕的场所，总而言之在秦可卿与贾珍、贾蓉的表层关系的内里，另有一种政治关系隐藏着，因而倘所删文字中真有"更衣"的情节，也便不一定就是单纯写情写性。

其实在第十回里已经写到了更衣，尤氏对贾珍说："现今咱们家走的这群大夫……可倒殷勤的很，三四个人一日轮流着倒有四五遍来看脉……倒弄得一日换四五遍衣裳。"换衣裳就是更衣，这更衣之举，从表面上看，是连贾府这样的簪缨大族，也并非惯有的繁文缛礼，贾珍或许是为了掩饰秦可卿这一古怪举动的隐秘动机，所以当着下人说："……何必脱脱换换的……衣裳任凭是什么好的，可又值什么……"

依我看来，秦可卿生理上固然确实有病，但并非什么大症候，她主要是心理有病，患了焦虑症，而究其实，又是政治病，她是在焦急地等待着家族的人派间谍来与她联络，以求胜败的迹象，说不定那更衣之举，就是一种联络的方式。但在常走的大夫群里，她脱脱换换虽勤，却一无所获，故焦虑愈深，病情也愈奇愈重，就在这种情况下，忽然贾家世交冯紫英那里冒出来一个"上京给他儿子来捐官"的张友士，友士，我疑即"有事"的谐音（曾同周汝昌先生当面讨论过，他说早有此想），他哪里是个什么业余医生，即便是，那也是个障眼的身份，他分明是负有传递信息使命的间谍，为秦氏家族背景所派，因而，他那诊病的过程，我以为其实是黑话连篇，他开出的那个药方，应有有识之士从这个角度加以破译。最惊心动魄的是，他带来的是一个绝坏的消息："依小弟看来，今年一冬是不相干的。总是过了春分，就可望全愈了。"书中写道："贾蓉也是个聪明人，也不往下细问了。"他聪明在哪里？就是破译出了张"有事"的黑话，懂得秦氏一族在权力斗争中，最终只能有一冬的挣扎，到过年的春分时，便再无蹦跶的余地了，也正因为如此，秦氏便决心一死了之，但她究竟死在何时？为何要"淫丧"？又为何要丧在天香楼中？那丫鬟宝珠又为何"甘心愿为义女"，后来离府守灵，三缄其口？因写成的"解扣子"文字均被删却，便成了一桩千古疑案。

"友士"药方藏深意

M兄：

《红楼梦》第十回有点怪，尤其后半回"张太医论病细穷源"，是文不对题的——因为书里写的那位由冯紫英荐来的给秦可卿诊病的张友士先生，根本就不是"太医"，不仅不是"太医"，他甚至也并非以行医为业的人，书里用贾珍的话交代，他是冯紫英"幼时从学的先生"，兼懂医理而已，而他从外地来到京城，也绝非要入"太医院"当"太医"，而是"给他儿子来捐官"的。但各种版本的《红楼梦》，在这半个回目上都保持一致，颇令人深思。

《红楼启示录》专有"张先生与秦可卿"一段，认为"张先生看病一节平平"，这是没有读懂或至少未经深思的轻率之言。至于认为贾珍、贾蓉等对张友士的尊重，只是作者"流露出来的一些观念习俗"，"在医艺上，人们尊敬业余的却不尊敬专业的"，"反映了一种轻视技艺，更加轻视以技艺为职业为谋生手段的观点"云云，则更是对这半回文字的误读。这半回中还列出了张友士为秦可卿开出的一道"益气养荣补脾和肝汤"，是一个完整的药方，为全书中所仅见。难道曹雪芹在书中插入这样一个药方，仅仅是为了显示一下他个人学识的渊博，或如《红楼启示录》所说，仅仅是一种"富有游戏性"的即兴笔墨吗？清人洪秋蕃说："《红楼梦》是天下古今有一无二之书，立意新，布局巧，词藻美，头绪清，起结奇，穿插妙，描摹肖，铺序工，见事真，言情挚，命名切，用笔周，妙处殆不可枚举……如拜年贺节，庆寿理丧，问卜延医，斗酒聚赌，失物见妖，遭火被盗……琴棋书画，医卜星命，抉理甚精，视举悉当……诗词联额，酒令灯谜，以及带叙旁文，点演戏曲，无不暗含正意，一笔双关。"是呀，如果曹雪芹连写什么场合什么人点了什么戏都刻意于"暗含正意，一笔双关"，他又怎么可能在第十回中录下了好大一个药方子而并无深意呢？

据我梳理爬剔，这实际上是一回十分紧张的文字。有着皇族血统的秦可卿，因等待至关紧要的其家族在权力斗争中决一雌雄的最终消息，焦虑到不思饮食、月经失调、神经衰弱的程度，这自然也牵动着贾珍、尤氏、贾蓉乃至那边府里贾母、凤姐的心弦；终于在这一天，冯紫英带话，那边派来的传信人到了——张友士的"友士"就是"有事"的谐音，他"有事相告"；"冯紫英"我疑心是"逢梓音"的谐音，"梓"即"桑梓"也就是家乡，甲戌本《石头记》第七回有一回前诗，明言"相逢若问名何氏，家住江南姓本秦"。秦可卿的家族背景那时已蛰伏于江南，张友士或许原来就是京城太医院的太医，甚或就是秦可卿的接生者，随秦氏一族的蛰伏势力而长期留居江南，现在"上京给他儿子来捐官"不过是一个表面的托词，这一点或许后来删去的"淫丧"一节中有交代，所以回目中称"张太医"就一点也不奇怪，而他诊病时所说的一番话，特别是最后他告诉贾蓉："人病到这个地位，非一朝一夕的症候……依小弟看来，今年一冬是不相干的。总是过了春分，就可望全愈了。"全是传递绝密消息的黑话，所以"贾蓉也是个聪明人，也不往下细问了"。

真是一个大悲剧——张友士带来的不仅不是一个胜利的消息，甚而还是一个只有一冬时间做最后挣扎并必须忍痛善后的最坏的消息。现在需要我们认真破译的是他开的那个药方子，兄能动一番脑筋并有以教我吗？因为关于秦可卿这些情节的描写，实际上已深深地违背了"毫不干涉时世"的自设规诫，所以曹雪芹后来不仅听从脂砚斋的建议删去了"大揭秘"的几页文字，也一定将原有的隐喻谐比再尽可能地模糊化，并打了"补丁"。然而张友士的药方子毕竟还是留下来了。默默地一遍遍被抄录被印刷被阅读，而并不为人们所惊觉所重视。

依拙见，药方子的头十个大字，实际上是一道让秦可卿自尽的命令，那十个字可分两句读："人参白术云：苓熟地归身。"也就是告诉秦可卿为家族本身及贾府利益计，令她就在从小所熟悉的地方——具体来说就是"天香楼"中"归身"即自尽。所以秦可卿死时向凤姐托梦有"我今日回去，你也不送我一程"的话。"人参白术"是谁呢？我们都知道"参"是天上"二十八宿"之一，倘"白术"可埋解作"半数"的谐音，则正合十四，而康熙的十四个儿子争位的恶斗一直继续到四子雍正登基之后……打住打住，读至此你一定要斥我"牵强附会"的吧，但《红楼启示录》中断言写张友士诊病仅仅是表现一点"职业特点"的"认识价值"，就不牵强附会吗？一笑。

1992 年 8 月 19 日

可人曲

　　"蒋玉菡情赠茜香罗"一回，写在冯紫英家中，贾宝玉、冯紫英、薛蟠及锦香院的妓女云儿一起发令饮酒唱曲，各人所说的"女儿悲、愁、喜、乐"四句及所唱曲文，不但契合各人性格，生动贴切，而且暗含着许多对书中人物与情节发展的提示，人们已写过不知多少篇文章，分析这一描写，特别是对贾宝玉的《红豆曲》，还有关于薛蟠的那些细节，都已形成滥觞；可是，冯紫英在那一场合所唱的《可人曲》，却鲜为人注意。

　　冯紫英不消说是"逢知音"的谐音。他是谁的知音？笼统而言，好说——他是贾府的知音；再具体点呢？是贾宝玉的知音吗？也许算得上，但算得上也还不是主要的；依我看，他首先是贾珍的知音！

　　冯紫英第一次引起读者注意，是在第十回。宁国府的秦可卿忽然得了怪病，贾珍尤氏都焦心不已，在此关键时刻，冯紫英来到宁国府，"说起他有一个幼时从学的先生，姓张名友士，学问最渊博的，更兼医理极深，且能断人的生死。今年是上京给他的儿子来捐官的，现在他家住着呢"；这位张友士，正文中明说他不过是"兼医理"的"业余大夫"罢了，可这一回的回目，各种脂批本均作"张太医论病细穷源"，这是"题不对文"吗？就这一回而言，似乎是，但就全书而言，我想在那八十回后的佚稿中，这位张友士很可能还要出现。那时他的真实身份和面目，肯定要大曝光，依我看，他的真实身份，确一度是京城太医院的太医，但后来因故到了江南，秦可卿"家住江南姓本秦"（第七回甲戌本回前诗透露），他与秦氏的真实父母有很深的关系，他的"上京给他的儿子来捐官"，不过是掩护的手段，实际是来向秦氏通风报信，他鬼鬼祟祟所为，皆系政治活动——他自己说了："……今日拜了一天的客，才回到家，此时精神实在不能支持……"所以当日不能去宁国府，可见行动之诡秘匆忙。这样的一个人到了京城，不住别家住冯家，而他到达的消息不由别人向贾珍传递而由冯紫英亲自上门传递，可见冯紫英是贾珍的铁哥儿们。

秦氏家族终于没有成事，"春梦随云散，飞花逐水流"，秦可卿也只好"画梁春尽落香尘"，在送殡的行列中，也有"锦乡伯公子韩奇，神武将军公子冯紫英，陈也俊、卫若兰等诸王孙公子"，大家都知道卫若兰在书中是一不可忽略的角色，他有"射圃"等重头戏，并很可能与"因麒麟伏白首双星"一语有关——与史湘云曾一度结为夫妻；我猜测韩奇、陈也俊也都是后面还会出现的人物；在目前所存的八十回书中，以上几位王孙公子中有戏的只是冯紫英一人。但关于冯公子的戏，论家一般都忽略不计。

秦氏死后，睡入了"原系义忠老千岁要的，因他坏了事，就不曾拿去"的那"出在潢海铁网山上"的"叫作什么槚木"打制的棺材中，读者或许以为这些关于棺材的语码出现一次也就罢了，谁知到第二十六回，忽然写到薛蟠把贾宝玉骗出来吃喝，酒酣耳热之际，小厮来回"冯大爷来了"，这下面的描写实堪注意：薛蟠见冯"面上有些青伤"，便笑道："这脸上又和谁挥拳的？挂了幌子了。"冯紫英笑道："从那一遭把仇都尉的儿子打伤了，我就记了再不怄气，如何又挥拳？这个脸上，是前日打围，在铁网山教兔鹘捎一翅膀。"宝玉道："几时的话？"紫英道："三月二十八日去的，前儿也就回来了。"宝玉道："难怪前儿初三四儿，我在沈世兄家赴席不见你呢……单你去了，还是老世伯也去了？"紫英道："可不是家父去，我没法儿，去罢了。难道我闲疯了……寻那个苦恼去？这一次，大不幸之中又大幸。"原来，冯紫英是去了潇海铁网山——那与坏了事的义忠老千岁有某种关系的地方——而且去的时间不短，还是被他的父亲冯唐逼着去的，表面是打猎，实际上很可能是某种诡秘的政治性行为——他漏了一句"大不幸之中又大幸"，但后来坚不再谈，讳莫如深；所以这个冯紫英绝非一般的背景性人物，在佚稿中，他必有与贾府"一损俱损"的重场戏演出！

第二十八回中轮到冯紫英唱曲，他唱道："你是个可人，你是个多情，你是个刁钻古怪鬼精灵，你是个神仙也不灵，我说的话儿你全不信，只叫你背地里细打听，才知道我疼你不疼！"虽然"可人"可理解为泛指（样样让人满意的人儿），但秦可卿的小名恰是可儿，因此，我们可以设想，这首《可人曲》如由贾珍来唱，那可是十足地"言为心声"了！也许冯紫英恰是在聚饮时经常听贾珍高唱此曲，听熟了，所以才不由得学起舌来的吧？的的确确，他是贾珍的知音啊！

另有一蛛丝值得玩味，第五回宝玉在秦氏卧室，书中说留下了袭人、媚人、晴雯、麝月四个大丫鬟为伴；但第四十六回，鸳鸯在历数同样资历的十来个大丫鬟时，却不见媚人，而有"死了的可人"一说，其实现存的八十回书中，除这两处，根本既无媚人也没可人的踪影，显然，这是因为曹翁在整理书稿时，考虑到秦可卿已定名为可儿，那与其相近的可人先是改为了媚人，后更干脆去掉，说成"死了"，以免混淆；但他却保留了《可人曲》——可惜的是从来的读者都很少有人"知音"！

园中秋景令

　　已故前辈作家叶圣陶曾特别指出：《红楼梦》第十一回中，有一阕写宁国府会芳园中秋色的小令；这样的写景法，在全书中是个孤例，值得注意，他提出了问题，却未回答问题，也未见有人站出来接过这一问题加以破译。

　　这阕园中秋景令写的是："黄花满地，白柳横坡，小桥通若耶之溪，曲径接天台之路。石中清流激湍，篱落飘香；树头红叶翩翩，疏林如画，西风乍紧，初罢莺啼；暖日当暄，又添蛩语，遥望东南，建几处依山之榭；纵观西北，结三间临水之轩，笙簧盈耳，别有幽情；罗绮穿林，倍添韵致。"

　　以诗词曲赋写景，穿插于小说之中，这本不稀奇，稀的是曹雪芹在书稿中仅用小令一次，奇的是用在一个似乎是最不必展开描写风景的"坎儿"上。凤姐去宁府赴宴，特意看望了病得离奇的秦可卿，两人在近旁无人的情况下，"低低的说了许多衷肠话儿"，都不是什么与"秋高气爽"相称的话语，说到末后，凤姐"不觉得又眼圈儿一红"，由于尤氏催得紧，才不得不"带领跟来的婆子丫头并宁府的媳妇儿婆子们，从里头绕进园子的便门来"，这样一种情况下，按说哪儿有心思欣赏园景？却偏紧跟着有这样一阕小令，而且用了凤姐"但只见"三个字作引，就是说小令所见，是凤姐的"主观镜头"，一般来说，这样的写景，也同时表达着看景人的心境，这显然和前面的场景对不上茬口！

如果我们再加细究，就会更加疑窦丛生。第八回是"比通灵金莺微露意，探宝钗黛玉半含酸"，写到天已下雪，"下了这半日雪珠儿了"，袭人还有"被雪滑倒了"的遮掩之词，可见已入冬，底下接写次日宝玉与秦钟拜见贾母，第九回又接写闹学堂，第十回写闹学后璜大奶奶入宁府的余波，及并非太医的"张太医"入府给秦氏看病开药方，第十一回又是紧衔着第十回下笔的，天气只能是一日比一日更呈冬象，怎么还能是"黄花满地，白柳横坡"？又哪能"清流激湍"？至于"暖日当暄，更添蛩语"，这话就愈发令人奇怪！

可见，用常规的思路，断难明白这一小令出现在这里的原因。

我有一条思路，或可破译，那便是——

这《园中秋景令》，其实隐含着关于秦可卿真实身份和家族企盼的信息。

秦可卿的真实出身，是类似"义忠老千岁"那样的大贵族；只不过因"坏了事"，才不得不以小官吏秦业从养生堂抱养、嫁到宁府为媳的"说法"来掩人耳目；所以说"小桥通若耶之溪"，若耶溪是春秋时越国的西施浣纱的地方，西施是个帮越国灭掉吴国终于以隐蔽身份而"有志者事竟成"的角色，秦可卿的隐蔽性、复仇性、颠覆性，与西施契合。"曲径接天台之路"，典出汉代刘晨阮肇入天台山采药，遇仙女滞留。这里"天台"可能有世俗的含意，指皇帝宝座，正是秦氏家族觊觎的东西，而宁荣两府仰靠秦氏姊妹——警幻仙姑和秦可卿谋取政治利益的做法，是极其露骨的，第五回中就既写到宁荣二公对警幻仙姑的"托孤"，又明说贾母把秦氏视为"重孙媳中第一个得意之人"，如秦氏真是养生堂里抱来的"杂种"，能容纳也罢，何来"第一个得意之人"的崇高地位？

至于那一句接一句的秋景描写，都应是暗含着秦氏家族将在秋天起事，在东南和西北都惨淡经营，希图终于达到"笙簧盈耳"、"倍添韵致"的佳境这一类的意思。

凤姐和秦氏"低低的说了许多的衷肠话儿"，一定是些这类的"不轨"之词，所以，离开秦氏卧室，进了会芳园，明明已是一派冬景，但因凤姐仍沉浸在"衷肠话儿"中，所以便"但只见"一片"心里风景"，这风景也很快便被"猛然从山石后走过一个人来"所"煞"，曹雪芹为使读者别把那一串隐语真当写景看，故而用了"跳眼"的小令形式。

谁知秦家在秋天不但并未取胜，倒更岌岌可危，张友士（有事）说："今年一冬是不相干的，总是过了春分，就可望痊愈了。"贾蓉也是个聪明人，也不往下细问了。为什么毋庸细问？因为秦氏的病实质是政治病，非药饵所能挽回者。结果到下年刮大风的一个秋夜，秦氏因家族败落而不得不自尽以殉，贾家办完秦氏的丧事，贾政正大办寿宴，忽有六宫都太监夏（吓）老爷来降旨，唬得贾氏满门"心中皆惶惶不定"，如心中不揣"亏心事"，何得如此瑟瑟？还不是因为藏匿过秦氏，怕是皇帝老子来追究了吗？尽管小说写至此忽然峰回路转，贾家竟有一件非常喜事，"真是烈火烹油、鲜花着锦之盛"，不过，"盛筵必散"，而树倒筵散的触因，藏匿秦氏（后来竟又再藏匿妙玉），恐怕是关键吧！

《广陵怀古》与秦可卿

　　《广陵怀古》是《红楼梦》第五十一回薛宝琴所作的灯谜诗第五首。这一回中她所作的十首怀古灯谜诗，不仅"怀往事，又暗隐俗物十件"，而且有深意藏焉。一般的研究者都认为，这十首诗，与五十回中宝玉、宝钗、黛玉所作的三首灯谜诗，是与第五回宝玉神游太虚幻境时所见闻的册簿与曲子相呼应、相补充的。也就是说，这十首诗实际上暗示着书中十位女子的命运。这一点基本上也已成为绝大多数研究者的共识。但在究竟每一首暗示着金陵哪一钗的解释上，却众说纷纭，难取一致。

　　这里且不逐一讨论十首诗的指向，只想提出：有一首是写秦可卿的。哪一首呢？我认为是《广陵怀古》这一首。该诗四句是：

> 蝉噪鸦栖转眼过，隋堤风景近如何？
> 只缘占得风流号，惹得纷纷口舌多！

　　我们都知道，脂砚斋甲戌本《石头记》第七回有回前诗云："十二花容色最新，不知谁是惜花人。相逢若问名何氏，家住江南姓本秦！"

我曾著文缕析，这是在暗示秦可卿的真实身份——她乃与当今皇帝进行权力斗争的皇族遗子，因形势不利，被贾府藏匿起来，并伪造了一个从养生堂抱来的离奇来历；其实，她"家住江南"，而且父兄辈还在那边犹作困兽之斗。她的自缢，与贾珍偷情被发现只是表层原因，根本性的缘由是她父兄辈在权力斗争中的总崩溃。

薛宝琴的这首《广陵怀古》，"广陵"这个地名是古扬州一带，虽然扬州在长江北岸，但在历代人们的感觉上，"烟花三月"所下的那个"二十四桥明月夜"的扬州，实际上已江南风味十足，应包括在"泛江南"概念之中。所谓"家住江南姓本秦"的"江南"，应也是一种相对于北京的"南方"的泛指。而"隋堤风景"，明点出皇家，但隋炀帝又是一个失败的皇帝，这与秦可卿父兄辈的骄横一时而终于失败恰好对榫。秦可卿寄养在贾府中时，从"江南秦"那边不断传来这样那样的消息，甚至如第十回中所写，还通过他们在京中的盟友冯紫英家，把间谍张友士（明明不是医生，回目中却称"张太医"）直接送到贾府中秦可卿面前，用药方子传递暗语，这确实是"蝉噪鸦栖"，在衰败中的一种虚热闹景象。这头两句，可与第十一回中的一首《园中秋景令》合看。那首小令，虽是从凤姐角度，写她"但只见"，其实所写并非真实的宁国府景象，而是另有所指——隐含着对秦氏一族处境的解析。从第八回到第十一回，是严格按时序一环环写下来的，第八回已明写入冬，下了雪珠儿，袭人还有因雪滑跌碎茶杯的遮掩之词，因此，第十一回宁府中断不会是"黄花满地，白柳横坡""石中清流激湍""树头红叶翩翩"……乃至于"初罢莺啼""又添蛩语"等"倒时序"的景色，我曾著文指出，这其实都是暗示着秦氏一族已运衰命蹇，当然，彼时"人还在，心不死"，所以虽强弩之末，到底也还不是毫无向往与挣扎。但到薛宝琴写《广陵怀古》时，黄花已谢，白柳亦枯，"莺啼蛮语""蝉噪鸦栖"等虚热闹也都"转眼过"，"江南秦"的"隋堤风景"真是惨不忍睹了！

这首诗的后两句"只缘占得风流号，惹得纷纷口舌多"，安在秦可卿身上更是"可着脑袋做帽子"。警幻仙姑（她是秦可卿的姐姐）让宝玉所听的红楼梦套曲里，唱到秦可卿时明点她"擅风情，秉月貌"；她与贾珍的"风流韵事"，闹得老仆焦大大骂"爬灰的爬灰"……这都不用多说了，但我以为薛宝琴的这首诗并非只是"旧事重题"，所谓"纷纷口舌"，不是"过去时"而是"将来时"，暗示着：贾府藏匿秦可卿之事，在后面的情节里，还将有一个总爆发，那将此"大逆不道"之事举报出来的，还很可能是贾府内部的人物，并且他们举报的重点，还并不是藏匿一事（从"死封龙禁尉"一回可知，那时皇帝是知情的，只是因为觉得"其事已败"，并看在所宠爱的贾元春的面上，因此"任其厚葬"），而是贾珍等人与秦氏一族残党的继续来往，皇帝当然不能再加容忍，故一怒之下，将贾氏全部问罪，大概连告密者也并不"例外"，"终有个家散人亡各奔腾"，"落了片白茫茫大地真干净"！

以上是我的见解。在对薛宝琴这十首怀古灯谜诗的研究中，许多的研究者是把第八首《马嵬怀古》认定为暗示秦可卿的。因为那首诗头一句是"寂寞脂痕渍汗光"，他们认为秦可卿既是自缢而亡，那么这句写缢死的诗难道不是非她莫属吗？而在我看来，这首明明白白是写元春的。在元春省亲时，所点的四出戏里，第三出是《长生殿》的《乞巧》，这是明白无误地将元春比作杨贵妃，而脂批更在这里清清楚楚地点明："伏元妃之死"，也就是说，元春的下场，同杨贵妃几乎一样，仅此数点，已可断定《马嵬怀古》非元春不配，秦可卿虽是皇族遗子，却怎能与贵妃画等号呢？而且，秦可卿是自缢而死，杨贵妃在马嵬，实际上是被人缢死，同为"缢死鬼"，一因绝望而自择其死，一因本不愿死而竟被唐玄宗忍痛"割爱"，二者是有区别的。我们有理由相信，贾元春最后也是杨贵妃那样的死法：她是在"虎兕相逢"即一场凶猛的恶斗中死的，她"眼睁睁把万事全抛，荡悠悠把芳魂消耗"，并且，她不是死在宫中，而是在"望家乡，路远山高"的地方。这首《马嵬怀古》第三句是"只因留得风流迹"，一些研究者也是因为有"风流"二字，所以派定到秦可卿身上。其实"风流"有两解，一种意思是"擅风情"，另一种意思是"风风光光"，元春省亲时命诸钗题诗，最不浪漫的李纨的诗里便有"风流文采胜蓬莱"的句子，我们现在更有以"风流人物"等同于杰出人物的说法，总之，这"风流"不是那"风流"，我们不要混为一谈才好。

贾珍何罪

《红楼梦》第五回通过太虚幻境有关秦可卿的册页诗和《好事终》曲两次指明："漫言不肖皆荣出，造衅开端实在宁。""箕裘颓堕皆从敬，家事消亡首罪宁。"由此推测，八十回后贾府被抄家治罪，应该是宁国府罪过最大祸事最重。高鹗续书时，确实把宁国府的祸事写足了，"府第入官，所有财产房地等并家奴等俱造册收尽"，赫赫宁府只剩得尤氏婆媳并佩凤偕鸾二妾。荣国府却得以保全而且"复世职政老沐天恩"。贾赦一家仅贾赦本人被鞫，贾琏凤姐丧失了财产，人却逍遥法外。独宁国府不仅贾珍，连贾蓉也被鞫，彻底完蛋，这究竟是出于何等重罪？高鹗实在无法写圆。据他写来，贾珍被参的罪状，一是"强占良民妻女为妾不从逼死"，这是指尤二姐一事，但娶尤二姐的是贾琏，先指使已和尤二姐退婚的张华告状后来又遣人追杀张华，并加以凌辱而造成尤二姐死亡的是王熙凤，贾珍充其量是他们的帮凶，怎算得上"首罪""首犯"？二是其妻妹尤三姐自刎掩埋未报官，这样的罪过实在重不到哪儿去；当然，贾珍在国孝家孝期间以射鹄子为名，聚众赌博，也是一罪，但也并非什么了不起的大罪。

前八十回里，写得明白也让读者看得明白的，是荣国府的泼天大罪：第七十五回一起头，就写到尤氏正欲往王夫人处去，跟从的老嬷嬷们因悄悄的回道："奶奶且别往上房去。才有甄家的几个人来，还有些东西，不知是作什么机密事。奶奶这一去恐不便。"尤氏听了道："昨日听见你爷说，看邸报甄家犯了罪，现今抄没家私，调取进京治罪。怎么又有人来？"老嬷嬷道："正是呢。才来的几个女人，气色不成气色，慌慌张张的，想必有什么瞒人的事情也是有的。"曹雪芹这样写，用意非常明白，那就是尽管贾赦有逼勒石呆子谋取古玩、通过贾琏跑动交结平安州外官等罪行，加上王熙凤铁槛寺受贿弄权造成两条人命，还有违法发放高利贷等事，这些恶行都必将遭到报应，但贾政也是跑不了的，就皇帝而言，最恨的还是他抄犯官家时，有人帮助藏匿罪证钱财，根据"王法"，荣国府这样做是罪大恶极的，这样的事情也不可是贾母、王夫人瞒着贾政做的，贾政的此项滔天大罪，必导致荣国府"家亡人散各奔腾"，因此可以想见，八十回以后必写到荣国府的"树倒猢狲散"，贾政必被治罪，绝不可能有高鹗笔下的那些"复世职政老沐天恩"的鬼把戏。

但是这样把前八十回的故事一捋，也就更加纳闷儿。第五回里为什么要那样说呢？"箕裘颓堕皆从敬"，贾敬把爵位让贾珍袭了，弃家出城到道观里跟道士们胡羼，任由贾珍"高乐不了，把宁国府竟翻了过来，也没有人敢来管他"，这当然可以算是"箕裘颓堕"，从封建礼法上是存在严重的道德问题，不过，似乎也还构不成司法上的罪行。通观现在我们可以看到的前八十回，贾府的男主子里，唯有贾珍比较有阳刚之气，他比贾赦豪放，比贾政通达，作为族长，他让贾母等长辈挑不出错来，跟同辈的兄弟妹妹们也能和平共处，他与尤氏大体上算得恩爱，书中关于他的重要情节，除关于秦可卿与二尤的以外，有清虚观打醮时组织现场、教训子侄，年关时负暄收租、分派年货，中秋时率妻妾赏月、壮胆呵斥墙角怪叹，在这些情节里，曹雪芹准确而生动地写出了一个壮年贵族的风度气派；当然，贾珍的声色享受，书中明写暗写之处甚多，这是一个肉欲旺盛而强壮的男子，但他并未像贾赦欲占鸳鸯那样"牛不吃水强按头"，他和尤二姐的有染以及对尤三姐的垂涎，也没有采取强逼强占的方式，也不见他有对灯姑娘、鲍二家的那种"不管腥的臭的"一律馋嘴的掉份行为，他虽"不干净"却保持着贵族府第门狮子般的堂皇，这个人物过去研究《红楼梦》的人们很少专门进行分析探讨，其实，作为一个艺术形象，它的生命力是非常旺盛的，2001年中国电视热播的连续剧《大宅门》里的"男一号"白景琦，其形象里就流动着贾珍的血脉。

　　张爱玲晚年写《红楼梦魇》，她非常仔细地研究了贾府后来究竟为什么被抄家治罪的问题，她当然注意到，前八十回里充满了有关的伏笔，除以上举出的外，比如元妃点戏《豪宴》，脂砚斋批语告诉我们这是《一捧雪》中的一折，"伏贾家之败"；"一捧雪"是古玩的名字，这恐怕未必伏是贾赦从石呆子那里强占来的扇子，很可能是指原属妙玉的成窑五彩盅，或别的什么。再比如贾雨村的仕途浮沉，雨村出事会牵连到贾府。此外，像金钏投井，蒋玉菡的潜藏，也都可以转化为追究贾府罪行的线索。张爱玲算来算去，也觉得前八十回里实在找不出多少关于贾珍的犯罪线索，因此，她根据各个版本异同的一番研究，认为第五回的预言"造衅开端实在宁"

和"家事消亡首罪宁"是曹雪芹早期的构思，他后来改主意了，所以在第七十五回特别地明写出荣国府在甄家被皇帝抄没后竟斗胆接待他家派出的家人并代为藏匿了许多东西，形成"首罪"，以致情节与预言之间产生出矛盾，这也再次证明《红楼梦》是一部未及写完或虽大体完成却尚未最后剔除自我矛盾处的稿本。

但我以为第七十五回所明写的荣国府贾政替被罪的甄家藏匿财物一罪，确实还不是整个贾氏家族的"首罪"，更非"造衅"的开端，因为宁国府的贾珍，藏匿的不是一般的罪家，也不仅是其财产，而是大活人——秦可卿，这本来也是写得比较明白的，早期稿本的第十三回，回目原是"秦可卿淫丧天香楼"（一说为"秦可卿淫上天香楼"），现在我们所看到的只有曹雪芹遵照脂砚斋意见而删改过的文字，在这些文字里我们所知道的只有贾珍与秦可卿的畸恋，以及一个丫头的突然触柱而亡及另一个丫头誓守亡灵再不回府，还有规模体例惊人的丧事，等等。我曾著《秦可卿之死》一书（后扩大为《红楼三钗之谜》），揭开谜底——按曹雪芹原来的计划，他是要写出宁国府贾珍冒死收养皇帝政敌的遗孤秦可卿这一情节的，但这样写太容易酿成文字狱了，不得不按脂砚斋的意见大删大改，甚至还不得不在第八回末尾"打补丁"，故意把秦可卿的来历写成是从养生堂（孤儿院）里抱出的孩子，脂砚斋见到这补笔以后，写下这样的感叹："秉刀斧之笔，具菩萨之心，亦甚难矣！"把这一点搞清楚了，"造衅开端实在宁"和"家事消亡首罪宁"的预言就非常好理解了，而贾珍那"一味高乐"的形象，也便具有了遮蔽着政治胆识的深度，这位贵族男子的形象，也便更值得玩味了。

元春为什么见不得"玉"字

"贾元春才选凤藻宫"后，大观园建成，于是"荣国府归省庆元宵"，元妃进园游幸，乃命传笔在砚伺候，亲搦湘管，为园中重要处赐名。对原来宝玉等所拟匾额，她只改了一个——将"红香绿玉"，改为了"怡红快绿"，宝玉对此浑然不觉，奉命作诗时，在"怡红院"一首中，草稿里仍有"绿玉春犹卷"字样；偏薛宝钗心眼儿细，急忙悄推宝玉提醒他：元妃因不喜"红香绿玉"四字，才改成"怡红快绿"，你这会子偏用"绿玉"二字，岂不是"有意和他争驰了？"又教给宝玉，用唐钱翊的"冷烛无烟绿蜡干"典，以"绿蜡"来取代"绿玉"；并嘲笑宝玉的惶急无措，讥笑他说：亏你今夜不过如此，将来金殿对策，你大约连"赵钱孙李"都忘了呢！……这一情节，历来论家都认为是刻画薛宝钗性格思想的重要笔墨，有关分析屡见不鲜；但现在要问：难道曹雪芹写元妃改匾，仅是表现她偶然不喜，并无深意吗？难道这一细节，仅是为了用以去刻画薛宝钗吗？

元春为什么此时此刻见不得一个"玉"字？她的爱弟名字里分明就有"玉"字，按说她对"玉"字是不该反感的，薛宝钗虽敏感地觉察到，此时此刻万万不能用"玉"字惹她生厌，却也是"知其然，不知其所以然”，这是一个谜。

细读《红楼梦》，我们便不难悟出，元春其实是个政治人物，据我在《秦可卿出身未必寒微》等文章所考，贾府曾收养藏匿了现今皇帝政敌的女儿——秦可卿，为的是希图在当今皇上一旦被秦氏的“背景”所取代时，能因此腾达；但贾府亦采取“两条腿走路”的方针，也想方设法把元春送进了宫中，希图“当今”能对元春格外恩宠；事态的发展是，秦可卿的“背景”竟在较量中失利，秦可卿因而“画梁春尽落香尘”，不过“失之东隅，收之桑榆”，偏在这节骨眼儿上，“贾元春才选凤藻宫”，这就不仅使贾府安度了“秦可卿淫丧天香楼”的危机，而且达于“鲜花着锦，烈火烹油”的盛境。

元春的归省，绝不仅是一桩皇上体现其恩典、元妃表现其天伦感情的“盛事”，这其实更是一次含有深层政治意义的“如履薄冰”之行！“当今”对贾府藏匿秦氏并与其“背景”鬼祟来往，已然察觉，只是一来那股反叛势力已大体被瓦解，二来看在元春的面子上，对贾府暂不予追究罢了，所以元春回到贾府，心中绝不仅是一片亲情，而是还有更浓酽的政治危机感，可她又万不能明白说出，她那见到贾母、王夫人便“满眼垂泪”，后又“忍悲强笑”，称自己是被送到了“那不得见人的去处”，以及当贾政至帘外问安，她说“今虽富贵已极，骨肉各方，然终无意趣！”又嘱其“只以国事为重”，等等表现，除了以往论家所分析出的那些“宫怨”的内涵外，实在是另有一腔“难言之隐”！

第五回贾宝玉神游太虚境时所见到的金陵十二钗正册中关于元春的一页，其画其诗究竟何意？历来的读者是聚讼纷纭，“二十年来辨是非”，辨的什么“是”什么“非”？为什么是“二十年”？

难道她在宫里待了二十年吗？还是别人的"二十年"？"虎兕相逢大梦归"，谁相当于"虎"？谁相当于"兕"？后来众仙姑所演唱的那首关于她的《恨无常》就更不好懂，"无常"指的是什么？抽象的"命运"，还是具体的什么捉摸不定的人为因素？"眼睁睁，把万事全抛"，那"万事"中最要紧的是什么事？最奇怪的是"望家乡，路远山高"，她竟是在离京城千里以外的荒僻之地"命入黄泉"的，那是怎么一回事？她临死还在规劝贾府一族："须要退步抽身早！"从何处"退步"？从哪里"抽身"？还来得及吗？会不会到头来像第二回中所写的那个"智通寺"的对联所云："身后有余忘缩手，眼前无路想回头"？

我以为，秦可卿"画梁春尽落香尘"时应恰是二十岁，比她大约十岁的元春，对这位侄儿媳妇儿的"是非"，一直辨别了二十年，从进宫前直到进宫后，在那第二十年的深秋，她终于向皇帝揭发了这件事。皇帝本也有察觉，又已严厉打击了他的那些或同母或异母的图谋不轨的兄弟，再加上确实喜欢元妃，故不但答应元妃的请求，对贾府不予深究，并将元妃的地位还加以了提升（所谓"榴花开处照宫闱"），使贾家因此"富贵已极"。但荣国府的贾政或许尚能真的与秦氏一族从此断绝，他那另院别房居住的哥哥贾赦就保不齐了，至于宁国府，贾珍是真爱秦可卿的，又与冯紫英等交厚。他就更不可能"忘秦"，"漫言不肖皆荣出，造衅开端实在宁"，恐怕说的就是贾珍根本不听元春那一套，不仅没有"退步抽身"，还继续与冯紫英、柳湘莲等侠客来往，而冯是"江南秦""铁网山"的死党，柳则始而出家后成"强梁"，均系"当今"的政治敌手。这样，贾氏便终于还是深卷于权力斗争。那元春之所以死于离家"山高路远"的外方，显然是"虎""兕"间一场恶战的结果，她或者是被皇帝一怒而抛弃，发配荒地，或者是被打过仇都尉儿子的冯紫英等人劫持到那种地方而惨死，故而元春作为一个政治牺牲品，只能"恨无常"——恨命内命外都难以把握的那些个"变数"！

现在再回过头来说，元春在省亲时，为什么一见"红香绿玉"便那么敏感，"香"也许使她蓦地联想到了"天香楼"，不过这问题还不太大，而一见"玉"字，她肯定是想到了"未嫁先名玉，来时本姓秦"，在甲戌、戚本、宁本、王府本诸种手抄本的第七回，都有一首"回前诗"："十二花容色最新，不知谁是惜花人。相逢若问名何氏，家住江南姓本秦。"我曾著文缕析，这是透露秦氏真实身份的一首诗，如果说元春是有幸进了宫，那么，秦可卿血统比她更尊贵——与"宫花"是"相逢"关系，也就是说，差不多就是个公主！秦氏的"背景"，便是暂时蛰伏于江南的皇族，她嫁给贾蓉后，名"可卿"，未嫁时呢？"先名玉"！所以，元妃在归省时猛见"红香绿玉"字样，焉能不急眼！立马用笔改为"怡红快绿"，就一点也不奇怪了！

"未嫁先名玉，来时本姓秦"，系南朝梁刘缓《敬酬刘长史咏名士悦倾城》一诗里面的两句，流传很广的《玉台新咏》里就收有这首诗，脂砚斋评语里也引用过它，并说"二语便是此书大纲目、大托比、大讽刺处"，虽然这条脂批是写在第七回秦钟见凤姐一段处，似乎是针对秦钟说的，但秦钟在第十六回也就一命呜呼，此后再难出现，光为秦钟出此二语，并认为是"此书大纲目、大托比、大讽刺处"，很难让人想通，考虑到脂砚斋"命芹溪删去""淫丧天香楼"一节，严格把握"此书不敢干涉朝廷"的"政治标准"，这句评语也许是有意"错位"，但不管怎么说，它还是逗漏出了一个消息：在《红楼梦》的"写儿女的笔墨"的表面文本下面，实在是深埋着另一个写朝廷权力斗争的"隐文本"，而在这个"隐文本"之中，元春与秦氏是牵动着贾府祸福的两翼，元春是容不得在渡过了"天香楼危机"后，再在归省中看到"玉"字上匾的！其细密心理，虽有薛宝钗察觉其表，却并不知其内里，贾府诸人更懵然不觉，而《红楼梦》一书的读者们，也大都被作者瞒蔽过了，怪道是"都云作者痴，谁解其中味"！

"三春"何解

　　《红楼梦》第五回里关于元春的判词，有"三春争及初春景"句，一般论者都把"三春"解释为迎春、探春和惜春，如冯其庸等主编的《红楼梦大辞典》就把这句的含义说成"隐指迎春、探春、惜春三姐妹的命运不如元春的荣耀显贵"。但在关于惜春的判词里，却又有"勘破三春景不长"一句（关于她的曲《虚花误》头一句也是"将那三春看破"），上述辞典则解释为"惜春从三个姐姐——元春、迎春、探春的不幸命运中看破红尘"。按这样的解释，似乎只要从元、迎、探、惜里任意抽出三位加以排列组合，都可说成"三春"，而元、迎、探、惜的名称设计本是以"原应叹息"为谐音的，似不可随意割裂。到了第十三回，秦可卿给王熙凤托梦，又有"三春去后诸芳尽，各自须寻各自门"的谶语，如果这句话里的"三春"还是指四姐妹中的三位，那么，究竟是哪三位呢？解释起来，可实在费思量了！上述辞典却还是想当然地解释为元、迎、探三春，细想一下，这样解释实在很难说通，如果"去后"是"死后"的意思，那么只有元、迎两春；如果"去后"是"远去（嫁）后"，那么只有一个探春；如果"去后"是"出家后"，那么只有一个惜

090

春，怎么归并同类项，也得不出"三春"来。上述辞典是把元、迎之死与探的远嫁归并为"遭受毁灭"的悲惨命运，故得三，但惜春的遁入空门，难道就不悲惨吗？而且，按曹雪芹的构思，在已遗失的八十回后的篇幅里，惜春很可能是在探春远嫁前就先悲惨地埋葬青春的，况且探春的远嫁虽有不得已的痛苦一面，但也由此比元、迎、惜命运的悲惨度减弱，还谈不到是"遭受毁灭"。秦可卿的"三春去后诸芳尽"一句里的"三春"，不大可能是选出元、迎、探为坐标而排除掉惜春，她似乎要说"四春去后诸芳尽"才合乎以人为坐标的逻辑；更深一步想，"诸芳"里如林黛玉，也未必是在元、迎、探、惜中的"三春去后"才"尽"的，她很可能在元、迎两春死后就先于探、惜而"尽"了。

其实，从字面上看，"三春"的意思很明确，就是"三度逢春"，也就是"三年好日子"的意思。"三春争及初春景"，就是说三年的好日子里，唯有头一年最好，后来是一年不如一年。"勘破三春景不长"，则是说看破了好日子也就是短暂的三年。"三春去后诸芳尽"，更明明白白地指出，三年的好日子过完后便有大难临头，不仅所有美丽的女性都会失掉幸福陷入惨境，而且贾府所有的生灵也都会"家亡人散各奔腾"，"好一似食尽鸟投林，落了片白茫茫大地真干净"！

《红楼梦》里所写，脂砚斋批语点得很透："作者之意，原只写末世。""书中之荣府已是末世了。"但这末世的贾府却从"贾元春才选凤藻宫"的烈火烹油、鲜花着锦般的盛况开始，历经整整三年的好日子，从书里出现大观园，曹雪芹非常细致地来写这三年的生活，从第十八回到第五十三回用了三十五回的巨大篇幅来写"初春"，从第五十四回到七十回则写了"二春"，七十回到八十回则是写的"三春"，一春不如一春，节奏也变得急促起来。八十回后呢？一定会写到"三春尽"后的突变，"忽喇喇似大厦倾，昏惨惨似灯将尽"，"树倒猢狲散"，肯定是满纸凄凉，辛酸泪浸，怎么可能在八十一回去写什么"占旺相四美钓游鱼，奉严词两番入家塾"呢？

《红楼梦》不是自传也不是家史，但却有着清代康、雍、乾三朝里，曹家因最高权力更迭激荡而一波三折终于由宠盛而衰湮的真情实况的巨大而鲜明的投影。周汝昌先生在1999年出版的《文采风流第一人——曹雪芹传》一书里，以翔实的史料、细密的分析考证出，曹家虽在雍正朝被抄家治罪，却在乾隆登基后的头三年里有过一段回黄转绿的小阳春，这也是少年曹雪芹记忆最深的一段"春梦"，是《红楼梦》的素材来源。三年过后的"春梦随云散"，是由于曹家被卷进了一场针对乾隆的皇族谋反的政治旋涡里，乾隆的怒火"接二连三牵四挂五"如"火焰山一般"，除根务尽，却又不留痕迹，所以使曹家那以后的档案材料突然中断，并且也就可以推想，曹雪芹即使大体完成了全书，而且也确实"不敢干涉朝廷"，但那八十回后关于"春尽""云散"的描写，无论如何也是随时会被纳入文字狱的，"风刀霜剑严相逼"，其难以流传，成为一大憾事，也就不难推想了。

更值得注意的是，"三春"这个语汇在《红楼梦》中除上述各例外，还一再地出现过，如宝玉题大观园"蘅芷清芬"诗："软衬三春草，柔拖一缕香。"薛宝琴咏柳絮的《西江月》："三春事业付东风，明月梅花一梦。"而与曹雪芹关系密切，甚至在一定程度上可以说是合作者的脂砚斋，在"三春争及初春景"旁批"显极"，

"三春去后诸芳尽，各自须寻各自门"后旁批"此句令批书人哭死"，还有一条署名梅溪的眉批："不必看完，见此二句即欲堕泪"，都说明他们对"三春"二字有着特别的敏感性，一提到那三个短暂而梦境般消失的年头，便不禁心裂肝痛，这也都说明"三春"不是从书内任选出三个姐妹来便可解读的，必须从书内延伸到书外，从笼罩在曹雪芹家族及其姻亲们荣枯与共的社会政治环境，以及所遭受的命运打击，所形成的创作心理、审美情绪诸方面去综合分析，方可了然。

【附】周汝昌

读《"三春"何解》

心武作家研读"红楼"，出于性情，用心深细，时出新意，言人所未能言。近见其解析"三春"一文，可谓善察能悟——我之评语，看来不虚。心武谓：如以"三春"为指贾府之姊妹四春中之任何某三人，皆不能通；故知以往此类说法，均难成立。此说良是。可破一般相沿的错觉。而他正式提出：雪芹笔下之"三春"应指三年的"好日子"佳景况。按之书丈，若合符契。此为一个新贡献。启人心智。心武举了很多处"三春"语例。其一为"软衬三春草"（题蘅芜院）。按，此处之"三春"，暗用孟郊名篇"……谁言寸草心，报得三春晖"而加以运化也。此"三春"，则实指每春分为孟、仲、季三段，故三春即"九十春光"——三个月九十天为一春也。此义在诗文中多见（京戏中且有"陶三春"之名）。依此而言，九十芳辰，三年好日，可以兼通复解，触类逢源，雪芹灵心慧性，每有此种妙语。故觉不妨提及，乃更宏通贯串，或能深获芹心，未可知也。

拙见红楼前半写"三春"（好日子，佳景况），后半写"三秋"。故其时间布局是三度元夕，三度中秋。正如你说的：皆一年不如一年，愈来愈觉凄凉悲切。春以元宵节大场面为裁，秋以中秋节大情景为裁。"三五中秋夕，清游拟上元"，语意至明。（有个中秋是"暗场"，在刘姥姥二进荣府之时。）

辛巳新正草草不论　周汝昌

（刘心武按：这是周汝昌先生持放大镜看了拙文《"三春"何解》的三号字打印稿后，迅疾亲笔书写的一篇文章。题目为我所加。因周先生目力已极坏，每个字皆比三号印刷体更大，且笔画多有重叠脱漏，故我辨认打印也颇吃力。但周先生热情鼓励后进，及平等讨论问题的学术精神，着实令人感动。我的关于"三春"的解析，当然也欢迎否定性的批评。"红学"的进一步发展，应着力于对其文本的认真研究讨论。2001年2月15日记）

《红楼梦》中的皇帝

《红楼梦》第一回便明文告知读者，此书所述的虽是"亲自经历的一段陈迹故事"，"然朝代年纪，地舆邦国却反失落无考"，所以书中虽写到"当今"，即在世皇帝，那的确是个虚构的形象，无法与作者在世前的任何一位清朝皇帝对榫。

《红楼梦》里的这个皇帝，他在位时，前任皇帝还健在，他上面还有个太上皇。在第十六回贾琏讲述省亲之准的来历时说："……当今自为日夜侍奉太上皇、皇太后，尚不能略尽孝意……"清朝入关一统天下后，顺治、康熙、雍正都是死后才由一位儿子继位，谁也没有当过太上皇，只有乾隆，他在坐满了六十年帝位后，于公元1796年将帝位让给了他儿子嘉庆皇帝，但那时曹雪芹应已去世三十二三年了，无法得知也不必预见，所以，曹雪芹显然是故意让书中的皇帝上面还有太上皇，这样，他就做到了"真事隐"，可以从容地讲"假语村言"，写下"满纸荒唐言"了。

《红楼梦》第一回还通过"空空道人"的"思忖"，再次申明其书"上面虽有些指奸责佞贬恶诛邪之语，亦非伤时骂世之旨；及至君仁臣良父慈子孝，凡伦常所关之处，皆是称功颂德，眷眷无穷……"查其文本，也几乎如此，如第二回写到贾雨村当了知府以后，"虽才干优长，未免有些贪酷之弊……"结果被上司参了一本，"龙颜大怒，即批革职"，体现出"当今"吏治的峻严；而冷子兴演说荣国府时，提及"当年贾代善临终上一本，皇上因体恤先臣，即时令长子袭官外，问还有几子，立刻引见，遂额外赐了这政老爹一个主事之衔……"更体现出"当今"的恩怀慈臆；第十六回更明颂"当今"的"至孝纯仁，体天格物"；第五十五回则交代说："只因当今以孝治天下，目下宫中有一位老太妃欠安，故各嫔妃皆为之减膳卸妆，不独不能省亲，亦且将宴乐俱免"，第六十三回写到贾敬吞丹殒命，礼部请旨，"原来天子极是仁孝过天的"，虽贾敬系一白衣，还是额外下了恩旨；类似这样的叙述都确实并无讽刺意味，是真的在"称功颂德"。

唯一有间接"恶攻"之嫌的，是第十五回写"贾宝玉路谒北静王"时，写到北静王将"前日圣上亲赐鹡鸰香念珠一串，权为贺敬之礼"，送给了宝玉。第十六回又写到宝玉将此鹡鸰香念珠"珍重取出来，转赠黛玉"，黛玉却说："什么臭男人拿过的！我不要他。""遂掷而不取"。故事里的黛玉大概并没听清那香念珠的来源，所以其对香珠的亵渎还不一定是有意地"犯上"，但著书人做这样的叙述，大有肯定黛玉的娇嗔做派之意，却是"该当何罪"?!细想起来，那北静王将皇帝的赐物随便赠予一个乳臭未干的"无职外男"，已属悖逆，因此，著书人心中对皇帝究竟是否真的充满"眷眷无穷"的崇敬，实可怀疑。

这都还不是值得深入探究的地方。真正值得一再玩味的是第十六回开头的描写：一日宁荣二府正齐集庆贺贾政的生日，忽有门吏忙忙进来，至席前报说有六宫都太监夏老爷来降旨，"唬的贾赦贾政等一干人不知是何消息"，手忙脚乱起来，而贾政等奉旨进宫后，"贾母等合家人等心中皆惶惶不定"，贾母尤其地"心神不定"……直到确证非祸乃福——贾元春"晋封为凤藻宫尚书"，又加封了"贤德妃"，贾母等"方心神安定，不免又都洋洋喜气盈腮"……这段文字的表层意思，显而易见是艺术地概括出了皇权社会中，为臣者"伴君如伴虎"的处境；我曾有另文分析出了这段文字内里的一层隐情：由于贾府曾藏匿收养庇护了"当今"政敌（类似"义忠亲王老千岁"那样人物）的女儿秦可卿，所以他们"心中有鬼"，尤其是当年与贾代善一起做出这桩事来，负有直接责任的贾母，她不能不在皇帝忽然传旨时"心怀鬼胎"，贾赦贾政等也不能不因而唬成一团；固然彼时秦可卿已"淫丧天香楼"，"画梁春尽落香尘"的埃屑也都落定，那皇帝若想追究一样可以追究。现在我们还可进一步挖出这段文字的第三层意蕴，那就是，在这里面，曹雪芹实际上把他家所历经的三朝皇帝（康熙、雍正、乾隆）与他家的微妙关系，都艺术地浓缩在这短短的一段文字中了！

康熙一朝，曹氏备受恩宠，享尽荣华富贵，所以折射到《红楼梦》一书中，便有第十六回中借赵嬷嬷和凤姐之口的酽酽怀旧之情，他们说起"当年太祖皇帝仿舜行的故事"，"那时……咱们贾府正在姑苏扬州一带监造海舫，修理海船，只预备接驾一次，把银子都花得淌海水似的！"凤姐他们"王府也预备过一次"，而"如今现在江南的甄家……独他家接驾四次……别讲银子成了土泥，凭是世上所有的，没有不是堆山塞海的，'罪过可惜'四个字竟顾不得了！"但在第七十五回中却明文写到，"甄家犯了罪，现今抄没家私，调取进京治罪"，甄家"才来了几个女人，气色不成气色，慌慌张张的"，他们到了贾府上房，"还有些东西"（显然是寄顿隐瞒的财产）；虽曹家的事在小说中化为了甄、贾二家，这情节是源于康熙死后曹家的实际遭遇，当无可争辩。小说中所写的贾府，相当于康、雍交替期，与雍乾交替期的曹家境况，一方面，已呈死而未僵的百足之虫的窘态，另一方面，又似乎有点"中兴"的苗头，却又危机四伏；贾母因究竟亲历过盛时光景，所以气派未曾大减（如第四十二回，王太医来给她看病，她那份尊贵威严，那"当日太医院正堂王君效，好脉息"的"居高临下"的口气；再如第五十七回，王太医来给宝玉看病，她竟说："若耽误了，打发人去拆了太医院大堂！"这样的话，是贾赦贾政贾珍等都不可能说出来的）；但毕竟康熙死后换上了雍正皇帝后，此皇帝可是一点也不喜欢曹家的，甚至还相当地厌恶，因为康熙在世时，没有几个人对后来登上宝座的雍王"行情看好"，康熙所封的太子是老二，曹家与皇太子自然亲密交好（如皇太子曾命其乳公凌普向曹寅处"取银"，一次就是两万两！）虽然康熙后来一度把这位太子废黜了，可是他也没有另立太子，尤其看不出他把老四雍王认定为继承人，倒是对他的小儿子十四王子似乎越来越喜欢起来，因此，曹家继续与原皇太子相好，与另外的几个王子拉关系、套近乎，也都很自然，在雍正皇帝登基前也都并无多大的危险感，万没想到的是，偏偏曹家对其"政治投资"最少的雍王继承了康熙的皇位，这一情势折射到《红楼梦》里，就是贾家确实很想和新皇帝建立类似与当年与康熙那样的关系，却投靠无门；既如此，原来相好的几个王子，似乎也未必不能把雍正拱下台，取彼而代之，所以，他们凭着"老交情"要贾家代其藏匿个什么，贾家一来旧情难舍，二来——这是更重要的——也必得留个"后手"，乃至于巴不得由他们相好的某位王子，早成大业，好使贾府的地位不仅稳固，还可再加提升……于是一方面贾府把元春想方设法送进宫去，并尽可能让元春能在接近"当今"时获宠，另一方面则继续藏匿庇护秦可卿，直到实在无望，只好任其"画梁春尽落香尘"；这样地两面应付，自然是"心神不定"，任何来自宫廷的消息，只要尚属模糊，他们就一定唬得惶惶不可终日……

特别有趣的是，第十六回写到贾府大管家赖大从宫里赶回来向贾母报信，是这样说的："小的们只是在临敬门外伺候，里头的信息一概不能得知，后来还是夏太监出来道喜……后来老爷出来亦如此吩咐小的。如今老爷又往东宫去了……"也就是说，贾政在这样一桩大事发生之后，并未回家，便赶往东宫即太子的居所见太子去了！这里的"东宫"所影射的，当然不可能是被康熙立而又废的，并为雍正所嫉恨，后在幽禁中悒悒而死的那位前太子，而只能是雍正所立的太子，亦即曹雪芹写书时正当盛年的那个乾隆皇帝。从小说故事的逻辑发展来说，贾政此时此刻的此为是并不怎么合理的，他只不过是个工部员外郎，怎可与"东宫"交厚？而且，他女儿刚被皇帝册封，他该有多少"正经事"要忙着做，怎么却都"暂且抛开"，直奔"东宫"而去呢？曹雪芹写这一笔，究竟是出于什么样的显意识与潜意识？我以为很值得深思。

曹家在雍正一朝遭受到沉重打击，但也还不是一塌糊涂败到了底，在乾隆之初，还曾小有起色，甚或颇为中兴，但没过多久，就彻底败落了，"家亡人散各奔腾"，"好一似食尽鸟投林，落了片白茫茫大地真干净！"折射到《红楼梦》中，就是所谓"东宫"到头来竟不给贾府一点面子一隙余地，贾家就算有意无意地得罪过"当今"，可从来不敢也确实不想得罪"东宫"啊——真是巴结、感恩、效力还来不及呢！但"东宫"转入"正宫"之后，类似"江南秦""铁网山"那样的敌对力量，还在觊觎他的宝座，是可忍，孰不可忍，那他可就顾不得许多了，必得"接二连三，牵五挂四"地动一次大手术，并且尽量少留痕迹，"干实事，去虚文"，剪除尽净，"冤冤相报实非轻"！一个贾家对他算得个什么！一阵狂风，便可使其"忽喇喇似大厦倾"：一声震怒，便可使其"回首相看自己化灰"！在我们现在无从看到的后几十回中，书中的皇帝一定还会几次出现，并是作为贾家无可抗拒的毁灭者，作为一个隐形主角而贯穿全书的。

但曹雪芹著《红楼梦》绝不是为了"骂皇帝"，或"反皇权"，他的思想，超越于这个层面之上，他写了许多有才能的人，尤其是许多美丽的青年女子被毁灭的悲剧，他把我们的思绪，引向带有终极性的思考：浮生着甚苦奔忙？

这是真的：我们今天不云作者痴，我们努力地品其中味，但这"倒像有几千斤重的一个橄榄"，我们几时得以真解其味！

牙牌令中藏玄机

　　"双悬日月照乾坤"，这是《红楼梦》第四十回"金鸳鸯三宣牙牌令"情节里一句令词，历代许多读者都是马马虎虎地就读了过去，周汝昌先生却郑重地告诉我们，这里头隐藏着一件公案，那就是在乾隆四年（1739 年），出现了打算颠覆乾隆帝位的一股政治势力，他们以康熙朝的废太子胤礽的儿子弘皙为首，俨然组织起了"影子政权"，图谋行刺乾隆，取而代之，那段时间的情势，比喻为"双悬日月照乾坤"，真是恰切得很。

　　《红楼梦》并不是曹雪芹写的家史，而是一部含有高度虚构性的小说。但是这小说的创作源泉，却是曹雪芹自己家族的兴衰际遇。据周汝昌先生考证，自第十八回后半元妃省亲至第五十三回，所依据的生活体验均来自乾隆元年（1736 年）曹家的景况，当然，加以了一定的夸张、挪移、想象与编造。一般人都知道，曹家所把持的江宁织造在曹頫任上，于雍正五年（1727 年）被抄家治罪，从南京拘至北京，一度在崇文门外榄杆市的一所十七间半的院落里勉强苟活，那时曹雪芹还小。但是，一般人很少知道，到了乾隆元年，曹家犹如枯木逢春，曹頫恢复了官职，曹家的两门亲戚身居高位，曹家的住宅肯定也恢复到"大宅门"水平，因此少年曹雪芹很过上了几年锦衣纨绔、饫甘餍肥的日子，这便是他所以能写成《红楼梦》的生活基础。那么，有读者会问，既然如此，怎么又忽然更遭巨变，不但弄得"落了片白茫茫大地真干净"，竟连相关的史料也几乎荡然无存了呢？这就必须了解到乾隆朝初期的那个情况，即乾隆起初打算通过怀柔安抚政策，把他父亲当政期间弄得非常紧张的皇族内部以及相关的官僚集团之间的关系加以缓解，头两年里似乎这政策颇为奏效，没想到"三春过后"，他忽然发现反对他父亲的各派势力竟然拧成了一股绳，要"旧账新账一起算"，甚至几乎就要把他刺杀掉！这里面有他父亲老政敌的后代倒不稀奇，令他不寒而栗的竟还有他父亲一贯善待而且表面上也一直对他父亲和他极为顺从的王爷及其后代，这样的政治现实一定伤透了他的心，他以迅雷不及掩耳的铁腕手段干净利落地扑灭了这一伙政敌，当然也毫不留情地把包括曹頫在内的与弘皙家族过从甚密的危险分子连株清除，而且，他决定尽量不留相关的档案材料，这样，社会上一般人就并不清楚在表面平静的生活深处发生了多么丢他脸的事，而不留痕迹的内部镇压也就避免了诸多的后遗症。抛开曹雪芹个人在这场巨变中的个人悲剧，就事论事，我们得承认乾隆如此应变处理，实在是大政治家的手笔。

现在回过头来再读"金鸳鸯三宣牙牌令"的情节，就洞若观火了。岂止"双悬日月照乾坤"等几个句子有深意在焉。可以说，整个牙牌令的铺排，也就是从乾隆元年到乾隆四年间曹家命运的显示与预言。曹雪芹先写的是贾母随着鸳鸯唱牌道出的令词。连续几句其实都是在概括曹家在乾隆元年的好景："头上有青天。"乾隆一登基就大赦天下，曹頫原来没能赔补完的任上亏空一风吹了。"六桥梅花香彻骨。"曹家就仿佛终于走完了杭州苏堤上的六座桥，经历过严寒的考验，前面即是春天，幸福生活的香气沁入骨髓。"一轮红日出云霄。"曹頫又能复官任职，怎么样地颂圣也不过分啊。最后一副牌凑成的是个"蓬头鬼"，这兆头是否不大好？"这鬼抱住钟馗腿。"贾母有恃无恐。这当然也就是当年曹家老祖宗的真实心理的一种艺术再现。贾母说完，该薛姨妈说，她所说的几句可以视为乾隆二年里曹家以及相关姻亲的基本处境的投影："梅花朵朵风前舞。""十月梅花岭上香。""织女牛郎会七夕。""世人不及神仙乐。"尽管那一年的生活在这第四十回还没写到，但从第五十三回至六十九回的描写里，我们确实可以感受到大观园里众儿女不知盛席华宴终散场的憨痴，那恐怕也就是在乾隆二年的真实生活里一般曹家人的懵懂状态的反映。但是下面接着写的史湘云的令词，可就跌宕起伏了。她的第一句就是"双悬日月照乾坤。"像曹家，还有史太君、史湘云所依据的原型李家，即使自身已经不想介入皇家的"日月之争"，那弘晳也是绝对不会放过他们，一定要他们入伙、内应的，因为他们几代之间的关系真是太密切了，就像《红楼梦》里所写的贾府与北静王府的关系一样，不可能在这样的"双悬"情势下置身度外的。"闲花落地听无声。"既卷入，那就要暗中付出代价。"日边红杏倚云栽。"倘若弘晳真的得逞，那么，自己栽的这株"红杏"，也就是所进行的政治投资，岂不就能赢来丰厚的回报吗？"御园却被鸟衔出。"这是暗喻，是政治押宝，但愿弘晳他们夺权成功！接着往下写，是薛宝钗的令词，"双双燕子语梁间。"究竟听从哪一只燕子的命令？"水荇牵风翠带长。"被拖进"日月之争"受到牵连是无可避免的了！"三山半落青天外。"喻靠山冰蚀，终于失败。"处处风波处处愁。"从此以后那就是家无宁日了！这是七十回以后，特别是八十回以后故事的概括，并且也是所依据的生活真实里在乾隆三年以后曹家命运的缩影。

在三宣牙牌令的描写里，曹雪芹不仅以上述的令词概括暗示了书中贾家在"三春"里的从盛到衰的过程（也是真实生活里曹家的命运轨迹），还在林黛玉的令词里嵌入《牡丹亭》《西厢记》的句子，以埋下第四十二回薛宝钗借机"审问"训诫林黛玉的情节；又通过刘姥姥的粗话令词引出下一回众人大笑的一段生动描写。曹雪芹最善于这样"一石三鸟"地驾驭文字，了解他的这一写作习惯也是我们阅读《红楼梦》应有的基本功。林黛玉和刘姥姥的令词也都包含着卷入皇权斗争使得贾府终于"树倒猢狲散"的谶语玄机，特别是"大火烧了毛毛虫"一句。但在书中往下的情节里，贾府的太太小姐、公子哥儿却"伤女不知亡国恨"地狂笑滥欢，这真是大悲剧中最富反讽意味的一笔。

【附】周汝昌先生壬午九月信

心武学友：

蒙你电话慰问，深感厚意。遇此突然之事（刘注：指其夫人逝世），自然心绪不佳，幸而频见津报屡刊佳作，令孩辈读听，增喜减忧，此近日之实情也。"双悬"句系李白原文，暗指唐玄宗逃离，肃宗擅立之史迹，可加一注，更令读者信服。认识雪芹笔法的独特性——即艺术的个性，总想把红楼拉向"一般化"，即"庸常性"，而且以为只有这样才算"懂文学"……中国的事态如此，良可慨也。

真理常常是在"少数"这一面。不必听"四面楚歌"（我已听了几十年！）。可以多写写，编个小集，这些文章为"探佚学"增添力量光彩——即可喜的发展。现顾"全局"，有能力识力从事此学科者除你与梁归智教授之外几乎无人可以列举。当然，有些人又会指手画脚，说短话长，甚至讥诮嘲讽——此类人不读书、不懂清史，更不能文（包括刊文与通信等文字）。要为红学探佚学留一轨迹，启牖后来之文士。

我现在正思索："座上珠玑昭日月"的日月，也许与"双悬"的日月有微妙的奥秘关系。

暂写至此。专候

重阳节吉！

盲友解味拜

壬午九月

新出的《红楼梦的百慕大》，广州版，有兴趣不妨觅阅一番，示我看法。又及。

北静王的原型

水溶，这是《红楼梦》里北静王的名字。永瑢，这是乾隆第六个儿子的名字。"永瑢"两个字各减一笔，便是水溶，再明显不过。那么，小说里北静王的原型，是不是永瑢呢？永瑢后来过继给慎靖郡王允禧（乾隆的叔叔）为孙，先降袭贝勒，后晋质郡王，"靖""郡"这些字眼都与"静"很接近，看来，北静王原型问题，可以拍板定案了。但是，且慢。细查一下年代，问题来了。我们在《红楼梦》现存最早的本子甲戌本里，就可以看到北静王形象出现，而且在后来各种抄本里，关于北静王的文字都很稳定，但是脂砚斋甲戌再评本的那个甲戌是乾隆十九年（1754 年），该年永瑢才刚刚十一岁，也就是说他乾隆八年（1743 年）才出生，曹雪芹至少要比他大二十岁，曹雪芹构思与初撰《红楼梦》时，永瑢还是一个婴儿，并且永瑢是在乾隆二十四年（1759 年）年底才过继给允禧为孙的（允禧在头年五月去世，去世时才有"靖"的谥号），那离曹雪芹辞世也就只有三年的样子。这样看来，曹雪芹笔下的北静王，原型采样应该还有别的真实人物。

小说中的北静王是一个曹雪芹下笔极其称颂珍爱的角色。他正面出场在第十四回后半和十五回前段，"年未弱冠，生得形容秀美，

106

情性谦和。""面如美玉，目似明星，真好秀丽人物。"更难得的是，北静王"因想当日彼此祖父相与之情，同难同荣，未以异姓相视，因此不以王位自居"，不仅主动积极参与秦可卿的路祭发靷，见了贾府的老少爷们，"仍以世交称呼接待，并不妄自尊大。"对贾宝玉更施厚爱，这位"生得才貌双全，风流潇洒，每不以官俗国体所缚"的"贤王"，诚邀宝玉去他府中，称"小王虽不才，却多蒙海上众名士凡至都者，未有不另垂青目，是以寒第高人颇聚"，他希望宝玉"常去谈会谈会，则学问可以日进矣！"这个人物在前八十回里还多次暗场出现，读者可以感觉到，北静王与贾宝玉确实建立起来非常密切的，甚至可以说是非同寻常的关系。

　　曹雪芹以浓墨重彩写北静王，而且把"贾宝玉路谒北静王"郑重地写入回目，这说明在他的创作情怀里，这是不能舍弃的内容。曹雪芹的祖上，是最早被满军俘虏的汉人，具体而言，也就是在满族入关前就归入内务府包衣的高级奴才，这部家史里既有为奴的屈辱，也有与满军共同作战取得天下的骄傲，从顺治到康熙两朝，曹家都很被主子宠爱，但到了雍正朝，情况变化了，雍正对曹頫罢官抄家。雍正的继承皇位，合法性被普遍地质疑，他的兄弟里有对他公开挑战的，有对他腹诽的，也有年龄小一些的，不参与权力斗争，但对被雍正整治的皇族及其牵连的如曹家这样的世奴，在可能的范围内表示同情，甚至伸出援手的，《红楼梦》里的北静王，就是这类真实存在的集中表现。所谓"不以异姓相视"，就是不以曹家（小说里的贾家）的汉族包衣奴才的下贱身份而对之施以政治歧视，还能肯定他们祖上与主子并肩作战夺得天下的历史功绩，并且始终承认彼此在长期的交往融合中形成了"同难同荣"的"世交关系"。

这样的"王",对生活里的曹家和小说里的贾家是多么重要啊,犹如阳光雨露,是活命的源泉。

康熙的第二十一子允禧,比篡了皇位的第四王子即雍正皇帝小三十三岁,他的年龄跟曹雪芹应该比较接近,他似乎就是一位上面所说的能善待曹家的皇族,他在雍正朝先被封为贝子后晋贝勒,乾隆一上台还没改元就封他为多罗慎郡王,因此如果曹雪芹成年后与他有所接触,他那时已经是郡王了,"郡"与"静"谐音,而且,现在我们称为恭王府的庭院里,至今还挂着一块允禧写的匾"天香庭院"(没有署名,但上面盖着他的印章),尽管我们现在还没有确切证据来证明乾隆朝的慎郡王府一度就在那挂匾的地方,但其府址应该大体上在紫禁城以北的相关区域,这样,曹雪芹写小说时"北静"的符码的出现,也就不难理解了。允禧无心权力,他自号紫琼道人,又号春浮居士,著有《花间堂诗钞》《紫琼岩诗钞》。《红楼梦》里出现"天香楼"这样的建筑称谓,与允禧题写的"天香庭院"匾绝非偶合,小说里北静王这个形象,允禧应该是原型之一。允禧曾生有一子,他去世时该子肯定已殇,否则乾隆不会把自己儿子永瑢过继给他家当他的孙子,以便延续他家的爵位,而之所以让永瑢过继,可以设想,那是当允禧在世时,这个侄儿就常到他家去,被他和他嫡妻所喜爱,永瑢也喜欢作诗,后编有《九思堂诗钞》;那么,若允禧善待曹雪芹这样的"世交"之飘零子弟,给他入府活动的机会,曹雪芹对一天天长大的永瑢印象也应该是很深的,于是,永瑢也就部分地成为小说中北静王的原型,总而言之,《红楼梦》中北静王的原型,应是允禧(主要取形象气质)与永瑢(主要是取名字加以衍化)的综合。

《红楼梦》不能定位为一部政治小说,但小说的写作背景,却是康、雍、乾三朝严酷的权力斗争，康熙生过三十五个儿子，成活序齿了二十四个，他对第二子公开地两次立为太子，又两次废掉，公开立储失败，导致他秘密立储，有很多证据说明他最后选定的是第十四子，不过他秘密立储的措施尚未完善，死亡突然来临，结果第四子矫诏夺得皇位，是为雍正皇帝，雍正得到帝位后至少先后对五个兄弟进行了迫害，并因此株连到与这些兄弟有关系的官僚，曹家即其中牺牲品之一。在那样的情势下，像曹家那样的官僚，尤其是包衣奴才出身的官僚，真是不知该怎么应付那样多的王子，你认定会继位的，比如都成了"千岁"，谁知却会"坏了事"，你素无来往，认为也无碍的，却会突然登上王位，找你的麻烦。这在《红楼梦》小说里有所折射。小说里写道，贾府"素日并不和忠顺府来往"，却突然那王府派来长史官，表面上是问宝玉索要伶人琪官（蒋玉菡），其实是在跟北静王斗法（宝玉腰上的大红汗巾子本是北静王送给琪官的，忠顺王府"连这样机密的事都知道了"，而且很可能还知道"别的事"；真正"窝藏"琪官的正是北静王），贾政的暴打宝玉，"不肖种种"的诸多罪状里，让他这个官僚在皇族的权力斗争里被动卷进，造成了极其严重的心理恐慌，是最深层的缘由。脂砚斋的评语里有这样一条："盖作者实因鹡鸰之悲，棠棣之威，故撰此闺阁庭帏之传。""鹡鸰"与"棠棣"都是兄弟的意思，我以前总是从曹雪芹自己究竟有哪些兄弟，什么兄弟的遭遇让他"悲"，什么兄弟让他因"施威"而不寒而栗，这样的思路上去探究，这个思路当然不能放弃，还有很大的探佚空间，但是，我现在感到，这条批语也还可以从另外的思路上去考虑，那就是，曹雪芹目睹身受了太多康熙朝遗留下的"兄弟阋墙"乃至互相残杀的皇家权力斗争，康熙的二十四个王子有的"坏了事"让人悲叹，有的得势不让人令人心寒，由此他愤激地认为"女人是水作的骨肉，男人是泥作的骨肉"，他以这样的创作心理，来处理笔下的文字，"撰此闺阁庭帏之传"，以体现出自己鄙夷现实的男人政治，追求与青春少女共享诗意生活的浪漫情怀。在《红楼梦》第十五回的描写里，北静王赠了宝玉一串"圣上亲赐"的鹡鸰香念珠，这念珠的名称显然有深意在焉，而且到第十六回，他又写到宝玉将此香念珠转赠黛玉，黛玉说："什么臭男人拿过的！我不要他！"借人物之口骂"圣上"为"臭男人"，这样地"恶攻"，如果不是胸有积郁，何至如此下笔！更可骇怪的是，在第十五回里还出现了"藩镇余祯"的字样，我们都知道雍正当了皇帝以后，不但把所有兄弟名字里本来都有的"胤"字一律改成了"允"字，更因为"做贼心虚"，把本来康熙皇帝所属意的十四王子，他的同母兄弟胤祯，硬改名为允禵（他自己名胤禛，民间传说是他伙同步军统领隆科多把遗诏中的"祯"描改为了"禛"），此后人们书写有关皇族的文字时都尽量避免"祯"字，而曹雪芹却在这节文字里偏要"祯"字出现，考曹雪芹父辈的情况，在康熙朝正是与四王子胤禛素少来往（犹如小说中贾政与忠顺王府的关系），而与其几个政敌，包括十四王子胤祯（在小说中以"义忠亲王老千岁"既影射废太子也影射这位与宝座失之交臂的秘定储君）却过从甚密，这样的家史铭刻在心，即使曹雪芹下笔时为自己设置下了"不干涉时世"的前提，究竟意难平，笔触间还足逗漏出了心底的爱憎。而后来胤祯的孙子永忠看到《红楼梦》后，连写了三首诗，其中出现"可恨同时不相识，几回掩卷哭曹侯"的知己之叹，而永忠的一位叔辈弘旿在三首诗上眉批曰："此三章诗极妙；第《红楼梦》非传世小说，余闻之久矣，而终不欲一见，恐其中有碍语也。"这就都不难理解了。

【附】周汝昌先生壬午 9 月 19 日信

心武贤友：

昨见津报又刊出《北静王的原型》一文，让孩子代读可得知梗概，见你再接再厉锲而不舍喜甚。于是我又想起，不知写给你了没有（重复也无妨，可作为"强调"看也），即：第五十八回的开头一位老太妃薨逝，这才引发了以下这些回的故事（贾母、王夫人皆不在家，园中事故纷起）。这太妃即熙嫔，康熙的庶妃，陈氏女，胤禶的生母。她卒于乾隆二年开头。这是拙著自十八回到五十四回乃"乾元"的说法，又一力证。天下哪有如此多的"巧合"。所以书中特写荣府与静府的人在送灵时是住同院。这一笔重要极了！但我今又重提此点，却是为了重申：由此也就有力地证实，你的解"三春"是正确的。八十回写到"乾三"即中断（原稿为乾隆爪牙所销毁，炮制假笔用以讳避史实原委）。一百年的"新红学"到底做了些什么？殊耐人思也。

秋安！

盲友汝昌夜书
壬午 9 月 19 日

听归智兄说今网站上关于红学讨论十分火热，不知你亦尽知"形势"否？又及。

老太妃之谜

已故红学家吴世昌先生在其《红楼探源》一书中，注意到《红楼梦》第五十八回里写到一位老太妃薨后，"凡诰命等皆入朝随班，按爵守制"，结果贾母及邢王二夫人乃至尤氏、许氏（贾蓉续弦）等每天都要入朝随祭，后来这位老太妃到离京来回需十来日的陵寝安灵，不仅贾母等女眷需去参与守灵，贾珍、贾琏、贾蓉等老少爷们也都随去，很长时间不在家里，贾府为了好歹留个主子照应家里，便报了个"尤氏产育"，协理宁、荣两府事体；吴世昌先生经过一番分析，认为曹雪芹本来是到这几回要写贾元春之死，后来却把贾元春之死的情节推后，为的是把现在我们所看到的贾母等回府前的种种情节安排进去，老太妃子虚乌有，是将贾元春"掉包"的结果，他认为"把这位不知名的老太妃如此孟浪地闯入小说的主文，至少是太露斧凿"。

《红楼梦》里的皇家，是把康、雍、乾三朝的情况艺术地压缩在一起表现的。小说里有太上皇出现，实际上清代在曹雪芹活着时是没有太上皇的，乾隆内禅让嘉庆当皇帝，成为太上皇时，曹雪芹去世已逾三十年，他不可能也没必要去"预言"。但在曹雪芹祖父辈时，康熙曾立太子，一度呈现康熙接见朝臣时，太子就坐在御座旁的特殊座位上参与国事的情况，康熙出征时更让太子留京处理朝政，秋狝、南巡也总是带太子同行，很有点"太上皇"训政于"见习皇帝"的味道，康熙自己在第二次废掉太子后这样说："皇太子服御诸物，俱用黄色，所定一切仪注，与朕无异，俨若二君矣。"因此那时的官员已经习惯于谢了皇上的恩再去谢太子恩，这就不难理解《红楼梦》第十六回"贾元春才选凤藻宫"里，赖大向贾母等报告贾政行踪时说，在跪见过皇帝后，"如今老爷又往东宫去了"。第五十八回说"谁知上回所说的那位老太妃已薨"，这显然是接续第五十五回里"目下宫中有一位太妃欠安"的话茬儿，"老太妃"和"太妃"可以指同一人，比如雍正称其父康熙的一位妃子为太妃，这位皇家妇女如活到乾隆朝，那就会被称为老太妃了。实际上康熙的妃嫔极多，其中不少一直活到乾隆时代，有的甚至活到 97 岁，乾隆时陆续病薨的老太妃有记载的便达十二人。

据周汝昌先生考证，《红楼梦》从第十八回后半到第五十三回写的都是发生在乾隆元年的故事，"所叙日期节序，草木风物，无不吻合，粲若列眉"。第五十五回的老太妃欠安到第五十八回在年初其薨逝，显然就都是发生在乾隆二年的事情。乾隆二年正月初二恰有一位老太妃薨。这是巧合吗？我在《北静王的原型》一文里指出，《红楼梦》里北静王的原型主要采自康熙的第二十一子允禧，从书中描写反照生活，乾隆初年重新起复的曹家与被晋封为多罗慎郡王的允禧应该是有相当密切的关系。乾隆二年正月初二薨的那位老太妃，就是指允禧的生母陈氏。陈氏是江南汉族女子，父亲叫陈玉卿，身份不详：她很得晚年康熙的宠爱，但因为康熙在册封嫔妃时重满轻汉，她直到乾隆时才被冠以"皇祖熙嫔"的称号，小说里给她晋级为妃，是必要的艺术夸张。

《红楼梦》虽然未能定稿完妥，但大的框架是精心设计的。我以前曾著文指出，"三春去后诸芳尽"这谶语里的"三春"指的是"三个春天"，具体而言，就是乾隆元年到乾隆三年的"三春"，"春梦随云散"后，"飞花逐水流"，宁荣两府"忽喇喇似大厦倾"，竟"落了片白茫茫大地真干净"。因此，第五十五回、第五十八回所描写的既然还不是"三春去后"那些时间段里的事，那么，也就还不会写到"一声震得人方恐，回首相看已化灰"的元妃之死，其中所提到的"太妃""老太妃"并非"孟浪闯入"，而是把乾隆二年"皇祖熙嫔"陈氏之薨的实事，写入了书内。值得注意的是，小说里写到，在朝中为这位"老太妃"施行大祭时期，贾府与北静王府同在一个"大官的家庙"里赁房作为歇息的"下处"，"东西二院，荣府便赁了东院，北静王府便赁了西院。太妃少妃每日宴息，见贾母等在东院，彼此同出同入，都有照应。"如果这不是根据生活的真实加以描写，那么，完全没必要如此着笔，因为根据小说里的逻辑，北静王府的地位比宁荣二府的地位高过许多，不能平起平坐，"老太妃"倘若与他们双方均无特殊干系，他们是不会同赁一个家庙的东西两院的（况东比西贵，贾府竟居东），再者，北静王的母辈及其妻妾也应该是与东平郡王、南安郡王、西宁郡王的女眷们"彼此同出同入，都有照应"才对。

鲁迅先生说《红楼梦》"盖叙述皆存本真，闻见悉所亲历，正因写实，转成新鲜"，确实如此。现在我们弄清楚了，乾隆二年薨的"老太妃"就是允禧的生母陈氏，允禧是《红楼梦》里北静王的原型，北静王府与贾府关系非同一般，乃"世交之谊"，这应该是生活真实的写照。康熙很纳宠了几位江南汉族女子，我们现在还不清楚这些江南美女被遴选入宫究竟跟担任江宁织造的曹雪芹祖父、父亲等有无某种关系，但现在我们仍能在清宫档案里查到曹雪芹舅公李煦在康熙四十八年上的《王嫔之母黄氏病故折》，从中可知按指示介入康熙从江南遴选进宫的女子的相关事务，乃曹雪芹家族及李煦家族的"本分"，由此可以想见，陈氏的入宫，以及她的父亲陈玉卿及母亲的生死，可能都是康熙允许、指使曹雪芹上一辈介入、关照的，因此允禧与曹家也就保持着一种特殊的关系，这层微妙的关系被很自然地写在了《红楼梦》里。

芦雪庵联诗是雪芹自传

　　《红楼梦》第五十回，大观园诸艳与宝玉的芦雪庵联诗，很少被人做深入研究。其实，这七十句联诗，本系曹雪芹咏叹其自身经历的长歌，他巧妙地将其嵌入这部书中，既通过这一情节展示了那个时代贵族男女的文化时尚，也透过联诗的场面深化了书中人物性格，当然，更重要的是，他将本人及家族的经历投影于书中贾氏的命运，形成了一个悲怆凄恻的轨迹，而最终达于清醒的"悬崖撒手"——与那个社会的主流文化分道扬镳。

　　这七十句联诗，开篇便是："一夜北风紧，开门雪尚飘。"这是雪芹写他出身在一种何等情境中。当然，我们不能胶柱鼓瑟地认为，这是说他出生在冬日下雪的季节。这是一个比喻，说的是他出生在康熙薨逝、雍正继位之际，这一重大的政治变故，对于几代深受康熙宠爱，并与若干未能继位的王子——雍正的政敌——交往甚密的曹家来说，真不啻"一夜北风紧"，雪芹甫出身，即一"开门"，就遇上了家族于"雪尚飘"的凛冽处境中挣扎的局面。书中写到，凤姐道出"一夜北风紧"这句"粗话"后，众人听了，都相视笑道："……留了多少地步与后人！"正是暗示这种"大气候"对家族年轻一代的命运起着非同小可的影响。程、高本将这句改为"留了写不尽的多少地步与后人"，坐实在"写诗"上，把"表命运"的暗示一笔抹杀，如非险恶用心，就是他们根本没有读懂雪芹原意。

下面说："入泥怜洁白，匝地惜琼瑶。"也就是从此不能"清白"的意思。而那来自雍正皇帝的"暴风雪"，"有意荣枯草，无心饰萎苕"，即把康熙时受冷落的"枯草"大加殊荣，而绝无心来照顾家族已然凋零的"萎苕"如曹家。"价高村酿熟，年稔府梁饶。"字面意思，是说大雪抬高了酒价，而且兆示着来年的丰收，实际是说曹家越来越难承受主子所索要的"高价"。稍阅雍正初年皇帝在曹頫奏折上的批语，便知那真是怎么着也讨不了好了。"葭动灰飞管，阳回斗转杓。"自然是比喻命运的大转折。雍正处置曹頫一家，虽极严峻，却也还不到斩尽杀绝的地步，正所谓"寒山已失翠，冻浦不闻潮"。那时曹家也还有一两门差可依赖的亲戚，所以又说"易挂疏枝柳"，但有的亲戚本身也已岌岌可危，故又说"难堆破叶蕉"。

一般人都知道，从康熙做皇帝到雍正以阴谋手段夺到皇位，是雪芹家从盛转衰的大转折，但一般人又容易把曹家的覆灭想象得直线而迅即，事实上那跌落的过程是呈曲线状，"一时是杀不死的"。到雍正暴毙，乾隆继位，由于乾隆想通过一定程度地实施怀柔政策，来稳定政局，收买人心，所以曹家也竟一度有雪中得炭之喜，可以揣起手过一点谨小慎微的"好日子"，故而芦雪庵联诗的下两句是"麝煤融宝鼎，绮袖笼金貂。"当然这只是"回光返照"，所以又说"光夺窗前镜"，不过，这时的曹家，可能确有女子得以进宫，或至少是成为王妃，全家能暂得庇护，故有"香粘壁上椒"之句。但整个境况，仍是"斜风仍故故，清梦转聊聊"，并无坚实的前途。那时的官场，真是"几家欢乐几家愁",所以跟下来有"何处梅花笛,谁家碧玉箫"之叹。

乾隆想怀柔,可是雍正的政敌并不因其子继位后的和解姿态而放弃他们的夺位企图,几位尚健在的雍正堂兄弟,及堂兄弟的儿子即乾隆的从堂兄弟们,仍加紧着他们的夺权密谋,他们集结在康熙两立两废的太子胤礽的儿子弘晳麾下(那时胤礽已死多年),甚至企图在乾隆进行木兰秋狝的时候进行刺杀发动政变,所以芦雪庵联诗下面就说道:"鳌愁坤轴陷,龙斗阵云销。"乾隆当然不能任由政敌们猖狂,于是改宽松怀柔为严厉镇压,曹家受到牵连,这一次所遭受的打击,远比雍正朝为烈,曹氏一族所剩无几,故下一句是"野岸回孤棹",雪芹在这"孤棹"中,犹苦中作乐,即"吟鞭指灞桥"(所谓诗思在灞桥风雪中驴子上),但曹氏的若干族人,已被充军远流,这事实被含蓄地吟为"赐裘怜抚戍",但苟活于都城的遗子,便不能不实实在在地"加絮念征徭"。这时蛰居都城陋巷仄室的雪芹等人,处境真是"坳垤审夷险,枝柯怕动摇",不知所迈出的哪一步不慎便会掉入陷阱,而任何一点枝柯摆动也都可能带来更深的牵连,所以即使用强颜欢笑的调侃语气,也只能把那生存状态概括为"皑皑轻趁步,翦翦舞随腰"。联诗的下两句是"煮芋成新赏,撒盐是旧谣",字面意思是引苏轼等典故,形容雪如用煮熟的芋头做成的"玉糁羹"一般白,又如撒盐般落下,实际上,却是形容雪芹此时的生活水平,已降到啃芋头咽盐粒的地步。在那种情况下,他"苇蓑犹泊钓",而实际已"林斧不闻樵",也就是只能隐蔽而为,再不能张张扬扬。其生命所面临的困境,如"伏象千峰凸",要冲出绝境,也还不是无望,但那是"盘蛇一径遥"。这时,"花缘经冷聚",而我心已定:"色岂畏霜凋!"

雍正一朝曹家所受的打击，我们现在总算还能查到一点皇家档案，可是乾隆一朝曹氏弄得"家亡人散各奔腾"，甚至于"落了片白茫茫大地真干净"，至今却查找不到一点文字档案。在芦雪庵联诗里，雪芹也只是说："深院惊寒雀，空山泣老鸮"，不过一惊一泣，也够惨的了。这时的朝政，弄得官僚怪贵族们"阶墀随上下，池水任浮漂"，皇帝则自以为"照耀临清晓，缤纷入永宵"，一班想顺风而上的，"诚忘三尺冷，瑞释九重焦"，曹氏遗子中自然也有这样的，雪芹却选择了另样的生活方式，"僵卧谁相问？"不问就不问吧，却偏有"狂游客喜招"，这说明曹雪芹在家族覆灭后，一方面断绝了与皇室的关系，一方面却也受到过颇有权势的开明人物的荫庇。他总的处境是"天机断缟带，海市失鲛绡"，具体的情形是"寂寞对台榭，清贫怀箪瓢"，但他开辟着自己的精神天地，"烹茶冰渐沸，煮酒叶难烧。没帚山僧扫，埋琴稚子挑"，实际上，这是暗示着他开始了《石头记》即《红楼梦》的艰难创作。

在联诗中，曹雪芹用"石楼闲睡鹤，锦罽暖亲猫"两句，极为含蓄地概括了他所写的这本书。《红楼梦》第二十三回，有贾宝玉的四季即事诗，其秋夜即事中有"苔锁石纹容睡鹤"之句，蕉棠两植的怡红院中有鹤，在书中亦有描写；冬夜即事中有"锦罽鸊氅睡未成"之句，书中第五回即写到秦氏"叫小丫鬟们在檐下看着猫儿打架"，可见贾府中，锦罽和猫儿都是最常见的事物，最能传达出那里的氛围；在很可能见到过曹雪芹本人并读过其未能传至今日的原稿的明义的《题〈红楼梦〉》组诗中，有一首就写到贾宝玉"晚归薄醉帽颜欹，错认猧儿唤玉狸"，这大概是说第三十一回中，宝玉错把晴雯当作袭人的事（袭人在怡红院中有"西洋花点子哈巴儿"

的绰号，见三十七回），由此可见，玉狸即"亲猫"，实际上也是泛指作者所珍惜的女儿们。

但对于曹雪芹来说，那象征着严寒与肃杀的大雪，是越来越厉害了，"月窟翻银浪，霞城隐赤标"，就是说仿佛月亮把银色光浪翻涌于大地，又仿佛号称"霞城"的赤城山那最高处即叫作"赤标"的山巅，竟都被寒雪所淹没，在这漫漫寒冬、茫茫大雪中，有的生命经不住摧残，可能就沉沦、湮灭了，但曹雪芹却"沁梅香可嚼，淋竹醉堪调"，就是说越是严寒，他著书就像嚼食被雪浸透的梅花般我心自甘，而且也仿佛被雪水淋湿的竹子，正能弹奏出最强劲的旋律！

从曹雪芹逝去后，他的挚友所写的悼亡诗可知，他在"著书黄叶村"时，是有"新妇"协助他的，而这首芦雪庵联诗，应正是他在那爱情的呵护下，从事著书的过程中所撰，所以他在表述自我生活道路时，特意写到，逆境中的雪，"或湿鸳鸯带，时凝翡翠翘"，他的创作生活中，还是有亮点的，不过，总的处境，当然还是"无风仍脉脉，不雨亦潇潇"，与风雪严寒的斗争，正未有穷期！

联句的最后两句，是"欲志今朝乐，凭诗祝舜尧"。这当然是不得不加上的"尾巴"。可是如联系前面的内容，那么，也完全可以体味出一种反讽的意绪。

尽管《红楼梦》已被两个多世纪的读者们几乎"读烂"，而"红学"专家们的论著也可摆满很大的一片书架，但它仍是一个未能被猜透的魅人巨谜，其中很多的文字，作者本有深意存焉，读者们的眼光却往往只从文字表面上掠过，其实是被作者瞒蔽了，第五十回的这七十句的芦雪庵联句，本是雪芹的一首自传性长诗，我们竟长期忽略，便是活生生的一例。

太虚幻境四仙姑

1999 年 11 月 5 日，应北京大学红楼梦研究会邀请，去他们的系列讲座中讲了一次。该研究会是个学生社团，讲座都安排在周末晚上七点钟进行，我本以为那个时间段里，莘莘学子苦读了一周，都该投身于轻松欢快的娱乐，能有多少来听关于一部古典名著的讲座？哪知到了现场，竟是爆棚的局面，五百个阶梯形座位坐得满满的已在我意料之外，更令我惊讶莫名的是，过道、台前乃至台上只要能容身的地方，也都满满当当地站着或席地坐着热心的听众。我一落座在话筒前便赶忙声明，我是个未曾经过学院正规学术训练的人，就"红学"而言，充其量是个票友，实在是不值得大家如此浪费时间来听我讲《红楼梦》的。我讲了一个多小时，然后再对递上的条子做讨论式发言，条子很多，限于时间，只回答了主持者当场递交的一小部分，其余的一大沓是带回家才看到的。就我个人而言，光是读这些条子，就觉得那晚的收获实在是太大了。以前我也曾去大学参加过文学讲座，也收到很多的条子，但总有相当不少的问题，是与讲座主旨无关的，如要我对某桩时事发表见解，或对社会上某一争讼做出是非判断，令我为难。这回把拿回的条子一一细读，则那样文不对题的内容几乎没有，而针对《红楼梦》提出的问题，不仅内行，而且思考得很深、很细，比如有的问："'红学'现在给人的印象简直就是'曹学'，文本的研究似被家史的追踪所取代，对此您怎么看？"这说明，无论"红学"的"正规军"，还是"票友"，还是一般爱好者，确实都应该更加注意《红楼梦》文本本身的研究，即使研究曹雪芹家世，也应该扣紧与文本本身有关联的题目。有一个条子上提出了一个文本中的具体问题："贾宝玉在太虚幻境所见四名仙姑，一名痴梦仙姑，一名钟情大士，一名引愁金女，一名度恨菩提，指的是对宝玉影响很大的四名女子？抑或他人生的四个阶段？"这问题就很值得认真探究。

在神游太虚幻境一回里，曹雪芹把自己丰沛的想象力，以汉语汉字的特殊魅力，创造性地铺排出来，如：离恨天、灌愁海、放春山、遣香洞等空间命名，千红一窟（哭）茶、万艳同杯（悲）酒等饮品命名，都是令人读来浮想联翩、口角噙香的独特语汇。在那"幽微灵秀地，无可奈何天"，警幻仙姑引他与四位仙姑相见，那四位仙姑的命名，我以为的确是暗喻着贾宝玉——也不仅是贾宝玉——实际上作者恐怕是以此概括几乎所有少男少女都难免要经历的人生情感四阶段：开头，总不免痴然入梦，沉溺于青春期的无邪欢乐；然后，会青梅竹马，一见钟情，坠入爱河，难以自拔；谁知现实自有其艰辛诡谲一面，往往是，少年色嫩不坚牢，初恋虽甜融化快，于是乎引来愁闷，失落感愈渐浓酽，弄不好会在大苦闷中沉沦；最后，在生活的磨炼中，终于憬悟，渡过胡愁乱恨的心理危机，迎来成熟期的一派澄明坚定。

那么，这痴梦、钟情、引愁、度恨四位仙姑，是否也暗指着贾宝玉一生中,对他影响最大的四个女性呢?细细一想,也有可能。读毕《红楼梦》前八十回,一般读者都会获得这样的印象:贾宝玉一生中,林黛玉、薛宝钗、史湘云这三位女性对他是至关重要的,林令他如痴如梦地爱恋,他不信什么"金玉良缘"的宿命,只恪守"木石姻缘"的誓愿,太虚幻境中的痴梦仙姑,有可能是影射林黛玉。钟情大士影射谁呢?"大士"的称谓筛掉了性别感,令人有"英豪阔大宽宏量,从未将儿女私情略萦心上,好一似,霁月光风耀玉堂"一类的联想;但"大士"前又冠以"钟情",难道是暗示史湘云钟情于贾宝玉?岂不自相矛盾?不然,情有儿女私情,有烂漫的青春友情,史湘云与贾宝玉的青春浪漫情怀,在芦雪庵中共同烧烤鹿肉一场戏里表达得淋漓尽致,"且住,且住,莫使春光别去!"如此考校,钟情大士是影射史湘云,差可成立。引愁金女自然是影射薛宝钗了,她是戴金锁的女性,其与贾宝玉的感情纠葛,给后者带来了"此恨绵绵无绝期"的愁苦,虽然那苦中也有冷香氤氲,甚至后来还有"举案齐眉"之享受,但"到底意难平"。

谁是贾宝玉一生中第四位重要的女性呢?这在前八十回里虽初露了端倪,但要到八十回后方能令读者洞若观火,那便是妙玉。第十七至十八回中明确交代,妙玉从苏州玄墓蟠香寺来到都城,目的之一,就是到都城拜谒观音遗迹和学习贝叶遗文,贝多树,毕钵罗树,菩提树,即使不是一树多名,也是相近的树,这都坐实着妙玉的"活菩萨"身份。据我的考证,并已通过《妙玉之死》的小说所揭示,在八十回后,妙玉不仅起着挽救贾宝玉性命的关键作用,还使宝玉与史湘云得以邂逅,相依始终,那是一位终于使贾宝玉了悟前缘，超越爱恨情愁，在悲欣交集中融入宇宙的命运使者——以度恨菩提影射，实在贴切至极！

【附】周汝昌先生 1999 年 12 月 12 日信

心武学友：

你的"四仙姑"引起我极大注意！这也许是"善察能悟"的又一佳例。但"今晚"（刘注：指天津《今晚报》）那种小字我已全不能"见"，你能否设法给我一份打印放大本？我细读后拟撰一文以为呼应。

"千禧"是个洋概念，本与中华文化无涉，但既值此际，我们讨论四仙姑，亦极有味也！

冬福！

周汝昌

1999 年 12 月 12 日

小诗寄心武学兄　解味

善察能悟慧心殊

万喙红谈乱主奴

唯有刘郎发奇致

近来商略四仙姑

"枉凝眉"曲究竟说的谁

　　在太虚幻境，警幻仙姑让十二个舞女上来，为贾宝玉演唱新制《红楼梦》十二支曲，并让他边听边看原稿，但书上开列出的唱曲，并不是十二支而是十四支，也许，是把开头的"引子"和最后的"收尾"不予计算吧？这倒不是什么太大的令人疑惑处，最令人费猜疑的，是"引子"后的头两曲，特别是第二曲"枉凝眉"。

　　去掉"引子"和"尾声"的十二支曲，按一般读者的推想，应该是恰好给金陵十二钗的每一钗分别安排一曲，但细读这十二支曲，就发现从第三曲起才是一曲概括一人的命运，依次是元春、探春、史湘云、妙玉、迎春、惜春、王熙凤、巧姐、李纨、秦可卿。第一曲"终身误"，一般都认为是将林黛玉和薛宝钗合起来说，而且是以贾宝玉的口气来咏叹，是否一定应如此理解，其实也还有商量的余地，不过我以为这样理解大体上是过得去的。第二曲"枉凝眉"，也是以贾宝玉的口气来咏叹的：

　　　　一个是阆苑仙葩，一个是美玉无瑕。若说没奇缘，今生偏又遇着他；若说有奇缘，如何心事终虚化？一个枉自嗟呀，一个空劳牵挂；一个是水中月，一个是镜中花。想眼中能有多少泪珠儿，怎经得秋流到冬尽，春流到夏。

去掉这一曲，十二钗也都涉及了，那么，非安排这一曲干什么呢？中国艺术研究院红楼梦研究所校注本（人民文学出版社 1996年 12 月第二版）是这样注解的：

> 曲名意谓徒然悲愁。曲子从宝黛爱情遇变故而破灭，写林黛玉泪尽而死的悲惨命运。阆苑仙葩：指林黛玉。阆苑：神仙的园林；仙葩：仙花。美玉无瑕：指贾宝玉。

乍看似乎说得通，但细加推敲，问题就来了。流泪当然可以联想到林黛玉，但《红楼梦》全书"满纸荒唐言，一把辛酸泪"，不能仅从"泪珠儿"就判定为说的只是林黛玉。第三回写黛玉进京到荣国府见到贾宝玉已是隆冬，凤姐出场穿着银鼠褂，贾母交代说："等过了残冬，春天再与他们收拾房屋。"林黛玉的"还泪"应从这个冬天开始，不是从秋天开始的。"阆苑仙葩"是指林黛玉吗？第一回中交代，"西方灵河岸上三生石畔，有绛珠草一株"，那是林黛玉在天界的真形；"灵河岸"固然可说是"阆苑"，但仙草却绝对不能等同于仙花即仙葩。贾宝玉固然是衔玉而生，但第三回甫出场就有两阕《西江月》概括他的秉性，"行为偏僻性乖张，那管世人诽谤？""天下无能第一，古今不肖无双！""美玉无瑕"从来不是他的"符码"。因此，我以为上述的那条注解是错误的。

如果按上述注解理解，那么在十二支曲中，第一支里林黛玉已经跟薛宝钗合咏了，这第二支又再单咏她一遍，她虽是重要角色，这样的安排在布局上似乎也欠均衡。

我曾撰《太虚幻境四仙姑》一文，分析出第五回里警幻仙姑引见给贾宝玉的四位仙姑，所取的名号绝非闲笔偶设，而是有深意寓焉，实际上分别标志着在贾宝玉生命里给予他重大影响的四位女性，其对应关系为：痴梦仙姑——林黛玉；钟情大士——史湘云；引愁金女——薛宝钗；度恨菩提——妙玉。依此思路，可以悟出，《红楼梦》十二支曲里，有资格被合咏的，也应是这四位女性。"终生误"是林、薛二钗的合咏，"枉凝眉"则是史、妙二钗的合咏。

"一个是阆苑仙葩"，这分明说的是史湘云。"天上人间诸景备"、"谁信人间有此境"、"仙境别红尘"，把大观园比作"阆苑"，非常贴切；而在关于大观园后来命名为怡红院的那处庭院的描写中，曹雪芹郑重其事地写到西府海棠：其势若伞，丝垂翠缕，葩吐丹砂。我们都知道《红楼梦》里以花喻人时，总把史湘云喻为海棠花，第六十三回"寿怡红群芳开夜宴"，大家挈花签，湘云挈出的那根上画着一枝海棠，题着"香梦沉酣"四字，签的另一面上是一句诗："只恐夜深花睡去"。我们又都知道湘云的丫头名翠缕。"丝垂翠缕，葩吐丹砂"的"阆苑仙葩"只能用来说史湘云而不可能用来形容林黛玉。

"一个是美玉无瑕"，这分明说的是妙玉。《红楼梦》里的"玉"很不少，第二十七回凤姐问红玉名字，她回答后，凤姐将眉一皱，把头一回，说道："讨人嫌的很！得了玉的益似的，你也玉，我也玉。"在书中所有的"玉"里，明文其"美玉无瑕"的只有妙玉。贾宝玉在太虚幻境偷看的册页里，妙玉的那一页"画着一块美玉，落在泥垢之中"，玉本无瑕，而惨遭荼毒；《红楼梦》十二支曲里又专门有一曲"世难容"说妙玉最后是"无瑕白玉遭泥陷"，跟点出了史湘云是"丝垂翠缕，葩吐丹砂"一样，如此明白地点出了妙玉是"美玉无瑕"，我们还有什么理由硬说那是指贾宝玉呢？

那么，这支"枉凝眉"曲，究竟在暗示着怎样的人物关系与命运轨迹呢？将其分拆开来：

贾宝玉针对"阆苑仙葩"史湘云的咏叹是：若说没奇缘，今生偏又遇着他（当代年轻读者须知，"她"字是上世纪初"新文化运动"时期才创造出来的汉字，那以前无论男性女性的第三人称均写作"他"）；一个枉自嗟呀；一个是水中月……

贾宝玉针对"美玉无瑕"的妙玉的咏叹是：若说有奇缘，如何心事终虚化？一个空劳牵挂；一个是镜中花……

综合起来的感叹：想眼中能有多少泪珠儿，怎经得秋流到冬尽，春流到夏！

根据书里前八十回的伏线暗示、脂砚斋评语，以及"红学"探佚的成果，不难对这一曲做出通透的解读。

在《红楼梦》八十回后，贾家彻底败落，贾宝玉一度羁狱，后来流落江南，竟意外地与史湘云重聚，并结为夫妻。在前八十回里，我们可以看到宝玉与史湘云之间的亲情与友情甚笃，但他们之间似乎并无夫妻缘分，所以一旦在危难中邂逅结合，难免有"若说没奇缘，今生偏又遇着他"的"嗟呀"；真好比"寒塘渡鹤影"，堪称是"水中月"的境界——美好过去全成幻影，面对的是万分险恶狰狞的悲惨现实。当然，这只是大概而论。其实在前八十回里，除了这首"枉凝眉"中埋伏着暗示，第三十一回"因麒麟伏白首双星"

也很可能是在暗示贾宝玉和史湘云最后"白头偕老"：史湘云的金麒麟，本是与王孙公子卫若兰的金麒麟为一对，他们也确有一段姻缘，但到头来卫若兰的金麒麟辗转到了贾宝玉那里，"因麒麟"绾合而终成眷属的，是宝湘而非他人——不过这暗示在前八十回中实在太隐晦了，所以要把它坐实，还需另撰专文讨论。

在《红楼梦》八十回后，妙玉的遭遇绝非高鹗续书所写的那样。按曹雪芹的构思，八十回后贾宝玉会在瓜洲渡口与妙玉邂逅，妙玉并促成了他与湘云的重逢结合。贾宝玉一贯看重妙玉，珍重妙玉与自己之间的心灵默契，但妙玉最后在恶势力逼迫下顽强抗争、同归于尽，使贾宝玉不禁有"若说有奇缘，如何心事终虚化"的感叹，他对她"空劳牵挂"，竟不能将她解救，那美好的形象，如镜中花，可赞美而无法触摸。此外值得注意的是，在咏妙玉的专曲"世难容"里，最后一句是"又何须，王孙公子叹无缘！"许多人把"王孙公子"理解为贾宝玉，似乎是妙玉后来与恶势力抗争到底同归于尽，使得贾宝玉爱情失落，感叹自己没能跟妙玉结合，这是大错的思路，不仅误解了妙玉，也丑化了贾宝玉。其实，在《红楼梦》第十四回里写到参与送殡的人士，有这样的明文："……余者锦乡伯公子韩奇，神武将军公子冯紫英，陈也俊、卫若兰等王孙公子"，冯紫英在前八十回里有不少戏，卫若兰在脂砚斋批语中因金麒麟被郑重提及，考虑到曹雪芹下笔时几次将史湘云、妙玉并提，则对妙玉"叹无缘"的公子，很可能就是陈也俊（注意：他排名还在卫若兰之前，这绝不是一个随便出现一下的名字），只是因为八十回后真本失传，因此我们难以考据有关妙玉和陈也俊那隐秘关系的详情罢了。

《红楼梦》第七十九回，贾宝玉吟出"池塘一夜秋风冷"的句子，可见八十回后开始的大悲剧正是从秋天起始的，"想眼中能有多少泪珠儿，怎经得秋流到冬尽，春流到夏"，意味着八十回后所写的，正是那样的一个时序下的一年，而到那一年的秋天，也就欲哭无泪，整个是个"落了片白茫茫大地真干净"的肃杀景象。

"三十"与"明月"

　　"三十功名尘与土，八千里路云和月"，这是南宋岳飞《满江红》词里的名句，"三十"是他的年龄自况，"云月"比喻他日夜转战，这是我们从小就都知道的。但中国汉文化有个特点，就是凡已存在过的妙词佳句，都可移用到今天的现实语境中，"借他人酒杯，浇自己块垒"，不用改易一个字，新的意蕴，即已延伸甚至转化而成。20世纪40年代，中国进步的电影艺术家就以《八千里路云和月》命名过关于抗日题材的电影；那时候引进美国好莱坞的片子，明明是西洋人拍的西方故事，本与中国文化无关，为票房推销，以适应一般中国人的审美心理，也都尽量改取一个从中国古典文本里借来（或稍加推衍）的语汇，如《乱世佳人》《鸳梦重温》《屏开雀选》《青山翠谷》等等，这办法一直延续到今天。

　　据2000年2月3日《北京晚报》记者程胜报道，北京一位瓷品收藏者凌先生1996年在安徽某县搜集到一副瓷烧的对联，用以镶嵌瓷字的底板已毁，但从上面取下的瓷字完整无缺，上下联分别是"三十功名尘与土，八千里路云和月"，每字约在8至12厘米之间；除此十四字外，尚有四个约5至6厘米的瓷字，是"曹雪芹书"。经有关专家鉴定，十八个瓷字皆系清代中期景德镇窑产品。现在我们虽然还不可轻率肯定，这些瓷字就是据曹雪芹真迹烧制的，但也万万不可轻视这一发现。凡知道点"红学"的都知道，我们一直没能搜寻到过曹雪芹的哪怕一个字的真迹，我们现在所据以研究《红楼梦》的各种手抄本，有的可能很接近曹雪芹亲手书写的底本，却一律都是他人的过录本，这回凌先生通过《北京晚报》记者披露的瓷字虽仍非最本原的"曹字"，如能被专家进一步鉴定为真物，则与发现了曹雪芹书法的刻石或拓片一样，意义也是非同小可的。

这里姑且缓论瓷字的真伪，先讨论一下，曹雪芹有无可能写出这样的一副对联。有的人可能觉得，这对联实在平常，无非是有人向曹雪芹求字，或事先讲明了要写岳飞词里的这两个熟句，或曹雪芹懒得动脑筋为之特拟，便随手写下了这两句当时脑海里飘过的句子。又有人可能觉得，曹雪芹挥笔写下这两个句子，反映出他思想中（至少是潜意识里）有"灭胡虏"的情绪，这就似乎为"红学"中认为《红楼梦》是"排满之作"的一派，提供了新的依据。不过，我以为，倘曹雪芹对岳飞这两句词感兴趣，提笔大书，则无论是自己挂起，还是赠予乃至售与他人，都可能另有离开岳飞原意的寄托在焉。

《红楼梦》的文本里，截取前代人诗词里的句子，来象征人物命运，或从中转化出另外的意思，这一手法可谓贯穿始终，是我们解读他这部巨著时必须加以掌握的"钥匙"。最集中也最直接的例子是第六十三回"寿怡红群芳开夜宴"，与宴的八位女性分别擎出了八根象牙花名签子，每根上面都题着四个字并有一句唐诗或宋诗，如探春擎的是杏花签，题着"瑶池仙品"，诗句是唐高蟾《下第后上永崇高侍郎》里的"日边红杏倚云栽",原诗"日边"喻帝王,"红杏"喻权贵,表达的是科举下第后的矜持怨艾,曹雪芹挪用到《红楼梦》文本里意思完全转化了,是用"日边"喻郡王,"红杏"喻探春,暗示探春以后将类似"杏元和番"那样远适藩王。

《红楼梦》的传世抄本大都有署名脂砚斋或畸笏叟的大量批语,尽管对于这两个署名究竟是一个人的还是两个人的,究竟是男是女、与曹雪芹有否血缘或婚配(同居)关系,"红学"界意见尚不能统一,但这批书者与曹雪芹有着极其亲近的关系,熟悉甚至卷入了曹家的家世变化,并在一定程度上是曹雪芹写作《红楼梦》的"高参",乃至直接参与了至少是局部的写作,在这几点上"红学"界并无争议。脂砚斋、畸笏叟的批语在"红学"界一般统称"脂批","脂批"里一再出现"三十年"的字样,如"三十年前事见书于三十年后,今余想恸血泪盈。""读五件事未完,余不禁失声大哭,三十年前作书人在何处耶?""余卅年来得遇金刚者亦不少……""与余三十年前目睹身亲之人,现形于纸上……"不少脂批后面注明了年代干支,由此可以推算出,"三十年前"大约是公元1728年即雍正六年之前,那是曹氏家族仕途命运的一道分水岭,雍正六年曹頫在江宁织造任上被抄家治罪,"家富人宁,终有个家亡人散各奔腾……忽喇喇似大厦倾,昏惨惨似灯将尽","树倒猢狲散",从此后如"花落水流红","如花美眷"全都"零落成泥碾作尘",曹氏四五代艰辛积攒努力扩展的赫赫功名灰飞烟灭,据此,倘曹雪芹借岳飞的词句"三十功名尘与土"来一抒心中的愤懑,实在是天知地知自己知亲近者如脂砚斋者知,而其他人很可能被他的狡狯假借所瞒蔽，还以为他只不过是顺手写下最稳妥也最"大路货"的熟句哩！

《红楼梦》的正文里，也有直接提起年头论事儿的时候，第七回宁国府焦大醉骂"二十年头里的焦大太爷眼里有谁？"所谓"二十年头里"应是书中贾代化袭宁国公且还在世的时候，如再加十年，三十年头里，则"太爷"贾演该还活着，焦大小时随"太爷"（原型应为曹雪芹高祖或曾祖）出兵，有从死人堆里救出主子的功劳。第四十七回贾母称"我进了这门子作重孙子媳妇儿起，到如今我也有了重孙子媳妇儿了，连头带尾五十四年，凭着大惊大险千奇百怪的事，也经了些"，不说"五十"或"五十五"等整数，而精确地说"五十四年"，显然是因为这个艺术形象的原型确实是有五十四年的婚龄，据周汝昌先生考证，《红楼梦》从第十八回至第五十四回全写的是以乾隆元年（1736年）为背景的那一年里的故事（该年农历四月二十六日交芒种被郑重写入到第二十七回里），则"三十年头里"约为康熙四十六年（1707年），正值康熙第六次南巡，曹雪芹祖父曹寅第四次接驾，曹寅妻李氏当然与丈夫一起正经历着富贵已极的时期，以李氏为模特的贾母，在书中出现时却已处于百年诗礼簪缨之族的"末世"了。凡此种种文字里，都弥漫着"三十年河东，三十年河西"的深沉喟叹，如假借"三十功名尘与土"的句子来加以概括，也无不可。

《红楼梦》第一回正文里还明确地写入了该书由"曹雪芹于悼红轩中披阅十载，增删五次"而成，尽管关于曹雪芹的生卒年月在"红学"界一直存在歧见，但《红楼梦》大体成型是在曹雪芹三十岁左右当可认定，因为第一回开篇即有第一人称的作者自述，明言

"将已往所赖天恩祖德，锦衣纨绔之时，饫甘餍肥之日，背父兄教育之恩，负师友规谈之德，以至今日一技无成、半生潦倒之罪，编述一集，以告天下人"云云，过去人们认为"人生七十古来稀"，一个花甲六十岁即为"满寿"，因之"半生"也就是三十岁。《红楼梦》里通过贾宝玉这一艺术形象痛诋"国贼禄蠹"，视科举功名如粪土，那当然是曹雪芹自己思想感情的体现，他"无材补天"，有心铸"梦"，若挥毫书写"三十功名尘与土"，也正好抒发出了自己把仕途经济即所谓"功名"弃之尘土的理念豪情。

倘若《北京晚报》所披露的凌先生搜集到的标明是"曹雪芹书"的对联，仅仅是上半联能引出我们的丰富联想，倒也罢了，更需注意的是那下联的字句"八千里路云和月"。岳飞笔下的"云月"虽也有超出字面以外的意蕴，却并非是指人物，但在《红楼梦》的文本里，"云"指史湘云，"月"指麝月，却是明明白白的——"红学"界称作"王府本"的抄本上，第十八回前面有总批，是以题诗的形式写就的："一物珍藏见至情，豪华每向闹中争。黛林宝薛传佳句，豪宴仙缘留趣名。为剪荷包绾两意，屈从优女结三生。可怜转眼皆虚话，云自飘飘月自明。"前五句是我们能从现存的前八十回文本里可以看到的情节，后三句则是在透露八十回后的故事（若尚未写出，亦是已成熟的构思）。"屈从优女结三生"是怎么回事这里且不讨论。"云自飘飘"指史湘云后来有一段凄惨的飘游生活，这与正文第五回关于史湘云的"判词""展眼吊斜晖，湘江水逝楚云飞"，以及《乐中悲》曲子里"终久是云散高唐，水涸湘江"完全吻合。"月自明"则是指麝月到故事最后仍能守在贾宝玉的身边。《红楼梦》正文里用宋人诗句"开到荼蘼花事了"来暗示麝月是书中"如花美眷"的最后残存者，脂砚斋批语里有多处暗示麝月最后作为侍女独留在了宝玉身边（第二十回脂批说八十回后袭人出嫁后有"好歹留着麝月"的留言）。据周汝昌先生考证，脂砚斋与畸笏叟实系一人，就是书中史湘云的原型，她经乱离漂泊之后最后得以与曹雪芹重新聚合，而她在第二十回书里写到麝月独自看屋子时，批道："麝月闲无语，令余鼻酸，正所谓对景伤情。"实际上我们今天从正文里可以看到，在那段情节里麝月说了不少话，宝玉还给她篦头，并没有什么值得伤感的因素，因此，只能把这批语理解为，脂砚斋写批语时，麝月的原型就在她身旁，"闲闲无语"，而那几句批语后面注明是"丁亥夏"，彼时曹雪芹已经去世好几年了，她们两个与曹雪芹共渡了最艰难岁月的贫女，从曹雪芹遗稿里温习着往日的富贵温柔，面对着当下的凄凉处境，自然会对景伤情而鼻酸堕泪了！这样看来，"云自飘飘月自明"的含义十分丰富，表明麝月在袭人嫁给蒋玉菡后，得以独留在宝玉、宝钗身边，而宝钗死后，她又终于能和乱离后与宝玉邂逅的史湘云会合到了一起，甚至在曹雪芹去世后两人还"云自飘飘月自明"——史湘云再次陷于漂泊厄运，而她"闲闲无语"，依然是"最后的月亮"。

这样看来，在曹雪芹创作《红楼梦》期间，有两个女人在他身边，一个"云"即有文化能帮他写作的脂砚斋，一个"月"即书中麝月的原型；"月"没什么文化，但不仅可以分担生活重担，也成为他和脂砚斋"燕市哭歌悲遇合，秦淮风月忆繁华"的活见证。在这种情况下，曹雪芹假借"八千里路云和月"的现成古句来抒发他们历尽千辛万苦终于又相依为命，就十分贴切自然了。

北京凌先生搜集来的"曹雪芹书"以岳飞词句构成的对联瓷字，

真伪尚待专家们进一步鉴定，我非专家，又未见到实物，只是觉得曹雪芹有可能利用岳飞的句子来暗抒他的胸臆隐情。通过关于得知瓷字消息后的一系列联想，我主要试图表达这样一个意思——曹雪芹的《红楼梦》，其艺术手法上的一大特色，就是充分开发、运用汉字汉语在语意、语音上的多义、谐音等功能，在看似随手拈来的文句里，一击两鸣，一石三鸟，一声也而两歌，一手也而两牍，或背面敷粉，或暗度金针，意蕴深远，精彩绝伦。这一份我们自己民族的宝贵美学遗产，实在需要认真继承，发扬光大！

妙玉之谜

妙玉在太虚幻境"薄命司"的"金陵十二钗正册"中，居第六位（第五页）；在《红楼梦》十二支曲中，关于她命运暗示的"世难容"一曲，亦安排在涉及黛玉、宝钗、元春、探春、湘云的曲后，仍是第六位，这是很费解的。金陵十二钗中，只有她一人不属于贾、史、王、薛四大家族，既非其血统，亦非李纨、秦可卿那种嫁到其中的女子，可是她却不仅名列于基本上由四大家族女性垄断的名册中，并且还排名居中，大有云断高岭之势，这实在值得探究。

所谓"金陵十二钗正册"以及《红楼梦》十二支曲中的女性排名，并不以辈分长幼为序，更不是先贾氏成员再及其他，而完全是以该女性在《红楼梦》全书中的重要性来排座次的，所以黛玉、宝钗稳居一、二（她们在册中合为一画一诗，在曲中亦合二为一），元春因是关系四大家族，特别是贾氏荣辱沉浮的首要角色，故排第三，紧接着的是探春，她虽比迎春小，且是庶出，但作者极为看重她，该女子是在家族危难时，独能站出来支撑残局的顶梁柱，因此排第四，第五是史湘云，说实在的，把这位与黛、钗一样与宝玉有着不寻常的情感关系，并最后相厮守，且仅前八十回中便有大量篇幅精心刻画、令读者目眩心醉的角色排第五，已有委屈之感（由此也可反证出，探春这一"脂粉英雄"在作者构思中具有多么重的分量！），谁该排第六呢？难道不该是王熙凤？"原应叹息"已出其二，难道不该推出迎春和惜春？可是，偏偏连霸王似的凤姐，以及正门正户的迎、惜姐妹都"靠边站"，第六位竟是一位不知姓氏为何、真名失传，单知其法号的妙玉！

曹雪芹著《红楼梦》，在整体构思中将妙玉置于如此重要的地位，一定有他充分的道理。但在现在所留下的前八十回真本中，除去第五回的册页、仙曲中提及不算，妙玉也就出现了六次而已，并且其中四次都是暗出，真站出来亮相，只有两回罢了。

先说四次暗出。一次是第十七回至十八回中，大观园已造好，并且从姑苏采买的十二个女戏子，还有聘买的十个小尼姑、小道姑都有了，忽有林之孝家的来跟王夫人回话，说"外有一个带发修行的，本是苏州人士，祖上也是读书仕宦之家……今年才十八岁，法名妙玉。如今父母俱已亡故，身边只有两个老嬷嬷，一个小丫头服侍。文墨也极通，经文也不用学了，模样儿又极好……去岁随了师父上来，现在西门外牟尼院住着。他师父极精演先天神数，于去冬圆寂了。妙玉本欲扶枢回乡的，他师父临寂遗言，说他'衣食起居不宜回乡，在此静居，后来自然有你的结果'。所以他竟未回乡。"王夫人不等说完，便说："既这样，我们何不接了她来。"林之孝家的道："请她，她说'侯门公府，必以贵势压人，我再不去的。'"王夫人笑道："她既是官宦小姐，自然傲些，就下个帖子请她何妨。"于是果然下帖子将妙玉请进了大观园栊翠庵。据此，不少研究者认为，妙玉父母是获罪被除，王夫人此举，是藏匿罪家之女，并是导致八十回后贾氏"家散人亡各奔腾"的原因之一。但是依我的思路，贾氏在此之前已因收养藏匿皇帝政敌的后裔秦可卿，导致了一场大惊恐（第十六回开首，皇帝降旨，唬煞贾氏满门，贾赦贾政等入朝后，"贾母等合家人等心中皆惶惶不定"），在总算安渡此次危机，且进入元妃得宠的"烈火烹油、鲜花着锦"的盛筵期，最没有杀伐胆识的王夫人，是不会冒大不韪，做主藏匿一个罪家之女的，更何况还下帖子，留下"铁证"。从王夫人"笑道"的行文来看，她下命令请妙玉时，心态是很轻松的。及至写到贾元春游幸大观园，"忽见山环佛寺，忙另盥手进去焚香拜佛，又题一匾云：'苦海慈航'。又额外加恩与一般幽尼女道。"这算是妙玉又一次暗出。她是与元妃见了面的。以元妃的警惕性，是肯定要询问她的来历的。贾府犯不上在元妃眼皮底下再次藏匿罪家之女。第三次暗出，真是暗之又暗，那是在第五十回，李纨罚宝玉去栊翠庵求红梅，宝玉乞得红梅后笑道："你们如今赏罢，也不知费了我多少精神呢。"第四次是在六十三回，宝玉寿诞，妙玉打发一个庵中妈妈送来一个"槛外人妙玉恭肃遥叩芳辰"的贺帖，宝玉第二天才发现，不知该如何回礼，巧遇邢岫烟，这才知道妙玉在太湖边的蟠香寺修炼时，岫烟与其十年为邻，乃贫贱之交，又有半师之分，妙玉是因为"不合时宜，权势不容"，才投到贾府，岫烟深知妙玉"放诞诡僻"，"僧不僧，俗不俗，女不女，男不男"，自称"畸零之人""槛外人"，喜人自谦槛内尘世扰扰之人。这后两次暗出，都使得一些论家推导出妙玉暗恋宝玉的结论，高鹗续后四十回，也顺此思路一路茶毒妙玉到底。

妙玉的正式出场亮相，在前八十回中只有两次。一次是四十一回"栊翠庵茶品梅花雪"（按：本文所引回目及内文，均据庚辰本），可谓"妙玉正传"，虽涉及她的全文仅 1500 字，但已使她那孤傲怪诞、极端洁癖的性格凸现纸上，过目难忘。她藏有其价难估的文物瓷器，用梅花上收的雪烹茶，可见其家虽败而财富犹存，其人虽飘零而尊贵气度不减。她拿自己常日吃茶的那只绿玉斗斝茶给宝玉，是否可作为暗恋宝玉的佐证？我以为不可，这还是在写她的怪诞奇诡。在这 1500 字的描写中，因刘姥姥用她给贾母献茶的那只成窑五彩小盖钟喝了茶，她嫌脏不要了，后由贾宝玉讨出转送给了刘姥姥，确是一个"草蛇灰线，伏延千里"的细节。我很赞同周汝昌先生在《红楼梦中的真故事》（1995 年 12 月华艺出版社第一版）里所做的探佚推测，在八十回后，这只连宫里也罕见的成窑五彩小盖钟，将成为一个重要的道具，它很可能是由刘姥姥的女婿王狗儿卖给了古董商冷子兴，冷子兴又卖到了忠顺王爷府，后贾府事败，牵连到王熙凤陪房周瑞的女婿冷子兴，追索此成窑盖钟来历，牵三挂四，累及妙玉，使其"终陷泥淖中"。

妙玉在前八十回中的另一次亮相是在第七十六回，当黛玉、湘云在凹晶馆联句，吟出充溢着悲怆不祥的"寒塘渡鹤影，冷月葬花魂"后，妙玉忽从栏外山石后转出，截断了她们的联句，并邀她们到栊翠庵中，挥毫一气将二十二韵联成三十五韵，她所独立创作的十三韵，不消说是值得逐句推敲的——其中一定埋伏着关于她命运走向的密集符码。

关于妙玉，我所探佚的思路，与周汝昌先生有同有异。同的方面是：八十回后，贾府事败，成窑小盖钟牵出妙玉，贾府又添一桩窝藏罪。异的方面是：依我想来，王夫人收留妙玉时，并未蓄意藏匿；且妙玉可能与我所推测出的秦可卿不同，她并非皇帝政敌的后裔，确是父母双亡的一个官宦人家的子女，但她有一段隐情王夫人与众人都不知，她曾与一公子相爱，这种大逆不道的自由恋爱是"世难容"的根本原因，说"王孙公子叹无缘"，那王孙公子不必胶着于贾宝玉，在十四回秦可卿发丧时，送殡名单一大串，值得注意的是这一句："余者锦乡伯公子韩奇，神武将军公子冯紫英，陈也俊、卫若兰等诸王孙公子，不可枚数。"从脂砚斋评语中我们已知，此处偶现的卫若兰其实在八十回后是一重要角色，且与史湘云有一段姻缘，那么，陈也俊呢？这位王孙公子为何在这里"偶现"？"叹无缘"的王孙公子会不会是他？妙玉的自由恋爱不仅惊世骇俗，更遭到诸如忠顺王爷追索蒋玉菡那样的压迫——逼婚，她只有到"青灯古殿"中躲避，后更遁入一般人难以觅踪的贾府大观园栊翠庵。关于她的命运归宿，把"到头来，风尘肮脏违心愿"中的"肮脏"解释为"不屈不阿"我以为未必中肯，因为如那样她就一定"玉碎"，关于她的册页上就该画着碎裂的玉块，而不会是"一块美玉，落在泥垢之中"了。周汝昌先生推想她后来因成窑小盖钟的牵引落入忠顺王手中，甚有道理；那王爷很可能便是一个远比贾赦更可怕的色魔，贾赦在未能遂心得到鸳鸯后发狠说："凭他嫁到谁家去，也难出我手心。"忠顺王爷当然更会针对妙玉发狠说："凭她藏到天涯海角，也难出我手心。"那当然是个泥垢般的手心。依我想来，妙玉"欲洁何曾洁，云空未必空。可怜金玉质，终陷淖泥中。""无瑕白璧遭泥陷"，并不是如有些人所推断的落入娼门，或如周汝昌先生所推想的那样，被拉入马棚、圊厕，配与"癫子"男仆，而是她竟终于不得不违心地嫁给了忠顺王爷，任其蹂躏，而那让她不能"玉碎"只能"瓦全"的原因，是唯其如此，才可挽救贾宝玉的一命！由此，妙玉提供了一个与秦可卿，与其他金陵诸钗全不类同的特殊悲剧，在曹雪芹所总体构思中，这桩个案一定承载着他内心深重的辛酸悲悯，故特地将其排在十二钗的第六位。

再探妙玉之谜

在《妙玉之谜》（载1998年6月1日《解放日报》"朝花"副刊）一文中，我已指出，"金陵十二钗正册"里，唯有妙玉不属于贾、史、王、薛四大家族且与他们亦无姻亲关系，却排名第六；薛宝琴在前八十回中戏份多过妙玉，是个人见人爱的美人儿，"薛小妹新编怀古诗"，其十首诗里隐喻着诸钗的命运走向与大结局，可见这个角色非同寻常，可是，她却上不了"十二钗"正册，这又反证出在前八十回仅正式出场两回的妙玉，在曹雪芹的整体构思中，八十回后一定有着惊天地泣鬼神的大作为，只是因为八十回后的真本迄今未能发掘于世，故我们现在只能根据已有的线索探佚求廓。

按周汝昌先生考证，妙玉原是犯官罪家之女，迫不得已，改变身份隐于贾家庇下，栖身自保；后贾家事败，所犯罪款中即有窝藏罪家眷口一条；八十回后，妙玉可能对宝玉与史湘云的遇合起了关键性作用，而她自身奇惨，很可能是落于仇家之手。（可参看周先生所著《红楼梦的真故事》一书）这样的思路，有一定道理。但我的思路有所不同。依我想来，贾家在匿藏了皇帝政敌的女儿秦可卿后，一直心怀鬼胎，甚至在已表面光鲜地办完秦可卿的丧事后，一旦皇帝宣召入朝，尚且吓得"贾母等合家人等心中皆惶惶不定"；哪知这次宣召竟非祸乃福——"贾元春才选凤藻宫"，然后是兴高采烈地建造"省亲别墅"，准备饱享皇帝恩宠；试想，贾家在安渡秦可卿带来的危机后，怎么会在"鲜花着锦，烈火烹油"的大好形势下，再公然藏匿一个犯官罪家之女，且将其安排在"省亲别墅"唯一的尼庵中，让她在元春和宫中太监的眼皮子底下出现呢？（可参看拙著《秦可卿之死》）

《红楼梦》并不是曹雪芹的家史自传，但其素材皆来自其家族与他自己的经历，这已是人们的共识。在康熙一朝，曹寅家（这是书中贾家的原型）及李煦家（这是书中史家的原型）因为其母都曾是康熙幼时的保姆，备受宠幸，把持江宁织造和苏州织造，以及两淮盐政这样的肥缺，并兼文化特务半个世纪，所以只要康熙在，他们的富贵就在；但康熙生子奇多，所立太子又废而立、复而又废，诸皇子大都盯着老皇帝屁股下的那架金銮宝座，明争暗斗，风波迭起，究竟康熙薨逝后"鹿死谁手"，再高明的预言家也难以窥破，甚至于康熙自己，似乎也死到临头仍拿不定主意，这就使得曹、李这样的臣子，必须小心地周旋于各皇子之间，因为从逻辑上推导，哪位都可能成为下一任皇帝，哪位也得罪不起；而且，即便他们不去招惹那些皇子，皇子却会主动找上门来，这样一来二去的，他们必然会与有的皇子密切些，因此心中也便期盼他们当中将来有能登基的；可是，最后夺到皇位的，偏偏是以往跟他们两家关系最淡的（即雍正皇帝），这倒还罢了，更令他们觳觫不安的是，他们以往交往最密的，如废太子，还有雍正防范最厉的康熙十四子（据传本来康熙是传位给他，被雍正要阴谋篡了其位），恰是雍正最大的政敌，必欲置之死地而后快的。这可怎么才好呢？雍正一上台，李煦很快被治罪籍家，曹家这时袭官的是曹寅的过继子（书中贾政的原型），他们这个家族，只能在努力讨好新皇帝的前提下，继续敷衍几位一时尚未被收拾的康熙的皇子，并在迷离扑朔的政治风云中，也不排除为那些仍可能取雍正而代之的皇子皇孙，秘密地做些事情（书中以此写了秦可卿的故事，后怕惹祸，把"淫丧天香楼"大删大改为了"死封龙禁尉"）；这样地两面进行"政治投资"，实出无奈。我以为，书中秦可卿的原型，即是被雍正率先治罪的康熙某皇子的女儿，而且，现在书中的贾府管家林之孝夫妇，在有的手抄本里头一回出现时，"林"系由"秦"点改而成，我以为，这很可能是，曹雪芹原来的构思里，想把这对家人直接写成来自江南"秦王"家（即秦可卿父亲家），后来随着大删大改关于秦可卿的故事，便将秦之孝也改掉成了林之孝了，不过，那人物关系的原来设计并未彻底改妥，在后面我们发现，林之孝家的女儿林红玉已经很大了，可她自己却又是王熙凤的干女儿，这在书中那样的贵族家庭里，显然是很离谱的事——如果写成秦之孝家的是随秦可卿来到贾家并分匿于荣国府的一个丫头，年龄尚小，为应付可能遇到的盘查，由王熙凤认作干女儿，那就合理得多；原来的合理设计，为避文祸不得不改易为费解的文字。由此我们可以想见，曹雪芹是在怎样苛酷险恶的人文环境下，呕心沥血地"著书黄叶村"的。在他的构思中，妙玉的祖辈，应是贾、史两家的同僚，并与"秦可卿家族"过从甚密；但到妙玉父辈，家道已然中落，后她父母双亡，成为权势不容之遗孤，所以在到了京城牟尼院，师父圆寂后，她一方面不得不投奔世交府第以求庇护，一方面自尊心使然，必得贾府下帖子恭请。王夫人对她的底细本是清楚的，只是不知她近十来年的境况，所以听"秦之孝家的"说得差不多了，便不拟再听，立即允诺。

到书中第四十一回，妙玉才正式登台亮相，这时读者大吃一惊，这位带发修行的破落家族的子存者，却收藏着连贾府也未必拥有的珍奇古瓷文物。而且，贾母与妙玉的对话极耐人寻味：妙玉亲自捧了一个海棠花式雕漆填金云龙献寿的小茶盘，里面放一个成窑五彩小盖钟，贾母一见便道："我不吃六安茶。"这显然是贾母早年与妙玉祖上甚熟，知道她家嗜饮六安茶，否则此话脱口而出，殊不可解；而妙玉显然也早知贾母的"臭讲究"，所以马上笑应："知道，这是老君眉。"后来贾家败落，起因应是元妃死于非命，贾赦为古扇害死石呆子等罪行遭到告发，以及王熙凤的几桩恶行；贾府遭抄家籍没，初时妙玉可能尚滞留荒芜的大观园中，暂无大碍；但很可能是，在清查贾府罪行的过程中，从王夫人陪房周瑞女婿，古董商冷子兴的流水账目里，查出了那成窑小盖钟的来历——妙玉家从"秦可卿家族"那里得来，传给了妙玉，而因妙玉用其给贾母献茶，贾母顺手递给刘姥姥喝干了，妙玉嫌脏，经贾宝玉手，白给了刘姥姥，刘姥姥女婿王狗儿，后来托冷子兴转卖，可能卖到了忠顺王府……而这稀世瑰宝成窑小盖钟原是宫中之物，事情闹大，宝玉竟因此被逮入狱，妙玉闻此，从"槛外"急奔"槛内"，"云空未必空"，挺身而出，自认"祸首"，最后为救宝玉，不惜"风尘肮脏违心愿"，"无瑕白玉遭泥陷"，很可能是，屈从了忠顺王爷那个"枯骨"般的老色鬼，但在宝玉确实脱离险境后，便惨烈地与"枯骨"同归于尽了！

一般的读者，受了高鹗伪续的影响，往往以为妙玉对宝玉的种种态度，是她在暗恋宝玉，这是大误会；妙玉在大观园里稍微住些时间，便不难知道贾宝玉与黛玉二人的爱情关系，而且薛宝钗的坐等"金玉姻缘"实现，也是明摆着的；她会生出"第四者插足"的想法吗？我以为，不会。何况她岁数也比贾宝玉大了许多。她之所以在宝玉生日时派人递贺帖，确如宝玉自己所解："因取我是个些微有知识的。"什么"知识"？就是"潦倒不通世务，愚顽怕读文章。行为偏僻性乖张，那管世人诽谤！"他们反"正统"的放诞诡僻是"心有灵犀一点通"的。依我想来，妙玉应是暗中鼓励宝黛的"木石之恋"的。那么，太虚幻境那册子里妙玉一幅，判词中"欲洁何曾洁"何所指？以及"曲演红楼梦"中关于她的那一曲《世难容》里"可叹这，青灯古殿人将老；辜负了，红粉朱楼春色阑……又何须，王孙公子叹无缘"等语，该作何解释呢？有人将曲中的"王孙公子"指为宝玉，大谬！宝玉是只爱黛玉一人的，怎会对妙玉有姻缘之想？！依我的思路，妙玉的令世人难容，是她对某王孙公子曾有过大胆的青梅竹马之恋，这甚至连她的亲生父母也不能原谅，所以将她送入燃"青灯"的"古殿"（注意，栊翠庵绝非"古殿"），使她"辜负了，红粉高楼春色阑"，而也爱她的王孙公子（韩奇？陈也俊？）只能"叹无缘"。

第七十六回，悲剧的大终局节节逼近，史湘云与林黛玉的凹晶馆联句，到第二十二韵，她们分别以"寒塘渡鹤影，冷月葬花魂"的"谶语"道出了各自的结果。后来妙玉从山石后转出，止住她们，把她们引入栊翠庵，一气续成十三韵：妙玉"才华阜比仙"，她同警幻仙姑一样，以诗句暗示出了除已死的秦可卿和史、林这三钗以外的九钗的大结局："香篆销金鼎，脂冰腻玉盆"，这是说元春在宫中的好日子将尽；"箫增嫠妇泣，衾倩侍儿温"，这是说宝钗将守活寡，在袭人离去后，"好歹留着麝月"，相依为命；"空帐悬文凤，闲屏掩彩鸳"，这是以喻王熙凤到头来一场空，并兼及贾府众丫头的离散；"犹步萦纡沼"指迎春很快就要掉到孙绍祖的虎口中，"还登寂历原"指探春将登至高处（杏元和番？）却远离家族倍感寂寞；"歧熟焉忘路"指惜春早已决心出家果然走上了这条不归路，"泉知不问源"指巧姐有受其母恩的刘姥姥报答援救；"钟鸣栊翠寺"透露妙玉自己将离开栊翠寺赴难，而"鸡唱稻香村"则喻示贾兰中举而了李纨终获诰封；余下的各句，多从总体上咏叹贾府"树倒猢狲散"后的种种窘境，特别值得注意的一句是"振林千树鸟，啼谷一声猿"，是否暗示在贾府被打击而作鸟兽散的同时，却又有柳湘莲等一干人做了强梁，实行着对皇帝的反抗？

我曾将自己关于秦可卿和元春结局的探佚成果，以小说形式展现，不消说，我关于妙玉之谜的探佚心得，亦将尝试以小说形式，奉献于读者。

雅趣相与析

我从 90 年代初,就发愿要将自己在"红学"探佚方面的心得,以小说形式体现出来。经过不断的努力,1993 年完成了《秦可卿之死》,1995 年完成了《贾元春之死》,1999 年初完成了《妙玉之死》,这三个中篇小说,构成了一个系列,其中不仅破解了——秦可卿究竟是怎样的出身?贾元春究竟是怎么死的?妙玉最后的结局究竟如何?——这"三钗"之谜,也连带把真本《红楼梦》八十回后其他许多人物的下落、归宿,做了交代。三个中篇小说,都发表在山东作协的《时代文学》双月刊上——我要感谢他们延续多年而未曾减退的支持;1994 年华艺出版社汇集我关于《红楼梦》的文字出版了《秦可卿之死》一书,1996 年出了增订本,可惜排印中舛错甚多,现在该社又把三个中篇和新的探佚文章以及原有的研"红"心得诸文,重新出成一本《红楼三钗之谜》,并精心校对、高质印制,估计五月可以面世。

我已经说过很多次,我之所以进入"红学"探佚领域,如痴如醉地探究秦可卿、贾元春、妙玉等人物的真面目、真结局,是因为我想从曹雪芹创作《红楼梦》的审美追求中获取营养。我知道,有的中国当代作家，不喜欢《红楼梦》，甚至不能卒读这部长篇小说。我以为，这恰恰说明，曹雪芹和《红楼梦》是个性鲜明的。唯其率性呈现，才不会是人见人爱，才会仁者见仁、智者见智，才会聚讼纷纭，才会令有的人怎么也找不到感觉，敬而远之，甚或不敬而弃之。

秦可卿、贾元春、妙玉这三钗之谜，最难破解的是妙玉。不仅八十回后妙玉的结局究竟如何是个大谜，就是前八十回《红楼梦》里，妙玉那放诞诡僻的性格本身，也是一个谜——这性格是怎样形成的？需要破解的，不仅是人物的"后传"，其"前史"也令人意想悬悬。撰写"三死"最后一"死"过程中，王蒙来电话，问及我"忙些什么"，我在电话里刚呐出"妙玉"芳名，他那边便本能地反应道："妙玉讨人嫌！"此答令我甚喜。喜的当然不是他对妙玉的直感式评价，而是能以无遮拦的真性情相对，并无意中大大激活了我解读妙玉那招人嫌厌的乖僻性格的决心。王蒙的研"红"，是把曹雪芹的前八十回和高鹗的续书作为一个整体来发言的，无探佚之意；我则把高续视为与曹雪芹原著原意不相干，甚至大相径庭的另一回事：妙玉在前八十回中只露出"过高"、"过洁"的一面，八十回后曹稿无存，而高续大加荼毒，也难怪不少读者对她嫌厌，甚至视为"假惺惺"。我曾在1998年，两次撰文探讨妙玉性格及命运的底蕴，都发表于《解放日报》"朝花"副刊，现在把完成的《妙玉之死》和那两篇文章对照，可以看出我的思路是在不断地调整。我觉得我在《妙玉之死》中，对妙玉性格的形成、发展，以及那放诞诡僻的性格最终怎样开放出凄美至善的人性花朵，做到了绵密细致地层层推进，并自圆其说。曹雪芹在《红楼梦》中借妙玉之吟，有"芳情只自遣，雅趣向谁言"之叹；我这探佚小说，至多只是对曹公雅趣的一种刻意靠近罢了，但正如"疑义相与析"一样，曹公如此刻画妙玉性格命运的雅趣，也需要我们相与究析；我期待着同好的批评指正、诘驳论辩。

有人问我：你从事"红学"探佚，写这三钗之死，难道没有某种对现实的关照，寄托于内吗？那种狭隘的"关照"，如影射、比附，是没有的。但广义的、深层的关照，又是不言而喻的。这些"红学"探佚文字里，融化着我的生命体验。我早在1978年，就写过一篇现实题材的短篇小说《我爱每一片绿叶》，从内心深处呼吁尊重个性，二十多年来，这诉求一直贯穿在我的文字中，如最近由山东画报出版社出版的非虚构长篇小说《树与林同在》，更强化着这一旋律。我坦承，自己的性格是比较孤僻、比较难于被泛泛接触的人理解与容纳的，因此，解开妙玉那"讨人嫌"的性格内核中的人性之谜，于我来说，也确有某种特殊的迫切性。既然"性格即命运"，那么，我的性格，我的直面现实的文字，乃至我的"红学"探佚小说，融为一体，正是我无可遁逃的命运。

薛宝琴为何落榜

这个问题的更准确的提法是：薛宝琴为何被排除在"金陵十二钗正册"之外？

我们都知道，在《红楼梦》第五回，贾宝玉在太虚幻境的"薄命司"里，偷看了暗示书中诸女子命运的簿册，首先翻开的是"金陵十二钗又副册"，只看了关于晴雯和袭人的两页便掷下了，从中读者可以领悟，"又副册"里大概收的都是与晴、袭相类似的大丫头，估计紫鹃、莺儿等都在其中；后来又写到揭看"金陵十二钗副册"，却只看了一页，是关于香菱的，因"仍不解"，竟又掷下，不过读者可以猜出，"副册"里收的，可能还有平儿，也就是虽然开头是丫头，可是后能"扶正"，那样的身份以上的女子。宝玉完全翻阅一遍的，是"金陵十二钗正册"，按顺序，是林黛玉、薛宝钗并列，然后是贾元春、贾探春、史湘云、妙玉、贾迎春、贾惜春、王熙凤、李纨、巧姐、秦可卿。后来警幻仙姑让他聆听"新制《红楼梦》十二支"词曲（实际上是十四支），对金陵十二钗命运暗示的顺序也是这样。

在《红楼梦》第四回里，出现了至关重要的"护官符"，开列出了贾、史、王、薛四大家族。稍微研究一下"金陵十二钗正册"的名单就不难发现，里面除了妙玉一位，其余十一位都是四大家族的成员，元、迎、探、惜是贾家小姐；史湘云是贾母娘家史家的小姐；林黛玉是贾母女儿的女儿，虽然姓了林，其实是贾、史两大家族的骨血；王熙凤既是王家的小姐，又嫁到了贾家为媳，她的女儿巧姐不消说也兼有贾、王两族的血脉；李纨和秦可卿本身不是四大家族的血统，但她们嫁到贾家为媳，也就取得了贾家的身份。按说这"正册"里应该全收四大家族的成员，不必掺进妙玉。

当然，倘若在我们所看见的，大体是曹雪芹原著的《红楼梦》前八十回的文本里，属于四大家族的"主子"身份的女性，再没有什么太醒目的，"钗"数不够，那么，以妙玉补充，也就不奇怪了。可是，却明明有一个施以了重彩的薛宝琴赫然存在。

在前八十回里，写到妙玉的笔墨其实非常有限，"正传"性质的，也就第四十一回栊翠庵品茶一场戏罢了，只占半回书，仅一千多个字。后来第七十六回凹晶馆黛玉、湘云联诗，人家二位是主角，她最后出来了一下，只能算是陪衬。其余几次提到她都不过是暗场处理。

但曹雪芹在前八十回里对薛宝琴的描写，远比妙玉为多。第四十九回，薛宝琴与李纹、李绮、邢岫烟同时出场，"倒像一把子四根水葱儿"。虽说四个女子都美，但宝琴独得贾母青睐，立时逼着王夫人认作干女儿，还不让住进大观园，留在自己身边一块儿住，看天上下雪珠儿了，又把连宝玉也没舍得给的一件用野鸭子头上的毛作的凫靥裘拿给她，还让丫头琥珀传话，"叫宝姑娘别管紧了琴姑娘……让他爱怎么样就怎么样"，竟惹得薛宝钗吃起醋来。书中还特别为薛宝琴设计了从远推近的"定格镜头"："四面粉装银砌，忽见宝琴披着凫靥裘站在山坡上遥等，身后一个丫鬟抱着一瓶红梅……贾母喜的忙笑道：'你们瞧，这山坡上配上她的这个人品，又是这件衣裳，后头又是这梅花，像个什么？'众人都笑道：'就像老太太屋里挂的仇十洲画的《双艳图》。'贾母摇头笑道：'那画的那里有这件衣裳，人也不能这样好！'"后来荣国府元宵开夜宴，贾母让最钟爱的四个孙辈与自己同席，这四个人是宝琴、湘云、黛玉、宝玉，宝钗只落得去"西边一路"与李纹、李绮、岫烟、迎春姊妹等为伍。贾母的极端宠爱，产生出连锁反应，后来贾府大总管赖大家的专门送了两盆上好的蜡梅和水仙给薛宝琴，宝琴也很会做人，她把一盆蜡梅转送给了探春，一盆水仙转送给了黛玉。

人见人爱的薛宝琴"年轻心热，且本性聪敏，自幼读书识字"，书中竭力表现她的才华横溢，芦雪庵争联即景诗，她与宝钗、黛玉共战湘云，妙句迭出，从容自如；后来吟红梅花诗，技压李纹、岫烟；第七十回众人填柳絮词，唯独她那首《西江月》声调壮美；尤其是第五十一回，她一人独作怀古诗十首，以素习跟着父亲所经过各省内的古迹为题，每首还各隐一件物品；虽然历代"红学"家对这十件物品的谜底始终未能达成共识，但大多数研究者都认为这十首"新编怀古诗"又暗示着书中十位女子的命运，只是它们分别是在暗示谁的命运？倘是暗示"金陵十二钗正册"诸钗的命运，那怎么又仅有十首？……不管怎么说，这十首诗的出现使这一人物在全书中的分量大增，是显而易见的。更值得注意的是，书中借薛姨妈的话介绍她说："他从小儿见的世面倒多，跟他的父母四山五岳都走遍了。他父亲是好乐的，各处因有买卖，带着家眷，这一省逛一年，明年又往那一省逛半年，所以天下十停走了有五六停了。"所以她的见多识广，其实远在贾宝玉和"金陵十二钗正册"中任何一钗之上！她八岁时跟父亲到西海沿子上买洋货，还接触过真真国的披着黄头发、打着联垂的洋女子，甚至还藏得有那女子的墨宝，书中并写到她向宝玉及黛、钗、湘等凭记忆念出了一首那真真国美人所写的五律诗。（"西海沿子"可能指里海边上，"真真国"可能指现译为车臣的地区，将另撰文探讨。）

第五十三回写宁国府除夕祭宗祠，按说薛宝琴是外姓女子，又没有嫁到贾家为媳，她是不该在场的；倘若她可以在场，那么为什么薛宝钗、邢岫烟等不去参观？但书中却写到偏只有她一个外姓女子随着贾氏诸人进入了祠堂，从容旁观。早在清代就有评家指出这样的描写不合当时的风俗礼仪。曹雪芹为什么要这样处理？是不是至少在他早期的构思里，薛宝琴是一个贯穿到底的贾府由盛到衰的旁观者？

前八十回里，写到贾母曾起过将薛宝琴配给贾宝玉的念头，后来薛姨妈代为说明，宝琴父亲已死，母亲有痰症也时日不多，但她父亲在世时已将她配给了梅翰林之子，她之所以随哥哥薛蝌进京，就是等梅翰林外任期满回到京城，好嫁过去完婚。那么，在曹雪芹所写成或至少是设计好的八十回后的篇章中，她究竟是否嫁给了梅翰林之子并终守一生呢？从八十回文本和脂砚斋批语的逗漏，我们可以推测出来，她后来的命运并非就此绾定。她的吟红梅诗里有这样的句子："闲庭曲槛无余雪，流水空山有落霞。"表面上这都是紧扣"红梅"说事，其实，从"丰年好大雪"到处处"无余雪"，"流水空山"好落寞，恐怕都暗示着薛氏家族的整体瓦解，她最后也只能是入"薄命司"而不可能例外。她那首吟柳絮的《西江月》词中有句曰"明月梅花一梦",恐怕是暗示着她最后并未能如约嫁到梅家;那么,她没嫁给姓梅的又嫁给了谁呢?我认为她那十首怀古诗的最后一首恰是说她自己的:"不在梅边在柳边",也就是说,她最后的归宿,竟是与柳湘莲结合了。凝神一想,尤三姐虽是真情而屈死,究竟未必能配得上柳湘莲,而薛宝琴与柳湘莲在"浪游"的经历与"壮美"的气质上,实在是非常相配。

从脂砚斋的批语里我们得知,曹雪芹在书末设计了一个情榜,对贾宝玉的考语是"情不情",对林黛玉的考语是"情情",可惜这样的透露性批语传下来的太少,我们现在还只能是猜测。据周汝昌先生考证,书末的情榜应是仿《水浒传》的好汉排座次,除宝玉外,也是一百零八位"脂粉英雄",按每一组十二人编排,共分九组,也就是从"金陵十二钗正册"、"副册"、"又副册"、"四副"……一直到"九副"。有不少证据,说明曹雪芹在写作过程中,对每一册的名单都一再地斟酌调整,比如香菱,他可能有过将其列入"正册"的考虑,后来调整为"副册"头一名;"正册"呢,我以为,本来应该是有薛宝琴的,这样也恰好与"护官符"的四大家族完全契合,但到头来,由于他对妙玉的看重,特别是,八十回后妙玉对宝玉的命运起着非同小可的作用,其意义超过了薛宝琴与柳湘莲遇合的故事,所以他终于还是割爱,让薛宝琴从"正册"中落榜。不过,可以断定的是,薛宝琴会在"副册"中出现,而且很可能在香菱之后居第二位。

贾母天平哪边倾

高鹗所续后四十回《红楼梦》，其影响最大的情节是贾母喜钗厌黛，在明知宝玉钟情黛玉的情况下，让王夫人、薛姨妈的"金玉姻缘"之说成为现实，更狠心地同意采取凤姐所设下的"掉包"毒计，使宝黛二玉所向往的"木石姻缘"化为悲烟怒云。后来无论戏曲还是影视，都不约而同地将这一情节作为煽情的"戏眼"，以致许多读者、观众都以为那就是曹雪芹的原意。这里不拟评价高鹗这一续笔本身的优劣，只是想告诉大家，就曹雪芹传世的前八十回所塑造的贾母这一形象而言，她那感情的天平，始终并未形成喜钗厌黛的倾斜，她对钗黛大体是"一碗水端平"，如果非要精微测量，分出高低，那么，虽不能说她厌钗，却实实在在是对黛玉更疼爱一些。

梁归智先生著有《〈石头记〉探佚》一书，其中《老太太和太太》一文的分析我很同意。他说：贾母的形象塑造得血肉丰满，"完全是立体的"；在对待宝玉和黛玉的恋爱婚姻问题上，她和王夫人的意愿和态度是尖锐对立的，这并不是说贾母具有和宝玉、黛玉一样的叛逆性格，但生活和人性就是这样复杂，正像贾母溺爱宝玉而反对贾政管教宝玉，使宝玉的叛逆性格得以自由发展一样，贾母也是宝黛恋爱的护法神。宝玉和黛玉都是贾母的"心肝儿肉"，贾母对他二人的关心照顾超过对其他孙儿孙女，前八十回屡有明文，比比皆是，宝黛的感情纠葛闹得不可开交，她说那叫"不是冤家不聚头"。在八十回后，围绕着究竟是把黛玉还是宝钗配给宝玉，贾母和王夫人之间必有一系列从隐到明的冲突，周汝昌先生在《红楼梦的真故事》里，探佚出王夫人一派是在贾母病死与黛玉沉湖之后，才成就了貌合神离的"金玉姻缘"，那不仅是宝玉的悲剧，也是宝钗的不幸；这有一定道理。

细读前八十回文本，我们都会感觉到贾母对男性的孙辈、重孙辈，除了钟爱宝玉，以及怜惜贾兰这两个以外，举凡贾珍、贾琏、贾琮、贾环、贾蓉、贾蔷……等或仅面情搪塞，或无动于衷，或竟至嫌厌，可是对孙女、重孙女辈，几乎是有一个喜欢一个，并旁及亲戚家的女孩子们；在她八旬之庆时，远亲家的姑娘喜鸾和四姐儿随家人来贺，她不仅留她们住下，还特意嘱咐不能嫌她们穷，"有人小看了他们，我听见可不依"。有个年轻的大学生跟我讨论，他说难道贾母也跟宝玉一样，认为女孩子是水做的？我说她可未必有那个"觉悟"，这恐怕是因为，在清代旗人家里，普遍有这样的风气，就是并不怎么歧视女孩，因为未嫁的女孩，都有可能被选入宫，是潜在的"无价宝"。当然，贾母除了受风气影响，又是她自身的性格使然，七十五回写贾母吃完饭下地和王夫人说闲话行食，要尤氏、鸳鸯、琥珀、银蝶等都破规坐下吃饭，笑道："看着多多的人吃饭，最有趣的！"她所喜欢的"多多的人吃饭"，当然不是指有男人在场的那种正规宴席，而是大家庭女眷们的随意便酌，外加"破陈腐旧套"的主奴亲和所形成的热闹、喜兴气氛。

贾母对围绕在身边的如花少女们有一种由衷的泛爱。她当然也喜欢薛宝钗，当宝钗在贾府过头一个生日时，贾母"喜她稳重和平"，蠲资二十两银子，交与凤姐去置酒戏。前八十回里明写贾母对宝钗的喜爱也就这么一笔。凤姐说二十两银子"够酒的？够戏的？"虽是逗笑，却也让读者明白，因为薛家是来寄住的客方，所以贾母才有出银的"客气"之举。宝钗在贾母问及爱听何戏、爱吃何物时，"总依贾母往日素喜者说了出来"，这当然使贾母更加欢悦。但她的"藏愚""守拙"，终究还是引出了贾母的不快——刘姥姥二进荣国府，贾母携她游大观园，来到宝钗住的蘅芜苑，"及进了房屋，雪洞一般，一色玩器全无"，又听说王夫人、凤姐曾送她玩器摆设，她一概退回，便批评道："……年轻姑娘们，房里这样素净，也忌讳。我们这老婆子，越发该往马圈去了！"话很难听。这样难听的话，贾母未曾对其他女孩子说过，这不仅是贾母与宝钗二人在审美观上的冲突，也是人生观的冲突。后来宝钗堂妹薛宝琴来到贾府，贾母爱若掌上明珠，留在身边睡，给其珍奇的凫靥裘避雪，元宵夜宴取代宝钗与湘云、宝玉、黛玉与己同席，甚至向薛姨妈细问其年庚八字并家内景况，流露出特殊意图，到这个份儿上，宝钗在贾母的心目中究竟有否超常的重量，其通过贾母实现"金玉姻缘"的可能性能有多大，读者当心中有数了。

　　还是上面跟我讨论的大学生，他笑说，从优生学的角度，宝玉跟黛玉的血缘关系，比跟宝钗的血缘关系更进一层，二者相比，恐怕还是后一种婚配方式较好些。我跟他说，曹雪芹写的贾家故事，虽经艺术想象和必要剪裁已非曹家故实，但确实投射着其家族人物关系的阴影，从八十回文本的描写可以看出，贾政的原型是个过继给书中贾母的儿子，而贾赦虽确是贾政的亲哥哥，却另院别宅地居住，那原型根本与贾母连过继关系也无（周汝昌先生在《红楼梦新证》里有详尽考证），所以，贾政其实并不是黛玉的亲舅舅而只是个堂舅，黛玉与宝玉的血缘关系，反要比宝钗与宝玉的血缘关系更远一些！这层微妙关系当然也笼罩在了贾母心头，贾政这个儿子虽非亲生，但宝玉这个孙子却如清虚观张道士所说："怎么就同当日国公爷一个稿子！"也就是充分显示着贾母亡夫的遗传基因，她怎能不倾心疼爱！贾赦、贾政根本不是她所生的，但她有亲生的女儿贾敏，贾敏给她留下的遗孤黛玉，血管里流着来自她身上的一份血，就血缘关系而论，黛玉于她而言更亲胜宝玉，以重血缘的封建观念而论，贾母这样一个贵族老太太，她的感情天平，是无论如何很难朝别处倾斜而竟厌弃起嫡亲的黛玉来的。

"金兰"何指

"金兰契互剖金兰语",这是《红楼梦》第四十五回回目的前半。"金兰"语出《易经》:"二人同心,其利断金;同心之言,其臭如兰。"后来人们就把两个异姓人结为兄弟或姊妹的亲密关系称作"义结金兰"。我读到《红楼梦》这一回前半部,自然而然地认为"金兰契互剖金兰语"是来概括李纨和王熙凤两人当众坦率交谈的一大段描写的,从来没有犹豫过。但最近把一卷《春梦随云散》的书稿给了出版社后,责任编辑廉萍是位刚到任的北京大学古典文学专业的博士,她审读书稿极为认真,读到我提及上述一回的文字,便给我指出,一般人是把"金兰契互剖金兰语"理解成薛宝钗和林黛玉在潇湘馆的一番谈话的。她问我:您那样解释,是想标新立异吗?我本来并没有意识到自己的理解颇为独特,我还以为大家都在这么理解呢,直到面对她的提问,我才仔细推敲了一番,推敲的结果,是固执己见。

《红楼梦》第四十二回回目的前半,是"蘅芜君兰言解疑癖",已经暗用了"金兰"的典故。写的是薛宝钗抓住林黛玉在大庭广众下说酒令时说漏了嘴,暴露出她偷看过《西厢记》《牡丹亭》那样的"移性情"的"杂书"的把柄，把她唤到蘅芜院中"审问"，教诲她"你我只该做些针黹纺绩的事才是"，一席话说的林黛玉垂头吃茶，心下暗伏，只有答应"是"的一字（注意，曹雪芹的原文是"心下暗伏"，高鹗篡改为"心下暗服"，"伏"是被对方占了上风暂且认输，"服"是完全被对方征服失去自我，很不相同；这更说明我们对《红楼梦》的正文乃至回目进行精微的文本研究，对于理解与鉴赏这部经典是十分必要的）。这段情节，曾被评家用以证明薛宝钗是个封建道德的遵从者、鼓吹者、卫道士。但曹雪芹下笔刻画人物，绝非主题先行褒贬随后，他总是把人物写得活灵活现，使你感觉到在那样的情境里那样性格的一个活人他就是那么想那么说那么做，因此评价起来也就很难贴正反对错的标签。这段情节，也可以理解为薛宝钗对林黛玉格外呵护，有着情同亲姊妹的情怀。

既然第四十二回已经将薛、林的关系喻为了"金兰契"，那么，仅仅隔了两回，是没有必要再重复的。细读第四十五回，全回情节明显分为两大块，前半块主要写李纨与王熙凤之间全书中绝无仅有的一番直来直去的对话，后半块主要写林黛玉在与薛宝钗谈心后心中郁结难解，灯下读古乐府，心有所感，亦不禁发为章句，"风雨夕闷制风雨词"（这也就是这一回回目的后半）。如果"金兰契互剖金兰语"也是照应后半块的情节，那么，这一回回目的设置，就未免向后半块倾斜得太过分了。揆之《红楼梦》回目，总是尽可能用八个字概括前半回里的主要情节，再用另外八个字概括后半回里的主要情节，而且如果前一句强调某人的戏，后一句就换成强调另一个人的戏，如"情切切良宵花解语，意绵绵静日玉生香""蜂腰桥设言传心事，潇湘馆春困发幽情"等等。

李纨这个角色，虽然是"金陵十二钗"的第十一钗，出场的次数极多，但在前八十回里，绝大多数情况下，她都是场面上的陪衬，总是别人唱主角，她打打边鼓，帮帮腔而已。"十二钗"里的迎春、惜春在前八十回里也大体是这么个状况。迎春只有在"懦小姐不问累金凤"那半回里才当上主角。惜春只有在"矢孤介杜绝宁国府"那半回里才占据舞台中心。清代一般评家，都把那两个半回称作"迎春正传"、"惜春正传"。我以为，四十五回前半回，应视为李纨正传。李纨第四回首次亮相，被说成"居家处膏粱锦绣之中，竟如槁木死灰一般，一概无见无闻"，以后的频频出现，基本上是维系着这么个寡妇失业、温柔敦厚的形象，她口齿虽然还不到"锯了嘴的葫芦"那么憨笨的程度，但总是不多说不少道，以折中平和为其特色，以至她究竟都说过些什么，在四十五回前很难给读者留下深刻印象。但到了第四十五回，她大开金口，主动出击，与王熙凤发生剧烈的语言碰撞，请看她当众抛给王熙凤的这些肺腑之言："真真你是个水晶心肝玻璃人。""你们听听，我说了一句，他就疯了，说了两车的无赖泥腿市俗专会打细算盘分斤拨两的话出来。这东西亏他托生在诗书大宦名门之家做小姐，出了嫁又是这样……若是生在贫寒小户人家，作个小子，还不知怎么下作贫嘴恶舌的呢！天下人都被你算计了去！昨儿还打平儿呢，亏你伸的出手来！那黄汤难道灌丧了狗肚子里了去！……给平儿拾鞋也不要，你们两个只该换一个过子才是！"衡之全书，王熙凤一生中所遭受的当众抢白，其激烈与不留一丝情面的程度，以此为最。真是惊若焦雷，直劈心窝。李纨的性格与内心世界，顿时超越"槁木死灰"的"定论"，而立体化起来，丰满、复杂，耐人寻味。最妙的是王熙凤对李纨的偶露峥嵘，不仅没有表现出惊诧愤恚，反而当众"笑纳"退让，说明她与李纨其实是互相深知对方心底里的想法，并且都有包容度和消化力的。把她们妯娌二人的关系比作"金兰契"，把她们的一番语言碰撞说成是"互剖金兰语"，不是很恰切吗？

贾环的皮肤饥渴症

　　带有爱意的身体接触，特别是抚爱，对于一个人来说是非常重要的生命体验。在幼年时期，双亲的抚爱，特别是母亲的抚爱，不仅对身体的发育，皮肤的健康，由触觉所带动的整个感知能力的提升，都起着促进作用，而且，在心理的健康发育方面，尤为重要。父母长辈经常性的自然抚爱，能使成长中的儿童从心理上获得安全感，启迪对于爱的珍视与寻求，从而在与他人交往时能具备较高的亲和力。在青壮年时期，恋人、配偶间的抚爱也非常重要，没有抚爱过程的两性关系是粗鄙而不利于维系情感的。到了老年时期，儿女在抚爱方面的反哺性施予，也依然是维系健康心性的重要因素，儿女扑到父母怀中撒娇，或主动为父母揉肩捶背，不仅令老人胸臆大畅，也令心理上更松弛更富保障感。倘若一个人从小就缺乏他人的爱抚，那么他便会患上皮肤饥渴症，这是一种心理疾患，严重起来，不仅自身心理会产生严重的不安全感，变得自卑、怯懦、欺软怕硬，甚至会因嫉妒他人能获得爱抚而生发出不理智的报复行为。

　　曹雪芹笔下的贾环，父亲贾政一点也不喜欢他。宝玉的思想行为虽然令贾政头疼，但第二十三回写到贾政召见众晚辈，"一举目，

165

见宝玉站在眼前，神彩飘逸，秀色夺人；看看贾环，人物委琐，举止荒疏"，贾政至少是以目光爱抚了宝玉，"把素日嫌恶处分宝玉之心不觉减了八九"。但对眼前的贾环，却是只有十分的嫌厌，而没有半点爱意可言。同回写到"王夫人摩挲着宝玉的脖颈"问长问短，贾环看在眼里，妒在心中，自不待言。那么，贾环的生母赵姨娘对贾环，是否有所爱抚，以补偿他皮肤与心理的双重需求呢？书中头一回写到赵姨娘出场，是在第二十回，贾环跟丫头们赶围棋作耍输了钱，自卑心大发作，回到住处，正急需柔情慰藉，可是赵姨娘见了他却劈头问道："又是在那里垫了蹋窝来了？"用语粗鄙，声口恶赖，可见赵姨娘是个完全不懂得以柔情爱抚养育儿子的伧妇。赵姨娘把贾环把得很紧，从外在的形态上看，娘儿两个算得上是相依为命，但赵姨娘只是把贾环当作争夺荣国府财产继承权的一个砝码，并不能给予贾环超功利的真切母爱。

贾环在缺乏爱抚方面所受到的刺激，是经常性的，无处不在的。第二十四回，贾赦偶感风寒，宝玉、贾环、贾兰等都按规矩去请安问候，问候完，邢夫人让贾环、贾兰坐在一边椅子上，"贾环见宝玉同邢夫人坐在一个坐褥上，邢夫人又百般摩挲抚弄他，早已心中不自在了"，便使眼色让贾兰跟他一起告辞，宝玉也说要走，邢夫人却留下宝玉，公然对贾环等宣布"今儿不留你们吃饭了"，贾兰平日有母亲李纨爱抚，倒无所谓，而贾环对宝玉的妒恨，显然陡增了许多。

第二十五回，贾环的皮肤饥渴症终于爆发为一次疯狂行为。王夫人叫贾环在她屋里炕上写经，贾环正拿腔作势地抄写，宝玉来了，"进门见了王夫人，不过规规矩矩说了几句，便命人除去抹额，脱了袍服，拉了靴子，便一头滚在王夫人怀里，王夫人便用手满身满脸摩挲抚弄他，宝玉也搬着王夫人的脖子说长道短的……"这已令贾环忍无可忍，再加上宝玉偏又跟与自己相好的彩霞玩耍，"心中越发按不下这口毒气，虽不敢明言，却每每暗中算计，只是不得下手，今见相离甚近，便要用热油烫他一下，因而故意装作失手，把一盏油汪汪的蜡灯向宝玉脸上只一推……"真够惊心动魄的！同回写到赵姨娘伙同马道婆魔魔法暗害宝玉与凤姐，那完全是为了侵吞荣国府的财产，贾环虽然大立场与其母是一致的，害宝玉的第一心理动机却并非争夺财产，而是皮肤饥渴症引发出的万丈妒恨，推蜡灯未能烫得使宝玉致残，在"手足耽耽小动唇舌，不肖种种大承笞挞"一回中终于推动贾政暴怒中差点活活把宝玉打死，在写贾环告密诬陷宝玉时，有个细节："贾环忙上前拉住贾政的袍襟，贴膝跪下道……"往常他并无与父亲贴近的机会，这次也算是借机为自己的皮肤饥渴博得了些许补偿，如此细致入微而又准确至极的人物描写，再次体现出了曹雪芹那超凡的艺术功力。

黑眉乌嘴话贾琮

冷子兴演说荣国府时，明明白白地说："若问那赦公，也有二子，长名贾琏，今已二十来岁了……"自甲戌本后，莫不明书如此，但书中后来的情况发展中，贾琏被人称为琏二爷，这是怎么回事呢？

一种解释，是贾氏宁荣二府实行大排行，从元、迎、探、惜四春的日常称谓上看，那确实是大排行，比如惜春虽出自长房，因岁数最小，被称为四姑娘。但贾氏的姑娘们如此，爷们却未必，比如贾宝玉也被称为二爷，大排行哪能排出两位二爷来呢？他被称为二爷，那是他前面还有一位大爷，即贾珠，可惜死去了；倘若实行大排行，他该是四爷，因为前面有贾珍、贾珠、贾琏的存在；贾珠似比贾琏出生得早，这从李纨和贾兰分别大于凤姐和巧姐不难推想，如实行大排行，贾珍是大爷固然不成问题，二爷似乎也还轮不到贾琏去当，应是贾珠，如果说人死了，下面一位更可递升其位，这不合大家族规矩，而且，倘真可以，那宝玉也还不是二爷。

贾琏被称为二爷，确实古怪。

但书中也确实写到，贾赦另有一子，名叫贾琮，他的第一次出现，是在第十三回，秦可卿令合家无不纳罕地死去后，族中男子几乎是倾巢而出地跑到宁国府来奔丧，书中排出了一个名单，文字辈是贾敕、贾效、贾敦领衔，然后方是贾赦和贾政，可见应是按岁数往下排名，否则不好理解；玉字辈呢，除宝玉单叙外，共列出七人，顶头的便是贾琮，可见七人中他岁数最大，如果彼时贾琏也在，可注意排名是在他前面还是在他之后，如紧接他后，则可知他是大爷，贾琏难怪被称二爷，前面冷子兴的演说，想是口误罢了；但彼时偏贾琏护着林黛玉到南方奔林如海之丧去了，所以还难揣定；虽难揣定贾琮是否比贾琏年长，但其不会太小，则应无疑义。

从这样的蛛丝马迹，我们可以推测，起码在写第十三回时，曹公他心目中是有一位很不小的贾琮存在的，甚至就生活原型而言，那就是作为艺术形象的贾琏原型的胞兄。

小说不等于历史，必得依艺术需求而虚构，一部定稿的小说，必然会把从生活原型到艺术形象之间的过渡性"毛刺"剔尽，但《红楼梦》是一部未能终定的小说，而且，其敲定的顺序，从脂砚斋批语可知，亦非按现存的回序，所以，就时有"毛刺"显露，贾琏被艺术地设定为贾赦长子，但在撰写某些章节时，作者又未能完全抹去其生活原型还有一个哥哥的潜意识，因此留下了其他人物均称他为二爷的"大马脚"，我想事情就是这样。

但贾琮不仅在第十三回里出现，他后来还一再作为陪衬人物亮相，第二十四回里，写到宝玉受贾母之命.到贾赦家去问安：

见了贾赦，不过是偶感些风寒，先述了贾母问的话，然后自己请了安……宝玉退出，来至后面，进入上房，……邢夫人拉他上炕坐了……一钟茶未吃完，只见那贾琮来问宝玉好，邢夫人道："那里找活猴儿去！你那奶妈子死绝了，也不收拾收拾你，弄的黑眉乌嘴的，那里像大家子念书的孩子！"正说着，只见贾环、贾兰小叔侄两个也来了……

显然，这里的贾琮，与前面到宁国府奔秦可卿丧事的那个贾琮，两个人物，太不谐调，前者是所有玉字辈的领衔人物，后者却是一个黑眉乌嘴的"活猴儿"，后者当然构成了一种艺术形象，虽寥寥一笔，给人印象极深，把大家族内部各色人等的生存状态和微妙的人际关系，勾勒得更加立体化。

在这之后，贾琮常与贾环一起出现，这大概是因为他们不仅年龄相仿，而且同为庶出，同为大娘所厌弃，这样的描写，在艺术上是一种成功的设计，可能在真实的生活中，贾琏还有一个哥哥，所以排行第二，人称二爷，但为在小说集中写好贾琏，便在艺术构思中删去了这个哥哥，而写了一个比贾琏小许多的贾琮。

作者在写宁国府除夕祭宗祠时，颇注意贾琮的地位，说他在祭祀时与贾琏一起负责献帛，后来荣国府元宵开夜宴，他的座席与贾珍、贾琏、贾环紧挨，席散后，贾珍贾琏还特意"命人将贾琮、贾璜各自送回家去"，笔下照顾，十分周到，但奇怪的是第七十五回写到贾家中秋团聚，合家围着圆桌，"上面居中贾母坐下，左垂首贾赦、贾珍、贾琏、贾蓉，右垂首贾政、宝玉、贾环、贾兰，团团围坐，只坐了半壁，下面还有半壁余空。"贾母喟叹人少，恨不能多拉几个来，以凑热闹，可是，这一家子团圆，却绝无贾琮踪影，也不解释其缺席原因，总不能是因为"黑眉乌嘴"，就摒除于外吧，祭祖时可献帛，难道中秋就不能围桌共吃月饼？我们都知道第七十五回"缺中秋诗，俟雪芹（补）"（脂砚斋语），不是定稿，显然，在写这一回时，曹公很可能尚未把生活当中的那个贾琏的哥哥，化为贾琮这样一个与贾环地位差不多的弟弟，后来他才逐渐形成了关于黑眉乌嘴的贾琮的艺术设想。

第六十回中，贾环与贾琮二人来问候宝玉，书中明说"宝玉并无与琮环可谈之语"，可见环、琮是同样地"人物委琐，举止荒疏"，品质低劣。

直到第八十回止，贾琮虽出现多次，却并无什么"戏"，我们只知道他黑眉乌嘴，堪称"活猴儿"，作者设计这样一个人物，难道仅仅是让他当个龙套吗？我以为未必，比如卫若兰这个人物，前八十回仅出现过两三次名字，可是根据考证，却可推测出，他竟很可能是史湘云初嫁的丈夫，我们不能因为前八十回中有的角色"没多少戏"，就遽定其为龙套而已，不仅卫若兰如是，二丫头、王短腿、傅秋芳……很可能在后数十回中会成为"肯节儿"上的人物，在贾府败落的过程中，起"有恩的，死里逃生"，"无情的，分明报应"，"冤冤相报"、"分离聚合"等作用。

我们剖剔类似贾琮这样的角色在《红楼梦》文本中的状态，有利于深入了解这部天下奇书从生活到艺术的演进过程，我以为是有一定意义的。

贾琮在八十回后有没有戏呢？如有，是什么戏呢？别的不知，与贾环沆瀣一气，害人亦害己，大约是必然的吧！

腊油冻佛手·羊角灯

有些人总强调研究《红楼梦》要"回到文本"，言外之意是某些"红学"文章的话题未免太烦琐了。但《红楼梦》这部著作很不幸，不仅曹雪芹并未能将它写完写定，而且在传抄的过程里出现了不少错讹，所以读者要"回到文本"洵非易事；更不幸的是在曹雪芹去世二十七八年以后，书商程伟元与高鹗联合作弊，排印了一百二十回本，那后四十回的续貂是否狗尾且不讨论，对前八十回曹雪芹的文字妄加改动实在不少，而这一版本在上世纪五十年代后经"修订"由权威出版社大量印行，成为"通行本"，弄得很多读者以为所看到的都是曹雪芹的文本，其实，真要"回到文本"，前提应是抛开"通行本"，下些个正本清源的功夫。

曹雪芹原本的文字，比如第七十二回里，写到有种古玩叫"腊油冻的佛手"，通行本倒没改，1982 年首版的中国艺术研究院红楼梦研究所的校注本却改为"蜡油冻的佛手"，并在回后"校记"里称是并无其他版本参照的"径改"。红学所的这个校注本有优点，我常使用，但这样"径改""腊"为"蜡"，并无道理。1944 年 5 月一位署名"绪"的研究者在重庆《新民报晚刊》连载了《〈红楼梦〉发微》，其中有一节就是"蜡油佛手"，他说："贾府生活穷极奢华，其饮食起居，即近人尚往往不能想象。但亦有极平常物品，当时因不多见，以为奇货者……蜡油冻的佛手，系一外路和尚孝敬贾母者。现在看来，不过一蜡制模型，不算一回事。然在当时，却非同小可，价款既在古董账下开支，当作古董看待，贾琏又特地向鸳鸯追问下落……何等郑重其事！给现代人看了是不禁要发笑的。"且莫乱笑！应该被嗤笑的倒是这位"绪"先生。红学所的校注本给这个佛手加的注告诉读者，这东西是"用黄色蜜蜡冻石雕刻成的佛手。冻石，是一种半透明的名贵石头。""腊油冻佛手"绝非"蜡制模型"，"腊油冻"是一种名贵的石料，这是所有跟"绪"先生一样囫囵吞枣自作聪明地读《红楼梦》的人士必须首先搞清楚的。"绪"先生是凭记忆把"腊"混同于了"蜡"，红学所校注本是为了坐实"黄色蜜蜡冻石"而故意把"腊"改成了"蜡"，其实，"腊油冻"这种冻石，不是黄色的像蜜蜡那种冻石，而是另一种像南方肥腊肉的颜色质感的冻石，属于浙江青田石之一种，尤其罕见名贵，贾琏郑重其事细加询问，正反映出"贾府生活穷极奢华"，这一细节也丰富了人物性格。

《红楼梦》里多次写到了羊角灯。红学所校注本所据的底本是庚辰本，有关文字没有"径改"，处理得当。贾府里的灯具多种多样，第五十三回荣国府元宵开夜宴，所写到的灯就有玻璃芙蓉彩穗灯，錾珐琅的活信可扭转的倒垂荷叶彩烛灯，各色宫灯，各色羊角、玻璃、戳纱、料丝，或绣，或画，或堆，或抠，或绢，或纸……诸灯。羊角灯自然是用羊角制成的。羊犄角能有多大呢？怎么将其制成灯呢？古本《红楼梦》里，第十四回都是这样写的："凤姐出至厅前，上了车，前面打了一对明角灯，大书'荣国府'三个大字，款款来至宁府。"明角灯就是羊角灯。"通行本"则删去了"大书"两个字。显然，程伟元、高鹗他们没见识过可以在上面"大书"文字的羊角灯，依他们想来，那灯上能有三个描红格子般的"大字"也就很不容易了。出于同样心理，古本第七十五回写到中秋节"当下园之正门俱已大开，吊着羊角大灯"的描写，到了"通行本"里，后半句变成了"挂着羊角灯"。高鹗续《红楼梦》，因为见识毕竟短浅，第八十七回写林黛玉喝粥，想不出该配什么佐餐，便写下了五香大头菜拌麻油醋，这真令读者发笑。但你续书捉襟见肘倒也罢了，怎能擅改曹雪芹的原文呢？

《金瓶梅》里曾写到"云南羊角珍灯"，明末清初的张岱在其《陶庵梦忆》里也写到羊角灯，说灯面上可以有描金细画，清末夏仁虎在《旧京琐记》里记载："宫中用灯，当时玻璃未通行，则皆以羊角为之，防火患也。陛道上所立风灯，高可隐人，上下尖而中间椭圆，其形如枣。"他还说南京人有吴姓者专门在前门外打磨厂开"羊角灯店"。其实在北京什刹海附近，至今有条胡同叫羊角灯胡同，那里当年要么是有制羊角灯的作坊，要么是有经营羊角灯的商人居住。清末富察敦崇的《燕京岁时记》里说，每逢灯节"各色灯彩多以纱绢玻璃及明角等为之"，可见随着时间推移，羊角灯已经从宫廷和贵族府第走向了民间街头。近人邓云乡先生在其《红楼风俗谭》一书中说，羊角灯"是用羊角加溶解剂水煮成胶质，再浇到模子中，冷却后成为半透明的球形灯罩，再加蜡烛座和提梁配置成"，但这只是他个人的一种想象，其实，羊角灯应该是这样制成的：取上好羊角将其先截为圆柱状，然后与萝卜丝一起放在水里煮，煮到变软后取出，把纺锤形的楦子塞进去，将其撑大，到撑不动后，再放到锅里煮，然后再取出，换大一号的楦子撑，如是反复几次，最后撑出大而鼓、薄而亮的灯罩来。这当然要比溶解浇模困难多了，许多羊角会在撑大的过程中破损掉，最后能成功的大概不会太多，尺寸大的尤其难得。这样制成的羊角灯，最大的鼓肚处直径当可达到六七寸甚至一尺左右，所以上面可以"大书"（每个字比香瓜大）"荣国府"字样，并且在过节时不是在园子正门上"挂着"的小灯，而是"吊着"的非常堂皇的"羊角大灯"。准确理解曹雪芹的原文，可以加深我们对贾府贵族气派的印象，获得细腻入微的审美怡悦。

龟大何首乌

　　通过人物口述某些物品，以刻画人物性格，以至反映其内心活动，是《红楼梦》文本的一大特色。第二十六回，薛蟠指使焙茗，以"老爷叫你呢"诓骗宝玉出得大观园，令宝玉极为不快，但薛蟠告诉他："要不是我也不敢惊动，只因明儿五月初三日是我的生日，谁知古董行的程日兴，他不知那里寻来了这么粗这么长粉脆的鲜藕，这么大的大西瓜，这么长一尾的新鲜的鲟鱼，这么大的一个暹罗国进贡的灵柏香熏的暹猪，你说，他这四样礼可难得不难得？……我要自己吃，恐怕折福，左思右想，除我之外，唯有你还配吃，所以特请你来……"脂砚斋对这一段批曰："写粗豪无心人毕肖"，"如见如闻"，"此语令人哭不得笑不得，亦真心语也"；确实，一个粗俗颟顸而又炽热心肠的纨绔子弟形象，在那形容几种食品的口吻里活跳了出来。

　　第二十八回，宝玉在又一次渡过了因黛玉误会而产生的情感危机之后，精神极为亢奋，在王夫人处，王夫人不过随口问了黛玉句"大姑娘，你吃那鲍太医的药可好些？"又因想不起一剂丸药的名字，宝玉竟忘形放肆起来，说母亲是让"金刚""菩萨"支使糊涂了；这还不算，他又胡诌要用三百六十两银子，替黛玉配一料丸药，声称"包管一料不完就好了"；他随口乱扯："当真的呢，我这个方子比别的不同，那个药名儿也古怪，一时也说不清……"下面有一串文字，因为当年传下的手抄本是没有断句的，现在我们看到的印刷本，如根据程伟元、高鹗弄出的本子流布开的通行一百二十回本，是这样处理的："只讲那头胎紫河车，人形带叶参，三百六十两不足，龟，大何首乌，千年松根茯苓胆……"读起来显然很别扭，"三百六十两不足"，指的是人形带叶参的重量还是龟的重量？有的流行本，干脆臆改为"三百六十两四足龟"，可是，现在我们掌握的任何一种手抄本上，都没有"四足"的写法，这样改动是侵犯曹雪芹著作权的。1981年中国艺术研究院红楼梦研究所校注本由人民文学出版社出版，这个本子在恢复前八十回原始真貌方面做了可贵的努力，但问题也还有，比如这个地方，它是这样断句的："只讲那头胎紫河车，人形带叶参，三百六十两不足，龟大何首乌，千年松根茯苓胆……"校注者把"三百六十两不足"派给了人形带叶参，把"龟"当作是对"大何首乌"的形容，这样，宝玉在上述所引出的话语里，就不是讲了五种东西，而是讲了四种东西。

　　我以为，固然宝玉在这里是顺口胡诌，但他既然煞有介事，也便一定要讲得既耸听而又不至于在逻辑上离谱。"龟大何首乌"在逻辑上是说不通的。"龟大"是多大？龟的种类很多，像棱皮龟、玳瑁、象龟的龟壳可以长达三尺多乃至于六七尺，作为蓼科草本植物的根茎何首乌如果那么样大，反倒会让人觉得成了怪物未必有其应有的药力了；而有的观赏龟，如金钱龟、绿毛龟，龟壳却又可能仅一寸来长，一两寸长的何首乌又无乃太寒酸，怎能加以夸耀？我以为，在上引段落里宝玉讲的还是五种东西，应该这样来断句："……头胎紫河车，人形带叶参，三百六十两不足龟，大何首乌，千年松根茯苓胆……"他对每一种东西都强调寻觅的不易，龟要大的，但也不是越重越好，必须接近三百六十两却又不能超过，旧秤是十六两为一斤，也就是那龟必须是二十二斤多却又不能是二十二斤半（折合现在十两制的算法，约十四斤六两许）。

我们都记得，第七回里，宝钗讲她那"冷香丸"的配方，"真真把人琐碎死，东西药料一概都有限，只难得'可巧'二字，要春天开的白牡丹花蕊十二两，夏天开的白荷花蕊十二两，秋天的白芙蓉蕊十二两，冬天的白梅花蕊十二两，将这四样花蕊，于次年春分这日晒干……又要雨水这日的雨水十二钱……"等等，这"冷香丸"曾引出黛玉对宝玉这样娇嗔："便是得了奇香，也没有亲哥哥亲兄弟弄了花儿、朵儿、霜儿、雪儿替我炮制……""我有奇香，你有'暖香'没有？"这番话语沉淀在宝玉潜意识里，一个触机，发作出来，他是借此尽情宣泄自己甘愿为黛玉炮制"暖香丸"，以与宝钗抗衡的情怀。脂砚斋对此评曰："前'玉生香'回中，颦云他有金你有玉，他有冷香你直不该有暖香，是宝玉无药可配矣。今颦儿之剂若许材料皆系滋补热性之药，兼有许多奇物，而尚未拟名，何不竟以暖香名之，以代补宝玉之不足，直不三人一体矣。"

"龟大何首乌"越想越不通，"三百六十两不足龟"，却与"雨水这日的雨水十二钱……那里有这样可巧的雨，便没雨也只好再等罢了"前后相映成趣，揭示出宝玉内心涌动着的隐秘情愫。即使是大情节之间的这种似乎随手拈来的"闲笔"里，曹雪芹也在丰富着人物的性格，真如脂砚斋所赞叹的："作者有多少丘壑在胸中……"

红楼梦烟画

　　壬午年春节逛厂甸庙会，购得红楼梦烟画一套，如与旧友邂逅，乐不可支。

　　所谓烟画，依我儿时的叫法，该称洋画，拍洋画与拐羊拐，是那时我辈最喜欢的两种游戏。玩这两种游戏的最佳地点是胡同四合院门口的登马石旁。长方形的登马石表面早被古人靴底磨得平整光滑，特别适合当作游戏台。拐羊拐的玩法是左手先把四个侧面染了红色的羊拐扔到石面上，然后抛起右手里的沙包（碎布缝制，内放沙子），趁沙包未落下之际，赶紧整理扔下的羊拐，使其朝上的一面相同，然后接住沙包，再抛起，再将羊拐全换为另一面，如之四次，倘把羊拐所有各面全部转换成功，则再抛起沙包后，要将全部羊拐拐进手中。每当其中一个环节失败，则换为另家去做。谁最顺利地完成全过程，谁为胜者。那时我和小朋友玩拐羊拐，赢了人家给我洋画，输了则我给人家。但洋画本身也可单独游戏，而且我们男孩子更喜欢玩洋画。洋画的玩法又有两种，最过瘾的一种就是拍洋画，一家等量地出几张洋画，凑成一摞后，放在石面上，以剪子石头布划拳胜者先手，把右手巴掌拍到洋画旁边，以气流掀动洋画，如有洋画翻转跌落，则可连续拍下去，凡拍翻转的均归拍者；倘拍后洋画未能有所翻跌，则换另家来拍；拍光后再续再玩。那时回家吃晚饭时，我的两手总是黑黑的，右手掌往往还因拍洋画而红肿，虽然母亲总呵斥着让我去洗手，但忍不住抓起大白馒头狼吞虎咽的情况还是经常发生。

洋画的另一种玩法比较斯文，就跟打牌一样，你出一张，我出一张，比大小。洋画的种类颇多，玩比大小，最好办的是水浒人物，天罡星都比地煞星大，而且那108将全有座次，谁赢谁很好判断。每回各出一张，小的归了赢家，但赢家用过的那张牌要搁到一边，不能再用。最不好办的是红楼梦人物，究竟谁比谁大呢？不要说小朋友弄不清，就是大人们也未必都能做出准确判断。

为什么叫洋画？那时候还没 WTO，但外国烟草公司盯准中国烟民，其手段就跟如今麦当劳盯准中国食客一样，不仅在大人身上下功夫，更在小孩身上打算盘。现在你到麦当劳里头去看看，常有家长代替小孩去消费的，不为吃那汉堡包炸薯条什么的，为的是按份额领取小玩偶，以凑成一整套；当年随香烟附赠的小画片，吸烟的大人倒未必有几个在乎，但孩子们却视为珍奇，我那时就曾缠着父亲一再地购买海盗牌香烟，那洋烟里附有《红楼梦》画片，为凑够120 张全套，你算算得买多少包海盗？算不清楚的，因为很可能连买五包都是袭人，而买了上百包也还是没个贾宝玉！

当时的国产香烟也有附赠小画片的，但似乎不如洋烟那么普遍，大概是凡洋烟必附小画片，所以把香烟盒里的小画片一律叫作洋画，也便顺理成章了。

那时跟我玩洋画的小男孩，大都不懂得、不喜欢《红楼梦》，所以乐得把红楼梦洋画输给我甚至白送给我，但也有跟我玩洋画的女孩子，她们对红楼梦洋画相当喜欢，也能说出些谁大谁小的道理，比如秋纹遇上惜春一定输，因为是丫头跟小姐的区别，贾珍遇见惜春则赢，因为他是她哥哥，但尤氏遇到李纨，或者柳湘莲遇到蒋玉菡，又该谁输谁赢呢？好在这套洋画每张上面都有编号，于是按编号，数字靠前的赢数字靠后的，也算一种规则，但编120号的是警幻仙姑，据书里所说她应该是极大的，贾府去世的祖宗都去巴结她求她保佑后代呢，但我们那时候玩洋画，最不喜欢的就是这位让我们莫名其妙的仙姑，她是注定要输来输去的。

忆当年，我始终没能凑足全套红楼梦洋画，当然有的人物又一下子拥有数张甚至十多张之多，比如我就记得手里总有数张胡氏，而这位胡氏究竟是怎么一位角色？那是直到我成年以后才大体上弄明白的。

摩挲翻弄着从厂甸庙会买来的全套红楼梦洋画——是中国书店据旧版重印的，而且很科学地称为了烟画——我渐渐从儿时的回忆里解脱出来，进入了鉴赏的境界。

这套120幅的红楼梦烟画，有一幅是通灵宝玉与绛珠仙草，另外警幻仙姑一幅，跛足道人与疯僧合一幅，婳婳将军（贾宝玉、贾环所作诗歌里的人物）一幅，以上四幅所画都非书里的现实人物；其余各幅里面，则双人合为一幅的有贾赦、贾琏，贾代儒、贾瑞，邢大舅、王仁，贾环、赵国村四例，另有一幅是把三位贾府清客詹光、程日兴、单聘仁画在一起，这样算下来，烟画上的现实角色共出现了122人，蔚为大观。这样一套红楼梦人物图谱，为普及《红楼梦》起到了很大的作用。当然，作画者对红楼梦版本没有什么研究，所根据的是通行的120回俗本，所以出现的人物里有不见于曹雪芹笔下，而完全由高鹗臆想出来的"忠仆"包勇，还有就是上面所提到的那位胡氏——贾蓉在秦可卿死去后续娶的妻子，其实曹雪芹笔下并无胡氏，倒是在第五十八回里写到一位随贾母、邢夫人、王夫人、尤氏入朝随祭老太妃的许氏，这位许氏才是贾蓉的续弦，烟画的目的是为了推销香烟，所以这套红楼梦人物谱必须人山人海，以使凑齐一套的难度提升，所以有不少书里才出现一两次甚至仅被提及的人物上画，如喜鸾、周姨娘、傅秋芳等。但把贾环与他的生母之弟（应为赵国基，不知烟画上印为赵国村何所据）画在一幅中，却并不是凑画幅，而是别有意味。我们都知道探春理家时，赵国基死了，按血统这是她和贾环的亲舅舅，她却坚决不认，只按家养奴才对待，结果赵姨娘跟她大闹一场。那种社会里人的自我归属意识就被扭曲成了那样，细想起来，也够惊心动魄的。

烟画的作者未署名，但画得很不错。这套画不仅有助于人们熟悉《红楼梦》，而且，那些大体上是明代装束的人物，以及画上所出现的园林背景，还有每幅背面那些虽不高明但平仄大体顺溜的绣像咏，都能对过眼者起着中国古典文化的潜移默化的熏陶作用。烟画作者在处理每一人物时固然套路用得多，如宝钗必扑蝶，湘云必醉卧，晴雯必补裘，龄官必画蔷……但身姿飘逸，衣褶线条交代清楚，着色明艳而不扎眼，绝非粗制滥造。个别的人物，处理上还很见匠心。如邢夫人，画她侧坐在炕毡上，身披红睡袍，手里捏着一张纸，仿佛正在筹划着要将从傻大姐处得到的绣春囊附上一个便笺，好交给王夫人，给王夫人一个难堪加难办，画面有动感，富于戏剧性。另外，第32幅画的是傅秋芳，这是引起历代"红学"家探讨不已的一个人物，在前八十回曹雪芹笔下她只在第三十五回里被侧面写到，说她是贾政门生通判傅试（显然谐"附势"的音）的妹妹，傅试为了拿她高攀豪门贵族，而屡遭拒绝，已经把她耽误到了那个时代里非同小可的二十三岁，但曹雪芹却从贾宝玉的角度这样下笔："只因那宝玉闻得……傅秋芳也是个琼闺秀玉，常闻人传说才貌俱全，虽自未亲睹，然遐思遥爱之心十分诚敬……"这样重墨皴染，是否意味着"草蛇灰线，伏脉千里"？在已佚的曹雪芹八十回后文字里，是否还会有傅秋芳出现？烟画上的傅秋芳穿一袭杏色褶子，站立着揽镜抚鬓照面，大有"如花美眷，似水流年……在幽闺自怜"的情态，很有韵味，是一幅挺好的古典仕女画。

当年的洋商推销他们的洋货，常使用的手段就是将其符码本土化，洋烟所附赠的小画片，并不画莎士比亚戏剧故事或者雨果笔下的悲惨世界，反倒一定是中国的古典文化，除了四大古典小说人物谱，我记得的就还有封神榜里的诸神、京剧脸谱、白蛇传什么的，这一招真的很灵，就像过去洋人拍的电影拿到中国来演，片名往往会是《魂断蓝桥》《鸳梦重温》《卿何薄命》《花心蝶梦录》《春闺梦里人》……直到今天，当若干国货厂商纷纷将其企业品牌欧美化的同时，某些外国厂商却偏要为其公司或产品译音寻找出能富中国情调的字样，如施贵宝、奔驰……这里面值得研究的东西其实很多。

现在的孩子们是不会抯羊拐、玩洋画的了，但被抛弃的应该只是那种行为方式，而不应该是包含在那些行为方式里的文化风俗，作为一种进入古典范畴的文化风俗遗迹，红楼梦烟画这样的东西应该被现在的人们——包括孩子们在内——由衷地珍惜，在厂甸庙会上我就见到不少大人小孩跟我一样热心地购买据旧版新印的烟画，还有一个少年问摊主："哪儿能买到当年那些真的旧烟画？"不管他是出于真心欣赏还是打算搜集收藏以期升值，我听了心里真是热乎乎的。

远"水"近"红"

　　我不喜欢《水浒传》。随着年龄的增长，这种不喜欢有增无减。当然，《水浒传》作为一部古典名著，我对它是尊重的。《水浒传》从艺术上说，结构严谨，语言生猛，主要人物性格鲜明，白描处出神入化，渲染处酣畅淋漓，光是记诵一百单八将的绰号，便能获得极大的乐趣。但是，总的来说，《水浒传》让我产生一种虽敬之宁远之的阅读心理。

　　说《水浒传》只反贪官污吏，不反皇帝，宋江是投降派，梁山好汉不该为朝廷去征方腊，这些政治家的评说，我在听到之前，简直不曾从那角度有过一丝半点的思绪。我读《水浒传》，只感觉到这本书跟《红楼梦》太不一样。《水浒传》只承认那一百零八个英雄好汉（他们本是天上星宿，所谓"天罡"与"地煞"）的生存价值，他们所反对的大官，或大地主，似乎也还有些个价值，起码是负面的价值，可是一般的个体生命，也就是占社会总人口中绝大多数的芸芸众生，平凡的人，过小日子的小人物，在这本书里常常是一钱不值的，无价值的，忽略不计的。梁山好汉开店，是随便杀人剁成肉馅包子卖的，除非他们动手杀人以前，及时发现你是江湖上大名流传的好汉，那才会给你解缚，甚或倒头便拜，随之称兄道弟；如果你只是普通的客商旅人，那就一定会被不眨眼地剁成肉泥，即便碰巧他们不缺人肉，不把你麻翻杀死，那他们也会若无其事地把人肉包子卖给你吃，让你成为"人吃人"的一员！至于梁山好汉为了私刑解决一己恩仇，或为了某一具体苦主抱打不平，或为了其哥儿们劫法场，他们除了杀坏人，杀贪官污吏，也会很随意地连带杀掉一些普通的人、无辜的人，像李逵就常常一时兴起，挥动一对板斧，不分青红皂白地一路砍去，那被砍下的头中，恐怕是无辜者的比坏人的要多得多。《水浒传》毫不尊重、怜惜普通的个体生命，读来令我心中闷闷。我从来自知属庸常之辈，是芸芸众生中一员，虽竭力愿好，却不可能成为英雄豪杰，所以设身处地一想，便不禁冷汗淋漓——作为一名老百姓，落在贪官污吏或恶霸地痞手里固然是惨事，但旅行投宿落在梁山好汉所开的店里，岂不也万分恐怖？《水浒传》不反"当今皇帝"，这是无可辩驳的；但《水浒传》中的好汉们征方腊，究竟有多大的"不对"？方腊究竟好在哪里？其所作所为究竟给当地的黎民百姓带来了多少好处？恐怕是一个可以讨论（而不是不容讨论）的学术问题。方腊取胜，不也就是一个"当今皇帝"？他若任命一个太尉，也一定要从一己的好恶出发，未必就比高俅辈强。宋江等征灭方腊，也无非是扑灭了一个潜在的新皇帝罢了。

"红学"前辈周汝昌先生有个观点，认为曹雪芹在艺术构思上受了《水浒传》很大的影响，《石头记》（即《红楼梦》）最后也是要为"脂粉英雄"立榜的，不过那是"情榜"，也是十二人一组，先三十六，再七十二，整个儿也是一百零八之数，只可惜现在这部分草稿已然失传。这有一定道理。虽然艺术上有这种承继关系，思想内涵上，《红楼梦》却与《水浒传》大相径庭，《红楼梦》不仅蔑视皇帝、痛诋"国贼禄蠹"，而且不以成败，也不以出身地位的尊卑贵贱论英雄，在曹雪芹笔下，个体生命，尤其是女奴的个体生命，闪烁着生命的尊严，并且通过主人公贾宝玉之口，公开发出了"世法平等"的呼吁，读来令人深思，使人振奋。当然，《水浒传》比《红楼梦》要早四百多年，时代不同，我们不好硬比，更不能苛求。《红楼梦》之所以有"人本位"（个体生命本位）的思想萌芽，之所以连刘姥姥的外孙子板儿，以及偶一闪现的农村纺线女"二丫头"，笔下都充满着呵护爱怜、尊重祝福之情，那是因为时代已经发展到了那一步，而作者曹雪芹又自觉地站到了时代思潮（或者说是潜思潮）的前列。

我经常翻阅《红楼梦》，一再反刍，好比是终身好友，与之亲密无间，而对于《水浒传》，我懂得那是一本必读书，是一种不能不知晓的常识，好比是随时可去求教的严师，就我这个体生命而言，远"水"近"红"是一种性格的必然吧！

伦敦弘红记

　　因为看到拙著《红楼三钗之谜》，英中文化协会、伦敦大学亚非学院等四家机构邀我去做两场关于《红楼梦》的报告，我虽不才，但人家确实是出于促进中英文化交流的雅意，便高兴地取道巴黎，乘坐高速列车，仅用三个小时，就穿过海底隧道，抵达了伦敦。甫下火车，在驶往下榻处的汽车上，东道主就把他们安排的活动日程表拿给我征求意见，上面除了我的演讲、欢迎酒会等节目外，最突出的就是去斯特拉特福参观莎士比亚故居，并在泰晤士河畔的环球剧场观看葡萄牙剧团演出的《罗密欧与朱丽叶》。

　　在伦敦大学亚非学院的演讲，对象是汉学家和博士生，无须翻译，且可从容讨论。我把自己书里的一个看法强调出来：在中国，莎士比亚及他的主要剧作如《哈姆雷特》《罗密欧与朱丽叶》，都已进入了具有中等文化水平的人们的常识范畴，在大学里，即使是理工科的学生，如不知道莎士比亚或说不出至少一个莎剧剧名，也会遭到讥笑。但是反过来，在英国，曹雪芹和《红楼梦》不仅未能融入其普通人的常识范畴，就是大学里的文科生，只要其专业不是中国古典文学，不知道曹雪芹和《红楼梦》也是一桩无所谓的事。

两种文明里旗鼓相当的文豪巨著，在交流中却不能获得等量的效应，原因何在？有否纠正这一偏差的可能？我在中国只是一个非专业的《红楼梦》研究者，我的"红学"论著更仅是一家之言，到英国的演讲由于时间的限制怎可能把曹雪芹与《红楼梦》的伟大充分地阐释？但是我觉得中国的文化人不应放弃哪怕是最小的机会，去向外国人弘扬曹雪芹和《红楼梦》的伟大，使他们起码要懂得那是中国古典文化的高峰，而且至今仍滋养着中国的新一代文化人，他们即使一时还难以获得阅读译文的快感，难以理解那文本里丰富的中华文化的内涵，也至少应该一听到曹雪芹和《红楼梦》便肃然起敬，犹如许多中国人其实并不能从阅读莎士比亚剧作与十四行诗的译文里获得乐趣，甚至连观看劳伦斯·奥利佛主演的《王子复仇记》那样的电影也觉得枯燥，却绝对还是要把莎士比亚和《哈姆雷特》这样的符码嵌入到自己的常识结构里，丝毫不敢大意一样。奥地利出生的汉学家傅熊认为，中文的《红楼梦》迄今所通行的是一个不好的版本，而英文等西方文字的译本却几乎都以这个糟糕的中文版本为依据，他建议中国的"红学"界应致力于整理出一个比较理想的曹雪芹的八十回善本来，加以推广，使之取代现在的通行本。这是很内行的意见，现引用于此，供国内专业"红学"家们参考。

英中协会组织的一场演讲规模大了许多，一百多个座位坐满后，还有二十多位来宾始终站着听讲，令我非常感动。绝大多数金发碧眼的听众不懂中文，需要翻译，我传递信息的时间，等于只有上一场的一半；上一场的听众用不着从 ABC 说起，这一场我可怎么用最简洁的话语，把他们引入对曹雪芹与《红楼梦》的神往？虽经过很充分的准备，开讲时仍惴惴不安。结果却效果很好。这大半也倚赖荷兰出生的汉学家贺麦晓那流畅而生动的翻译。关于曹雪芹和《红楼梦》的话题翻译起来实在难上加难，一句"春梦随云散"，中、英文的修养都得很高才能随口道出而听众憬然。我在演讲中号召大家都去寻找一本《龙之帝国》，该书著者为英国人 William Winston，书的英文名字为 *Dragon's Imperial Kingdom*，1874 年由 Douglas 出版社出版，黄色封面上有黄龙图案，大于 32 开，小于 16 开，厚约 3 厘米，在该书第 53 页上，有关于曹雪芹偷听英国人腓立普与其父曹𫗧讲谈莎士比亚戏剧故事，被发现后遭责罚的内容。此书在中国"文革"前至少有两家图书馆收藏过，至少有三位过目者，其中一位还曾抄记过卡片，1982 年此事曾在中国报刊上揭橥，但后来一直未能再找到该书，一些人对有过这本书产生了怀疑，寻找的热情也便消退至冰点。我以为有关这本书的信息不可能是伪造的。中国经历过"文革"等劫难，像这样的英文老书幸存的可能性确实接近于零。但英国的那么多大大小小的图书馆里，说不定在哪个尘封的角落里就还静静地存着它。这本书里的那段文字，也许还并不能使我们做出曹雪芹创作《红楼梦》曾受到过莎士比亚戏剧影响的结论，但那至少是一段趣闻佳话，发动找书而且能坐实其事，必能增进一般英国人对曹雪芹和《红楼梦》的兴趣。这场演讲后来的听众提问和我与听众的讨论也很热烈，而且那讨论一直延续到晚上的酒会，其中一个提问是："《红楼梦》对当代中国作家的写作影响究竟如何？一些中国作家并不能直接阅读外国文学，可是他们说起对自己影响最大的作家作品却是西方的，这是为什么？翻译西方文学的中国翻译家的文字，是否比《红楼梦》

这样的母语原创文本，对某些中国当代写作者更具有潜在的影响力？"这问题很尖锐，却很严肃，一时很难梳理出能使自己和别人都首肯的答案来。

今夏的伦敦之行，令我兴奋，且欣喜——尽管我的演讲只是两滴雨水，但能使英国听众多少尝到点曹雪芹与《红楼梦》那浩瀚海洋的滋味，吾愿足矣！

讲述《红楼梦》的真故事

——贺周汝昌先生从事"红学"研究五十年

我少年时代住在北京东四牌楼附近的钱粮胡同。胡同东口外过了马路，当时有家书店。大约是1954年，我十二岁的时候，我从那家书店买了一本棠棣出版社出版的《红楼梦新证》，拿回家中。那时家里经常"纵容"我买书，不过，我买回家的，大多是比如《安徒生童话选》《铁木尔的伙伴》（苏联儿童文学名家盖达尔的代表作）一类的适合于我那种年龄阅读的书。以十二岁的年龄买回并阅读《红楼梦新证》，脱出自身来客观评议，实属咄咄怪事，且不足为训。但我确实兴致勃勃地买了它。我生在一个父母兄姊皆喜读喜谈《红楼梦》的家庭。父母对我的课外阅读是有所禁制的，比如我都满十八岁了，他们仍不赞成我觅《金瓶梅》一阅，哪怕是"洁本"。可是我十一岁时，他们便由我从他们书架上取下《红楼梦》去"瞎翻"。我在钱粮胡同口外那家书店见到厚厚的"新证"时，其实连"新证"二字何意也弄不懂，从书架上抽出的起初，也只是觉得书前所附的"红楼梦人物想象图"很奇特，竟与我家所有的那种"护花主人"及"大某山民"的"增评补图"的版本上，由改琦所绘的那种绣像大异其趣。再稍微翻翻，便看到了书中关于贾赦的描写之所以"不通"，实在是由于贾政的原型，乃是贾赦原型的弟弟，过继到书中贾母原型这边，才成为了"荣国府"的老爷，他与贾母原无血缘关系，所以相互间才不仅冷淡，且时有紧张……贾赦与贾母根本连过继关系全无，乃是另院别府的一家人，所以书中生把他们写成一家，才落下那么多"破绽"，等等，这些考证，使我恍若在读侦探小说，因此一时冲动便将书买回了家。家里人起初责我"乱买书"，及至听我把"贾赦根本不是贾母儿子"等吹了一通，分别拿去翻阅了，这才不再怪罪我了。我提起这桩往事，似有夸耀自己早慧之嫌，但真实的情况是，我后来很长时间都并不能耐心把这本书读完，特别是"史料编年"部分。在很长的时间里，我对《红楼梦》都只是保持着一种"朴素的爱好"，即使也翻阅一些关于"红学"的书籍，都只是"看热闹"，何谓"红学"，那实在是懵然茫然。

四十三年前所买的那本"新证"，现在竟还可在我的书橱中找到。只是前面少了封面插页与六面文字，后面亦少了几页与封底。这是家中与个人的藏书经历了太多的社会风雨与命途徙迁所致。现在面对着这本残头跛脚的"新证"，我不仅对自己四十多年来的"爱红"史感慨万千，也不禁想到这半个世纪来，"红学"的炎凉浮沉。"红学"一度成为"显学"，甚至刮起过"龙卷风"，但其最显赫时，也往往变得离真正的学问远了；近些年"红学"似又相当地"边缘化"了，虽说这也许能使"红学"家们离真正的学问更近，更能得其真髓，却也派生出了一些新的问题。

不管怎么说，我要感谢《红楼梦新证》，当然也更要感谢其著者周汝昌先生。于我而言，这是一本启蒙的书。我至今仍不懂何以精细地界说"红学"的各个分枝，更闹不清"红学"界几十年来的派别讼议、恩怨嫌隙，甚至我至今也无力对《红楼梦新证》做出理性的评析，但不是别的人别的书，而是周先生和他的这部著作，使我头一回知道并且信服：现在传印的《红楼梦》，后四十回是伪作，把曹雪芹与高鹗这两个名字并列为《红楼梦》的著者，是一个极大的错误；我们应当努力把曹雪芹所没有完成的那一部分的内容，尽可能地探究出来；也就是说，我们要摆脱高鹗的胡编乱造，而接续着前八十回，尽可能地讲述出《红楼梦》的真故事来。80 年代初，我买到了周先生增订过的"新证"，如饥似渴地一口气读完。周先生当然有他删改旧著的道理，但我总觉得我十二岁时所买到的那本初版，有的文字其实是不必删改的。但我注意到：周先生在新版"新证"中，将高鹗的续书，论证为参与一个出自最高统治者策划的文化阴谋，而他的这一论点，引起了颇多的反对，不过，自那以后，周先生不仅不放弃自己的这一立论，而且移时愈坚，体现出一种可贵的学术骨气。我觉得周先生的论证有一定的说服力，不过就此点而言，尚未能达于彻底膺服。

后来我读到周先生与其兄祜昌合著的《石头记鉴真》，深为震动，这是周先生对我的第二次启蒙。我这才铭心刻骨地意识到，现在所传世的种种《红楼梦》版本，其实都仅是离曹雪芹原稿或远或近的经人们一再过录，或有意删改或无意错讹的产物，比如对林黛玉眉眼的描写，便起码有七种不同的文本。因此，探究曹雪芹原稿的真相，特别是探究其散佚文本中的真故事，便更具有重要性与迫切性。这绝不是要脱离对《红楼梦》思想深度与美学内涵等"红学""正题"的轨道，去搞"烦琐考证"，恰恰相反，通过严肃的探究，讲述出《红楼梦》的真故事，我们方能准确地深入地理解其思想深度与美学内涵。举例来说，如果以为现在的一百二十回的通行本里，关于李纨的故事，也就是那么个样子，那么，我们对李纨这个人物的理解，也许便不难简单地定位于"这是一个封建社会中三从四德的礼教的牺牲品"，其实在八十回以后的真故事里，她将呈现出非常复杂的生存状态与性格侧面，她抱着"人生莫受老来贫"的信念，在前八十回中已初露端倪的吝啬虚伪，在贾府大败落的局面中，将演出自私狭隘却也终于人财全空的惨剧。这再一次显示出，在曹雪芹笔下，几乎没有扁平的人物与单相发展的命运。高鹗的续书是否政治阴谋姑且勿论，他将大部分人物命运都平面化单相化地"打发"掉了，甚至于把贾芸这个在贾府遭难宝玉入狱后将仗义探监的人物，歪曲为拐卖巧姐的"奸兄"，诸如此类，难道不应当扫荡烟埃、返璞归真吗？

　　十二岁时翻阅过《红楼梦新证》后，开始模模糊糊地知道，《红楼梦》不仅可以捧读，而且可以探究，但我自己真正写出并发表关于《红楼梦》的文章，却是90年代初，五十岁时候的事了。我写了一些细品《红楼梦》艺术韵味的"红楼边角"，写了几篇人物论（多是以往论家不屑论及或不屑细论的角色，如璜大奶奶、李嬷嬷、秦显家的、赵姨娘等），后来便集中研究关于秦可卿的真故事，被人谑称是从事"红学"中的"新分支"的"秦学"研究；因为我的"正业"是写小说，所以又将"秦学"的探佚心得写成了中篇小说《秦可卿之死》与《贾元春之死》……万没想到的是，我这个学养差的门外汉所弄出的这些文字，竟引起了周汝昌先生的垂注，他不仅撰文鼓励、指正，通过编辑韩宗燕女士的穿针引线，还约我晤谈，并从此建立了通信关系，与我平等讨论，坦诚切磋，他的批评指正常使我在汗颜中获益匪浅，而他的鼓励导引更使我在盎然的兴致中如虎添翼……

去岁冬日，我有幸参加了香港凤凰卫视中文台的一个读书节目，主题是评议周先生在华艺出版社所出的新著《红楼梦的真故事》。这是一本用通俗的笔法讲述《红楼梦》一书在流传中，所散佚掉以及被歪曲、误读了的那些真故事的书。周先生在节目中说："我一生研究《红楼梦》，就是为了写出这样一本书！"此言乍出，我颇吃惊。周先生从事"红学"研究半个世纪了，光是专著此前已有十多种，"新证"曾得到毛泽东主席青睐，有关曹雪芹的几种传记虽属一家之言多有与其他"红学"家观点颉颃处，但其功力文采是海内外学界和一般读者所普遍赞佩的，其在《红楼梦》版本方面的研究，乃至对可能是大观园原型的恭王府的考据，还有主持编撰《红楼梦辞典》，等等学术活动，怎么到头来却都是为了写出这样一本省却了论证注释，全无"学术面孔"，出之以"通俗评话"衣衫的"真故事"呢？

自那电视节目录制播出以后，我重翻周先生的若干"红学"专著，特别是再细读这本"真故事"，才终于理解了他的"夫子自道"。周先生称，"自1947年起，失足于'红学'，不能自拔，转头五十载于今，此五十载：风雨如晦，鸡鸣不已；秋肃春温，花明柳暗，所历之境甚丰，而为学之功不立；锋镝犹加，痴情未已"，其实他五十年的"红学"研究，已俨然历练出了如钢的风骨，在胡适、俞平伯、何其芳、吴组缃、吴恩裕、吴世昌等"红学"前辈相继谢世之后，像周先生这样"痴情未已"的"红学"大家实在是所剩不多了，这本看似平易的"真故事"，那些娓娓道出、如溪入江又如江汇海的情节轨迹与人物归宿，其实字字句句段段章章凝聚融通着他半个世纪全部"红学"研究的心得成果，他以举重若轻的方式，既向学界展示了他的"集大成"（凡熟悉他之前学术专著的人士已无须他再一一注明资料论据），也向一般读者普及了他的苦心所获。五十年辛苦不寻常，真故事终能汩汩流淌，这是周先生所攀上的一个峰巅，当然，也是他的又一个起点。

周先生今年该是七十九岁了。他身体不好，眼睛近乎失明，只有一只眼尚能借助高倍放大镜，一个字一个字地阅读书刊报纸，而耳朵也近乎失聪，跟他当面交换意见时往往不得不对着他嚷，但他在"红学"研究中却仍然充满朝气，仍时时发表出惊动学界也引起一般读者注意的独特见解，他那固执己见的劲头，常令与他观点不合者既"窝火"又不得不费力对付；他还常常挺身而出，为民间一些"红学"研究者、爱好者"护航"，表示即使某些研究角度与观点乍听乍看觉得"荒诞不经"，也还是应该允许其存在，可以批驳却不必呵斥禁绝，这种雅量实在是很难得的，这也是我特别佩服、尊重他的一个因素。

在周汝昌前辈从事"红学"研究五十年之际，我感谢他在我十二岁到我五十多岁的人生途程中，以他的"红学"著作，滋润了我亲近《红楼梦》的心灵。我祝贺他有一个以完整的"真故事"为标志的"五十硕果"，并祝他将自己的学术轨迹，延伸到新的高峰，给我们讲述出更多更细的真故事来！

满弓射鹄志锐坚

——读周汝昌先生《红楼家世》有感

研究曹雪芹的祖籍有没有意义？我以为，如果单只是就祖籍论祖籍，纵然写出大部头宏著，论定曹雪芹祖上就是某地籍贯，打个比方，也就好比是拉个满弓，显示超人的气力，属于杂技性的表演罢了。周汝昌先生对曹雪芹祖籍的研究，却好比是立了明确的鹄的，满弓拉起，飞箭出弦，直逼鹄心，这里面当然含有高超的技艺，但不仅仅是技艺的展现，更重要的，是体现出一种执着的文化探求精神。黑龙江教育出版社 2003 年 1 月推出的周先生的《红楼家世》一书，副题是"曹雪芹氏族文化史观"，这副题把其满弓所射的鹄的，清楚地告知了读者。周先生射出的诸箭，究竟有多少支射中了鹄心？一共中了多少环？我以为很有几箭射中了鹄心，总环数很不少，成绩斐然。当然，大家可以各自评定，抒发己见。关键是，周先生以 85 岁的高龄，满弓射鹄志锐尖，令人感佩，引人注目。

周先生的"红学"研究，涉及各个"红学"分支，而用力最多的，当属"曹学"。在这个分支的研究中，必得研史，甚至要"往事越千年"，又必得做考证，甚至要穷搜细辨，于是有人远远一望，便大不以为然，指斥为"离开了《红楼梦》文本"，"属于烦琐考证"。读《红楼梦》当然不能离开其文本，但《红楼梦》的文本是中华古典文化的巅峰结晶，并且极其独特，对其解读不能图省事，走捷径，西方的古典、现代、后现代文论固然可以引为借镜，如王国维借叔本华的理论来抒发自己读《红楼梦》的审美感受，颇能启人，但终究还是给人附会之感；中国以往的文论，当然更可以用来作为解读《红楼梦》的工具，脂砚斋批书，就使用频仍，但因为曹雪芹的笔力有超越他以前全部中国文化的性质，因此以这些工具来衡量，往往也力不从心；这就说明，要解读《红楼梦》，到头来还是必须彻底弄清曹雪芹写作这部伟著的时代背景，即康熙——雍正——乾隆三朝的政治风云、社会变迁、文化习尚，这也就必须攻史，举例来说，不通史，怎么能读懂"义忠亲王老千岁""坏了事"以及"双悬日月照乾坤"这些文本字句的深刻内涵？而流传下来的历史记载，往往是"胜利者写的"，比如雍正在与其十几个兄弟争斗王位的斗争中终于胜出，那么，他就要改写甚至删削康熙时的大量记载，乾隆虽是和平顺利地继承了王位，他本人甫上台也很注意实行皇族亲睦的怀柔政策，但没想到权力斗争是不以个人意志为转移的，他再怎么不愿出事，也还是发生了"弘晳逆案"，乾隆果断麻利地处理了这一政治危机，他胜利了，于是，他采取了销毁相关记载的"留白"史笔，今人要弄清那时的真情实况——这对研究《红楼梦》文本至关重要，曹雪芹家族的"落了片白茫茫大地真干净"正是这个时期，《红楼梦》中贾府的大悲剧展开的时代背景也正是此前此后——还历史真面目，"补白"，不搜集资料，做细致研究，那怎么能有成果？这样的"烦琐"，是面对鹄的，拉弓以射靶心的必要。

周先生的这部新著，不仅体现出他对历史特别是清史的熟稔，还有对中华古典文化的饱学与融通，更凸显现出了他治"曹学"的完整体系，就是把曹雪芹写作《红楼梦》放在氏族文化的大框架内来加以研究，何谓"诗礼簪缨之族"，曹雪芹祖上的文化积累如何承传到了他的笔下，其明末清初的祖辈如何从南方迁播到北方，后来他祖上那一支又如何从丰润迁往铁岭腰堡并在那里被俘为奴，以致考出曹雪芹的生日是雍正二年的闰月四月二十六日……这些"曹学"文章绝不是些拉弓无鹄的花架子，而是整合为一把解读《红楼梦》的钥匙。有人质疑这样的研究是否以"历史"取代了《红楼梦》的"本事"，甚至认为这样研究是不懂得小说属于虚构的产物。周先生早在其第一部"红学"著作《红楼梦新证》中就明白写出，"至于穿插拆借、点缀渲染，乃小说家之故常"，后来在其著作中又多次申解从生活素材到小说文本必经加工改造虚构渲染的讨论前提。英国人研究狄更斯的《大卫·科波菲尔》，认为那是一部自传性小说，并从狄更斯生平史料出发，解读小说中的人物与情节，如果我们不以为怪，为什么一到研究《红楼梦》时指出其具有自传性质，利用史料与小说文本互证细考，就如此地大惊小怪、不能容忍呢？周先生以氏族文化的框架为研究"曹学"的体系，在这本书里满弓射鹄，收获极丰，如全书最后一篇2002年新作《青史红楼一望中》，从史实上论证了"曹雪芹家为何成了雍正的眼中钉"，又以此为钥匙，精确地解读了《红楼梦》第三回里金匾"荣禧堂"和银联"座上珠玑昭日月，堂前黼黻焕烟霞"的生活依据与深刻内涵，像这样以鞭辟入里的探究所奉献出的钥匙，对热爱《红楼梦》的读者们来说，难道不是最好的学术礼物吗？

"红学"研究是一个公众共享的话语空间，谁也不能垄断。周先生在自序里说："错谬不当，诚望指正——摆事实，讲道理，举反证，揭破绽，有利于大家共同勉励求进。"周先生目前已经近乎目盲耳聋，又痛失老伴，仍以铮铮学术骨气，锲而不舍地奋力拉弓射鹄，他还特别能够提携后进，鼓励创新，平等切磋，亲切交流，拜读《红楼家世》，真有早春幽谷中忽见老梅盛开的感觉，这样的老梅堪称国宝，愿树长在，花常开！

红学探佚小说

秦可卿之死

……彼时合家皆知，无不纳罕，都有些疑心。

——《红楼梦》第十三回

1

没有月光，没有星光，宁国府里的天香楼，被墨汁般的黑夜浸泡着，刮起了风，天香楼外的大槐树摇动着只剩残叶的枝条，把夜的黑波搅动得如同大海中的浊浪，天香楼便更像是一只遭遇海难的大船，任由命运将其无情地颠簸。

贾珍摒绝了所有仆人，一个人迤迤逦逦地朝天香楼而去。

从便门进入会芳园，风把残菊的衰香送至他的鼻孔，使本已心乱如麻的他，更有万箭穿心的难忍之痛。

这位世袭三品威烈将军，在贾氏一族中，是自视最高的：不仅因为他是长房的嫡传，不像荣国府的那位叔叔贾政其实是过继而来，更不像跟荣国府东边另院别住的那位贾赦——他虽是贾政的亲哥哥，可那地位何其尴尬；他贾珍确称得上是一表人才，贾政何其迂腐，贾赦何其猥琐，他呢，风流倜傥，潇洒自如，而且，文虽不敢夸口，武却骑射俱帅，贾氏的荣华富贵，他享之泰然，贾氏的进一步飞腾，他本胸有成竹……但在这个深秋的夜晚，伫立在会芳园的花径上，贾珍却黯然心悸。

他不由得回想起头年初秋，那些交织着巨大希望和不祥之兆的日子。

……那是绝对的秘密：他的儿媳妇秦可卿，明面上，算是营缮郎秦业的抱养女，其实，她那血脉，只差一步，便可以堂而皇之地宣谕出来，令天下大吃一惊，而贾氏，特别是宁国府，又尤其是在父亲知难而退后毅然挑起重任的他，自然功不可没，那时候会得到怎样的褒赏啊！他将一一跪述，是如何瞒过了宗人府的严密查点注册，如何买通了养生堂，如何找到了恰恰年近五十还无子女的秦业，又如何挖空心思，设计出让秦业去养生堂抱出一个男婴时，"捎带脚"地又抱出了可卿的万全之计——倘单抱出一个女婴，必遭怀疑——而为了使可卿从小受到应有的贵族教养，他在老祖宗的进一步指示下，又费尽心机，从小把可卿以童养媳的名义收进府里，调理成如今这样的一个地道的国色天香……儿子贾蓉满了十五岁，老祖宗指示为他和可卿圆房，大面上也只好如此，但老祖宗只管一旁说什么"可儿是我重孙媳妇儿中第一个得意之人"，她和荣国府的那一群其实是坐享其成，真把脑袋别在裤腰上，甘冒风险的，还不是我贾珍一人吗？

……养兵千日，用兵一时；养可卿何止千日，而那激动人心的一时，眼看近了、近了，却又突然延宕，还不仅是延宕，到头年中秋过后，情势竟恶化起来！

……记得那日从外面回来，本想即刻把要紧的消息告诉媳妇儿尤氏，偏有个外三路的金寡妇璜大奶奶坐在那里闲磨牙，烦不烦人！好容易那不知趣的娘儿们摇摇晃晃地走人了，这才把在冯紫英家见到张友士的事告诉了尤氏。张友士是可卿父亲从江南派来联络的，事关绝密，所以公开的身份，算是冯紫英幼时从学的先生，因上京为儿子捐官，暂住冯家，张友士到来之前，自己已得模糊消息：将有以太医身份出现的人物，来和可卿联络，可卿根据秘传下来的联络暗号，在接受一个又一个太医诊视时，总是不厌其烦地换上一件绣有黄花、白柳、红叶的衣裳，头插一支有黄莺叼蝉造型的八宝银簪，这暗号除了他贾珍和可卿知道，连尤氏亦不清楚，所以尤氏当着丫头们说可卿让太医们三四个人一日轮流着四五遍来看脉，并且一日换四五遍衣裳、坐起来见大夫时，他便忙用话抹了过去——因为事关绝密，"鹦鹉前头不敢言"，即使尽为忠仆，也万不能让他们知道一二啊！……闹了半天，那些太医中并无一个可卿所等之人，他们对那衣裳银簪熟视无睹、麻木不仁……

……张友士来为可卿"看病"了，他开出了那含有惊心动魄的暗语的药方"益气养荣补脾和肝汤"，并且爽性对贾蓉也挑明："……依小弟看来，今年一冬是不相干的。总是过了春分，就可望全愈了。"可卿父亲的殊死搏击，那明显是凶多吉少啊！

……但日子也还是只能照常地过，只可怜可卿她怏怏地一个人饱受煎熬；那日父亲的寿辰，天香楼竟依然是锣鼓喧天，太太们点的戏码，像"双官诰"什么的，倒还吉利，谁知凤姐怎么神使鬼差地点了一出"还魂"，一出"弹词"。"还魂"算是祈盼可卿他们家不仅起死回生，而且否极泰来吧，可"弹词"演的却是丧乱后的哀音，你说这是什么兆头，亏得我早领着一伙爷们带着打十番的到凝曦轩吃酒去了，没听那丧音！

……算起来，凤姐倒是我们荣宁两府里的一个巾帼英雄，可卿的秘事，连贾琏也混沌无知，凤姐后来却门儿清，这一来是老祖宗让我给她交底，二来偏那可卿跟她好得令人生妒，最后凤姐连那秘传下来的《园中秋景令》都能倒背如流了……

……熬过了一冬，到了春分，战战兢兢地等那雌雄分明的时刻，居然更趋混沌……正以为无妨高乐、以逸待劳之时，却不想今日忽然月黑天高、风声鹤唳！

贾珍不知不觉中已经又移步向前，他本能地背诵着那首《园中秋景令》：

> 黄花满地，白柳横坡，小桥通若耶之溪，曲径接天台之路……

他心想，可卿确是来自"若耶"溪的"西施"，而他不消说便是"范蠡"，但那"复越"之期，为何迟迟不临？那"天台"之路，如今更不仅无从接上，不仅从此断绝，而且杀机四伏，前途凶险，这可如何是好！但一种心理惯性使然，他边走边继续默诵下去：

> 石中清流激湍，篱落飘香；树头红叶翩翩，疏林如画……

他心头感叹：是呀，是"篱落飘香"啊！原来对可卿的兴趣，实在只不过是一次豪气冲天的赌博，没想到这女子长大成人，确是出落得国色天香！为她盖一座华美无比的天香楼，也就不仅是下赌注，而是心甘情愿的事了！……为什么这小令里没有"天香云外飘"的句子哩？他真想添进去！……不由得又往下背：

> 西风乍紧，初罢莺啼；暖日当暄，叉添蜇语。遥望东南，建几处依山之榭，纵观西北，结三间临水之轩。笙簧盈耳，别有幽情；罗绮穿林，倍添韵致。

他惊叹这小令对每次阴谋的实施都确定在秋天的暗示，一再得到证实：而且那在东南凭借"依山之榭"、在西北暗结"临水之轩"的誓言，也都有所兑现；只是那最后两句意味着欢庆胜利、可卿荣归的卜辞，现在看来竟然是全盘落空！他下意识地重复着"别有幽情"一句，他知道那句里原来并无他体味出的甜蜜和酸楚，但他一时先撂下了那赌输的懊丧，任心中那股幽情泛出狂波，使灵魂瑟瑟战栗……

转过那太湖石堆积的假山，天香楼便在眼前：这时天幕似被撕开了一条裂隙，泻下惨白的月光，勾勒出天香楼骷髅般的剪影。

2

在天香楼楼上的东南一隅，有一套门扉严紧的华屋，自这年春分以后，秦可卿就经常住在这里，府里一般人只知道她是病愈后体弱，在此静养，其实，她是为了更方便地同父亲派来的人暗中联络。

这套华屋的内室，她把原来安放在正宅卧室中的那些传家之宝，都搬了过来，一一布置如仪。这些当年在父亲获罪削爵前夕，由贾家冒死偷运了过来，待她稍大识字以后，贾珍亲自指点给她，用的，是当年父亲临去江南前拟定的称谓——故意夸张而怪诞，以便永不与他人之物混淆，计：

武则天当日镜室中设的宝镜

飞燕立着舞过的金盘

安禄山掷过伤了太真乳的木瓜（用整块黄色腊油冻石雕的）

寿昌公主于含章殿下卧的榻

同昌公主制的联珠帐

西子浣过的纱衾

红娘抱过的鸳枕

而最重要的，是两件书画作品：

宋学士秦太虚写的一副对联："嫩寒锁梦因春冷，芳气笼人是酒香。"

唐伯虎画的《海棠春睡图》

她小时贾珍经常考她："上联什么意思？下联什么意思？""春睡的是谁？"她总是对答如流，第二个问题她还往往一口气不停地答出一个大串："'燕瘦环肥'的那个'环'就是杨玉环杨贵妃她酒醉沉香亭！"渐渐她大起来，渐渐她悟出那对联那画的深意，而贾珍再问她的时候，那眼神那嘴角的弯动，也就不再那么简单，有一回她就说："现在春冷，不日酒香！"当时室内无人，贾珍便揽过她的腰，眯着眼，抖着声音问她："睡足起来，梦境全消吗？"她只垂头不语，而簪坠摇动不止……

秦可卿在这个月黑之夜，坐在这间充满了太多触目惊心的纪念物的内室里，面对着那"武则天当日镜室中设的宝镜"——其实是一大面落地的西洋玻璃镜——思绪万千。

因为把每扇窗牖都用厚厚的帘幔遮得严严实实，所以从庭院里完全看不出她这居室的烛光。此刻她的居室里点满了蜡烛，溢满了酒气般令人迷醉的甜香，空气不流通，她感到室闷，她把大衣服尽行脱去，还觉得燥热，遂将中衣的扣子松开，露出一抹葱绿的胸兜。她注视着镜子里的自己，生出无限的自怜……

……是傍晚从冯紫英那儿传来的消息——那是不能忍受的噩耗：她的父亲，已于前日亡故！"树倒猢狲散"，一切的所谓弥天大计，顿成哗啦啦大厦倾崩之势……她的生存意义，已不复存在！是的，她曾对凤姐说过："……这样的人家，公公婆婆当自己的女孩儿似的待。婶娘的侄儿虽说年轻，却也是他敬我，我敬他，从来没有红过脸儿，就是一家子的长辈同辈之中，除了婶子倒不用说了，别的人也从无不疼我的，也无不同我好的。这如今得了这个病，把我那要强的心一分也没了……"那确是真心话！可她心里越来越明白，这样的处境，说到头，还不是因为老祖宗他们，把自己当作了一个天大的赌注吗？要不，像贾蓉那么个浮浪公子，他能忍受父亲私下给他定下的法规吗？——他想跟我同房，必得我招呼他才行；他竟在里里外外的人前，把我们这貌合神离的夫妻，演就成一对如胶似漆的伉俪；去年中秋后，我因焦虑而断经，多少人以为我是有喜了，贾蓉他清楚，可他人前为什么还跟着"起疑"？我要没了父亲，断了那使贾家发达的前景，他还能忍受那假夫妻的生活吗？再说婆婆尤氏，她那一双眼睛再钝，难道看不出我和公公的私情？那回不是连老不死的赘仆焦大，都仗着酒胆，当众喊出了"爬灰"的话吗？她听了为什么隐忍不发？难道真是因为她是个"锯了嘴的葫芦"？哪里！那还不是她自知嫁到贾家以后，娘家家道不断中落，你看她父亲鳏居一阵以后，续了一根什么破弦——竟是个拖来两个"油瓶"的穷寡妇——所以她只能对贾珍百依百顺，且一心一意维护好我这赌注，以待将来挣个风光的诰命夫人当当，你看吧，打从今天开始，她要不对我变脸才怪！至于荣国府那些人，本来也是脚踏着好几只船的，他们的贾元春，就是一个最滑头的家伙，表面上温良恭谨，把当今皇上哄得黏黏糊糊，可她在那是非窝中，何尝不知政局随时会白云苍狗，所以应变之心，极为细密，时常将宫中机密曲折泄出，那贾政之所以常往东宫走动，定与此有关！说来好笑，那王夫人的妹妹薛姨妈，定是从姐姐那儿得了些真传，那回遣那边府里周瑞家的送堆纱的新鲜样法宫花，送了十二个人，送就送吧，还偏传出那么一串子话来：

十二花容色最新，不知谁是惜花人。

相逢若问名何氏，家住江南姓本秦！

自然是讨好我的意思，但你这么露骨地捧我，不也等于公开我的隐秘身份吗？不是形同告官揭发吗？大面上，你得说我是秦业的闺女呀！这个秦家何尝在江南住过！一个营缮郎的闺女，而且明说是打小从养生堂抱来的，怎么会是最该同宫花"相逢"最配宫花的

"惜花人"呢？……想起来世上最可怕的是人心！这下我们江南"秦家"灰飞烟灭了，你薛家又该纂出什么词儿来？……至于两府特别是这宁国府里的其他上下人等，他们哪个不是一双势力眼睛？之所以捧着我香着我，还不是因为他们看出来，如怠慢了我得罪了我，第一个老祖宗不依，第二那贾珍岂是好惹的？他必让你吃不了兜着走，乃至于死无葬身之地！如今我家彻底败落，老祖宗面上嘴里固然不至于露出什么，那疼爱之心必减无疑，渐渐的，谁还看不出来？至于贾珍吗，秦可卿痴痴地望着镜子，她先是凝视着如花似玉的自己，后来就把目光转移到镜中身后露出的那幅家传的《海棠春睡图》上，她觉得那画上的杨玉环果然醒来了，缓缓抬起头，在镜中和她茫然地对视……

两行泪水，溢出了她的眼眶。

3

在秦可卿那套居室的下面，挨着通向上面居室的楼梯，是大丫鬟瑞珠的居室，而且她的眠床，便安排在紧挨楼梯的一座大屏风后面；从楼上牵出一根绳儿，直通她的床头，顶端系着一只银铃，秦可卿无论白天黑夜，随时可以唤她。

算来瑞珠跟着可卿，也有差不多三年了。府里的人都知道，虽说秦可卿有怜贫惜贱、慈老爱幼的好名声，跟她的丫头婆子们也从没听说哪位有太离谱的，但却没有哪位能连续三年伺候她，一般总是正做得好好的，就让尤氏给调换了；对此府里的下人们底下颇有议论，大都是说贾珍尤氏对这位儿媳妇也未免忒娇惯了！虽说可卿确有一副天仙般的容貌、一款子袅娜纤巧的身段、一腔子温柔妩媚的风情，可谁不知道她那娘家的寒酸？除了她那个既不同父也不同母的弟弟秦钟还勉强上得了台盘，她那养父养母什么的，不用人家嫌弃，自己就尽量不来这府里抛头露面，即使不得已来了，又总是缩在一边，哪儿有点亲家的气派！怪啊……可瑞珠之所以能伺候可卿长久，并且这一年多在可卿怪病不去的情况下还能几层主子都对她满意，那头一条，倒还不是色色精细，小心伺候，而是她绝不多嘴多舌，不仅在主子们面前没有多余的废话，在主子背后，与其他仆妇们相处时，她也是绝不议论主子们一个字的。

瑞珠嘴严，心还不是一块顽石，她何尝不觉得环绕着这位主子的神秘太多，而且许多的奇诡的事，在奴才里，能眼见身经的，也就她一个吧，这些日子，每当她伺候完可卿，下楼来躺下歇息时，总不免要胡思乱想一阵，尤其是今天……

……今天晚饭，可卿是去前面，伺候了尤氏的。自搬来这天香楼住以后，尤氏当着多少人说过，可卿久病初愈，病丝尚未抽尽，身子还软，因之不用拘礼，不一定每天每餐到上房请安伺饭，她养好自己身子便是最大的孝心……可卿也就果然很少往前面去；自搬来这天香楼后，贾蓉和可卿不仅是分居，他根本就很少来看望老婆，即使来了，那彬彬有礼的样儿，也全然没点丈夫的气概，倒像是个来做客的晚辈，不过，这底细知道的人不多；府里待客演戏，后来就基本都在逗蜂轩那边的套院，不用这边的戏楼了，这边天井地面的砖缝里，都长出了好高的草；可卿贴身的丫头，减到只剩瑞珠一个，另外的小丫头和婆子，也只留了两班一总八个，不用时都让他们待在那边的厢房里；在天香楼和上房间跑腿传话的，是小丫头宝珠，宝珠倒是个脾性跟瑞珠差不多的人，只是眼力见儿不够，到那需要灵活应变、便宜行事的时候，她就往往抓瞎，惹人生恼，不过当奴才也有个积累经验的过程，且慢慢长进吧！

……今天晚饭，所有仆妇，一律不许进屋，饭菜茶水，只送到门帘外头，由我在门帘外，再传给蓉大奶奶……菜还没传完，我就看见她眼里泪光闪闪的：饭后，她出来，我扶着她，大面上，她似乎还是那么温柔平和，面带微笑，可她身子靠在我身子上，比哪天都沉！宝珠没有一块儿回来，说是太太留下她有用，本以为天黑也就回来，不曾想竟留下她在上房过夜了……回来一阵，银铃儿响，我去奉茶，没想到她对我说："瑞珠，你跟我这几年，真难为你了；咱们也算是患难之交了……我这病，看来是好不了了，这府里的福，我怕是享到头，再享不起了……"我忙劝她："大奶奶说哪里话，您这病，不是一日好似一日吗？兴许是您今儿个累着了，要不要我给您捶捶揉揉？"她还只是哀叹，更让人难以克化的是，她竟拿出一支八宝银簪，一件有黄花、白柳、红叶图案的衣裳，送给我说："如今我都用不着了，留给你，好歹是个纪念。"我忙说："敢是大奶奶要辞了我，另换人伺候了；我是愿意伺候大奶奶一辈子的……"她便两眼闪闪地望定我说："敢是你嫌我病人用过的东西，不干净？"我慌了，只好先接过来说："我权替大奶奶先收着。"她竟瞪了我一眼，又叹口气，自言自语地说："我要它们再无用！这些墙上的、柜子上的、床上的……哪个真是宝贝？哪个灵验了？害得我病入膏肓！……唯独灵验的也就是那张友士的药方子……我好恨！……"我只屏住气，垂下眼皮，只当什么也没听见，后来她就嘱咐我下楼后好生歇息，夜里不要我上楼伺候：我都走到楼梯口了，她又特别嘱咐我说："任凭什么人来，任凭什么事，不到天亮，你都不能上楼来扰我！"她这是怎么了呢？……

瑞珠在楼下自己的居处，就着油灯，细细地端详了那支有黄莺叼蝉造型的八宝银簪一番，心中很是纳闷。

后来，瑞珠隔窗望了望对面厢房，漆黑无光，只有秋风在天井里旋磨。她便吹熄了油灯，躺下歇息，很快，她便发出了平稳的鼾声。

4

尽管伸手不见五指，贾珍还是极熟练地进入了天香楼里通向秦可卿楼上居室的暗道。这条暗道所有的仆妇都不知道，就是尤氏和贾蓉，也都不清楚，那是可卿十二岁，为她盖这天香楼时，贾珍亲让营造者设计修制的。

走到那扇直通可卿卧室的暗门前，贾珍用指弯轻轻扣出了一贯的暗号，奇怪！每次他一扣，可卿总是马上在那边扳动机括，暗门也就立即翻开，这回他敲过两遍，却还没有动静，他心中不禁咯噔一下——难道这女子竟不等那消息进一步坐实，便寻了短见吗？气性也忒大了！她难道想不到我一得便，必来她这里吗？别人糊涂，她能糊涂吗？我贾珍对她，难道不是一腔子真情吗？什么叫"爬灰"？那糟老头子占儿媳妇儿便宜，你能叫他"爬灰"，现我和可卿站到一块儿，让那不知我俩是怎么一层关系的外人看看，能说不般配吗？我才三十多岁，可卿二十出头了，我的雄武，她的成熟，好比那蜜蜡石木瓜镇着飞燕的金盘，实是珠联璧合的一对，只可惜为掩人耳目，只好把她配给贾蓉，那蓉儿跟她站作一处，你问不知底细的人，准说是长姊稚弟……我"爬灰"？论起来，可卿还是我破的瓜，倒是那蓉儿，占了我的便宜！说来也怪，是哪世结下的孽情，我贾珍过手的女人多了，偏这可卿让我动了真心！她对我，那也是不掺假的……这擅风情、秉月貌的女子，就是真为她败了这个家，我也心甘情愿啊！……就算大难临头了，她也不该连我也不再见一面，就撒手归天呀！

暗门这边，贾珍满心狐疑，情血涌动。

暗门那边，秦可卿从贾珍叩响了第一声，便从坐凳上站了起来，走到暗门边，手握机括扳手，但她却咬着牙，身子抖得如秋风中的白柳，心乱如麻，下不了决心……

其实，秦可卿一直在想，事情到了这个份儿上，那贾珍他还会不会来？她先是判定他不会来了，而且，为贾珍自己计，他也实不该来；但如果真的就此撂下她"好自为之"，那她付给他的一片真情，不就太不值了吗？……无数往事，在她心中一个叠一个地掠过，开始，她还小的时候，她只觉得贾珍是个堂皇慈蔼的父辈，过了十岁，她觉得贾珍仿佛是个健壮活泼的大哥哥，而到她初悟风月时，找不到什么道理，她的心目中，贾珍就是那她最愿意委身的男子……后来父亲派来联络的人，跟她直接见面通话，她也从渐知深浅，到深知利害，她后来当然懂得，这一段情缘，是绝对的宿孽。她也曾竭力地抑制、克服、摆脱，甚至于故意更加放荡，想把自己的情欲，转移到许多的方面，比如她就故意去点化过还是童贞的贾宝玉，也沾惹过贾蔷，可是没有办法，没办法，到头来她还是只能从贾珍那里，得到真正的快乐……她真想叩问苍天：宿孽总因情吗？分离聚合皆前定吗？一场幽梦同谁近？千古情人独我痴？

暗门那边，贾珍情急中开始低声呼叫她"可儿，可儿"。

暗门这边，秦可卿抖颤更剧，她欲开又止，欲止又不舍，她实该独自演完自己的这出苦戏，万不要再连累堂堂宁国府的威烈将军……可这孽海情天，谁能超脱？厚地高天，堪叹古今情不尽！痴男怨女，可怜风月债难偿！情既相逢，一道暗门又怎阻拦得住！

　　秦可卿终于搬动了那暗门机括，暗门一转，贾珍狂风般卷了进来，可卿还没反应过来，贾珍已一把将她揽于怀中，紧紧搂住，叫了一声"可儿！"便狂吻不住……

　　秦可卿先是一束白柳般抖颤于贾珍怀抱中，任他狂风过隙；待贾珍风力稍减，她便从贾珍怀中挣脱了出来，倒退了几步，贾珍追上，逼近她问："可儿，你这是怎么……"

　　秦可卿理着鬓发，开始冷静下来，仰望着贾珍眼睛，说："你来了，我这心里，也就没什么遗憾的了……我可以踏踏实实地去了……"

　　贾珍抓住秦可卿的手，说："现在还只是一个谎信儿……"

　　可卿感觉贾珍的手温，正徐徐传递到自己手上，她便引他坐了下来，坐下后，他俩的手还联在一起。他们还从来没有这样认真地交谈过。

　　"你的心，我知道……可冯紫英家的消息，向来没谎过……"

　　"就算你父亲真的没了，看来也还不是事情大露，是他自己没福，二十几年，都奋斗到宝座边上了，偏一病仙逝，功亏一篑……你要想开，这也是冥冥中自有天定呵！"

　　"他既去了，母亲一定已殉了，我耽误到这时辰，已属不孝……"

　　"孝不孝，不在命，全在心；比如我爹天天在城外道观里跟一帮道士们胡羼，炼丹烧汞的，指不定哪天就一命归西，难道我非也去吞丹殉他吗？再比如我一时丧命，难道定要那蓉儿他也服毒自刎不成？"

"你们比不得我，我更比不得你们，你忘了去秋张友士留下的那个'益气养荣补脾和肝汤'的方子，那头五位药的十个字两句话，不是说得明明白白！那是父母的严命，我能不遵？"

那张友士开出的"益气养荣补脾和肝汤"的头五味药是：

人参　白术　云苓　熟地　归身

当时他们拼解为两句话：

人参白术云：令熟地归身！

"人参"是可卿父亲的代号；"白术"是可卿母亲的代号；他们命令她：要在她一贯熟悉的地方，"归身"！

"'归身'，不一定是让你去死呀！"贾珍把可卿的手握得更紧，对她说："那是说要你在这府里耐心等待，静候佳音，是预言你将从这里，归到你那公主的身份上啊……"

"那只是第一层意思，我们朝夕盼望的，自是这个结果；可谁想天不遂人愿，偏应了那第二层意思，你忘了那药方后面的话了吗……"

贾珍一时无话——确实，那药方里的暗语，是说倘事有不测，秦可卿就该在这府里结束她的生命！

"……而且，想起来，更知道都是天意……你记得那头五味药标出的分量吗？二钱，二钱，三钱，四钱，二钱，一钱一个月，不正好十三个月？现在正是从那时算来的第十三个月啊！敢情要么过了那个春分，就大功告成；要么一年之后，就是我在这里殉身之日，天意如此，岂是人力可扭转的？"

贾珍这时只是摇头，心里却无可奈何。

秦可卿却越发冷静了，她从贾珍手里抽出了自己的手，双手理鬓，从容地说："我今日'归身'，你来送我，你我的缘分，也算天赐了。虽说我们以前也有过那么些快活时光，到底'偷来的锣儿敲不得'，似乎总不能让你尽兴，今天你既来给我送行，我也没什么可报答你的了，唯有一腔对你的真情，还可让你细细品味……我今日一定尽其所有，让你销魂……只是你再不能如往日般猴急，你且在这里稍候一时，我要到那边屋里更衣匀面，从头开始，来此献身！"

贾珍不解："这样就好，还更什么衣？"

秦可卿微微一笑，起身去了那边屋；贾珍呆呆地坐在那里，一时恍惚，他眼光落到那边壁上挂的《海棠春睡图》上，只觉得那图上的杨玉环正缓缓从春睡中醒来……

"珍哥！"

这从未有过的呼声使他一惊，他抬眼一看，是更完衣的可卿走了出来，不看则已，一看血沸，纵是一条硬汉，那眼泪立刻涌了出来，一颗心仿佛被可卿抓出去捧在了手中！

秦可卿换上的，是她跟贾蓉结婚那天，所穿的吉服！

秦可卿将贾珍引到那"寿昌公主于含章殿下卧的榻"边，让他与自己对坐，然后将一袭银红的霞影纱，遮到自己头上……

贾珍将可卿的盖头轻轻揭开，他只觉得自己是确确实实面对着天人神女……

贾珍不再是一个不知和多少个女人云雨过的风流将军,他简直就是个头一回进入洞房的童贞男,他凑过去,慢慢解开可卿吉服的衣扣……

……贾珍在香甜的波浪中,后悔原来的粗糙;想到前不可追,后无可继,他愈发珍惜这梦幻般的享受,也愈发有一种与极乐相伴的痛楚……

天香楼外,云隙裂得更大,月亮像松花蛋的蛋黄般,泻下朦胧的昏光;秋虫在夜风中懒懒鸣叫,寒鸦在大槐树顶上敛喙酣睡,它们哪管楼里正在生人作死别!

5

是日晚间,银蝶正伺候尤氏洗脚,忽然有荣府的人来,急传贾珍尤氏,说是贾母立刻召见,这可是旷日没有过的事,尤氏虽知必为可卿家败人亡之事,但何以如此紧急,亦茫然无措;即刻重新装扮起来,并问:"老爷可已知道?"命银蝶让总管来升去佩凤、偕鸾等爱妾处寻到,请一同在正房倒厅中会合,好同赴荣国府。

谁知银蝶来回,佩凤、偕鸾等处,并无老爷身影,竟不知现在何所,尤氏心下狐疑;又让贾蓉快来,人回蓉哥儿自午即与蔷哥儿外出,现仍未归,尤氏顿脚,少不得先命看车,银蝶等丫头婆子随着,往荣府贾母处赶来。

到了贾母居所,琥珀迎出垂花门,命银蝶等俱在门外等候,只引着尤氏一人入内,及至到了正屋门前,连琥珀亦留守门外,鸳鸯掀门开帘,尤氏跨入,见正中座上,贾母端坐,面色肃然,只王夫人一人立于座侧,余再无人影。

贾母因问:"珍哥儿呢?"

尤氏脸涨得通红,嗫嚅地说:"想是带着蓉儿,去冯紫英家细探虚实,绊住了,不及赶回……"

贾母道:"还探哪门子虚实!我且问你,可儿现在怎样?"

尤氏说:"自是悲痛欲绝……"

贾母面色铁青,诘问道:"只是欲绝吗?欲而不绝,又将奈何?!"

尤氏慌了,忙看王夫人,王夫人只垂着眼皮,不同尤氏接目。

贾母因叹了口气,微微咳嗽两声,鸳鸯忙到她身后为她轻轻捶背,贾母这才对尤氏说道:"论起来,可儿原是你叔爷和我做主收留的,你叔爷去了以后,一大家子人,最疼她的,不是我是哪个?可儿的模样,袅娜纤巧,天仙似的,自不必说;第一样我喜欢她那行事色色妥当,又温柔平和,对她是一百个放心的;可如今天灭她家,想是神佛要这样,也只得认命;只是她也该明理,她亲爹既已殒,她娘即时殉了,她是怎么个打算?难道苟活下去不成?……"

尤氏忙应道:"可卿晚饭时得知噩耗,已绝粒不食;难得她还撑着伺候我们;去年那张友士来时,开的那个方子,她亦明白,想来她必自处……只是这一二十年把她当作掌上明珠,哪忍心明言及此……再说蓉儿——"

贾母截断尤氏,厉声说:"你倒是天下第一贤婆良母,看起来,倒是我忒狠心了!"

尤氏唬得即刻跪下,只低头认错,心中不免诧异:老祖宗何以如此?

贾母看尤氏那光景可怜,遂挥手让她起来,鸳鸯过去扶起尤氏,贾母此时已泪流满面；王夫人这才抬眼对尤氏说："原也都知道体谅，只是一个时辰前，你大妹妹冒好大风险，让人从宫里传出话来，此事非同小可，必得今夜三鼓以前，即周报各方宁府家孙妇久病不治，溘然仙逝，才不至节外生枝，可保无虞；否则，夜长梦多，挨到天亮，即凶多吉少；此中缘故，连我亦不再问，你与珍哥儿并蓉儿，把责任尽到就是；那可儿虽明理，到底人之常情，临阵恋生，延宕一时，也是有的；不只要三鼓前人去，且一应丧仪之事，都应天亮前妥帖；珍哥儿既一时不到，少不得你回去速速布置，我在这边是心有余而力难出，想你严命来升等人，也不难应付；事关两府并你大妹妹祸福，你必挣命办好，也好让老祖宗安心！"

王夫人说一句，尤氏应一句，心想一应丧仪，为冲晦气久有准备，倒也不难，难的是倘那可卿真的临阵恋生，却如何是好？心中只是打鼓。

王夫人一顿后又说："你大妹妹还有叮嘱，可儿带过来的那些她家的寄物，亦一定要在天亮前尽行销毁，以避后患。"

尤氏心中飘过一丝不快，怎么什么都得听贾元春的？

王夫人仍继续宣谕："你大妹妹到底心细，她说那寄物一共是十一件；那些大件的摆的用的倒也罢了，只是怕蓉儿糊涂，私藏下那细软的物事，以为留个纪念，也无大碍；她记得可儿有一身绣着黄花、白柳、红叶的大衣服，还有一支八宝银簪，做成个什么古古怪怪的花样，最是僭越！你必亲自销毁才好！你也不必心中叨咕，你大妹妹也难，自古有'伴君如伴虎'的话，你没听过是怎的？再者，你能不明白，咱们损了可儿，还经得起折你大妹妹吗？虽说她心细如此，还总指点着咱们，究竟能在那里头混成个什么样儿，咱们是靠她发达还是……也说不得许多了！神佛知道罢了……"

尤氏这才叹服，因说："放心，我和侄儿亲自销毁，再无吝惜的道理！"

贾母这才又说："也不必唬成这样，我经的大惊大险，你们哪里清楚！像我们这样人家，原须从这般风浪里滚过，你们只当荣华富贵是只享不守的吗？况且人之常情，还都想更上一层楼哩，那就更需有快刀斩乱麻的杀伐……你且快去吧，我也不忙歇息，可儿究竟可怜，我要到佛前为她超度一番！"

尤氏叩辞，鸳鸯将尤氏送出，到帘外，附在尤氏耳边轻声说："蓉大奶奶这一去，倒是她的造化；人谁无死？殉当其时，我谓是福……"

尤氏也无心听鸳鸯的耳语，急匆匆带领银蝶一干人回到宁府。

此时谯楼上，已鸣一鼓。

6

宁国府正房院里灯烛乱晃，会芳园里却一时仍黑漆漆如酽墨之缸。

宝珠举着羊角灯迈进会芳园时，只觉得前面黑魆魆好不怕人。真仿佛"石奇神鬼搏，木怪虎狼蹲"啊！

尤氏命她火速进园通知瑞珠，着瑞珠好生伺候秦可卿，在天香楼待命——尤氏即刻前去，有要事相商！

宝珠都转身迈步了，尤氏又将她叫住，对她说："瑞珠如告你有不测之事，你们都不用来禀，我稍后便到；只是你们不许擅动，一切要听我亲自发落！"

宝珠也听得不甚明白，只知尽快履行主命，她进园前几乎是一路小跑，进园后才不由得放慢了脚步。

　　转过太湖石，一只锦鸡忽喇喇猛然飞起，宝珠和锦鸡同时发出尖叫，会芳园更显得阴森可怖。

　　巡夜的婆子想是躲哪个旮旯里吃酒去了，宝珠战战兢兢地来到天香楼，不见一隙灯影。她摸到瑞珠住屋门前，先叫："瑞珠姐姐！"又连连拍门。

　　瑞珠从一个怪梦里醒来，分不清那唤她的声音是真是幻，她坐起，愣愣地揉眼；稍许，才意识到确有人叫门。

　　瑞珠磕磕绊绊地上前开门，门刚开，一只羊角灯就险些烧到她的身上，她看清是宝珠，不由得呵斥道："你撞鬼了吗？深更半夜的，来这里闲荡！"

　　宝珠放下灯，急忙跟她说："你快上楼叫醒蓉大奶奶，太太一会儿就到！"

　　瑞珠还没醒透，顺口驳："放什么香屁！再没有过这样的事！都几更了！想是你挺尸梦游哩！"

　　宝珠抱住瑞珠的腰，摇晃她，越发气喘吁吁："好姐姐！你好歹醒醒！真的太太生大气哩！快上楼请大奶奶起来准备着，太太兴许已经进了园子了！"

　　瑞珠算是真醒过来了。她听明白了宝珠的话，一时发慌："可大奶奶今儿个晚上特特地嘱咐了我，她不叫，我不能上去扰她呀！"

　　宝珠和瑞珠不由得都朝楼梯上望去，朦朦胧胧似有声响，却又很像是夜鼠在梁上穿行，再细听耳边又只有风中大槐树枝条的摩擦声，又似有秦可卿的吟诗般的鼾声……

瑞珠自伺候秦可卿以来，从未忤过她一次命令；宝珠更未经过这等罕事；一时俩人对视，不知该如何是好；但宝珠想到尤氏派遣她时的一脸乌云，便不得不再次提醒瑞珠："太太的话真真切切，太太到了，我们还没叫醒奶奶，可吃罪不起啊！"

瑞珠还是犹豫，因为她此前所见，都是尤氏对秦可卿的百般将就，她实在意识不到这一回如果没把秦可卿早一点叫醒，会有多么严重的后果。

宝珠一时比瑞珠着急，她想起尤氏在她抬脚后又找补的那几句话，心中划过一道不祥的闪电，便声颤气促地对瑞珠说："姐姐你要再糊涂我就给你跪下了！"

宝珠的表现，令瑞珠惊奇，她拉住真要跪下的宝珠，摆摆头说："这是怎么说的！也没那么难办！因知我从不会铃儿不响擅自上楼，大奶奶那屋门从不上闩的，你在这里候着太太，我上去唤醒她就是；等我下来，你就去对面叫醒厢房的人，让他们齐来伺候。"说着，她便提起裙子，踏上了楼梯。

上得楼梯尽头，她轻轻把门一推，那门果然没上闩，当即开了；头一间屋子并无灯烛，但从里间透过雕花隔扇，泄出殷红的烛光；瑞珠走过隔扇，只见在里面的卧室，门半掩着，却把透亮的光影，斜铺到了外间，她心中只觉诧异，来不及细想，便走向前去；到了那卧室，好大的帐幔，垂闭合拢，但帐内帐外，所有烛台，均高燃红烛，恍若新婚洞房；刺鼻的甜香，弥漫全屋；瑞珠恍惚听见了秦可卿的声音，遂一边说着"奶奶，是我瑞珠"，一边拨开帐幔，准备迎上被惊醒的秦可卿，但就在她拨开帐幔的那一瞬间，一幕令她魂飞魄散的景象，赫然呈现于她的眼前：贾珍和秦可卿二人，赤条条合抱在榻下的地毯上，而且秦可卿是在上面，正发出大欢喜的急喘……

贾珍和可卿，已颠倒鸳鸯数次，双方尽兴享受，早已忘怀这人间那变故，他们真恨不能肉儿骨头揉作一处融作一团，真是"情天情海幻情身，情既相逢必主淫"，只知狂浪阵阵，昏天黑地，把一座天香楼，只当作了欲海飞舟。

在贾珍来说，可卿是唯一他愿让她细细消遣的女子；在可卿来说，她有让贾珍永世再不能从别的女人那里得到那份销魂摄魄的极乐境界的自信。一段宿孽，烈火爆炭般大有将天香楼焚为灰烬之势。

瑞珠已吓得瘫跌在地，可卿贾珍犹在得趣，足足好一阵子，贾珍可卿才从幻境返回现实：三个人都来不及有理智的反应，大体而言，是瑞珠用手臂强撑着昏迷的腔子，瞪大双眼，下巴挂下，再收不回去；可卿起身后本能地拾起那婚礼吉服，一股红烟般飘向了通向顶楼的陡梯；而贾珍只是赤条条地雄武地叉开腿站立着，满眼凶光，那眼光倒并没直射瑞珠……

天香楼下，尤氏已由银蝶等几个最忠实的仆妇围随着，进入了宝珠守候的那间屋子。

7

尤氏已到，而瑞珠仍未下楼来，宝珠惶恐不堪，急切中只能跪在尤氏面前，欲向尤氏禀报，又不知该从何说起；尤氏早怒，喝问道："瑞珠呢？早遣你来，这是何意？大奶奶可在楼上？"

这时楼上传来明显的异常之音，尤氏侧耳一听，皱眉一想，镇定下来，遂向跟来的人说："你等且随来升家的并银蝶到那边厢房听唤！并那边的众人都不许胡言乱动，我要用谁，自会让宝珠去叫，你等要随叫随到，不得有误！"

众人唯唯，都随来升家的和银蝶穿过天井到对面厢房去了，原住那里的小丫鬟并婆子们都已被唤起，见这阵仗，不知出了何事，面面相觑，却也不敢窃议。

尤氏因对宝珠说："起来！给我好好守着这门，没我的话，谁也不能擅进！就是蓉大爷到，也只能在门外暂候！我要用谁，自会命你去传，你要拦不住擅进的人，小心我腾出手就揭你的皮！"

宝珠从未见过尤氏有这样嘴脸，吓得瑟瑟发抖，少不得即刻守到门边，只当自己那一条命，便是防人擅进的门闩。

尤氏心中，已颇有数；事到如今，也顾不得许多，且硬着头皮，提裙上楼……

且说楼上贾珍胡乱穿上衣服后，见瑞珠还瘫撑在那里，飞起一脚，直踢到她肩上。这一脚，倒把她踢活了，瑞珠尖叫一声后，先滚倒在地，随即本能地爬了起来，又本能地伸臂朝通向顶楼的陡梯一指；贾珍不由随那指向一望，心中滚过一排炸雷，拔脚便冲向那陡梯，上得一半，又跳下，随手抓起一个烛台，复一跳数级，跃入顶楼，在顶楼他举起烛台一照，便不由大放悲声，急切中他把烛台搁放地上，将一把歪倒的椅子抓起掼正，跳上椅子，叫唤着"我的可儿"，一手抱住秦可卿的身子，一手去解那勒住秦可卿脖子的红绸……阵阵画梁上的积尘，飘落贾珍口鼻，混合着可卿身上的香气，使他魂颤魄悸。

那顶楼原是空的，并无一物；秦可卿那晚从正房回到天香楼后，在贾珍到来之前，搬去了一把椅子，并准备好了套在画梁上的红绸带……

贾珍把可卿抱回卧室，呜呜哭着；将可卿置于榻上，犹揉拍着可卿，设法让她醒过来，但眼见可卿目翻舌突，身子虽还软，那鼻中已无余息，便搂尸大恸；当下真恨不能代秦氏之死。

这巨变使瑞珠刚刚恢复过来的神志，又被戳了一刀；她只呆立在一旁，下巴再一次挂下久不能合拢。

尤氏登上了楼，走进了秦可卿的卧室，虽然她早有心理准备，呈现在她眼前的不堪景象，还是差点让她当即晕死过去。贾珍的搂尸狂吻、衣衫错乱，已足令她无地自容，而秦可卿身上，分明穿的是结婚入洞房的那套吉服——乃当年尤氏亲为其操持监制——你说尤氏见了，何以为情？更可骇怪者，是瑞珠居然瞪眼站立一旁！

瑞珠见了尤氏，又一次活了过来，本能地咕咚一声跪下；尤氏亦本能地喝了一声："还不给我滚下去！"瑞珠便爬动几下，起来掩面下楼而去。

贾珍的视线与尤氏的目光一触，尤氏便跪在了贾珍面前。

贾珍只顾可卿，哪里在乎尤氏的到来，犹抚尸哀哀；尤氏只跪在那里，且不说话，然亦泪流满面。

待贾珍气息稍缓，尤氏方道："老爷自己身子要紧；倘老爷身子坏了，不说我，这一府的家业，却是如何是好？万望老爷珍重！"

贾珍望了尤氏一眼，仍抚着可卿，恨恨地说："大家别过！不要跟我说什么家业府业！可儿没了，我活着无趣，死了倒好！"

尤氏低着头，仍说："老爷只看在老祖宗分儿上吧。刚才老祖宗召我们去，我急着去了。可儿她家，想是神佛要如此，非人力所能挽回。如今她既能及时殉了她亲生父母，也是她的造化。我原不该现在跑来这里，怎奈老祖宗严命……望老爷不看僧面看佛面，容我细禀！"

尤氏遂将贾母王夫人的话，一一报与贾珍，并强调元春所言事关两府祸福云云。

贾珍渐渐听了进去，但仍不能冷静。他一阵阵咬牙，望着可卿，心肝俱碎。到尤氏言及必得三更前连叩传事云板四下，方可保住两府无虞，这才欠身扯过一床被子，将可卿权且盖上。

尤氏又道："一切老爷做主，阖府都等着老爷的示下。万望老爷节哀，引领我等渡此难关！"

贾珍仰颈长叹一声，这才扣着衣扣，顿下脚说："既是老祖宗已做主，又有宫里传来的示下，还等我什么！你一一照旨分派就是！我只要你把可儿的事办得无限风光，宁把这府倾空，也不能忤了我这意！你也起来吧，我这样一时怎能出面？"

尤氏方站了起来，扯出手帕拭泪。

贾珍犹不忍弃可卿而去，又掀开被子，亲吻可卿良久，方一跺脚，当着尤氏搬开暗道机括，从转门消失。

尤氏在这般奇耻大辱面前，恨不能一头撞死，但终究几层的利害关系，还是驱动着她去挣扎着完成贾母王夫人布置的任务。

贾珍走后，尤氏方前去掀开被子，看了几眼可卿。可卿的眼与舌已被贾珍抚平，面色如春，尤氏想到拉扯她多年的种种酸甜苦辣，不禁泪如泉涌。

尤氏拭干泪水，环顾了一下那卧室，心中清点了一下，除两件细软，九件需销毁的寄物都在眼前，遂镇定一下，挺直腰身，朝楼下走去。

在下楼的一瞬间，尤氏忽然现出一丝谁也没能看到的难以形容的笑容，那笑纹来自她心底里的此前一直压抑在最深处的欲望推动——当那一回焦大吼出"爬灰的爬灰"时，她那欲望曾上扬过：她希望秦可卿死！——现在不管怎么样，秦可卿果然死了！死了！

但尤氏下到最后几步楼阶时，驾驭她心态的，又恢复为下楼前的那些意识。

8

尤氏回到楼下，猛见宝珠站在门前，瑞珠竟坐在一张椅子上发呆，心中一惊，先迎着宝珠问："瑞珠可对你说了什么？"

宝珠即刻跪下，说："回太太，她下来只是发呆，不曾开口说话。"

尤氏又问："你可曾问她什么？"

宝珠忙答："太太命我守门，我只守门，我不曾跟她说话。"

尤氏看瑞珠那光景，似已丢去三魂六魄，便再次问宝珠："可有人要进来？"

宝珠摇头，连说"并无一个"。

尤氏方厉声喝叫瑞珠："谁许你坐在那里？我且忙着，你倒一边受用！你主子咽了气，你哭都不哭一声，你那心肝，敢是让狗叼走了！"说着过去，就掴她一记耳光。这一耳光又把瑞珠的魂儿掴了回来，瑞珠赶忙跪下，长号一声，痛哭不止。

宝珠闻说蓉大奶奶没了，狠吃一惊，也唬得哭了起来。尤氏将二人喝止，厉声说："且住！还轮不到你们号丧！瑞珠，你且站到那边屋角，给我面壁思罪，不到我唤你，不许擅自回身！宝珠，你去传来升嬷嬷和银蝶，先只她二人，我有话吩咐！"

来升家的和银蝶过来了，尤氏遂向她二人宣布："你们蓉大奶奶久病不治，已于刚才亡故！现在不是哀哭的时候，银蝶，你负责为大奶奶净身穿衣装裹停灵；来升家的，你负责将蓉大奶奶的十一件遗物集中销毁——这原是大幻仙人为她测命时指示，这样她才能安抵仙界……"银蝶并来升家的即刻行动起来。尤氏又一一调遣其他人等，各司其职；届时来升等亦闻命在前面大张旗鼓地布置起白汪汪的场面来，并赶制全府所有人等的丧服，诸如此类，也不及细述。

来升又亲来回，告老爷已回府，正吩咐请钦天监阴阳司及禅僧道士等事宜，蓉哥儿也才从卫若兰家看戏回来，正更衣，稍后便来这里；尤氏命来升去告贾蓉，暂且勿来天香楼，她过会儿便回前面，有话跟他说。

……正乱着，来升家的来回，《海棠春睡图》并秦太虚对联及榻帐衾枕已焚，宝镜已砸，金盘已化作金锭，石木瓜已粉碎，但搜遍所有各处，并无绣有黄花白柳红叶的衣裳及黄莺叼蝉的八宝银簪。尤氏思忖，向来是瑞珠为可卿收拾一应物品，便叫过一边屋角面壁的瑞珠，问她大奶奶的那两样东西收在了何处，命她跟来升家的去取出。瑞珠在面壁时已意识到自己所见所闻，挖目割耳亦不能让主子们放心，萌生了自绝的念头，及至尤氏叫去这样一问，忙跪下回说："这两样东西现在我床上——"她本想解释一番，却浑身乱颤，自知必跳进黄河也洗不清，舌头打绊儿，尤氏一听大怒，左右开弓，一连扇了她十几个嘴巴，瑞珠两边脸顿时鼓出红痕，而尤氏也只觉手腕子生疼。来升家的三两下就在那屋屏风后搜出了那两样东西，拿出给尤氏过目，尤氏气得体内岔气，两眼发黑。说时迟，那时快，尤氏并来升家的都没来得及反应过来，瑞珠突然起身，锐叫着"蓉大奶奶你给我做主啊"，跳起足有一尺高，拼力用头朝屋中的硬木大柱狠撞，顿时脑袋破裂，脑浆稠血喷得四溅！

此时宁国府内传事云板，重重地连叩了四下……

9

荣国府二门上的传事云板连叩四下时，谯楼上恰交三鼓。

王熙凤被云板惊醒前，刚得一梦，梦中恍惚只见秦可卿从外走来，含笑说道："婶子好睡！我今日回去，你也不送我一程。因娘儿们素日相好，我舍不得婶子，故来别你一别。还有一件心事未了，非告诉婶子，别人未必中用。"凤姐听了，恍惚问道："有何心愿？你只管托我就是了。"秦可卿便嘱："趁今日富贵，将祖茔附近多置田庄房舍地亩，以备祭祀供给之费皆出自此处，将家塾亦设于此……便有了罪，凡物可以入官，这祭祀产业连官也不入的。便败落下来，子孙回家读书务农，也有个退步，祭祀又可永继。若目今以为荣华不绝，不思后日，终非长策！"凤姐听了，心胸大快，十分敬畏，也来不及细想，可卿哪儿来的如此见地。倘秦可卿真是一介小小营缮郎家从养生堂抱来养大的女子，出阁后才到了百年望族之家，只过了那么几年富贵日子，纵使聪明过人，也不可能有这般居高临下的经验教训之谈。个中缘由，极为隐秘。原来这一年多里，可卿生父多次遣人来与可卿秘密联络，佳音渐稀，凶兆频出，所言及的悔事，此两桩最为刺心。秦可卿游魂感于贾氏收留之恩，故荡到凤姐处，赠此良策。可卿之姊，早登仙界，居离恨天之上，灌愁海之中，当了放春山遣香洞太虚幻境的警幻仙姑，专司人间之风情月债，掌尘世之女怨男痴。可卿游魂荡悠悠且去投奔其姊，虽说"宿孽总因情"，想起她的速死，究竟与贾元春为了一己的私利，催逼过甚有关，到底意难平，故又将元春献媚取宠，即将晋封为凤藻宫尚书并加封贤德妃的天机，爽性泄露了一半，又敲敲打打地说："这也不过是瞬息的繁华，一时的欢乐，万不可忘了那'盛筵必散'的俗语！"可卿游魂一眼瞭望到贾元春"喜荣华正好，恨无常又到"、"荡悠悠，把芳魂消耗"的黄泉终局，那并非是薨逝宫中，而是在一个"望家乡，路远山高"的地方，于"虎兕相逢"之时，其状远比自己的自缢凄惨，遂叹息几声，自去飞升，不提。

秦可卿的死讯，贾宝玉不是云板叩响后，由家人告知，而是在梦中，由警幻仙姑告知的，他闻讯大惊，翻身爬起，只觉心中似戳了一刀似的不忍，哇的一声，直喷出一口血来；自知不过是急火攻心，血不归经所致，故不顾袭人等劝阻，去见贾母，请求允他过宁国府去，贾母对可卿一贯爱不择语、呵护备至，这回却淡淡地说："才咽气的人，那里不干净；二则夜里风大，等明早再去不迟。"宝玉哪里肯依，贾母才命人备车，多派跟随人役，拥护前往。

宁国府三更过后，府门洞开，两边灯笼照如白昼，已是乱哄哄人来人往，里面哭声摇山震岳。

尤氏在天香楼瑞珠触柱以后，精神濒于崩溃，挣扎着回到前面，再不能应付诸事，连埋怨贾蓉荒唐也没了力气，遂称胃痛旧疾复发，爽性睡到床上，呻吟不止。一睡下，贾珍丑态、可卿毙命、瑞珠脑裂诸刺激轮番再现，任谁来视，均闭目不理，可卿丧事，再不参与。

贾珍虽重整衣冠，心内有了保家卫族之大责，但对可卿之死，毫不掩饰其超常理的悲痛，当着一大群族人，哭得泪人儿一般，竟对贾代儒等族中最长之辈，哀哀哭道："我这媳妇比儿子还强十倍，如今伸腿去了，可见这长房内绝灭无人了！"贾代儒等听得目瞪口呆，心中思忖：是何言语？代儒刚丧了孙子贾瑞不久，亦无此绝灭无人之想，你宁府又不是没了贾蓉，且退一万步，即使贾蓉死了，你贾珍尚未临不惑之年，尤氏不育，尚有佩凤、偕鸾，尚可再添三房四妾，哪会绝灭无人呢？心中不以为然，嘴里少不得劝慰有词。问及如何料理，贾珍拍手道："如何料理，不过尽我所有罢了！"众人心中更为称奇。

早有来升来报："那瑞珠触柱而亡后，已装殓完毕，请示如何发落？"

贾珍当即发话："难得她忠心殉主，理当褒扬，着即以孙女之礼重新殡殓，与可卿一并停灵于会芳园中之登仙阁！"

代儒等心中都知大谬，亦只好听之任之。

忽又有来升家的来，告知来升小丫头宝珠竟有非分之想，冒死要亲谒贾珍，来升报与贾珍，贾珍竟允其来见；宝珠膝行而进，叩头毕，称因见秦氏身无所出，乃甘心愿为义女，誓任摔丧驾灵之任。代儒等一旁听了，只觉是谬事迭出，贾珍听了，却喜之不尽，即时传下，从此皆呼宝珠为小姐。宝珠见允，心中一块石头方落了地——她知瑞珠触柱，实是别无出路，好在种种秘事发生之时，她只在天香楼楼下，并未亲见可卿之死，但奴才之中，她之所闻所见所知，究竟是仅次于瑞珠的一个，如若她不早寻活路，待主子们忙完丧事，她必被收拾，那时说不定死无葬身之地，连瑞珠的下场都不如！她暗中打定主意，随秦可卿灵柩到铁槛寺后，待大家返回时，她一定执意不回，表示以后随灵柩去葬地，守坟尽孝，这样贾珍尤氏当信她守口如瓶绝无危害，必放她一条生路，到那时再徐图较好的前程。此是后话，兹不赘述。

且说贾蓉对此巨变，虽吃惊不小，却也早有思想准备。他只是没想到偏在他久备而无动静大松心时，又偏是他与贾蔷等假借去卫若兰家其实是狭邪浪游夤夜方归时，恰恰发作。他也是个聪明人，见父亲那魂不守舍的模样，及母亲与父亲那神离貌亦不合的情景，就知此中必还戏中有戏！但他对可卿之死，到头来有一种莫名的快意！他感到大解脱，见父亲倾其所有地大办丧事，而名义上他是主角，亦觉风光。因之他回到家中不久，很快就适应了情势，张罗指挥，煞有介事。

彼时贾氏宗族，纷来亮相。代字辈仅存的贾代儒、贾代修二位俱到外，贾赦辈的到了五位，与贾珍同辈的到了七位，与贾蓉一辈的到了十四位。贾蓉未见贾璜，因问管事的人，是否漏通知了，管事人说尤氏吩咐过，无须通知他家，贾蓉想起贾蔷说过，那璜大奶奶的什么侄儿叫金荣的，在学堂里打过宝玉和秦钟……想至此，方才忙问："岳父母还有秦钟如何未到？"管事的见问，方敢回："老爷太太并未指示，想是怕他们一时不能承受。"贾蓉心中暗笑，沉吟一时，方嘱咐说："还是快快报与他们，并我老娘和二姨三姨吧！"不久秦业等也都到了。那秦业与可卿本无感情可言，到后只能干号一阵，连眼泪亦挤不出来，全无养父暨亲家翁模样，贾珍贾蓉也不大理他。

贾赦对不得不早早起床来应付这丧事，又不能晃晃就走，心中十分厌烦，但见到贾珍那副有趣的模样，也就乐得留下且起起哄。

　　唯有贾政赶来后，对此事极为认真。他见贾敬根本不回，尤氏撂了挑子，贾珍大露马脚，着实忧心忡忡。贾珍恣意奢华，已属不当，而那离奇僭越的行径，尤易惹出乱子，他对之实难容忍。除了常规的僧道超度，贾珍还令在天香楼上另设一坛，专请九十九位全真道士打四十九日解冤洗业醮，本来众人对秦可卿的病逝一说就纷纷起疑，这样做，那不等于不打自招吗？此事已大大不妥，尚未劝说，贾珍又在用什么棺材的问题上，大兴波澜，那时已有人送来几副杉木板，贾珍都嫌不好，可巧薛蟠也来吊问，偏对贾珍说："我们木店里有一副板，叫什么樯木，出在潢海铁网山上，作了棺材，万年不坏。这还是当年先父带来，原系义忠亲王老千岁要的，因他坏了事，就不曾拿去。现在还封在店内，也没有人出价敢买。你若要，就抬来使吧！"贾珍听说，全不忌讳，竟喜之不尽，即刻命人抬来。大家围看，那帮底皆厚八寸，纹若槟榔，味若檀麝，以手叩之，打珰如金玉。贾珍笑问："价值几何？"薛蟠笑道："拿一千两银子来，只怕也没处买去。什么价不价，赏他们几两工钱就是了。"贾珍听说，忙谢不尽，即命解锯糊漆。贾政忍无可忍，因正色道："此物恐非常人可享者，殓以上等杉木也就是了。"一边说一边给贾赦递眼色，意思是我们长辈该劝时一定要开口才是。贾赦只当没看见他那眼色，拈着胡须竟对贾珍的选择点头称是。

　　贾政闷闷地回往荣国府，心中很是担忧。只好暂用天意排解——也许，那秦可卿最终睡到她叔爷未能睡成的寿材中，是她必有的造化。但愿不要泄露，莫株连到贾家就好，特别是千万不要影响到元春正谋求的晋升啊！

10

　　玄真观的静室中，贾敬在蒲团上趺坐，他合目良久，却做不到意守丹田。

　　贾蓉白天来报告了他，秦氏已病故。当时他只哼出"知道了"三个字，便挥手让贾蓉退下。贾蓉回家报知贾珍，贾珍叹道："太爷是早晚要飞升之人，如何肯因此事回家染了红尘，将前功尽弃呢？也只好我们冒昧做主料理罢了！"贾珍之言，说对了一半，近年来他那炼丹炉，下面的火是越来越青，上面丹埚内的铅汞是越炼越精，而他对尘世的记忆与牵挂，却随之越来越如飞烟游丝……

　　他父亲贾代化生下他以后，虽在他之前已有一子贾敷，却偏心于他。后来敷哥未能过成"出痘"关，在八九岁上夭折，父亲对他就更寄予厚望，他也曾以家族的栋梁自居。父亲病故后，他袭官生子，俨然族长风范。他本想忠厚守成，谁知后来却蹦出来个"家住江南姓本秦"的尤物！

　　……那时荣府的叔叔贾代善还在世，叔叔和婶母却并不满足于守成，他们和皇帝那乱麻般的一家子里的几根麻线，有着那扯不断沤不烂的源远流长的关系——这自然也是父母曾经珍惜过的关系。但父母已去，他不想承袭那一份惊险，虽然那也确实可能给贾家带来新的飞腾……叔婶对他晓之以理、喻之以利并动之以情，最后，那份情让他无言以对——难道能忘记秦氏之父多年来对贾家的提携庇护吗？现在人家有难，能撂开不管吗？

　　……管也罢，却又必须收留于宁府，以秦业的抱养女身份，作为贾蓉的童养媳藏匿，他虽拗不过二位长辈，照办了，却从此坐下了心病。每有不甚相熟的官员来拜，或传来宫中的秘闻，他便心惊肉跳。他给秦氏定名为秦可卿，寓"情可轻"之意，为了前辈人之间的情分，后辈就该背负如此沉重的义务吗？不！所以一定要把"情"视为"可轻"之物！

……可轻的，又岂是情！在那荣府的元春因"贤孝才德"选入宫中做女史后，他决意将一切撂开，到这远郊的玄真观中，寻求一条超凡脱尘之路……他潜心钻研文昌帝君的《阴骘文》，并做了大量批注。一般人或者会以为，他之修炼，是为了一己的永生，其实，与其说他是向往幸福，不如说他是在拼命躲避灾祸——他深知，在这尘世的是非场里，就算你是"寿终正寝"，到头来，牵连到一桩什么"逆案"里，也还是可能被掘墓戮尸！所以，他希望真能吞丹飞升，到那"生后是非"来闹时，不至于再受牵连！

贾珍说他不肯回家染了红尘，免得前功尽弃，只说对了一半。他深知可卿虽死，而有关的"是非"绝没有了结，那引出的灾难一旦呈现，如自己的丹仍未炼好，不能及时飞升，那就好比是"任是深山更深处，也应无计避征徭"！他此刻的另一半心，是不能不悬挂着那个并不可爱却会祸及他的府第啊！念及此，他哪儿能意守丹田，只觉身下的蒲团，仿佛狂浪中的苇叶，急速地旋转着……

香炉中的袅袅青烟，渐渐模糊了贾敬纹丝不动的身影。

11

这日正是宁国府为秦可卿发丧的首七第四日，早有大明宫掌宫内相戴权，先备了祭礼遣人来，次后坐了大轿，打伞鸣锣，亲来上祭。

戴权如此大模大样，招摇过市，引得一般嫉妒贾家的人窃议纷纷。都知皇家自有祖宗定下的严规，宫内太监严禁擅自出宫，更严禁交结宗室官宦外戚，那宁国府不过死了个冢孙妇，戴权竟如此逾矩而去，难道他真是得了皇上默许，有什么仗恃不成？

戴权确是当朝一大宠宦，他的公然僭越，有时是皇上放任，有时是他瞒天过海。宫中秘事，往往是永世之谜，那戴权的往宁府与祭，引出许多的暗中猜测，其中的一种揣想，是与贾家那荣国府的大小姐贾元春有关，元春现虽只是宫中的一名女史，但据说颇得当今皇上的青睐，而当年元春的以贤孝才德入选，戴权出力不小。看起来，从来这个不许那个严禁，都不是铁板一块，宫中违矩交结之事，朝朝代代层出不穷。

贾元春是个神秘人物，她在宫中内心的苦闷，鲜为人知，但既入宫中，怎能不卷入隐秘的是非权力之争？她更深知自己在宫中的地位，直接关系着贾氏家族的命运。对秦可卿这一上一代做主的"风险投资"而造成的敏感问题，她在关键时运筹帷幄，克服许多困难，曲曲折折然而及时地指示了家族，使其渡过了危机。究竟那戴权不避众目睽睽，打伞鸣锣坐轿往宁府与祭，是不是与元春有关，此系疑案，不敢篡创。

戴权的来祭，不管他是不是"代表"皇上来"矜全"，反正他到宁府，无异于给贾家吃了一颗定心丸。

贾珍这些天越发不掩饰对秦可卿的超常感情，虽请了荣府凤姐来全权协理，他自己还是忙上忙下，因与可卿狂淫过度，兼之连续操劳，他竟挂个拐走来走去，有的亲友见了当面不好露出什么，背地里不免有所訾议：死的不过是个儿媳，又不是死了尤氏，更不是丧了考妣，哪里就哀痛到了这个份儿上，真真像个"杖期夫"！贾珍当然知道一些人眼光里掩饰不住的是些什么，但他毫不收敛，正所谓"漫言不肖皆荣出，造衅开端实在宁"——宝玉是荣府"不肖"之首，贾珍是宁府"造衅"之魁，一时众人也奈何他们不得！

且说贾珍听报戴权来了，少不得暂弃拐杖，忙接着，让至逗蜂轩献茶，优礼有加，趁便就说要与贾蓉捐个前程，好为丧礼上风光些。结果，花了一千二百两银子，捐了个"龙禁尉"，秦可卿的丧事，便成了"世袭宁国公冢孙妇、防护内廷御前侍卫龙禁尉贾门秦氏恭人之丧"。

秦可卿出殡那日，一时只见宁府大殡浩浩荡荡、压地银山一般从北而至……

而在天际，警幻仙姑正指挥众仙女幽幽吟唱着：

> 春梦随云散，飞花逐水流，寄言众儿女，何必觅闲愁？
>
> 春恨秋悲皆自惹，花容月貌为谁妍？
>
> 开辟鸿蒙，谁为情种？都只为风月情浓……
>
> 情天情海幻情身，情既相逢必主淫………
>
> 画梁春尽落香尘……宿孽总因情……
>
> 冤冤相报实非轻，分离聚合皆前定……
>
> 甚荒唐，到头来都是为他人作嫁衣裳！
>
> ……

【后记】

这篇《秦可卿之死》，当然首先是一篇小说，是我想象力的产物，而且不可避免地渗透着我这个当代人的显意识和潜意识。

但这篇文章又是我对《红楼梦》中秦可卿这一人物形象进行学术研究的成果之一。

众所周知，曹雪芹对《红楼梦》中秦可卿这一人物的描写在写作过程中有重大修改和调整，第十三回回目原为"秦可卿淫丧天香楼"，后改为"秦可卿死封龙禁尉"，改后的语言明显不通，前辈红学家早已指出：是贾蓉被封为了龙禁卫，不是也不可能封秦可卿为龙禁尉。据"脂批"，曹雪芹听了脂砚斋的话，删去了业已完全写讫的这一回的四五叶，这当然是极大的伤筋动骨的改动，而且我认为是明显出于非艺术考虑的改动。为了使前后大体连缀，当然必须"打补丁"，好在似乎并不多，而保留下来的太虚幻境中有关秦可卿的《好事终》曲，以及十二钗正册中表现她的那幅画和判词，都明白地昭示着我们，所删去的大体上是些什么内容。我曾著文缕析曹雪芹未删的原稿中的秦可卿究竟是怎么一回事，焦点是她究竟是怎样的出身。主要的篇目是：

《秦可卿出身未必寒微》（载《红楼梦学刊》1992 年第二辑）

《再论秦可卿出身未必寒微》（载《人民政协报》《华夏》副刊 1992 年 8 月 18 日、22 日）

《秦可卿出身之谜》（载《太原日报》1992 年 4 月 6 日）

《张友士到底有什么事》（载《团结报》1993 年 1 月 16 日）

《莫讥"秦学"细商量》（载《解放日报》1992 年 9 月 13 日）

《"友士"药方藏深意》（载《解放日报》1992 年 10 月 4 日）

《拟将删却重补缀》（载《解放日报》1992 年 10 月 22 日）

很明显，我这篇文章，便是履行我那"重补缀"的声言。不过，这只是一种基本上用现代语体写的小说，与所谓的"续作"、"补作"还有重大区别——以为那是必须摹似"曹体"的，我目前还没有那样的能力和勇气。

据此可知，我这篇小说，是一篇所谓的"学术小说"或"学究小说"，就是说，其中包含我对《红楼梦》中秦可卿这个人物的理解，也包括我对从曹雪芹原稿中所删去的"淫丧天香楼"那部分内容的考据，其中还有我在上述几篇论文里都还没有披露的钻研心得，如早被已故前辈小说家叶圣陶指出的：第十一回中，写凤姐去宁国府看望过秦可卿之后，绕进会芳园，忽用一阕小令，表达凤姐的"但只见"（主观镜头，成为凤姐心中的吟诵），这种写法，全书中仅此一例，显得很奇怪；纵观《红楼梦》一书，所有这类文字的安排，包括每一个人物命名中的谐音，都是有含义的，那么，这一阕小令的含义是什么？叶圣陶先生只提出了问题，而没有回答这一问题，我却在这篇小说里回答了。余如对秦可卿卧室中那些她独有的东西所赋予的符码，是那样突兀，难道只是如历代评家所说的那样，出于暗示秦可卿的淫荡吗？又，有人所猜测的被删却的"遗簪""更衣"等情节，究竟是怎么一回事？我在这篇小说里，都做出了十分明确的解释，而且是自圆其说的。

我对秦可卿之死的研究，当然只是一家之言，由于"淫丧天香楼"一节的原稿在这世界上已不复存在，所以无论我们怎样研究，怎样努力去"复原",都只能是接近于原意,而不可能再现原貌。但我以为对这一问题的研究不仅是有意义的,而且有多重的意义,除可加深对《红楼梦》一书的思想内涵的理解、剖析曹雪芹的创作思想和艺术追求、探讨该书的成书经过和曹、脂二人的合作关系外,还可以使我们更具体地了解曹雪芹的这一创作是在怎样的人文环境里以怎样的复杂心理滴着泪和血写成的。

我期待着专家和读者们的指正。

贾元春之死

那红尘中有却有些乐事，但不能永远依持；况又有"美中不足，好事多磨"八个字紧相连属，瞬息间则又乐极悲生，人非物换，究竟是到头一梦……

——甲戌本《石头记》第一回

1

凤姐在上房忙完，回到自家屋里，坐在妆台前从容卸妆。平儿一旁侍候着。丰儿早去打来大盆温水。小红带领几个小丫头早准备好洋皂、巾帕、把镜、漱盂等物在盆架边侍立。

平儿因道："看大镜子照出满面的春风。难得今儿个这么高兴！"

凤姐道："可不是！这一年多里，尽是糟心的事儿。林姑娘前脚沉湖，二姑娘后脚就遭搓揉屈死，三姑娘虽说婆家不错，究竟是漂洋过海，就像那放得看不真的风筝，线忒长了，断不断线，也只能求神佛保佑罢了！最怄人的是四姑娘，好端端的非要剪发修行，她亲哥哥亲嫂子都奈何不得她，我又能怎么样？只好就和她，偏她气性还不小，凡开口总噎人……"

平儿道："算起来，这三春都不如起始的一春啊！"

凤姐笑道："所以这回圣上南狩，皇后都不带，独让咱们元妃姑娘随行，消息传开，真跟响雷一样，把咱们府里的威势，大大地一振！听老爷说，别的人倒还罢了，那周贵妃的父亲先呷了一碟子陈醋！"

这话引得满屋的人都笑出声来。

凤姐匀完脸，洗好手，平儿又帮她重施薄粉，再点朱唇。丰儿奉上茶来。小红等退出。凤姐兴致仍高，坐在炕上，倚着绣枕，与坐在炕沿的平儿继续闲聊。

凤姐说起老太太、太太，一个腰也直了，一个痰也清了，真有点一元复始，阳春重现的景象。只是那宝玉、宝钗两口子，一个是真糊涂，一个怕又是太精明，反倒并未喜形于色。

平儿道："只怕咱们娘娘这么一威风，把府里淤的浊气，从此一扫而空，宝二爷的怔忡病，赶明儿就好起来……"

凤姐叹道："他那可不是一般人能得的症候！今天大家伙儿正欢天喜地呢，他却一旁垂泪，问他，他又说不清道不明的，好像是，他做过一个什么梦，梦里听见过什么曲儿，跟咱们娘娘有些个关系，让他背出来听听，他又说忘记了，单记得一句'望家乡，路远山高'……"

平儿因笑道："这有何奇？跟圣上南狩，可不是路远山高吗！"

凤姐道："说也是。老太太、太太听了都说，路再远，山再高，普天之下，莫非王土，娘娘跟着圣上，那能有什么闪失？像那周贵妃，一家子仰脖子盼着，还不能呢！"

平儿道："宝二爷的呆气，也只有宝二奶奶能化解开……"

凤姐摇头："她呀，往常还劝，单只今天，倒像心事重重似的，在一旁寡言少语的。"丰儿进来问，是等二爷来家再开饭，还是这就传饭。凤姐说："他怕在东府里吃了。折腾了这一半天，我也饿了，咱们先吃咱们的吧。"

谁知丰儿刚出去却又跑进来，一脸惊奇地说："太太来了！"

凤姐和平儿都吃一大惊。算起来，自那回因绣春囊的事，太太亲来过这里以后，再没来过。且今儿本是大喜的日子，就算有什么急事，从容派人来传就是，凤姐纵使疲惫不堪，也一定即刻前往，何必亲躬履践？

凤姐铺下炕，王夫人已经进了屋，玉钏儿一旁扶着。

凤姐慌忙亲自掸座，平儿识趣往外回避。丰儿等早已离开廊下。

王夫人却摆手道："平儿不必走。"

凤姐细察王夫人脸色，与那回手捏绣春囊来不同，并无愠怒，但似乎亦颇为焦急。

平儿去掩紧了门。

王夫人落座便问："咱们家可有一串鹡鸰香念珠？"

凤姐一时摸不着头脑。倒是平儿凝神一想，回道："要说官中古董账上，是没有这件东西。可是听小红说过，当年在大观园里，宝玉的怡红院，倒有这么个物件。"

凤姐想起来了，因道："对了。这是那年那边蓉儿媳妇儿发丧的时候，北静王路祭，见着宝二爷，不知怎么那么投缘，顺手就捋下了腕子上的这么个香串，给了他……我哪能亲眼见呢？也是听我们二爷回来说起来，才有了这个记忆……"

王夫人因让传小红来回话。小红听问，即刻回道："我记得顶顶真真的。那时候我还在老太太屋里。是林姑娘从南边奔完丧刚进家，宝二爷就迎上去，把那香串给了她，明说是圣上赐给北静王，北静王又赠给他的，林姑娘连接也不接，掷到地下，还说：'什么臭男人拿过的，我不要它！'弄得宝二爷好不尴尬！记得还是我得便捡了起来，还给宝二爷的。后来我随宝二爷进了怡红院，也曾见过这香串，何曾把它当作宝贝，不过是随处乱搁着。头年封园，清理怡红院物件，因我早到了这边，还有没有这样东西，我就说不清了。"

王夫人叹了口气，挥手让小红离开。又问凤姐："这两日你可支派过秦显两口子？"

这一问更让凤姐摸不着头脑。

平儿代回道："秦显是老爷最底下的使唤人，平日都是张才支派他。秦显家的原在大观园南角子上夜，一度倚仗司棋活动，进厨房当了半天的权，后来又让她退出去了。封园以后，也还是让她在墙围子边守夜。他们两口子是司棋叔婶不是？自打司棋撵了出去，自然更不能重用这两口子。说来也怪，两口子都是高高的孤拐，一双贼溜的大眼睛……"

凤姐怯怯地问："敢是这两口子有什么不轨的行为？我竟失察了！"

王夫人叹口气说："原怪不得你！只是这么多年，你们都蒙在鼓里……这两口子，还有司棋的爹妈那两口子，怎么都姓秦？你们就没想到过，那不是跟蓉儿那死了的媳妇儿同姓吗？其实正是当年随秦可卿来咱们家的，那边老爷怕惹事，跑城外道观躲起来了，珍哥儿倒胆大妄为，后来的事儿你们都过眼了的……当年留下了这两对江南秦家的仆人，一对留在了大老爷那边，一对老爷留下了。其实他们本也不姓秦，因是秦家遣来的，所以一个就叫了秦来，一个就叫了秦遣，后来嫌秦遣不顺嘴，又叫成了秦显。原不指望他们怎样听用，老爷们的意思是，江南秦家是百足之虫，死而未僵，留着点恩德，指不定哪天就有个报答……万没想到，偏今儿个大喜的日子里，秦显家两口子竟横岔出一档子糟心事来！"

凤姐平儿只是把一颗心提上了三寸，却也不敢直问。

王夫人这才道出原委："是老爷刚才火急火燎地来说，圣上这次銮驾南行，京中的事，专旨让北静王照应，这本是最令我们放心喜悦的事。那贾雨村虽免了大司马之职，现任皇城巡察使，专司缉察各城门进出去人等。谁想圣驾出城不久，雨村便在西便门外缉获了秦显家两口子，他们要只是不满于我们府里的待遇，欲另谋前程，那倒也罢了，可是竟在他们身上，搜出了那串鹡鸰香念珠串，偏雨村就认出，香串系禁中之物……多亏雨村及时照应，把此事告知了老爷……"

凤姐忙问："人赃是否都让咱们领回了？"

王夫人道："要是那样，老爷也不着急了。雨村虽递过来消息，却道此事关系重大，他还得详加讯问，等圣上回銮，说不定还要亲自奏闻！"

凤姐道："这个贾雨村！要没我们老爷帮衬，他能有今天！竟还留下一手！"平儿只在心里骂："这个饿不死的野杂种！"

王夫人道："据老爷说，圣上前些时有新旨意，严禁王公大臣，从椒房太监处暗中获取禁中之物，查到的一律严惩不贷……"

凤姐道："那香串是北静王当着多少人，亲赐宝玉的；再说圣上最信任的，莫过于北静王，此事我看终究无碍……"

王夫人道："此事实在蹊跷，但老爷更担心的，是圣上旨意里还说，严禁外戚人等，私将家中物件，传递于宫中。那腊油冻的佛手，我们可是恰给娘娘送去了啊！"

凤姐宽慰道："如今娘娘圣眷正隆，这算得什么事！"

王夫人叹道："原不能算回事。可现今秦显两口子怪事一出，不能不多加小心啊！"凤姐因道："太太放心，再无大事的！我且同平儿，这就细细回想一番，究竟咱们家里，有多少宫中之物，又往宫中娘娘处送了多少东西……一旦查起，都有缘由，也就不怕了。至于秦显两口儿，想来也不过是自认怀才不遇，趁乱偷了那香串，想逃往他处后变卖些银子，开个小买卖混日子罢了，这事里头能有多大的戏文！还望老爷告知那贾雨村，不要小题大做的为好！"

王夫人这才接过平儿递上的茶，嘘出口气说："这些事，自然都不必让老太太听见。好不容易才喜上眉梢，焉有让她再平添烦恼的理儿！"

凤姐忙说："这个自然。原也不是什么大事儿。"

但是王夫人走后，凤姐和平儿却都忐忑不安起来。

凤姐说："那秦显两口子为什么这不偷那不偷，偏偷这香串儿呢？"

平儿也疑惑："要说为了变卖，不懂行的谁出大价钱？懂得是禁中之物的，谁又敢买呢？那饿不死的野杂种贾雨村，捏着这个把儿在手，他究竟又埋伏着什么奸计在手呢？不能不防啊！"

凤姐饭也吃不下了。本是好不容易又有了响晴天的贾府，此时却陡地飘来了一片乌云！

2

銮驾离开大路多时，除了皇帝本人和大明宫掌宫内相戴权，其他跟随者都不明白这究竟是在往哪儿去。

贾元春坐在金顶金黄绣凤版舆中，虽然抬舆的八个太监尽量保持平衡，她仍感觉到了路面的变化。荡悠悠的，令她心中由不适，到不快，到不安。

这回的巡游，圣上决定的很突然。旨意传进凤藻宫，几乎不容她多做准备，便来催她上路了。

往常圣上巡游，跟随的队伍十分浩荡，一应卤簿，甚是齐全。这回却尽量精减。说是到南边巡狩，却并未带自己的猎犬。随侍的官员，领头的是新擢升的两位，一位原是长安守备袁野，一位是原粤海将军邬铭。袁野是北人，邬铭是南人，武艺虽均高强，但这之前亦未见有何过人功勋，忽得宠幸，莫说他人侧目，就是二人自身，亦思之无据。然皇恩既浩荡，唯存肝脑涂地竭诚效力之心，因此任凭戴权指挥，令行禁止，不多言，不逾矩。

出巡已逾五日。路过平安州，节度使迎驾甚谨。再往南，便应由金陵体仁院总裁仇琛接驾。究竟皇上打算在哪儿驻跸围猎，尚不得知。

随着版舆的晃荡，元春的心旌亦飘摇起来。回想出巡的这几夜，皇上夜夜与己有鱼水之欢，真真是情浓恩深。但愿这回能播下龙种。贾家的衰势，或许由此得以扭转。

回想起那年终于下了狠心，将东府的秦可卿的真实来历，揭穿于皇上之前，后来种种情况，总算真是化险为夷。论起来，皇上坐这龙椅，也真不易。太上皇生子忒多，哪位不觊觎皇位？就是那义忠老千岁爷，太上皇的兄弟，当年没得着皇位，当今圣上都大局已定，他还图谋不轨呢！更何况当今皇上的亲兄弟们。当今皇上登基不久，便将秦可卿的父亲分封郡王，那王爷何尝老实，篡权之心，一再暴露。要不是碍于太上皇尚在，当今圣上早将他一举荡灭。后来削掉他王爵，又逐出皇族，但未没收他全部家财，发往江南，监视居住，唯愿他以秦姓庶民身份，安安静静过那江南财主的生活，却又偏还要谋反。事态发展到如此地步，当今皇上只能将其处死。但还是碍着太上皇的面子，给他这一支留下了苗儿——秦可信，在当地圈禁居住……

　　秦可卿是当年其父母被逐出京城那一夜，由其父爱妾产下的，当时产的是一对双胞胎，一男一女。其父为躲过宗人府的人丁统计入册，连夜求到贾家。原来贾府预测的，是太上皇会将皇位传予秦可卿之父，因此一向联络巴结甚力。秦可卿父亲求到贾家时，宁国府的贾敬说什么也不同意接纳，贾赦也犹犹豫豫，倒是贾政颇觉不忍。后来是贾母做出的最终决定。老太太说，皇家的事，自有神佛做主，谁能说得清？今天这位继位，说不定过些时又换成那位，都是龙种，我们为臣的何必跟定一个，换一个便非认他为假龙呢？她一锤定音，命贾政速从所任职的工部中，找到一位中年无子的小官，最好也姓秦，出面，做出从养生堂抱养无名弃婴的姿态，然后，再将那一对婴儿转入宁国府抚养。贾敬一听此命，当即便表示愿将所袭爵位并族长职责，一概转给儿子贾珍，自己从此到都城外道观静养。贾政果然找到了一个营缮郎秦业，谁知刚将那一对双胞胎抱回，便死去了一个男婴，只剩得一个女婴，就是后来以贾蓉的童养媳名义养在宁国府的秦可卿……

贾府接纳藏匿秦可卿时，元春才六岁。但她那时已能留下记忆。那些天里，她当然不懂得大人们在忙些什么，但那些诡谲的表情、神秘的气氛，与某些细节，却在她心中播下了疑窦，随着她长大成人，那疑窦在她心里渐渐膨胀起来：老祖宗为什么对东府的秦氏如此疼爱？过东府去玩，那天香楼秦氏的居室里，何以有那么多稀奇古怪的摆设？竟是富过三代的贾家自己也不曾有过的！直到入宫以后，老太太、太太、尤氏入宫问安，提起蓉儿媳妇儿，口气就像在说哪位公主郡主似的……

二十年来辨是非。虽在榴花深处的宫闱之中，元春毕竟悟出了秦可卿的真实身份。为了不让贾家进一步陷入皇家的宝座之争，更为了报答当今圣上的恩宠，在秦可卿二十岁那年，她终于迈出了举报这一步……圣上答应了她的请求：让秦可卿一家体面覆灭，给秦可卿厚葬机会。

然而，仅凭忠心耿耿，便能获得圣上的宠爱吗？未必。元春在版舆的摇荡中，心影里晃动着重叠着自己与圣上的许多亲昵行止，于是情绪便又明亮畅然起来……

版舆似乎停了下来。元春掀开绣帘朝外望，只见雨雾茫茫，銮仪不甚整齐。听见了马嘶与马蹄在泥泞中踢踏的声音。又有圣上威严的命令声，及扈从人等的应答声。

少顷，版舆又行进起来。元春右手握住一个腊油冻佛手，左手不住地摩挲它。那腊油冻佛手，不懂行的人乍看见，会以为是蜡制的摆设，其实那是用一种极罕见的蜡黄色冻石精雕而成的古玩。那本是前些年贾母做寿时，忽然来了一位外路和尚，笑嘻嘻献上的，阖府称奇，贾母甚喜，摆玩良久，后来赏给了凤姐，最后又由王夫人等进宫请安时，献给了元春，说是佛手又叫作香橼，暗合元春之名，想来元春常玩，必能永邀圣宠——那蜡黄色，与代表皇位尊严的明黄色十分接近，真是难得！

元春摩挲着腊油冻佛手，忽又杂念丛生。

宫中嫔妃争宠之烈，不亚于众王争位之酷。这且不去想它，自己的进宫争宠，实在关系到整个家族的命运。虽能有很多机会随侍圣上，但圣上是严禁女人干政的，而又喜怒无常，多疑多怪。这回巡游南方，路经平安州，见到节度使，圣上毫无悦色。而大老爷贾赦，偏与这位节度使过往甚密。即将接驾的金陵省体仁院总裁，这官位原是至亲甄家的，圣上却已在前几年查抄了甄家，如今将这官赏给了原在京城中臭名昭著的仇都尉。这些事情里，都埋伏着许多不利贾氏的孽债。而这回随行的官员，那位姓袁的，圣上让他拜见自己，脸上竟公然一派冰冷；倒是那姓邬的还颇谦恭，对了，记得太太提起过这人，老太太八十大寿时，此人曾送过一架上好的玻璃围屏，与宫中所用不相上下……

因之，这巡游的前程，还不知究竟能否顺利。所出场的人五人六，都居何心，宜慎加考究……此时雨中弃大路而奔小道，更不知圣上是何用意……

元妃胡思乱想未了，而銮驾已停。

先听见六宫都太监夏守忠请安的声音。稍许，小太监掀开舆帘，抱琴过来搀扶。敢情是已到了临时驻跸之所。

3

那是一所丘陵环抱的道观。元妃娘娘进驻东跨院中。

雨停云霁。夕阳斜照，丛竹滴翠，元妃更衣净面后在廊中漫步，旅途劳累，竟一扫而光，很是心旷神怡。

抱琴紧伺元妃身边。元妃抚摩着未漆而泛着蜜光的廊柱，赞叹说："这是怎样的木材啊，看来并非檀木，竟比檀木更致密幽香！"

抱琴因道："适才听夏老爷说，这便是樯木。唯有此地才产。最珍贵难得的！"

元妃不禁心中一动："樯木？难道说，我们到了潢海铁网山了吗？"

抱琴道："可不是这个地名。不过夏老爷说，这才刚到边上。往里去，还深得很呢！看来万岁爷围猎，就在这山里了吧！"

元春不禁脱口说："那秦可信，不就圈禁在此地吗？"

抱琴并不在意。她发现了院中一样东西，很高兴，走过去细看，报告说："娘娘，巧啦！这儿有现成的乞巧盆哩！"

那院子里，有一雕花石台，石台上，放置着一具双耳铜盆，里面储满雨水。抱琴试着用手摩擦那双耳，盆里的水，顿时仿佛鼎沸起来。抱琴高兴得爽笑起来。

元春走了过去。她对抱琴又现烂漫风采，很是欣悦。抱琴打小就在府里侍候她，后来随她进宫，自从当了宫女，禁中规矩比府中严了百倍，抱琴变得不仅不苟言笑，就是声量高些的时候，也不再有过。没想到这回随驾巡游，却难得有这么个空当，开怀一笑。

元春在盆边驻足，伸手摸了摸盆中水，还算温和。因问抱琴：

"你给我带上乞巧针了吗？"抱琴说："正当节气，我自然给准备着。今晚定有大月亮，娘娘无妨在此乞巧，也算一大乐事了！"

正说着，夏太监来，抖着一脸的笑纹，请安后传旨说："万岁爷在正院接见大员们，并要与袁、邬二帅议事，因派小的来此安排娘娘先用晚膳。"元春便对他说："给我尽量捡些素净的菜肴。有清粥小菜最好！"

元妃用过晚膳，天已黑净，天上果然一块紫云移开，露出一轮圆月，月光中有蝙蝠剪翅翻飞。

抱琴拿来一根九孔银针，元春在院中水盆边，先对天默祷一阵，随即便将那针往水面上轻轻一放，只见那针在水面上旋转两圈后，便漂定水面，不再移动。元春、抱琴两双眼睛，盯准了那乞巧针在水盆底上的投影……

抱琴先看出来，竟是很粗黑的一道。元春原期待那针上的九孔，无论如何能在盆底上漏出些奇妙的图案，没想到却粗黑得那么完整。

元春正心中思忖，抱琴嘻嘻地笑着说："这影儿，倒让我想起归省那年元宵节，娘娘作的那首灯谜诗来了：能使妖魔胆尽摧，身如束帛气如雷，一声震得人方恐……"背了三句，她停住了，因为那首谜底为爆竹的灯谜诗，最后一句是"回首相看已化灰"，想起来实在不够吉利，于是抱琴转而引申说："娘娘请看，这影儿多像一个胖娃娃呀！胖小子出世，那呱呱的啼声，不也正是身如束帛气如雷吗？不也会一声震得人皆恐吗？不也就能使妖魔胆尽摧了吗？"

抱琴的话，正合元春的私心。她正待再俯首细观，却忽然院门边响起一声："好个能使妖魔胆尽摧！"

原来是圣上来了，元春与抱琴惶恐中赶忙跪接。

4

月亮照着一处神秘的山坳。那是潢海铁网山最险恶的一隅。

山顶上，在密密的檣树林中，隐藏着哨楼，日夜监视着那通向这一地点的唯一路径。在半山的竹丛中，隐蔽着完整的庄院，一应生活所需的房舍物件，应有尽有。而在山阴的一片台地上，则有一个练兵场。

这是一个绿林好汉的独立王国。

月色中，两个矫健的身影显现在练兵场上。

一位是原神武将军冯唐的公子冯紫英，一位是原圣文将军卫冰的公子卫若兰。

冯紫英甫进入场地，便张弓一箭，朝最那头一个箭靶猛射，只听见"当"的一声，冯紫英道："竟落地了！"

卫若兰道："是射中上回那箭的箭尾了！上回那箭，你是正射在仇琛的脑门儿上啊！"

卫若兰也弯弓射箭。但他不慌不忙，未射之先，把衣襟掖好，将腰绦上挂的一只赤金点翠的金麒麟理到大腿外侧，瞄准之后，方从容射出，只听"嗖"的一声，正中另一箭靶。

两人朝那边箭靶走去。冯紫英笑道："你这样地'慢工细活'，在宁国府天香楼下射圃，倒能博珍大哥等哄然叫妙，用到实战上，可就未等这边箭出，只怕那边箭早飞过来了！"

卫若兰笑道："这里靶场虽为实战而设，可处处细部，都让人想起京中射圃之欢啊！这里其实何尝不是射圃？只不过'昔日戏言身后事，今朝都到眼前来'罢了！"

冯紫英拍他肩背两下道："引用不伦不类！应罚你一大海！"

卫若兰道："天下有伦有类的话都让那些道貌岸然的人说尽了！你我虽时有非伦非类之语，只要心有灵犀一点通，听来自有禅意在啊！"

冯紫英点头不语。两人走到一排靶子前，细看，原来冯紫英那新箭的箭镞竟挤进了旧箭的镞眼，落到地下的，倒是那支旧箭。而卫若兰所射，正中靶人的右眼。

冯紫英望见，月光下卫若兰所佩的金麒麟闪着诡异的光，因叹道："你跟史大姑娘的事儿，怎么个了局啊！"

卫若兰将那金麒麟握入手中，凝视着，不禁悲从中来。须臾，他眼角反照出几星月光。

在近一年来的岁月里，冯紫英的父亲神武将军冯唐，与卫若兰的父亲圣文将军卫冰，都被皇帝罗织在一个案子里，下了大狱。冯唐前些时已瘐死狱中，而卫冰是绞监候，眼看入秋，其命无多了。他们正是抱着复仇之心，集结到这个地方来的。在父亲陷狱之前，卫若兰与忠靖侯史鼎的侄女儿，也就是贾府史太君的侄孙女、贾宝玉的表妹，已经定亲。那时贾宝玉已经与薛宝钗成婚，成婚后贾宝玉时而清醒，时而糊涂，有一回他清醒时，应邀到冯紫英家射圃，那时冯紫英家尚未毁败，到场的还有柳湘莲、蒋玉菡、陈也俊等，卫若兰自然也在。就在那一天，宝玉将一个赤金点翠的金麒麟给了卫若兰，对他说："史湘云自小就佩有一个雌金麒麟，这个是我在清虚观得来的，看来冥冥中自有天定，现在将这雄麒麟给你，你们成婚时，恰好也就麒麟会合。史妹妹是个好姑娘，最难得的是心地阔朗、口快言直！祈祝你们白头偕老吧！"当时卫若兰接过，心中无比感激。谁知此后不久，冯、卫两家便遭了罪，卫若兰无力迎娶史湘云，而史家亦不好主动退婚。但卫若兰每日佩着这金麒麟，抚摩之中，常不禁悲从中来，长吁短叹。

冯紫英、卫若兰二人正在喟叹中，忽然耳边"嗖"的一声。一支箭飙了过来，正射在另一靶子上。接着便是笑声："二位仁兄，快快回议事厅，好消息来了！"

冯、卫扭头一看，远处站着的，是柳湘莲。

三人一起离开练兵的台地，进入竹丛，迤逦几弯，便是一处院落，沿路都有小哨防卫，院门内外更防范森严。院中正房，便是议事厅。

议事厅里，早有人迎出，互相问安后，遂各归交椅。

坐第一把交椅者，是个不到三十岁的白面郎君。他便是有着皇族血统的秦可信。

秦可信是当今皇帝严令圈禁的人物，他怎么会出现在这里？原来，他在圈禁中，已早与此处的绿林豪杰们有秘密来往。这回皇帝的南狩，其大背景，是太上皇已然病危，皇帝欲趁此时机，先将江南隐患一举铲除。皇帝也不是吃素的，他已派细作查明，秦可信人在心活，仍怀篡位之志，而且与铁网山一带的山寇勾结甚密。此次他名为南狩，实际上是銮驾先行，给过往途中的一般官民一个国泰民安的祥和观感，而暗中已调动了南北两支劲旅，昼伏夜行，一旦查实铁网山匪窝所在，随后便到，以十余倍的兵力，将那铁网山匪窝团团围住，呈铁桶之势，一举剿灭。山匪既灭，再找个借口处死秦可信，便轻而易举了。折回京城，即使太上皇仍未咽气，在其弥留之中把京中的皇位觊觎者毕其功于一役地扫灭，也便无有京外之忧，更其顺手了。

但皇帝此时并不知道，秦可信已逸出圈禁地，身在山寨之中。负责监视圈禁秦可信的官员，正是取代甄应嘉的仇琛，此种官员只知借宠横征暴敛，哪里真有效忠之心，再说也把那秦可信视为瓮中之鳖，每次传旨训话，对其百般挫辱，秦可信也一副莫可奈何、纵情酒色的猥琐之态。此次皇上南巡，并未向仇琛透底，问到秦可信现状，仇琛答曰：行尸走肉耳！其实近日秦可信已逸出，由与其身量面容相近的一个家人佯装他醉卧不起，竟未能被监视者觑破，仇琛自然也便被其瞒过。不消说，仇琛手下有的早已是只要行贿，便无不给便的人物，柳湘莲等借此与秦可信内外勾连，非止一日。

秦可信来到铁网山山寨，本执意不肯坐头把交椅，怎奈山上各位豪杰，非将他推到那头把交椅上不可，他也就恭敬不如从命，坐了上去。大家心里清楚，要与当今皇帝对抗，把太上皇的嫡孙秦可信推出来做旗，揭穿现皇帝是靠阴谋登基，并控告他肆无忌惮地迫害皇叔、手足与皇孙，又专爱抄家敛物，以肥私蓄，是败坏他的合法性的最佳选择。

柳湘莲坐在第二把交椅上。这个山寨，是他所创。柳湘莲所信奉的，只是劫富济贫，并无权力欲望。但他重友情、讲义气，冯、卫二公子家破投奔而来后，一心要复仇，并欲借秦可信之旗，夺取皇位，他也便参与了其事。这里面也还有他对贾珍与贾宝玉的浓重情谊。他知道秦可卿被逼死，给贾珍的心剜出了多大的一个伤口。他是完全理解与同情贾珍与秦可卿的逾矩之恋的。帮助秦可信，便是为秦可卿报仇，也便可慰贾珍之心。贾宝玉将金麒麟给了卫若兰，不仅为的是卫若兰，摆在头里的是为了表妹史湘云今后有靠。贾宝玉的泛爱，不仅表现在对黛玉、宝钗、湘云三位表姐妹都爱上，甚至对大小丫头，乃至所有年轻姑娘，都充满爱怜，别人不懂，柳湘莲却能意会。所以帮助秦可信，也就可能为卫若兰一家平反，从而成就卫若兰、史湘云的一段好姻缘，也从而能使宝玉心安，他何乐而不为？

冯紫英坐第三把交椅。头几年，他父亲冯唐以来铁网山打围为名，暗中与秦可信联络，冯紫英随往。有天冯紫英一人从秦可信圈禁地潜出后，不想被官军缉捕，以其"僭入禁地"而欲兴狱问罪，不幸中的万幸是，他始终未暴露出真实身份，并在官军押送途中，由已占山为王的柳湘莲救出。后冯紫英安全逸出铁网山，潜回京城，并曾出现在贾宝玉、薛蟠等面前，因历险中的脸伤未痊愈，还引起过众人询问，话逼话，他都说出了"这一次，大不幸之大幸……"更引出了众人热辣辣的好奇心，但他到底还是忍住未透出底细。因他与秦可信及山寨都联络最早，故坐了第三把交椅。卫若兰坐第四把交椅。坐第五把交椅的是张友士，他是秦可信父亲在江南时，违制所设的太医院的太医。秦可信父亲当年在府中仿照禁中，设立了会计、掌仪等司，太医院也俨然为其中之一。他在秦可信父亲死亡后便上了这个山寨。坐第六把至第九把交椅的，是几位上山虽早，却服膺于以上各位的绿林汉子。

各位豪杰坐定，便先由探子汇报了銮驾的行止。之后，引进了京城匆匆而来的秦显。

此时的秦显，已近四十岁。一路落荒而逃，胡子拉碴，更呈老相。

秦显报告道，他和浑家得这边传信后，顺利盗得那鹡鸰香念珠串，但却在出城之际，被贾雨村手下拿获，搜出了那香串，贾雨村还亲自审问，几用严刑，他一口咬定，此香串系当年太上皇赐给秦可信父亲的，因秦可卿事他们留在贾府之际，秦可卿之父将此香串郑重留给了他们，说是以备日后再见时的凭据。现因他们两口在贾府极被冷落，屡遭排揎，所以欲往南边寻主，老王爷虽亡，秦可信尚在，他们愿去往投靠，也无非仆念旧主之意，临走几乎放弃了一切，只是这香串万不可弃，所以恳请开恩放行……这一派谎言，原不过是急中所编，并不抱侥幸放脱的想头，却不曾想审讯后拘留不久，竟被兵丁拖出逐出城门，香串亦在最后一刻掷回，真是虎口余生、惊魂未定啊……

秦显未及说完，冯紫英便冷笑道："好个贾雨村！真乃曹阿瞒一类奸雄！他明知你秦显有诈，竟还人赃俱放，他这是给咱们递话呢，倘若大功告成，不能不给他记个头功！另外，想必他也给贾政递了消息，但消息只是消息，却又并不将人赃交回贾家，这就能牵着你贾政的鼻子，让你今后非与他沆瀣一气不可！倘若我们大事不成，他照样吃当今这位皇上的皇粮，说不定还要巧撰戏文，陷害贾政，邀功领赏呢！"

褒奖秦显一番后，让他且去沐浴进餐歇息，这里便议开了下一步的战略。

让秦显盗来鹡鸰香串，是为了离间当今皇上与北静王的关系。在所有的皇族近支中，唯有北静王是个类似贾宝玉那样的只愿过诗化的生活，而绝无权力欲望的人物，所以当今皇上对他最放心，也打算在将其他近支皇族剿灭后，留下他并当众演示情深谊重的场面，以掩世人攻击诟骂之口。因之，倘若拿出过硬的北静王参与谋反的证据，出示于当今皇上，以他本来多疑的性格，必定方寸顿乱，说不定他会一怒之下，先将北静王治罪，那样一来，朝野必定震惊，人心必定大乱，而颠覆其皇位的机会，便一定倍增！

冯紫英对这一诡计主张最力。卫若兰也认为，据探子所报，此次銮驾不甚伟盛，但南北驿路均有异象，很可能是先虚后实，因此不宜决一死战，还是多用诡谲之思，与其智斗为好，待有大机可乘之时，再直举义旗，取胜把握方大。

柳湘莲道："此次所谓南狩，独带了贾元春在侧，诸位以为原因何在？"

卫若兰道："还不是用来掩人耳目，让世人都以为他真是只知享乐，不动兵器，俨然太平天子！"

柳湘莲又问："倘真刀剑相见，我们对元妃应否刀下留情？"他想到了宝玉和元春的关系，虽然二人年龄相差颇多，后来又难以再见，但宝玉幼时，元春于他真不啻半个母亲。

冯紫英道："此女外慈内狠。要不是她向皇上举报，秦可卿未必会死。"

秦可信道："以命抵命。我恨不能让她也吊着咽气！"

张友士望着柳湘莲道："是她命中欠下孽债。休怪别人向她催索。"又道，"举大事不可不多细思，却万万不可多虑！"

柳湘莲遂无言。心中却漾出几丝苦涩。心想此女此刻正是三千宠爱集于一身，何等荣耀，而可曾想到，捉拿她的无常，已开始舞动双腿双臂了！再想到北静王原系一宝玉式人物，非把他卷入皇位之争，充交战之矢，对一无辜毋乃太残忍！而由此掀起的大波大澜，又将把宝玉抛向何境，他何堪承受！人生之诡奇悲苦，夫复何言！

正议论中，忽然探子急报：南北大军，约三万余，已快抵达铁网山，并两翼扯动，看来是欲构成环围之势！

气氛立即万分紧张。

5

皇帝压在元春身上，双手紧握她的双乳，极其粗野地与她做爱。

此时的元春，迷迷瞪瞪中，有陶醉，亦有无数杂念短暂而尖锐地丛生。

白日里，皇帝那般威严，尤其是大臣扈从面前，是非人的神；而在帐中，皇帝与自己赤条条相搂相抱，又很难想象，他与那冠冕登于宝座的，竟是同一活物。每当皇上兴尽，汗津津、喘吁吁地侧身一旁时，她便生出无限的怜惜，甚至暗暗觉得，这个男人就总这么样，该有多好！但皇帝毕竟是皇帝。他常常即使在布施雨露时，亦充满了只有皇帝才有的疑虑与警觉。他就很多次虽退了衣服，却佩着短剑与元春招呼，并且有时还脸逼着脸地说："我能揉你的乳，也能割你的乳！"元春便给他闭眼的一脸温顺。确实，皇帝岂止可以不假思索地割掉她的乳房，更可以无须成立罪项地即刻割下她的头颅。这是外人万万领受不到的恩宠与恐惧交加的心情。自从进宫以后，她经过多少此种功课！那年归省，她与祖母、母亲等挽手相见时，禁不住脱口而出地说，宫中是个"不得见人的去处"，又在父亲隔帘问安时，忍不住说："田舍之家，虽齑盐布帛，终能聚天伦之乐；今虽富贵已极，骨肉各方，然终无意趣！"但听者只能意其皮毛，怎能知她心中那深不可测的惊悚悲苦！

她恨这个把她来回搬动搓揉的男人，她却又无限怜惜这个连这时也不能摆脱防御之心的皇帝。难道这皇位是偷来的吗？为什么要时时刻刻地防着"失主"来索取这已到手的宝座？当然，她也明白，即使这皇位是得之于正大光明，那些个皇叔、皇兄、皇弟、皇侄乃至于皇帝亲生的皇子，十个有八个总还是时时刻刻地在那里或明或暗地觊觎这个皇位，古往今来，这皇位酿成过多少战乱血案，为什么任是谁登了基，也终不免要变得这般狂躁多疑？似这样的日子，确确实实：虽富贵已极，然终无意趣！

皇帝又终于汗津津、喘吁吁地弃她侧身，她这也才得悄悄匀气。

窗外，传来渐渐沥沥的雨声。

皇帝忽然陡地起身下床，飞快地穿着衣服并唤道："来！"

夏守忠立即从门前一架屏风后转了出来，躬身轻问："可还是——留？"

原来皇帝与后妃做爱，时辰长短等太监都要详加记录，在结束之后，如皇帝命令"去"而不是"留"，太监便要亲自动手，将皇帝射入的精液尽悉洗净。

皇帝却并不作答，而是更急迫地道："立唤戴权！"

戴权就在门外值候，立即进来了。

皇帝斩钉截铁地宣谕："起驾！"

当袁野与邬铭从睡梦中被唤醒时，都不禁发愣。刚刚丑时，且下着不大不小的雨，为何皇帝要此刻赶路？

也许能明了皇帝心思的，唯有戴权。

戴权的名分，一直是大明宫掌宫内相。大明宫是太上皇住的地方。太上皇的偏瘫禅位与当今皇帝的登基成功，都有戴权的不可磨灭却又不便宣扬的功劳。前些年皇帝那样处理江南秦逆，戴权的建议亦构成很重要的部分，所以皇帝竟破祖宗那不许太监以公务身份出宫活动的老例，在秦可卿死后，让戴权公然坐上大轿，打伞鸣锣，亲赴宁国府上祭，并允了贾珍之求，给了贾蓉一个龙禁尉的名分。

这回皇帝南狩，随行者当中，只有戴权了解全部机密。他和皇帝都知道，这潢海一带，布满湖泽沼地，倘若雨量失常，变得太勤太大，会很快形成水涨失路的局面，他们离最后所要到达的"围猎地"，只有一天的行程了，只要抵达了那里，一切驻跸供应，便都会有金陵体仁院总裁仇琛的周密安排，会是色色精细、小心伺候的。那里不远，也即是秦可信的圈禁之所。皇帝甫至，不仅不会为难秦可信，还欲当着众官员乃至精选的良民代表们，给秦可信以最大的恩典，以示其仁爱孝悌的慈怀。皇帝黅夜起驾，正是防止一夜连绵阴雨之后，沼泽淫溢，路径难辨，銮驾不能如期抵达目的地。当然他更忧心的是，所暗中调动的南北两支劲旅，亦不能如期围住铁网山匪寇的山寨。

丑时未过，銮驾已在雨中行进了。这回抱琴与元春同坐在那金顶金黄绣凤版舆之中。元春手中，仍握着那腊油冻的佛手。寒气从版舆帘缝中透入，抱琴替元春系披风上风帽的绦带。

抱琴对元春小声说："娘娘好春色！"

版舆中，只有一盏羊角灯，泛出微弱的光。

元春什么也没说，只是现出一种令抱琴无法理喻的神色。

在版舆中，她们听见雨声越来越大，并且还忽有强光泄入舆中，须臾，竟雷声大作。版舆禁不住颠动摇晃起来。抱琴坐在元妃对面，不禁把手也放到了元妃那握腊油冻佛手的手上，喃喃地念起佛来。

这雨势使得銮驾不得不停了下来。打头阵的袁野来到皇帝的马车前，滚下马跪报："前方已失路径，有几匹马已误陷沼泽，难以拉出……"

后卫的邬名也来跪报："似这等情形，臣斗胆建议，右侧有一小山，山上似有房屋，或到山上暂且驻跸一时，待雨稍息，并派员探明前行路径后，再抓紧赶路，可望于天明前到达目的地。"

戴权骑在马上，亦附和说："先上山小憩，实为良策。"

皇帝应允了。

于是銮驾上了小山。

山上的房屋，原来是所破庙。庙额依稀可辨，曰"智通寺"。袁野先带人进去搜索一番，证实内中并无僧俗人等。夏太监又带领众小太监迅速布置好正殿，迎进皇帝与元妃。那正殿中的三世佛金身早已剥落，但在大明角灯照耀之下，瑞相依然庄严。

夏太监等于佛案前设下临时宝座，皇帝坐了上去。元妃进入，跪下叩头。皇帝笑道："你是拜我，还是拜佛？"元妃答："拜佛，也拜圣上。"皇帝一把拉过她，揽于怀中，又问："拜我重要，还是拜佛重要？"元妃侧顾左右，面有为难之色，皇帝一挥手："去！"殿中所有宫女太监，悉尽退出，皇帝却又唤进戴权与夏守忠，命令说："戴权你与我寺外统领一切。小夏子只许你一人在殿门外伺候，传水传食，更衣取物，我自会吩咐，不用你擅献殷勤。"二人喏喏，各自去了。夏守忠临去关拢殿门。皇帝便一边轻薄元妃，一边又问："是拜我重要，还是拜佛重要？"

元妃答道："一样重要。"

皇帝捧着她的脸，逼近了问："偏要你分出轻重，说！"

元妃便道："圣上是活佛，自然拜活佛更为紧切！"

皇帝把元妃的脸一抛，厌恶地说："原来你也只会阿谀奉承！"

元妃身子一闪，袖子一挥，咣当一声，将袖中那腊油冻佛手掉在了地下。

皇帝一惊，耸眉道："你竟袖有暗器！"

元妃赶忙跪下，拾起那腊油冻佛手，举给皇帝检验，并坦白道："这是臣妾随身带着压惊的一样古玩。是臣妾祖母过寿时，一个外路和尚献给她的寿礼。臣妾母亲进宫请安时，带给了臣妾，意在见物思祖，永葆孝心……"

皇帝取过那腊油冻佛手，愠怒地说："我那严禁私相传递的旨意，你们难道不知道吗？该当何罪！"

元妃匍匐在地，战栗地说："虽然这是圣上谕旨下来之前送来的，臣妾等确是罪该万死……"

皇帝摩挲着那腊油冻佛手，触觉上甚有快感，忽又转怒为喜，道："起来起来，什么罪不罪的，咱们是两口子，且坐一处说话……"一把拉起元春，又把她揽于怀中，问："这竟不是蜂蜡制的，沉甸甸的我看是名贵的玉石，你快给我解释解释……你说是和尚所献，看起来内中颇有玄机呢！佛手就是香橼，香橼便是元春，假香橼便是贾元春……你看黄得多亮，就凭这个东西，我怕就要封你为皇后呢！"

都说伴君如伴虎。其实虎何尝会像皇帝这样喜怒无常。

皇帝对那腊油冻佛手爱不释手。他本是弓刀不离身的，喜悦中，他扯下元妃腰中一条绦带，将那腊油的冻佛手，挂到了他那张弓上，又将弓顺手套在了香案角上，指着那弓和佛手说："这便是你我不

265

分离的缘分了！"

这回是元妃主动投入了皇帝的怀中。

……

大约是半个时辰之后，忽然夏守忠启门而入，皇帝暴怒地喝问："大胆！我何曾唤你?！"

夏守忠未及答言，戴权已迈进了门槛，进门便咕咚跪下，报道："圣上，大事不好！"

皇帝本能地握紧腰上的剑柄。

6

戴权尚未再启口，忽听"嗖嗖嗖"几声，若干支利箭已穿窗而进，分别射在殿柱、香案和临时宝座上。皇帝拔出宝剑，大吼："何人谋反?！来人！与我拿下！"

戴权跪进几步，贴近皇帝膝下，喘吁禀报说："圣上，此殿已被逆贼所围……他们原有地道与此寺相通……埋伏已久！……寺外邬帅已被他所擒，袁帅亦被他们的二层包围圈所逼……本当与此等逆贼决一死战，奈何此殿外伏兵转瞬即可扑入……现逆贼派出一员说客，欲面见圣上……"

皇帝不完全从那禀报的话语，而是更多地从戴权那眼神里，意识到了情形的严峻与可能把握的转机，他努力使自己镇静下来，以不失在万险中的天子威严……

"哈哈哈……"

竟有一人大摇大摆地迈进了殿门，自报道："说客在此……"

皇帝盯住他，厉声喝问："你是何人？"

"我乃太医张友士也！"

"胡说！朕的太医院无有你这逆贼！"

"那个自然。"张友士笑吟吟地说，"不过，这殿外的伏兵一扑，将你擒灭，我主秦可信坐上龙椅，那么，不但太医院正堂非我莫属，恐怕还要封王晋爵呢！"

"来人！给我拿下！"

"哈，人倒有，该拿的也已尽行拿下，请看——"

随着张友士衣袖一摆，殿门从外被用力拽开，訇然一声中，皇帝只见外面人影幢幢，眯眼细看，前面跪缚着一排龙禁尉，后面立着几排持刀张弓的逆匪。心中不禁愤恨于手下的这些人竟如此地不中用！

皇帝把一直跪伏于前的夏守忠和戴权重重地各踢了一脚，浑身颤抖地喝道："滚出去！"

两个太监立刻往外爬。皇帝忽又叫道："戴权留下！"

戴权便在门外停住。夏守忠觳觫着爬出门槛，外面的逆匪也不理他。

张友士一旁笑道："养兵千日，并不能用兵一时。可悲可叹！"

皇帝怒目瞪视他，他却只是冷笑。

皇帝忽然松弛下来，意态从容地走到那临时宝座上，傲然坐下，拈着胡须道："有趣，有趣。"

张友士微微一笑，见殿中有一绣墩，也便仪态悠然地坐于其上，开言道："你也毋庸斥我等逆匪，我也不敢再历数你的阴毒无道。从来是胜者为王败者贼。原来你毒瘫太上皇，杀戮皇叔，逐撵兄弟，谋害忠良，抄家成癖，敛财近狂，篡居皇位，荒淫无耻，算是暂时取胜。不过天理昭昭，天网恢恢，多行不义必自毙，今天你陷入天罗，难突地网，败为贼已是定局……"

皇帝沉沉稳稳地道："你怕言之过早了吧？"

张友士道："难道你今天不是已经成为逆贼了吗？"

皇帝道："我说的是，怕你们终究也非胜者，为王的，即便不再是我，也绝非尔等宵小！"

张友士道："这倒算是一句明白话。"

皇帝道："怎么个明白？你倒给我说个明白！"

张友士道："我们的人已围住此殿。你的性命，已在攥在我们手中。庙外你的扈从，我们切断了他们跟你这里的联系，但实在地说，我们尚无能力将其一举了决，他们中也尚有奋勇勤王者，两军相持，天明之前，难分胜负。倘若我们就此结果了你，并力挫你的扈从，却并不能一举进发京城，那京中早有野心者，必是鹬蚌相争、渔翁得利，他倒从从容容地登那金銮宝殿，称帝改元了！这于我于你皆无利益之事，我们当然都不必做！"

皇帝心中松了口气，面上却鄙夷不屑："从从容容？哼，京中诸王，哪一个敢从容？"

张友士叹道："所以说你不能知人任事，刚愎自用，早在陷阱之上，却俨然稳如泰山！现爽性给你点破：那北静王，便是头一个欲取汝而代之者！"

皇帝仰颈大笑："他？……哈哈哈……你等欲乱我心，离间朕与王公关系，甚属可恶，然专拈出北静王做例，实在令朕浮一大白！真真是匪夷所思，从何想来！……一言以蔽之：那北静王分明是个诗疯子、呆画鸟！……"

张友士道：“痴呆者，未必就无登基的野心。何况古训早有大智若愚一说。实话告你，北静王与我主早通关节，你这回南行之前，他已给了许诺，只要我们完结了你，他便于登基之际，立封我主为靖南王……”

皇帝笑道：“越说越离奇！亏你编排得出来！”

张友士便从袖中抖出一样东西，伸臂递过道：“眼见为实。你看这是何物？”

皇帝抢过定睛一看，是鹡鸰香念珠串。这确是他亲赠给北静王的。而且上面有他特意留下的记号。他心中不禁一惊。但他随即将那香串往座椅上一掷，呵呵一笑：“这算得什么！想是你等派人从他府中盗来，离间我们。鸡鸣狗盗，可笑可叹！”

张友士他们深知，这位皇帝是宁疑万人，不信半个的。此香串一亮，离间便大功已成。于是微微一笑，转开话题道：“闲言少叙，你我都知，时不待人，说不定眨眼间即呈变局。你之故作镇静，乃是因为你知所调的精锐之旅，已快将我山寨合围，所谓勤王之兵，说不定也快冲进寺门。其实即便如此，我们也还可从容将你摆平。但不如留下你，今后再行虎兕之争，省得倒让北静王之流的痴疯劣货，坐收渔利！但你现在既成为我们的箭靶，那么，欲留一命，便必须答应我们的条件……”

皇帝立即一挥手：“朕恕你们惊驾之罪！秦可信立免圈禁！封为秦王！这潢海铁网山便封为秦王领地……”

张友士笑道：“虎兕相争，兕何需虎封！不过，也罢，你这必能做到。只是我们所求的，是你身边的一个宝贝……”

皇帝一时不能明白。在张友士闯入后，他提起全部精神应付这个危机，竟将元妃的存在，抛诸脑后。而在张友士进入庙殿之时，元妃也便慌忙躲进了佛像之后。她先是双手合十，不住地念佛，之后不由得谛听起前面的谈判来，听到皇上处于生死危难之中，她倒并不多么恐惧，只是下定决心以身殉帝。当她听到关于北静王的那些话时，她心里只想着贾家与北静王过从甚密，不仅父亲出入北静王府极为频繁，私相授受几成家常便饭，那宝玉与北静王的关系更非同一般……她比任何人都更清楚皇帝的脾气，不管谁告密，哪怕明明是敌手的挑拨离间，皇帝听了必然心乱，纵然据此大兴冤狱，也在所不惜，而且还必要牵三挂四，株连无度……惶悚迷乱中，她甚至甘愿就此与皇帝一起玉碎……

皇帝站起来，怒气冲冲地说："岂有此理！……朕的龙袍玉玺御剑宝刀，岂能容你等狂徒攫取！"

张友士道："那个眼下倒不必……"说着一指，"其实所要也不多，不过是此物而已……"

张友士所指的，是那挂在香案角上的御弓。皇帝正待拒绝，张友士忙道："弓且留给你，改日再决雌雄……我们所要的，是悬于弓上的香橼！"

皇帝心中一松，张友士却追上一句道："不是这腊制的小玩意儿，而是贾元春本人！"

皇帝一惊。他这才意识到庙殿里还有贾元春在。贾元春在佛像后一听此言，如遭雷击。

皇帝回过神来，心中禁不住暗喜。原来逆贼所索，不过一元妃。这令他立刻想到了唐明皇，马嵬坡。其实他与元妃的情分，还并未真达到明皇、杨妃的地步。再说宫中尚有无数佳丽，周贵妃就很不错，论床上功夫，似比元妃更胜一筹，只不过双乳不及元妃丰饱罢了，而只要他留得青山在，何愁无大乳女可享！不过，他焉能爽快答应这些逆贼，不免故作暴怒状道："悖逆至极！元妃何罪？你等索她何意？刀兵相见，祸及弱女，尔等真狗彘不如！"

张友士道："此贾元春，乃荣、宁二府之最奸狠者！彼不仅秉其父意，钻营进宫，狐媚惑主，乱宫闱，干朝政，一意胡为，而且密告秦氏，酿成惨祸，令我主不能与亲妹相见，且不能亲殓其骨，并在丧父母死兄妹后，以孑然一身，遭受圈禁，百般受辱，饱经挫磨……此固是你之大罪，而贾元春之雪上添冰、创口撒盐，更令人切齿顿足！此等妖孽，理应剪除！"

元春在佛像后听到，仿佛落入冰桶，自知此生休矣！往日的荣华富贵，碎作万片，乱舞于心头，且悔愧丛生，何必入宫何必揭穿秦可卿……尤其是，父亲等何必掺和人家皇族争位的事！不管怎么说，到头来这秦可卿、秦可信毕竟与皇帝同宗同族，而无论你甄家、贾家，都无非是挂在人家弓上的赘物！唉唉，天伦啊！早该退步抽身！……

皇帝决定不再装蒜，他直截了当地说："事已如此，朕只能割爱。只是你们殿外弓箭手必得退避，还寺外亦需退兵，还要放朕那邬将军与扈从人等进来，引我出去，我方能容你们带走元妃……"

张友士也寸步不让地说："你将那贾元春速速献出！我们到手之后，自然放你一马！因为明摆着，你调遣的精兵多我数倍，天明或即来到，我们虎兕决战，还有待今后，今天不过给你小示颜色，谅你今后再不会小觑我主及我等豪杰！闲话少说，且献出那十恶不赦之贾氏刁妇来！"

此时元妃从佛像后挺身而出，自知命数已到，故颇有视死如归之气概。她先伏拜于皇帝之前，泪流满面，呜咽着说："臣妾就此拜别了……"

谁知皇帝顿脚道："啰唆什么！你这贱人！"又对一直匍匐在地、几如僵石的戴权大吼："与我扯去！"

戴权竟腾地起身，倒把张友士惊得一抖；说时迟，那时快，戴权毫不留情地将元妃发髻一抓，提起她来，对张友士道："快快请外面弟兄们让路！快快放我邬将军进寺保驾！"

门外传来一声："以人换路，后会有期！"

戴权便将元春朝张友士一抛，张友士一把抓住元春，门外立刻有人将元春拖出，而寺门口响起了"袁野、邬铭在此保驾"之声，于是皇帝抓起御弓，一把扯下那腊油冻佛手，顺手掼于地下，佛手顿时碎为数块。戴权扶持着皇帝，飞快地迈出佛殿大门，皇帝舞着宝剑，通过包围者让出的通道，抵达寺门之外。此时夏守忠亦尾随逃出，皇帝扭身中一眼看见，二话不说，扬起宝剑，一道血光，夏守忠人头滚于污泥之中。袁野、邬铭果然带着一簇人马在寺门外迎接，立刻扶皇帝上了御马，皇帝接过马鞭，猛抽一鞭，袁野、邬铭等围随着，风驰电掣朝山下盘旋而去……

此时早已雨停。月亮从一团乱云中透露出缕缕清光，照出了那智通寺门旁的两行对联：

身后有余忘缩手
眼前无路想回头

7

这一夜的事，第二天京中并无人知晓。

荣国府里，竟还是喜气氤氲。久不上门的一些亲朋，又把骡车轿子在府门内外停了好大一片。

贾母斜卧榻上，鸳鸯用美人拳给她捶腿，其余丫头们两边雁翅排列。王夫人等围坐于她榻侧，呈半月状。娘儿们兴致都比往日为高。大家你一句我一句，互相凑趣。一时又像有多少好日子在前头等着。只见凤姐亲捧着一个鎏金大盘进来，上头堆着些黄澄澄的果子。贾母因笑道："我的猴儿，什么好东西，舍不得交给丫头，自己巴巴地捧过来，敢是人肉包子吗？你可小心神佛用雷轰你！"凤姐走近，大家方看清金盘上是几个新摘下的大佛手。凤姐笑道："我这腔子里，竟揣着老祖宗的心呢！老祖宗此时挂念的，不是香橼是哪个？老祖宗请细看，香橼不止一个，咱们贾家，能进金盘的怕还多着啦！"说着将金盘佛手置于贾母榻前的杌子上，众人皆喜笑颜开，贾母高兴地唤道："琥珀，快取过眼镜，哪一个是我们的元妃？我此刻竟满眼生辉了！"众人便都开怀竞笑。此时唯有宝玉一旁发呆。宝钗轻轻推他，宝玉对她小声说："我昨夜那梦……"宝钗微嗔："又来疯话！什么梦是靠得住的！"贾母一眼瞥见，因问："小两口也想娘娘啦？"宝钗因答道："他这里说，想的不是娘娘，是大姐姐。"众人皆点头叹息。贾母因道："此是天伦至性啊！"

凤姐又出去忙着应酬来访堂客。趁便又问平儿："南安郡王那边的寿礼，可已送去？"平儿道："因大太太看那寿屏上好，说要赶着给忠顺亲王府送礼，先就取走了，我这儿正犯愁用什么顶替呢。"凤姐道："却又作怪！这边老爷，素与那忠顺亲王不睦，你忘啦？那年宝玉挨打，正是忠顺王府来讨什么戏子的，惹出来的，似这等冤家，躲还来不及，上赶着巴结他干什么？"平儿道："我也是这么说呢。可大太太说，风水也不能让二房都占去了。依大老爷估摸，这忠顺亲王，将来的走势，其实大大超过北静王。说是南安郡王也越来越不中用了，不如疏着点。还说，该多跟西宁郡王套近乎。那东平郡王，看来今后倒是断了为好！"凤姐叹道："多年的交往，也不能随风转舵。人也别忒势利了。"平儿道："我哪敢这么跟大太太进言？只不过应她略迟慢一点，她便老大的不高兴。当时东府大奶奶也在，我更不好张口。"凤姐问："珍大奶奶怎么表示？"平儿道："她就好像什么也没听见似的。想来她心里也未必跟这边一样喜兴。毕竟各门各户的。娘娘红火，他们那边未必能沾上多少光。所以依我说，咱们这边，也别忒狂了！"凤姐叹道："其实是一根线上的蚂蚱。还是当年三姑娘说得好，别一个个乌眼鸡似的，闹得有祸不能同当也罢，有福也不能同享，那就真的都别过了！"因周瑞家的过来回话，她们才掩口不提。

此时荣国府里的大观园，已几成废园。唯有其中栊翠庵，因妙玉尚居其中，还算保持着往日的葱翠洁净。此日早饭后，惜春来庵中与妙玉谈心。二人坐于禅房之中，丫头烹茶，案上铺开棋枰，略下了十多步，便封棋清谈。窗外梅树无彩，见不到桂树，却随风送进来阵阵早桂的暗香。说及缘分，惜春叹道："世人所谓缘分，依我看，皆为'他缘'，也就是脱不了二人关系。'他缘'再圆满，也是牢笼。比如大姐姐，多少俗人羡慕，这回随圣上巡幸，这府里就跟添了金山银库似的，其实伴君如伴虎，与虎有缘，岂称福祉！"妙玉问道："那么，依你说，不要'他缘'，难道说要'我缘'吗？"惜春点头道："正是！或称'自缘'。也就是到头来，我归我心，我蜕我壳，我遂我意，我升我境。比如林姐姐，俗人都说她是命苦，无缘无分，无寿无福，一生多愁多病，到头来沉湖殒命。其实她是真做到了质本洁来还洁去，自我缘分极为圆满……"妙玉闻说，心中隐然作痛。遂伸手从木罐中取子，继续下棋。

日影渐短。荣府门前又来大轿。传进去，是皇城巡察使贾雨村老爷来拜。刚刚从北静王府回来的贾政，未及更衣，便忙迈出书房迎接……

8

潢海铁网山那边头一夜里发生的事，京城市井中芸芸众生更不知悉。

西城护国寺庙会，逢八照常开市。天色甫明，寺门外便车辐交错，寺门内人如江鲫。山门之内，是一片花市，刚到的鲜花，与陈列的绢花争奇斗妍。往里钟鼓楼之间，有个什么杂耍的大棚，棚口有伙计敲着牛胯骨数来宝，往里招揽看客。头层大殿东侧，则是鳞次栉比的贩卖古董玩器的小摊档小铺面，往里头逛的，多是较为斯文的人士。

家住护国寺东廊下的贾芸，前几年从荣国府凤姐那里谋了几档子差事，家境大为改善，也便在这护国寺里，开了一爿小小的古董玩器铺。平日由雇的伙计经营，他只抽空去查验查验。

且说这日一早贾芸正在铺中与伙计对账，忽听前面摊子那里吵嚷了起来。本也没有在意，但听着听着，觉得有个声音颇熟，便走出去看个究竟。原来是有位壮汉，在走动中，不慎碰倒了摊主摆于外侧的一只瓷瓶，摊主定要他赔，他却怒气冲冲咬定是摊主设的陷阱，两下里都不依不饶，故高声吵嚷起来。那壮汉大发雷霆道："臊你的娘！我把你这摊子都砸了又怎样？要死狗找冤大头寻到我头上了，也不睁眼看看老子是谁？"那摊主梗起脖子道："你倒砸呀！砸个看看！清平世界，我怕你个泼皮不成！"周围有的劝，有的作壁上观，一时沸沸扬扬。

贾芸抢上前去，分开二人，先对那摊主说："这位爷是我朋友，误会误会，且先息怒，这损失算在我的账上……"又挽住那壮汉胳膊道："倪哥且到小弟处歇歇！"

贾芸将那壮汉引到自家铺中去了，这边便有人对那摊主说："难怪你新来乍到的，竟不认得醉金刚倪二！这护国寺一带，惹了别人倒罢，惹了他，可是吃不了兜着走！"又有几位老摊主议论说："倪二虽是这地面上的，却从不见他往咱们这古董玩器市逛，今儿个怎么忽来雅兴？""亏得他今早酒气还浅，要不真动手砸将起来，你我皆有池鱼之殃了！"

贾芸在铺中让座，伙计奉上香茶，倪二只说："恼人！你等这做的是什么买卖？挤挤巴巴的。让人胳膊根怎么活动？敢情都是想故意招人磕碰，好讹诈赔银！"贾芸因赔笑道："大哥不知，这一溜地面寸土寸金，如今这一行买卖又难做起来，谁愿疏疏朗朗地浪费地面？再说，往通路上摆些个易碎之物，没有买卖时用刮拉倒了的事讹些赔银的人，也确是有的……只是倪大哥今儿个怎么有雅兴到此逛逛？"

倪二道："依我说，这些个劳什子都是无用的家伙！我在这寺外住了多年，这寺里也常来，何尝往这一溜里蹚过？今儿个因我那哥儿们王短腿娶续弦媳妇儿，他倒艳福不浅，娶的是个黄花闺女，这倒也罢，竟还是个雅人，所以王短腿跟我说，你非要送礼，那就来点体面堂皇的古董玩器，我早听说如今你在这里头开了个铺子，本是奔你而来的，没想到在前头便蹚了一脚的晦气！"

　　贾芸以前困窘之时，得过倪二慷慨臂助，早思报答，因道："其实何劳大哥亲来铺里，让谁带句话到我家不行，我早给王哥送新房去了……王哥敢还是在贩马？"倪二道："早贩不动了。如今当着狱卒。衙门里给不了几个钱，其实全仗犯人家属养着，倒还是肥肥的！他跟我一样，算是嘴硬手狠却心慈意善的一流。都说我们泼皮，其实我们倒并无一双势利眼睛！"又道，"王短腿这续弦的媳妇儿，说来跟你倒还有几分关系！"贾芸惊道："此话怎讲？"倪二道："她原是你那阔亲戚荣国府宝二爷的丫头，叫茜雪，听说本没犯什么错，是那宝二爷自己喝醉了酒，把茶杯掼到了她身上，却因此竟把她撵了出来，因她家中只有一个寡母，很艰难了几年，现在寡母又奄奄一息……好在嫁了王短腿，便有靠了！"贾芸心中正联想萦回，倪二又道："荣宁二府你常进进出出，那里漂亮的丫头不少，何不也娶上一个呢？"说完呵呵大笑。贾芸不禁脸红，忙连连让茶。

　　送走倪二，贾芸也无心算账，心里只想着如今在凤姐房中的小红。最近也几次跟母亲商议过，由母亲出面，破着脸去跟凤姐求下这门亲事，最近元妃娘娘随驾巡幸，凤姐等正兴高采烈，是最乐得施恩作福的一个时机，何不这两日便将此事促成？想来小红定也盼着此事，在那府里，终非定局。

贾芸出得护国寺，尚未转入东廊下，只见有一公子在胡同口水槽饮马，侧影好生面熟，定睛一看，竟是贾蔷，忙抢上去打招呼。再一细看，竟还有驮驴等驮着行李，并随仆等人在旁；又有一顶轿子停在地下，轿夫等也在一旁取水喝。轿子掀着轿帘，轿里一个美人儿扇着团扇，贾芸认出是原来荣国府梨香院的龄官。

互相请安后，贾芸问道："你这是出远门的架势了，还拉家携口的，怎么事先也不递个话儿，好给你饯行啊！"贾蔷将他引出十多步，在一株大槐树阴凉下站定，道："这京城里待腻了，再说，危机四伏的，还是远走高飞的好啊！"贾芸道："说别人家危机四伏倒也罢了，咱们娘娘正随驾巡幸，皇恩是空前的浩荡，你不留在这里分享荣耀，倒远遁别处，是何道理？你得珍大爷应允了吗？"贾蔷一笑："珍大爷他催着我走呢！他说，他跟蓉儿是走不开的，要不，连他们也走！"贾芸道："这我就不明白了！"贾蔷拱手道："不明白也好，只当我胡说吧！就此别过！"竟告别转身而去，自己骑上马，轿夫们抬上轿，驮驴仆人们跟着，扬长而去。

贾芸目送贾蔷一行远去后，心中很乱。但千头万绪中，让母亲尽快去凤姐那里求娶小红一事，却始终居于他意识的最上层。

9

京中人等哪里知道，头晚在潢海铁网山发生了多么可怕的事！

那元妃被秦可信一伙得手后，因警报频传，皇帝调来的大队精锐，正刻刻逼近，秦可信便让手下人匆匆将她缢死在智通寺中，然后弃尸而退。可怜贾元春喜荣华正好，恨无常又到，眼睁睁把万事全抛，荡悠悠把芳魂消耗。她在生命终结的最后时刻，真巴不得魂儿越过远路高山，直入父亲梦境，给予他响雷般的忠告：从今后，再莫卷入皇权争夺的旋涡！但她在惨死时也未参透，这种卷入对她那样的一种家族而言，已是一种生存的常态，不到终于赔进去满盘皆输，是几无退步抽身的可能！

直到几天以后，战场转移别处，才有一位非僧非道亦僧亦道的人士上得山来，将她和夏守忠以及另外一些被杀掉的龙禁尉的尸体，分别掩埋。那人便是早年住在苏州阊门仁清巷的甄士隐。他一边掩埋那些尸体，一边似吟若唱地口中呐出："……金满箱，银满箱，展眼乞丐人皆谤。正叹他人命不长，那知自己归来丧。训有方，保不定日后作强梁……乱烘烘你方唱罢我登场，反认他乡是故乡。甚荒唐，到头来都是为他人作嫁衣裳！"

皇帝脱险以后，立即让抱琴等六个宫女，以及原来跟着夏守忠专门伺候元妃的五个太监饮鸩而殉，并严命包围秦可信山寨，限期破寨取胜。

最先知道这个变故的，是金陵体仁院总裁仇琛。令他震惊的还并不是元妃的遭遇，而是秦可信居然早已逃逸。这是他难卸其责的。他本想干脆投靠山寨，但别的且勿论，他那衙内在京中时早与冯紫英结下死仇，所以没有被接纳的可能。他急得团团转。最后他竟采纳了儿子的下下策，带着夫人儿子和极少数随从，弃印挟财而逃。

柳湘莲带领一半弟兄，在前面提到的那座山寨固守。因山寨周围地形险恶，且山寨一方居高临下，一夫当关，万夫莫入，官军很难强攻，只能死围，期待秋冬以后，寨内粮绝，不攻自溃。秦可信、冯紫英、卫若兰、张友士等，带领另一半人马，却都按事先拟定好的计划，退到了另一处官军并未侦察到的更为隐蔽的山寨，养精蓄锐，以逸待劳，伺机行动，以图大业。

但在那后半夜的接触战中，卫若兰不幸肩窝上中了一箭。退到山寨后，张友士对他精心治疗，虽一度避免了箭毒入心，但终究导致了持续高烧，膏肓败坏，渐致不支。一日，冯紫英到榻前慰问，卫若兰攥住他的手道："我怕是不行了。别无所憾，只是对不起史湘云。看来这雄麒麟只是借我身暂居一时，因麒麟伏白首双星，还应不到我身上。这也是天缘有定，非人力可扭转。"说着从枕下取出那赤金点翠的麒麟，交到冯紫英手中道："你返京之时，设法将此麒麟归还宝玉。"冯紫英不忍，安慰他道："你会好起来。史大姑娘还苦等着你。且宝玉已然与宝姑娘成亲。这麒麟你还是留着。"卫若兰道："冥冥中自有天定。我心里只觉得此麒麟应归还宝玉。否则辗转难眠。"冯紫英这才接过道："我且替你收着。待你好些，我再还你。你不要再胡思乱想，总是养病要紧。"

谁知卫若兰不几日竟溘然而逝。冯紫英等洒泪将他暂葬于山寨。那金麒麟冯紫英慎重保存。后来，冯紫英果然又混进京城，并见到贾宝玉，彼时薛宝钗已逝，冯紫英将金麒麟给贾宝玉，并告知卫若兰最后的嘱托，贾宝玉接过麒麟，失声痛哭，并说史湘云竟失散已久，生死未卜。冯紫英亦不禁唏嘘。但最后几经波折，贾宝玉竟与史湘云不期而邂逅，在艰难困苦之中，终成夫妻。正是：

自是嫦娥偏爱冷

岂令寂寞度黄昏

10

皇帝回銮的阵仗是煞有介事地威严雄武。

虽然京中谣诼蠭起,但皇帝回銮时似乎什么意外的事也没有发生。在回宫的仪仗中,照例有一把曲柄七凤黄金伞,伞后依然是八个太监抬着的一顶金顶金黄绣凤版舆,雍容地缓缓前行……

皇帝对在京照应的北静王不仅优礼有加,还在朝仪后携着他手,当着众多的王公大臣极表亲昵,活现一幅骨肉情深的白描图。

皇帝对病笃的太上皇,一日数次探望,亲奉汤药,亦是活现一幅至纯至孝的工笔画。

皇帝又大赦天下。其中包括宣布解除对江南秦可信的圈禁,并封为秦王,发还财产,扩大采邑。

贾府的老爷太太们,包括贾母,等着进宫与元妃请安。平日最熟悉的夏太监没有出现,周太监出面,告知他们元妃旅途劳顿,需长休一段,暂不宜分神伤体。贾政等私下求见戴权,戴权只派小太监代为接见,言语之中,很不得要领。几天后忽然宣布元妃薨逝。贾府的人只看见了棺椁,未能见到元妃遗容。

容不得贾家沉溺于自家的悲欢,忽然有一天,噩耗普传天下:太上皇薨逝。

太上皇的丧事尚未收尾,京城中便卷起了腥风血雨。

在皇帝剪除异己的狂飙中,贾氏荣宁二府是首批被连带扫荡的。忽喇喇似大厦倾,昏惨惨似灯将尽,终于是家亡人散各奔腾。

最后,好一似食尽鸟投林,落了片白茫茫大地真干净!

饮"千红一窟（哭）"茶，酌"万艳同杯（悲）"酒，《红楼梦》的故事意蕴深刻，而秦可卿与贾元春的先后惨死，尤令人扼腕长叹，思绪悠悠！

【后记】

这是我继《秦可卿之死》之后的又一关于《红楼梦》探佚的学术小说。我认为在《红楼梦》的前半部，秦可卿之死是一大重要关节。关于秦可卿的情节，在曹雪芹反复修改调整书稿时，有重大的删除、隐蔽与故留破绽的"找补"。这些我们现在都还可以看到痕迹。《红楼梦》的后半部，贾元春之死则是至关重要的转折点。有关的情节曹雪芹写完了，但书稿却"迷失"无存。现在我们看到的一百二十回通行本，后四十回是别人续补的，有力的证据之一，便是关于贾元春的情节，与前面第五回里的诗图曲文所提供的暗示几乎完全对不上号。第五回关于贾元春的《恨无常》一曲，明写着她"把万事全抛""把芳魂消耗"是在"望家乡，路远山高"的地方，哪里是像现在程伟元、高鹗所印行的"程甲本"或"程乙本"里所写的那样，安安然然地死在她那凤藻宫中。而且在前面第十一回凤姐点戏点到一句"不提防余年值乱离"为发端的《弹词》，特别是第十七回元妃点戏，又点了表观唐明皇和杨贵妃爱情与离乱的《长生殿》中的《乞巧》，脂砚斋评明注"伏元妃之死"，加上贾元春自制灯谜"一声震得人方恐，回首相看已化灰"，也都说明她是死在战乱之中，而且死得很突然、很悲惨，绝非续书所说的因"圣眷隆重"，"起居劳乏、痰气壅塞"，很富贵很正常地薨逝。我这篇小说，则根据前八十回的伏笔暗示，追踪蹑迹，试图按曹雪芹原有的构思，将贾元春之死的真相，揭橥出来。

根据我的考据，《红楼梦》里秦可卿与贾元春这两个人物的生生死死，按曹雪芹最初的构思，是互为因果的，并扯动着整个贾氏家族的歌哭存亡；她们绝非两个不甚相干的人物。第五回里贾宝玉在太虚幻境所见到的关于暗示贾元春命运的那首册页诗的第一句"二十年来辨是非"，以前许多人或不得其解，或解作"贾元春进宫二十年了"——这是说不通的，这样不仅贾元春与生母王夫人和亲弟弟贾宝玉等的设定年龄之间造成了极大的不谐调，而且，她在皇帝身边"辨"谁的"是非"？难道说她会进宫二十年里头不断地去斗胆"辨"皇帝的"是非"吗？她又终究"辨"出了皇帝的什么"是非"呢？根据我的解读，贾府开始藏匿秦可卿时，她大约五六岁，已有记忆，她对秦可卿的真实身份一直是存疑的，后来她进入"榴花深处"的宫闱，还一直在"辨"秦可卿的"是非"（究竟是不是小官秦业家从养生堂抱来的一个弃婴），直到秦可卿二十岁那年，她终于向皇帝举报了秦可卿的"非"。而最终她也就为此付出了惨重的代价。我认为这样破译"二十年来辨是非"一句，可收豁然贯通之效。

这篇小说还融会了我对《红楼梦》中另外一些人物在八十回后命运发展的探佚心得。我期待着专家与各界读者的批评指教。

妙玉之死

芳情只自遣，雅趣向谁言。

——《石头记》第七十六回

置之于万万人中，其聪俊灵秀之气，则在万万人之上；其乖僻
邪谬，不尽人情之态，又在万万人之下。

——《石头记》第二回

1

忠顺王爷府仪门内的过厅里，摆满了从宁、荣二府里搬来的珍
贵古董文玩。

皇上去冬下旨查抄了宁、荣二府，所有财产固封看守，将两府
主犯枷号收监，着交九卿严审定谳，经过几个月的审讯对质，初夏
时已定准宁国府贾珍斩监候，主要罪名是窝藏罪家之女秦可卿，并
交通铁网山叛匪秦可信等；荣国府贾赦流三千里，发往乌里雅苏台，
主要罪名是交通平安州节度使；贾政谪往云贵烟瘴地，罪名是藏匿
犯官甄应嘉家的财物；贾琏流两千五百里，发往打牲乌拉，主要罪

名是国孝、家孝期间强娶民女，勾结长安节度使云光害死两条人命，以及私放高利贷等。由于有北静王一意照应维护，也由于皇上日理万机，需立决的事情实在太多，所以九卿定谳后，当时并未批复。在这期间，宁、荣二府除上述枷号收监者外，其余男主子，贾蓉、贾琮、贾宝玉、贾环也都被相继收监，贾宝玉被派作狱街击柝打更的更夫；只有贾兰，因其母李纨曾因净心守寡被旌表过，且未成年，幸免了囹圄之苦。两府女眷，贾母和薛宝钗在抄家前后相继亡故，尤氏、贾蓉妻许氏、邢夫人、王夫人等俱被暂时圈禁在荣国府下房中，听候发落，只有两位状况较为特殊，一位王熙凤自身有罪被逮入狱，一位李纨竟恩准仍暂居大观园稻香村；余姨娘、家人、嬷嬷、丫头、小厮等，入官后有的已被卖掉，未卖掉的亦暂圈在马棚中等候买主。至于当年对宁、荣两府趋之若鹜的清客相公们，事发前见势不妙，早已作鸟兽散，其中詹光、卜固修二人，投奔到了忠顺王爷府中。

这天詹光、卜固修二人，早到过厅里鉴定古董文玩，以便王爷亲来过目时解说凑趣。这些原属贾家的东西，许多他们本是熟悉的，摩挲清点之间，也似有不胜感慨之态。

在所有器物中，体量最大，也最扎眼的，是从荣国府里抄来的紫檀架子大理石的大插屏、大紫檀雕螭案、青绿古铜鼎、金维彝、玻璃围屏等。詹光指着叹道："没想到百多年的钟鸣鼎食之家、诗礼簪缨之族，竟一败涂地至此啊！"卜固修说："真应了那句'树倒猢狲散'的谶语了！也真是'一荣俱荣，一枯俱枯'，先是金陵老亲甄家抄家治罪，没多久老太太娘家人，忠靖侯史鼎、保龄侯史鼐双双削爵流边，紧跟着王夫人、凤姐娘家的顶梁柱王子腾附逆被诛；那薛姨妈家，吊销了领取内帑钱粮、采办杂料的执照不说，女儿死了，儿子吃了人命官司收在大牢里，也不知她一个孤老婆子怎么捱日子！"

看到悬在壁上的大幅《海棠春睡图》和两旁的对联"嫩寒锁梦因春冷，芳气笼人是酒香"，詹光道："这画倒是唐伯虎真迹。这对联署着宋学士秦太虚的名儿，实属胡闹，对联的风俗，有明以来才渐时兴……"卜固修说："偏你知道！我谅你也未必事事皆知！"卜固修又指着壁上的一幅《燃藜图》说："这也是东府里的吧！那贾珍要真能燃藜苦学、自戒自律，也不至落到今天的下场！"詹光道："如今圣旨下，说是姑念当年宁国公有功于朝廷，以不忍之心，将贾珍的秋斩改为罚往大漠军台效力赎罪，并准尤氏及贾蓉夫妇随往，这真是皇恩浩荡，也算他贾珍的造化！"卜固修说："圣上对贾政更是恩加一等，将远谪云贵烟瘴之地，改为发往荆州府堤岸工程处当差，并允王夫人前往。只是对贾赦、贾琏，似未甚施恩，只不过把原议的流放两处，并作打牲乌拉一处，让他们父子得以有个照应罢了，且未允夫人们同往……"詹光问："怎不闻那王熙凤的消息？"卜固修道："我原也纳闷儿，她恶贯满盈，怎能宽宥？后问了这府里长史官，才知详情。结案时，细审她的身份，竟早已不是主子，抄家前半年，那贾琏已将她休了，将通房丫头平儿扶了正，两个人换了一个过子——所以只把她的诸罪，都归并到贾琏身上。不过她和那平儿，还有两府里的犯妇姬妾家人等，这两天都要带到崇文门发售，再无人买走，便一律强配为奴了。"两人边议论边继续清点物品，只见桌案上陈列着些缠丝玛瑙碟、掐丝珐琅盒、白玉比目磬、墨烟冻石鼎、乌银梅花自斟壶、黄杨根整雕大套杯、捏丝戗金五彩大捧盒……詹光叹道："那贾宝玉，虽说是恩准遣返金陵原籍祖茔居住，可今后哪儿还能有这些个器用排场？"卜固修说："锦衣纨绔、饫甘餍肥，于他而言早已是来如春梦去如烟了吧，年初有人亲见过他寒冬噎酸齑、雪夜围破毡的惨相，形容给我听，回想当年亲历所见，不禁唏嘘良久。依我想来，到如今他也过惯了饥一顿饱一顿的日子了，回原籍祖茔，苦的恐怕还不是吃用上的事。那贾琮、贾环等，也是恩旨遣回，只怕棠棣之威，令他比当更夫还要难受呢！"詹光问："贾兰不回金陵吗？"卜固修说："本来就把他们另当别论，现在更恩准他们在城区自购民房安居。那李宫裁对两府其他人等的遭际竟置若罔闻，一心一意只督促贾兰埋头攻书，期待有一天蟾宫折桂。"詹光道："两府的宅第，还有贾赦的别院，更加上那当年元妃省亲时盖起的大观园，也不知皇上究竟想赏给谁家？大观园里好像还有家庙，里头是和尚还是尼姑？是否早已撵出？"卜固修说："那些蝼蚁，或撵出，或一并赏予新贵，谁去细问他们的死活！圣上倒是特地将两府的一应古董文物器用细软全数赏给了咱们王爷，可见优渥非常。咱们还是专心检视为好，不要一会儿王爷到了，应对时语塞起来。"

　　正说着，便闻忠悫堂那边传来履响人声，二人忙趋厅门垂手伺候。忠顺王爷，由长史官陪同，身后跟着几个随从，步入了过厅。那王爷已年近七旬，枯骨支离、蛇面秃眉，不过身架高大，每日定时进补，精气神提起来时，倒也声高欲炽。大略地将所摆出的物品扫描一遍后，詹光便将古董中的"软彩"精品逐一指点解释，其中一架贾代善时搜罗的慧纹，系当年苏州刺绣世家的慧娘亲刺，紫檀透雕，嵌着大红纱透绣花卉草字诗词的缨珞，细看竟是温庭筠的《菩萨蛮》，有"江上柳如烟，雁飞残月天"等句，詹光道："贾府原存三件，两件早已献入宫中……"王爷也未觉精彩，只把眼光晃往别处，詹光忙去打开一只锦匣，取出若干折扇，一一展示赞叹："这扇骨皆是湘妃、棕竹、麋鹿、玉竹精造，更难得的上面字画皆系古人真迹，看这把，乃宋徽宗亲绘的'枇杷黄莺'，这把是米友仁的'云山忆梦'，这把是黄公望的'富春归舟'……明季的则有倪瓒、沈周、文徵明、董其昌……等的精品佳构，这把仇十洲的'芳洲九艳'，比那幅从贾家老太太屋里抄来的《双艳图》灵动多了……"王爷取过数把鉴赏，倒也知其好歹，问道："偏没有唐寅的？"他心中所欲，是最好有唐寅的春宫秘制，詹光因移身那壁上所悬的《海棠春睡图》，尚未开口，王爷已撇嘴说："似此等貌合神离的铺张之作，也只有你詹子亮才独具只眼，认作真迹！改日请程日兴再来评说吧……"詹光忙赔笑道："王爷眼透纸背，我等就是浑身眼睛，终究是瞎子摸象……"王爷不耐烦地移步巡视，摇头道："多是些粗夯常见之物，命你等择精而陈，难道他两府三宅，就掏腾不出些个润眼喜心之物？"长史官知王爷一贯轻古董中的"软彩"而重"硬彩"，尤重古瓷，忙给卜固修递眼色，卜固修原是跟詹光分好工，负责解说"硬彩"的，因见詹光讨了没趣，伺候时便格外小心，指点着几件瓷器说："这只汝窑美人觚，还有这个斗大的汝窑花囊，虽算不得怎样的珍品，究竟那雨过天青云破处的颜色也还入目不俗……这个哥窑美女耸肩瓶宜插折枝梅，否则难出韵味……这宣窑青花红彩大海盘还算匀整富丽……"王爷背手细看，面上并无一丝喜色，更望着一只土定瓶质问："怎的就这么个破烂？难道真再没有好瓷了吗？"长史官深知，打从宫里圣祖皇帝到太上皇到当今，都最喜搜罗鉴赏明代成窑瓷，各王公大臣群起效尤，忠顺王府历来多方淘选，也拥有几件，然王爷每到别府拜访，凡主人夸示其成窑精品，当时便难掩其妒，回到家里以后，更是摔盘砸碗，怒斥下属买办眼瞎无能。这回皇上将宁、荣两府古董文玩尽赏王爷，王爷本以为在成瓷一档必有意外收获，没曾想竟告阙如，难怪愠怒非常。

长史官待王爷怒气稍平，翻开手中册簿回道："在下倒有一个线索，或许能追究出成窑精品来……查抄荣国府时，从王夫人陪房周瑞家，查到一个古董交易的账簿，周瑞交代说，那是其女婿，名叫冷子兴，临时忘在他家的。从那账簿上看，冷子兴从一个庄户王姓人家，以六十两银子收得一只成窑五彩小盖钟，竟是稀世之宝！……"王爷忙问："那成窑五彩盖钟，我只在宫中赐宴时见过，民间从何而有？——现在何处？拿来我看！"长史官退步躬腰答曰："古董账上记得分明，已被小缮国公石光珠府上以五百两银子买去！"王爷听了顿时大怒："岂有此理！既如此，提它作甚？"詹光忙一旁赔笑道："冷子兴手中想必还有此类成瓷，他若知道王爷如此喜欢，且可为其岳父母减缓煎熬，恐拱手奉献，也是肯的。"长史官更退半步，回道："这冷子兴在两府事发前，已往江南，现在都中事态如此，只怕他少不得闻讯后就此隐姓埋名、藏匿不归，也未可知……"王爷听了更怒，卜固修忙趋前帮腔道："好在跑得了和尚，跑不了庙——那王姓人家既出手了一个盖钟，保不定就还有另外的，说不定除了盖钟，尚藏有更为珍奇的成瓷……"长史官接上去回道："正是如此，奴才已查明这家人居址，不过在城外三十多里处，已托那程日兴——他在这京中古董行里，口碑早在那冷子兴之上——前往彼处求购，想来此时该已在回程中了，如能收进，奴才一定即刻呈上……"王爷没等他说完，从花梨大理石案上操起一柄金丝编就嵌有珊瑚玛瑙猫儿眼祖母绿的如意，用力一掷，骂了声："废物！"扭身便走。那如意先砸到一座西洋国自鸣钟上，将钟顶的旋转尖塔击落，又带倒了一架玻璃炕屏，再滑落到桌下的象鼻三足鳅沿鎏金珐琅大火盆上，敲碎了数寸珐琅，只听得豁啷啷一片响声，吓得詹光、卜固修缩颈屏息、面面相觑，良久才回过神来。

2

　　王爷大怒后，径往宠妾秋芳所住的遐思斋而去。这秋芳乃暴发户通判傅试之妹，傅试原拜在荣国府贾政门下，总想以其妹嫁入贾府，攀牢高枝，甚至在秋芳已然二十三岁时，还妄谋将其说与还只有十六岁的贾宝玉。但贾府金陵老亲甄府一被查抄，傅试便料到贾府前景不妙，赶紧冷淡了贾府，并忙将妹子聘出：本也想让妹子当个原配正室夫人，而且打听到贵公子陈也俊也是年过二十三尚未婚配，让官媒婆去陈府提婚多次，那陈公子父母倒觉般配，偏那陈公子说是心中自有颜如玉，只是尚未遭逢，非那意中人绝不迎娶！其父母难以强迫，故与陈府无缘。无奈那傅秋芳一天大似一天，即使给人续弦，也难觅到富贵之家了，傅试遂做主将妹子送往忠顺府王爷为妾，秋芳虽万般不愿，怎奈父母早逝，只能服从哥哥，委委屈屈地迈进了这王府大门。

　　王爷进了屋里，秋芳赶紧上前服侍。丫头靓儿端来盖碗茶，刚放到炕桌上，便被王爷挥手掼到了地下，唬得靓儿咕咚跪下，瑟瑟发抖。秋芳因劝道："王爷身子要紧，奴才们有什么不周，吩咐管事的教训就是，何必自己动气。"忙要亲自另备茶来。王爷叹道："你用什么给我斟茶？难道你有那成窑五彩小盖钟不成？"秋芳不解，王爷也不多说，只是气闷心躁。秋芳移身到王爷背后，举起一双美人拳，且给王爷捶背，王爷喉咙里一阵乱响，秋芳取过金唾壶来，王爷呼哧带喘，吐出许多黏痰，秋芳忙接着。彼时靓儿已在秋芳目示下起身收拾了地上的瓷片茶水，另端了一碗枸杞桂圆参茶来，秋芳未等她将茶端拢，又以目代言，命她且放那边镶螺钿的红木圆桌上。王爷早晨提起的精气神此时已全然卸掉，秋芳忙伺候他小寐一时。

　　移时，王爷小寐毕，长史官求见。长史官回道，程日兴已从城外归来，在乡间找到了那一庄户人家，户主人称王狗儿，与妻子刘氏，及岳母人称刘姥姥，还有女儿儿子一起过活，问他们可还有古瓷可卖，告若有，哪有不想卖之理，女儿出阁，儿子娶妻，都还需要银两，多多益善，只是实在是再没有那样的器物了；又说若知道你们那么看重那么个小盖钟儿，当年可不该便宜了那位冷老板……王爷不等他回完便啐道："原来是竹篮子打水去了！究竟他家那成瓷是怎么个来历？难道是天上掉下来的不成？"长史官回道，程日兴反复追问他们，一会儿说是王家祖上留下的，一会儿说是刘家当年体面时公侯家赏的，毕竟搜罗古董不是审贼，也只能不得其要领而归……见王爷又要怒目呵斥，长史官忙从袖中抖出一只小盖钟，呈上去，秋芳代接了。长史官说，程日兴因未能为王爷收到正宗的成窑小盖钟，愧赧交加，故特将本朝圣祖年间仿造的上品，先奉上一件——实在是几可乱真，坊间售价也在百两左右，且先博王爷一笑；自然还要再抓紧寻访真品，一俟到手，不等过夜，必赶紧送来……王爷仍耿耿于怀，秋芳一旁摩挲把玩那五彩小盖钟，赞不绝口，又送到王爷眼前，百般凑趣，王爷才略有霁颜。

且说伺立一边的丫头靓儿，她本是荣国府贾母房中的小丫头，那时叫作靛儿，荣国府籍没后，她被忠顺王府买来，派给秋芳当差，秋芳嫌靛儿的靛字叫起来声气太硬，又平生最厌靛蓝色，以为未免丧气，故给她改名为靓儿。这靓儿听那长史官说到刘姥姥，又见到那几可乱真的成窑五彩小盖钟，蓦地回想起，那一年贾宝玉曾将一个如此这般的瓷器，递给过她，她后来送到鸳鸯姐那边的下房，说明是宝二爷赏给那到贾府打秋风的刘姥姥……她是知道刘姥姥家那瓷盖钟来历的啊！要不要向王爷举报呢？

原来的靛儿，如今的靓儿，低头盘算起来。她又蓦地记起，那一年夏天，林姑娘、宝姑娘、宝玉，都在贾母屋里，也不知他们一处说话时，怎么着又拌起嘴来似的；当时她找自己扇子找不见，也没多想，顺口问了宝姑娘两句："必是宝姑娘藏了我的。好姑娘，赏我吧！"那宝姑娘竟满脸溅朱，指着自己鼻子，恶声恶气地喝道："你要仔细！我和你顽过，你再疑我！和你素日嬉皮笑脸的那些姑娘们跟前，你该问他们去！"登时把自己喝得又臊又怕，忙跑开了……从此以后，她对宝姑娘由惧而怨，林姑娘死后，宝姑娘成了宝二奶奶，她连带对宝二爷也没了好感。现在她已是忠顺王府的人了，要在这儿混好，头一条就该知情必禀……想至此，她鼓起勇气，跪在王爷和秋芳面前，禀告说："奴才知道那成窑五彩小盖钟的来历！奴才还曾亲手拿过那小盖钟——那是宝二爷，贾宝玉的，是他递给我，让我给那刘姥姥带回乡下去的……"

王爷听了，把桌子一捶，竖起眼睛说："果不其然！真相大白！我料到如此！早听说那贾宝玉住在那个什么大观园的什么红院子里，骄奢到不堪的地步，他既能把那价值连城的成窑盖钟随随便便赏给村婆子，可见屋子里满摆着这等珍奇！怎么抄家时竟一件皆无？显见是事前听到风声，转移藏匿别处了！"遂命长史官："不能让那贾宝玉就此回那金陵原籍！你速速去通报刑部察院等处，贾宝玉藏匿成窑名瓷，欺瞒圣上，蒙混获释，险被他就此遁去！宜速将他严鞫审问，令他从实招来，吐出所藏成瓷，如其不然，我绝不甘休！……"

长史官奉命去告发宝玉，本已获释的宝玉必重新入狱，且藏匿珍奇抗拒查抄，属欺君重罪，闹不好枷号后流往三千里外为奴，秋芳对此实有不忍之心。她未出阁时，曾听哥哥派往贾府请安的嬷嬷回来说过，道那贾宝玉自己烫了手，倒忙着问惹祸的丫头疼不疼；自己让大雨淋得水鸡似的，反告诉别人"下雨了，快避雨去吧！"时常没人在跟前，就自哭自笑的；看见燕子，就和燕子说话；河里看见了鱼，就和鱼说话；见了星星月亮，不是长吁短叹，就是咕咕哝哝的……这样的一位公子，对无情之物亦倾情相待，奇是奇，怪是怪，但终究是个好人，怎能令他刚经过一番摧残，再更遭噩运呢？秋芳想到这些，心里七上八下，一时也不知该怎么救援宝玉一把。

长史官刚去没多久，忠顺王爷府前忽来了一位没了双腿的老头儿，他垂着双臂，手握两个小板凳似的木撑子，移动着身子，在府门前大声喊冤，顿时围了一群过往行人聚观。门卫上前驱赶，他一个残疾人，瞪着红眼，不怕死的模样，实难对付。围观人群中有认得他的，说那不是石呆子吗，几年没见，怎么就把腿弄没了？长史官不在，大管家不敢不往里头禀报，王爷很不耐烦，怒问怎么不远远地轰走，或报官，交那皇城巡察使贾雨村重重处置？大管家回道，那石呆子正骂着贾雨村，说贾雨村为讨好荣国府的贾赦，对他严刑拷打，打断了双腿，定了他一个拖欠官银的罪名，把他家祖传的二十把稀世古扇抄没，拿去奉承了那贾赦，他被迫流落乡间，几乎丧命。近几日方闻贾家已获罪败落，贾赦流往打牲乌拉，而贾府的古董文物，圣上尽赏了忠顺王爷，他来哭告王爷，盼王爷给他做主，申冤报仇，还说王爷必能将他那二十把古扇，尽数发还……王爷心中原对宁、荣两府并无绞斩者颇觉气闷，对那贾雨村亦早觉不满，听毕禀报，顿觉此事大可做成文章，于是命大管家且将那石呆子带至府内，亲自讯问，以明究竟。

王爷往前面讯问那石呆子去了，给了秋芳一个机会。原来王爷所宠的伶人琪官，大名蒋玉菡者，除了逢王府堂会，必唱一出大轴戏外，每常下午，照例要到引蝶轩中伺候，为王爷清唱解闷儿，王爷也总带着秋芳一起听曲小酌。秋芳支开了靓儿仆妇等，匆匆闪进了那引蝶轩，又以吩咐王爷旨意为掩护，把琪官从小厮琴师等近旁引至窗边，压低声音，简洁地把王爷将对贾宝玉不利的事情告知了琪官——那蒋玉菡与贾宝玉素来交往密切的事情尽人皆知，秋芳谅宝玉虽沦落不堪，蒋玉菡必对之不弃，当能设法援助——言毕，装作颇为不快不屑的模样，边往外走边放声说："今儿个王爷没心思，你们散了吧！"意在令琪官能尽快去设法营救宝玉。

出得引蝶轩，一阵秋风扑到秋芳脸上，望着轩外满池的残荷，她叹出一口气来，心中自忖：那贾宝玉能不能脱出王爷的手心，谋事在人，成事在天了！

3

狴犴门内，是一条狱街，街这边是重犯狱，街那边是轻犯与待决羁押犯的牢房，并有一排狱卒的宿舍，街尽头则有一座小小的狱神庙。狱神庙的堂屋正中，供着狱神，说是汉代的萧何。何以萧何成了狱神？就连在这里混了好几年，把那西屋当作了自己歇息所的卒头王短腿，他也讲不出个子丑寅卯。反正狱里有这么个风俗，犯人锁进了狴犴门，例准其到狱神庙里烧香祝祷一番，求狱神保佑自己逢凶化吉；如蒙恩释放，当然更要到狱神前献供叩头；就是杖流几千里，乃至判了死罪，临到带出狴犴门以前，也大都要来狱神前虔求庇护超度。王短腿每日靠卖供香供品，也有不少的收入。庙堂的东屋是给在狱街上白日洒扫抬运、夜间击柝打更的待决轻犯们歇脚睡觉的地方，里头只有一铺土炕，炕上连炕席也没有，只有些霉烂的稻草。

这天下午，狱神庙里照例香烟缭绕，狱神早已熏得黑若炭柱，神龛的帘幔也烟灰密布，整个庙堂里弥漫着劣质供香的刺鼻气息。

王短腿的那间西屋，略显得整洁明亮一些，炕上有半新的炕席和炕桌，靠墙摆着被褥枕头；炕下有些个桌椅柜橱，及若干必要的生活用品。他白天使用这间屋子，夜晚一般都回家去睡。此时他让贾宝玉在他那屋里洗了头脸、擦了身子，换上了干净衣服，还请到炕上一处坐着，劝宝玉跟他喝上两盅烫好的酒。宝玉说："若非王哥这半年来多所照应，我怕是活不到今天了！"王短腿说："若不是把你释放令回原籍过活，我再怎么照应你，也不敢让你进这间屋来，这么着平起平坐。"仰脖干了一盅，又道："我是个爽快人，你也跟我这样，一根肠子通屁股才好——你究竟打算怎么着？像你这种判法，说是遣返原籍祖茔居住，其实官府还真派人押送不成？只要使些个银钱，出去再不要招惹是非，你就是还在这都中，或左近地方，找个落脚之处，或谋个差事，甚至卖字鬻画，过起小日子来，谁非追究死缠你去？"见宝玉低头不语，又道："南船北马，我原是贩马的，没去过南边，这辈子怕也没去南边的福分。谁不知道江南好？况那边有你家祖茔。但你那两个兄弟，不是我多嘴多舌，实在奸猾难缠，回那祖茔，你怕是要吃他们的亏！或许你这人不怕吃亏，道'吃亏是福'，实在也是，吃点亏也罢了，怕的是不光让你吃亏，还变着花样欺侮你，你在那边怕连我这么样的烂朋友也没一个了，可怎么是好？别光发愣，你也干一盅！"宝玉干了一盅，道："王哥的好意，我心领了。只是此刻心里太乱，况是命我们一旬内离京，也还有七八天的工夫呢，容我再好生想一想才是。"王短腿道："细想想也好。你又不像那贾环和贾琮，急着去祖茔争那收租放债的权柄。他们可是今儿个一大早就赶着到张家湾租船去了，走水路，从运河南下，省些费用：现在正是好时候，再过两个月，北边的河上了冻，那就只能从陆路走了。"

正说着，王短腿老婆茜雪来了，提了个大食盒，从中取出些个菜肴果品，并一壶茶来，她往那茶壶里兑了热水，斟上一杯，递到宝玉跟前道："这枫露茶，是我用香枫嫩叶，搁在甑子里蒸了一整天，统共才凝出一小盅，滴在茶壶里半盅，沁了三四次才出色的，现在恰到好处，二爷尝尝。"宝玉接过，心中愧悔不已。遥忆当年，他在府中养尊处优，一日从梨香院薛姨妈处酒足饭饱而归，那时在他那绛芸轩当丫头的茜雪给他捧来一杯茶，他不爱那茶的气味颜色，忽想起早上沏的枫露茶来，问为什么不给他端来，茜雪回道，是奶子李嬷嬷来，看见，给吃了；当时宝玉听了，鬼使神差地将手中的茶杯顺手往地下一掷，豁啷一声，打了个粉碎，泼了茜雪一裙子的茶，跳起来怒声呵斥，一迭声地嚷："撵了出去，大家干净！"虽说心中恨的是那李嬷嬷，要撵的是那老货，可贾母那边听见，只当是茜雪的过错，当晚竟下令将茜雪撵出，宝玉嚷完，醉倒卧榻，待第二天醒来，生米业已成了熟饭……万没想到，富贵荣华，终有尽头，贾府被抄，锒铛入狱，而率先到狱神庙来安慰他的，竟是茜雪和其丈夫王短腿！……想至此，望着那茶，几滴泪水落入了茶中。

忽然有个乡下后生来拜见王短腿，请安时又唤"宝叔"，原来是刘姥姥家的板儿，他呼哧带喘地说，他家一大早去了个城里古董行的程先生，刨根问底地盘问头年卖给冷子兴的那个成窑五彩小盖钟的来历，他们自然含糊应对，那程先生悻悻而去。他姥姥觉得来者不善，怕给宝叔带来麻烦，所以那程先生前脚一走，就打发他进城来报个信儿……宝玉忙道谢，可也实在想不出这事能惹出什么麻烦。板儿又说路过崇文门时，听街市上议论纷纷，说是宁、荣两府的在押人口，正被发卖，着实吓了一跳。他姥姥父母等光知道两府众人羁押在府中的下房马圈里听候发落，嘱他给宝叔报信后凑到那府门前探探风声，没想到事情已到了这一地步！宝玉听了，两眼发直，脊背发麻，张嘴却无声。王短腿和茜雪急问板儿都听到些什么消息。他说先打听到了琏二奶奶的下落，茜雪问他哪个琏二奶奶？因为原来人们嘴里的琏二奶奶，说的是王熙凤，后来平儿成了琏二奶奶，王熙凤改叫凤姑娘了。板儿道人们七嘴八舌，说是琏二奶奶让一个叫张如圭的官儿买下了，那官儿刚谋了个外任，立马就要带着刚买下的人往金陵去，究竟他买的是先头的还是后来的琏二奶奶，也闹不清。又说那巧姐儿，因为年纪尚小，恩准她的一个舅舅把她接走了，可也不知那舅舅能不能善待她……还有一个恩准不卖的，是东府的惜春姑娘，因她早已带发修行，故允她到馒头庵里削发为尼。别的就闹不清了，也有人议论说，究竟贾家是出过贵妃的，原是皇上亲家，两府也行过些惜老怜贫的善事，因之不敢也不愿买领两府里的人……板儿说到这里，宝玉才哇的一声号啕起来，王短腿夫妇忙加劝解。待宝玉悲声稍减，板儿匆匆告辞，说是还拟打听一下巧姐舅舅居处，且怕天晚了关在城里出不去。

王短腿夫妇正劝解着宝玉，却又来了蒋玉菡。原来只要使些银子，这狱街很容易进来，何况是拜见王短腿。自宝玉收监以后，他来此也非止一次。宝玉获释允回原籍，他本是要即刻将宝玉接出居住的，无奈宝玉不肯。蒋玉菡用绸帕揩着额上的汗，报告了忠顺王爷必欲将宝玉再送官严鞫拷问的消息，说是这回情况真是紧急，宝二爷一刻也不能耽搁，立刻跟他走脱，且先藏匿起来，如有人来鞫，只说是奉旨启程回金陵祖茔了，先把这劈头横祸躲过，再作道理。王短腿听了道，只得如此，而且我也不担责任——我哪能预知你前头放了后头又来鞫呢？宝玉此时清醒起来，心想自己究竟会如何倒在其次，焉能给王哥茜雪再添麻烦？遂与二位恩人洒泪而别。

4

出得狱来，登上蒋玉菡的骡车，只听鞭声脆响、蹄声得得，须臾间已至闹市，又拐了几拐，市声渐稀。二人盘腿对坐在骡车中。

蒋玉菡伸手握住宝玉指尖，对宝玉说："我那里不便，先去亲戚家，都是知道二爷、仰慕已久的，二爷切莫见外，只当是回自己家吧。"觉出宝玉指尖冰凉，遂安慰他说："二爷宽心。二爷必能逢凶化吉、遇难成祥。依我看，二爷那通灵宝玉失落至今，整两年了，必是就要自己回来。"宝玉对那玉一贯并不在意——此时哪知后来是甄宝玉将玉送回，竟引出悬崖撒手，归于青埂峰下，显现《情榜》诸事——心中只惦着妙玉安危，一路上心神不定，问蒋玉菡道："那告密的丫头靘儿，确是原来我们府里老祖宗屋里的靘儿？"蒋玉菡道："她名字是傅秋芳亲自改的，怎能有误？也不知她为何恩将仇报。"宝玉说："我只怕她告发出妙玉来！现在细想，那年老祖宗带着我们，还有刘姥姥到栊翠庵品茶，进了东禅堂，妙玉亲自捧了一个海棠花式雕漆填金云龙献寿的小茶盘，里面放着那成窑五彩小盖钟，给老祖宗献了一钟老君眉……当时靘儿不该在场，她在老祖宗房里，只是个粗使丫头，那天就是跟着进了园，到了栊翠庵，怕是也只能在山门内外立候使唤……后来老祖宗把喝剩的茶递刘姥姥喝了，妙玉嫌那杯子脏了，视若粪土，撂了不要，是我跟她讨过来，袖出屋子，大概是在山门边上，顺手递给了她。她能知道那小盖钟是怎么个来历吗？按说，一般人都会以为，栊翠庵里的东西，自然全是我们府里配备的……但愿那靘儿只说出我来，没牵出妙玉！唉唉，该死——当时我把那小盖钟递给翡翠、玻璃……哪个丫头不成呢？偏递到了她手上！倘若这两天那靘儿细细回想，竟推敲出那小盖钟是妙玉的……那不是因为我，给妙玉招来无妄之灾了吗？……"竟越想越急，越想越怕起来。蒋玉菡安慰他说："听说已有旨让把园子腾空，那妙玉大概跟珠大嫂子一样，已然搬出去了吧！你且多为自己安危担忧才是，何必胡思乱想！"

骡车停在一条胡同当中，一个黑漆大门前，看那大门的制式，不是贵胄之家，但进得门去，竟是深堂大院，屋宇回廊鲜亮整洁，树木花草点缀得当，宝玉便知定是富商之家。蒋玉菡道："我是至亲，你来避难，男主远行了，我们径见女主，也并非孟浪。"说着把他引进一处厅堂。只见迎上来的一位红衣女子，赶着蒋玉菡唤姐夫，又唤他宝二爷，请安不迭，他顿觉入堕梦中。坐下吃茶时，才恍然大悟——红衣女是袭人的两姨妹子，那年他由焙茗陪同，一起从宁国府溜出，闯到袭人家去，原是见过，回到绛芸轩里，还赞叹不已的啊！没想到如今竟天缘凑泊，有这样意想不到的邂逅。

红衣女说："我家人少嘴严，客稀屋多，宝二爷只管多住几天，不妨事的。"正说着，袭人和小红来了，大家见过。只见袭人、小红二人眼圈红红的，原来她们打听到了凤姐和平儿的下落。凤姐果然是让那叫张如圭的买走了，明日就要带往金陵。买走平儿的则是粤海将军邬铭，明日也要带至南边。小红说："二奶奶于我，也算是有知遇之恩了。又在未败之时，放出我来，成全了我和芸爷的婚事，所以我今天才能坐在这儿，若不然，今天也跟牲口一般，拉到崇文门卖了！二奶奶回金陵，我说什么也得去送送，纵不让见，设法给她带进点银子搁在身边，也是好的。唉，听说那张如圭，早年就跟那饿不死的野杂种贾雨村交好，有难兄难弟之称。两个人一会儿做京官，一会儿让人参一本丢了那官，一会儿又放了外任，起起伏伏的，特能钻营，这倒也罢了，听人说他那大老婆是最容不得人的，几个买去的姨娘丫头都让她给搓揉死了。二奶奶那刚烈的脾性，怎忍得了那挫辱？……"袭人说："没想到平儿这回要走得更远。

一人难分二身，她去送二奶奶，我去送平儿。虽说她后来也当了一阵二奶奶，我只还把她看成亲姊妹。想起我们几个，一起在府里长大的，鸳鸯在老太太没了后，为了不让那大老爷玷污，竟撒手自尽而去，林姑娘沉了湖，紫鹃出去配了人……如今平儿又这么惨，真是一阵风来，烟消云散！"本还想感叹一番，怕引得宝玉悲怆欲绝，遂止住了。谁知宝玉竟未曾把她们的话听真，只在那儿盘算如何保护妙玉。蒋玉菡替他把怕连累妙玉的心思说了出来。宝玉说："该即刻把忠顺王爷查究成瓷的事情告诉她，让她早早躲避起来才好。事不宜迟，今日若实在来不及，明天一早是必得知会她的了！要么，我去一趟！"蒋玉菡说："那怎么行？我也去不得！"袭人、小红对望着，不知怎么是好。蒋玉菡寻思说："要么，央烦茜雪辛苦一趟？"袭人说："使不得。万一出了纰漏，连累到王哥，咱们狱里连个能帮忙的人都没了。况且茜雪出来得太早，那时候园子都没盖呢，她不认得里头的路，妙玉也不认得她。"小红说："要么，我一会儿回家跟芸爷商量一下，烦他仗义探庵吧。妙玉虽不认识他，他在园子里管过种树，对那园子里的路径倒是熟悉的。况且他出面贿赂那些守园的公差，也比我们女流之辈方便。"宝玉说："只怕他进了园子，那妙玉不让他进庵。"小红说："那就看他机变的能耐了。也看妙玉的运气。"袭人说："那妙玉的脾气也忒乖僻了。素来大奶奶常说，最讨厌妙玉为人。"小红说："事到如今，说出来也不怕了。论起来，我们家的上一辈，是江南秦家的世仆，就是那小蓉奶奶，秦可卿她们家，不过我爹我妈过来的时候，秦家还没坏事，不像那秦显两口子，是坏了事，才跟着秦可卿藏匿过来的。老早的时候，秦家，贾家，妙玉她家，还有甄家，在江南是通家之好，有了什么好东西，你送我，我送你，就连家中世仆，也常成窝地赠来让去。我爹原赐名秦之孝，到了都中荣国府才改叫林之孝。秦家坏事后，为了不令外人对我爹妈来历生疑，我妈还认了琏二奶奶为干娘，所以连你们都只当我们家是贾家祖上就有的世仆。我爹妈在外人跟前天聋地哑的，在家里，跟我可说了不老少的来龙去脉，我爹妈对那妙玉来历，比别人都心中有数，当年元妃娘娘要省亲，盖好了大观园，我爹跟太太禀报接妙玉进园的事儿，太太一听就允，还让给她下帖子，那是因为，打小原是见过的啊！后来有人疑那妙玉，是不是家里也跟秦可卿似的，坏了事，来栊翠庵藏匿的？我听爹妈说过，那还不是。说是那妙玉爷爷官做得好好的，谁知得了场急病，一命呜呼了。后来她爹做的官没那么大，命也不长，她妈没多久也去了——也有一说，是她给气死的。她带发修行，说是因为有治不好的病，什么病？其实是心病！所以她阴阳怪气的。她后来在苏州玄墓蟠香寺，缁衣素食，身边只有两个嬷嬷、一个丫头，有人说她贫贱，其实她家从高祖起就爱搜罗古董玩器，上辈全去了，那不都是她的了？若都卖出去，她富可敌国呢！那忠顺王爷要是追究到她，害了她，怕不只是得个什么成瓷小盖钟了！"一番话把几个人都听呆了。袭人心里更是诧异，没想到这原在怡红院中不过是浇花、喂鸟、拢茶炉子的粗使丫头，却有如此这般的来历。她更想不到，正是因为小红断断续续从爹妈那里听到了上几辈皇族富贵之家的浮沉沧桑，所以早已懂得"千里搭长棚，没有个不散的筵席"的道理，深知"不过三年五载，各人干各人的去了，那时谁还管谁呢"的人情世故。不过好在小红虽悟透"谁也没有几百年的熬煎"，事到临头，却也并不心冷意淡，却还能急人所难，挺身维护。宝玉听毕小红一番话，只觉得忠顺王爷随时都会施害妙玉，心中更加着急，连连央求小红，快烦贾芸去知会妙玉，让她速速躲避！

这时天色已暗。西风吹过，院中银杏叶和银杏果簌簌落地，天上飞过归巢的鸦群，呱呱地叫个不停。

5

暮色垂落，令本已荒芜破败的大观园更显得凄凉阴森。怡红院里，蕉枯棠萎，牖裂帘破，屋墙上那些原用来安置琴剑瓶炉的凹槽空空如也，集锦格子上布满蛛丝，昔日的欢声笑语、娇嗔浪谑，早已化作了鼠鸣枭啼、狐吟鸦聒；潇湘馆里，早不复凤尾森森、龙吟细细，只一派落叶萧萧、寒烟漠漠的悲楚景象；蘅芜苑里香草死尽，杂草丛生；紫菱洲、缀锦楼里，霉气氤氲，怕是有被"中山狼"踩躏而死的迎春怨魂在呜咽游荡；秋爽斋里，梧桐叶落，寒雀觳觫，似期盼着"一帆风雨路三千，把骨肉家园齐来抛闪"的探春，有朝一日能从远嫁之地，回来从头收拾贾府残局，使其子孙不至流散湮灭；蓼风轩里，雨浸薜荔，地走蚰蜒，那昔日在这里作画的惜春，虽免于被卖，暂到馒头庵栖身，终不免被贾芹等欺凌难忍，以致离庵出走，缁衣乞食……正是：到头来，谁把秋捱过？则看那，白杨村里人呜咽，青枫林下鬼吟哦……似这般，生关死劫谁能躲？……

偌大的园子里，也就稻香村、栊翠庵两处，尚有人气。

稻香村里，李纨、贾兰指挥素云及丫头婆子等，早打点好箱笼家什，只等着明天一早，便迁往蒜市口购妥的一所四合院居住。吃罢在园中的最后一回晚餐，李纨守着贾兰，在灯下苦读《孟子》。素云想起昔日一起嬉戏闲话的园中姊妹，死的死，嫁的嫁，更有被

303

拉往崇文门发卖的，心中酸楚，给李纨母子端茶时，不免含泪呜咽。李纨遂对她说："咱们心里只该感念皇上的隆恩沛泽，切莫有非分僭礼之思，若是为那罪有应得者涕零，便是糊涂人了！"素云也不敢搭腔，一旁默默哀伤去了。

栊翠庵里，却仿佛山门外未曾发生过什么巨变，不仅一切如昔，甚或更其明净幽雅。竹丛青润，桂花飘香，整洁的甬路两侧，各色秋菊怒放，一盆藕荷色的瀑布菊，从东禅堂门外的山石上，泻下壮观的花枝。禅堂里纤尘不染，观音大士瑞像慈蔼，供案上的宣德炉中，暹罗细香飘出袅袅的如雾轻烟，氤氲出淡淡的莲花气息。此时妙玉打坐毕，在西厢书房中，自抚一架焦尾琴，让丫头琴张以木鱼伴奏，吟唱汉代乐府古辞《江南》：

江南可采莲，莲叶何田田。
鱼戏莲叶间。
鱼戏莲叶东，鱼戏莲叶西，鱼戏莲叶南，鱼戏莲叶北。

两个嬷嬷在庭院中清除落叶残花，听到那琴音歌声，也并不为意。荣国府刚被查抄时，嬷嬷们吓了个半死，就连深受妙玉熏陶的丫头琴张，也被唬得不知所措。后来得知按例家庙与祖茔等不在查抄之列，公差们并未踏入庵门，且仍允庵中人暂居其中，付足银两亦可保有米粮油盐菜蔬供应，嬷嬷、琴张这才心神稍定。那妙玉却始终毫无异样神色，我行我素，泰然如昔。琴张也曾试着探问："我们是不是该早日迁出，离开这是非之地，比如且到西门外牟尼院去，再买舟南下，回苏州玄墓蟠香寺？再说，一旦皇上把这府第并园子赏给了什么人，他们进驻以后，会怎么对待我们？闹不好让他们撵出，倒不如我们自己早作主张。"妙玉只是微笑不答，后来也许是嫌琴张一再聒噪，这才淡淡地说："师父圆寂时，留下遗言，说我衣食起居不宜回乡，在此静居，后来自有我的结果。一切听其自然，撵也好，不撵也好，想它作甚？我们且关起庵门静心养性，该来的自然会来，不该来的自然不会来，一切自有先天神数锁定。"琴张和嬷嬷们究竟难有妙玉那样境界，每当送粮油菜蔬的到来，少不得打听外面消息，一日琴张忍不住跟妙玉说起，两府羁押的人口中，有的如周姨娘、赖升、绣橘等已然惊恐病饿而死；有的如绣鸾、春纤、靛儿、彩明、焙茗、扫红等已先期被人买走；有的则已疯癫；余下的惶惶不可终日……妙玉听了，不但毫无悲悯之色，竟笑着说："一劫之中，有成、住、坏、空四步，他们已然走到了坏这一步，再往下便空空如也，得大自在了，可喜可贺！"并让琴张跟她一起鼓琴击节而歌。琴张常听妙玉说，文章只有庄子的好，又给她讲解过庄子的《大宗师》，那《大宗师》里讲到，子桑户、孟子反、子琴张三个人是莫逆之交，忽然有一天子桑户死了，孔子听说，派徒弟子贡去帮着办丧事，结果发现孟子反、子琴张他们在编曲鼓琴而歌，快活非常……那是为什么呀？就是因为孟子反、子琴张他们是逆于俗理而合于天理的"畸人"，他们懂得"天之小人，人之君子；天之君子，人之小人也"的道理；妙玉给她取名琴张，正是从《大宗师》里这段故事来的。琴张虽然懵懵懂懂不解其意，但看到主人如此洒脱无畏，也便心中稍定。不管外头生离死别，关紧庵门，她们四个人每日里按部就班，往日该做什么，现在便依然做什么，两位嬷嬷也渐心定，竟把庵中花木侍弄修理得比以前更好。

且说贾芸买通守府公差，从大观园后门，越过往昔厨房一带，转到园中，迤迤逦逦前往栊翠庵。路过沁芳闸，月光下只觉闸闭水腐，冒出不雅气息；经过翠樾埭，那些往日他监植的树木，要么枯萎折倒，要么无人修整长疯了枝叶；荼蘼架已空，木香棚已倾，牡丹亭已残，芍药圃已废，蔷薇院已芜，芭蕉坞已塌……触目惊心，悲从中来。远远望见稻香村，尚有一窗灯火，想是大奶奶和兰哥儿还在，便掂掇着是否知会妙玉后，顺便也去一晤。渐渐来到了栊翠庵前，忽有木樨幽香，沁入鼻息，并有菊香阵阵，飘忽而来，更有琴音歌咏之声，越墙入耳，不含悲戚，竟似欢唱，不禁诧异。转眼山门已在脸前，少不得敲起门来。

　　妙玉正与琴张和歌陶渊明的"结庐在人境，而无车马喧……"一个嬷嬷忽慌慌张张走过来说："有人敲打山门！说是要拜见妙师父！"琴张停歌问："究竟是什么人？素来这时候没人敢来骚扰，怎么今天竟有这等怪事？"妙玉却还管自轻吟："……山气日夕佳，飞鸟相与还……"嬷嬷回道："说是后廊上五嫂子家的贾芸，是二爷让他来的，有万分紧急的事情……"琴张不得不止住妙玉的吟唱，把嬷嬷的话给妙玉重复了一遍，妙玉说："什么前廊后廊五嫂六嫂云儿雨儿的。我倒兴尽了，你且把焦尾琴收拾起来，我要到禅堂坐禅了。"说着便起身，欲往禅堂去。这时山门外贾芸的敲门并呼唤声已清晰可闻。另一嬷嬷也跑来报告，说山门外那贾芸说是有"十万火急的泼天大事"要禀告。妙玉笑道："十万算个什么数目？我只知恒河沙数。泼天又有多大？我只知梵天十八重。"说着便移步而去。琴张跟过去请示："究竟怎么办？让不让他进来？听不听他禀告？若不让他进来，可怎么把他轰走？"妙玉边走边说："也不要让，也不要轰。由他。"又说："那槛内之声好醒醌。你去给我准备一盆净水，并桂蕊菊英等物，我要洗耳。"

贾芸没想到，竟无论如何敲不开那山门，又怕敲得太响或呼唤声过大，竟让公差们听见惹出麻烦，急得一头大汗。可怎么办呢？情急之下，他都想逾墙而入了。只是那庵墙虽不甚高，如无梯架，或有人托举，他也只能望墙兴叹。抓耳挠腮、万般无奈时，忽然想起稻香村的一窗灯火，虽然听小红说到过，那珠大奶奶素昔厌恶妙玉，二人很不相得，但事态如此，找那珠大奶奶救急，也不失为一个应变的办法，况且贾兰论起来是个本家堂弟，宝玉更是他亲叔叔，几层的关系，找上门去，总不能撒手不管吧！主意拿定，贾芸便转身暂离了栊翠庵，往稻香村而去。又一路盘算着，若珠大奶奶和贾兰亦无进庵之法，那就借贾兰的纸笔，写一告帖，从庵门的门缝塞将进去……

贾芸不知不觉走经了凹晶馆边，那一带岸上可谓是露浓苔更滑、霜重竹难扪，水边的芦荻蒲草长疯了，夜风吹过，瑟瑟乱响，不禁毛骨悚然。忽然眼前有黑影一晃，似有什么活物在颓馆残窗间藏匿，心想这园子里原饲养过梅花鹿、丹顶鹤等物，敢是它们变野了各处觅食？又想到此园荒废已久而归属未定，守门公差见钱眼开，既能放我入内，自然也会放别的人进来。只是那黑影若是人，为何鬼鬼祟祟？莫不是连贿赂未使，飞檐走壁而入的盗匪？那一定持有凶器，若把我当作了巡园的公差，在这暗处将我结果了，那可怎生是好？想到这里，脊骨上蹿过一道凉气，不由得屏住气息，呆立在那里。这时那匿于馆中的人倒把他认出来了，闪出来，离他一丈远，便给他请安，唤他"芸哥"，这一声呼唤竟比刚才的揣想更令贾芸恐怖入髓，难道不是人竟是鬼吗！莫是个拉人乱抵命的厉鬼！但那"鬼"

却只是一再请安问好，贾芸略回过神来，只听那边在跟他说："……芸哥莫怕，我是板儿，王板儿……我姥姥姓刘……我们原是见过的……"说着进前几步，贾芸也才迈前几步，凑拢一眯眼细认，可不是那宝玉被鞫后，不约而同地前往狱神庙探监时，会到过的那个庄户人家的王板儿吗！两个人互相认定后，不由得一同问出："这时候你怎么来了这里？"

王板儿先说他的经历。他到狱神庙给宝二爷送信后，忙去寻找巧姐儿的舅舅王仁，本想见一面后，留个地址，以备今后联络，便赶紧出城回家。谁知打听来打听去，那王仁竟径将巧姐儿带到勾栏巷，卖与那锦香院的鸨母了！没想到巧姐儿躲过了官卖，却躲不过狠舅的私卖！这可把王板儿急坏了！他找到那鸨母时，王仁已然携银溜走了，鸨母说你明儿个拿二百两银子来，我也不问你是她什么人安的什么心，只管接走；如若不然，那后天就让巧姐儿绞脸上头挂牌接客了！事不宜迟，王板儿哪还顾得出城回家，想起贾家唯有珠大奶奶和兰哥儿还没遭难，多年来也有些个积蓄，那巧姐儿乃他们至亲骨肉，一位是大妈，一位是堂兄，焉有任其流落烟花巷之理，所以便赶到这里，贿赂了公差，混进了园来……一番话令贾芸听得心里怦怦然，叹息道："这府里竟败到了如此地步！可幸大奶奶他们还在，你若明天来，他们也都搬出去了！"又问："银子可已拿到？"板儿说："咳，没想到，刚听我说起巧姐儿给卖到了锦香院，娘儿俩还摇头叹息，那大奶奶以致红了眼圈；可等我说起需拿二百两银子一事，他们可就半晌不吱声了。末后大奶奶说，巧姐儿打小看大的，本应择一膏粱，谁承望流落在烟花巷，着实可怜！但那王仁虽说忒凶狠了些，却是她嫡亲的舅舅，我们本不是一房的人，鞭长莫及，也无可奈何！我一听急了，便说只当我来借你们银子，日后一定还给你们，赎了出来，我带回去给我姥姥，也不会给你们添麻烦的。那贾兰便说他们没那份闲银子，又说他们为买宅子、搬家，已花费很多，况他母亲寡妇失业，有道是人生莫受老来贫，好容易攒下了一点银子，也需留给自己，以防万一。我说救出巧姐儿，莫说是你们至亲，就是原来不相干的，也是积阴德利儿孙的事，没想到你们竟如此无情！大奶奶听我如此说，便拿着帕子不住地抹眼泪。那贾兰强辩说，不是巧姐儿不该赎，哪一位都是该赎的，卖到勾栏的该赎，卖到别人家当奴才的就不该赎吗？要赎先该把二奶奶赎出来才是！谁有那么多银子呢？……"贾芸听了，大觉诧异，几乎不相信自己耳朵，问道："难道他们就真撒手不管了吗？"板儿道："也许是我又说了几句气话，末后那贾兰说，倒是想起来，他们还有一张一百五十两的银票，本是留着置备新居家具的，现在既然事情这么紧急，就先给我，明儿个一早去银号兑出，再不拘到哪儿凑齐那五十两，且把巧姐儿接到我家去，交给我姥姥吧。"贾芸点头道："这还算是句人话。那五十两，我和蒋玉菡凑凑，你明儿个务必把巧姐儿赎出来。"板儿道："我听姥姥说过，巧姐儿生在七月初七，她这名字是姥姥给取的，这叫作'以毒攻毒，以火攻火'的法子，她若遇到不遂心的事，必然是遇难呈祥、逢凶化吉，却都从这'巧'字上来。你看我又恰巧遇上了你，明儿那缺的银子也有指望了。我打算今晚就在这园子里找个暖和点的地方忍一夜，天一蒙蒙亮就溜出去办事儿。"说到这儿，板儿才又问贾芸为何进园。贾芸朝稻香村那边一望，跺下脚说："光顾听你的，误了我的事了！你看他们已然熄灯了！这便如何是好？"于是把他急着干什么告诉了板儿。板儿听毕，冷笑道："就是他们娘母子二人没有熄灯就寝，你找去他们也怕不会帮你。连巧姐儿的事他们都能推就推，何况那外三路的什么姑子！你既急着进庵，死敲不开门，巧在遇上了我，我把你托过庵墙，不就进去了吗？"贾芸低头思忖了一阵说："好。也只得如此。"

且说栊翠庵里，琴张和两个嬷嬷心神不定，两个嬷嬷不敢就睡，琴张到禅堂耳房内给妙玉烹茶，也不似往常自如——妙玉家从祖上起，就嗜好饮绿茶，如龙井、碧螺春、六安茶等，贾母对此非常清楚，而贾母并整个贾府却都偏爱喝红茶或香片，所以那年贾母领着刘姥姥到庵里来，妙玉刚捧出那成窑五彩小盖钟来，贾母劈头便说："我不吃六安茶。"妙玉笑道："知道，这是老君眉。"老君眉便是一种红茶。这种对答他人哪知来由？其实逗漏出了两家前辈来往频密、互晓根底的世交关系——琴张此时在慌乱中，却拿错了茶叶罐，给妙玉往壶里放了两撮待客时才用的老君眉……

琴张正用小扇子扇茶炉下的火，忽听院中咕咚一声，忙跑出去看，两个嬷嬷吓白了脸，跑过来，喘吁吁地说："有人跳墙而入……""强盗来了……"琴张先转身返回禅堂，只见妙玉仍闭眼盘腿于蒲团上，一丝不动，便又赶紧走出禅堂，对两个老嬷嬷说："你们守在这门外，死活别让人进去。"自己壮起胆子，朝那边有人影处而去，颤声问道："你是谁？为何跳进我们庵来？"只见那人影在竹丛外菊盆中站定，一身长袍，颇为斯文，倒不是短打扮、持刀使棒的强盗模样，见琴张走近，拱手致礼，连连告罪，道是因为总不能进来，而又有要事必须尽快知会，所以出此下策。琴张便问他究竟有什么要事，非用如此手段闯庵相告？两人站立有五六尺远，那贾芸也不再迈前，遂一五一十，把忠顺王爷可能明日便来逼索成瓷古玩的利害关系讲了一遍，又道是因受宝二爷之托，才仗义探庵的云云。琴张听毕，吁出一口长气，道："你且站立勿动。我去禀报师父，再作道理。"

琴张回到禅堂，两个嬷嬷知不是强盗，腿才渐次不软。琴张命她俩仍在禅堂门口守候，自己进去禀报妙玉。那妙玉已然坐禅毕，进到了耳房，自己在那里慢慢地煎从鬼脸青花瓮中倒出的梅花雪。琴张进到耳房，便禀报说："不是强盗，竟是恩人……"妙玉截断她说："我等槛外畸人，既无惧强盗，亦无须恩人。庵墙外定然还有一个，皆系世中扰扰之人，你们且去将庵门大开，放那逾墙者出去。就是那门外的人他要进来，也就由他进来。凡进来的，早晚要出去，正如凡出去的，早晚亦会进来一般。"琴张急了，便将贾芸所道的利害，细细学舌，那妙玉哪里要听？自己往绿玉斗里斟茶，琴张不得不上去接过斟茶之事，又在妙玉耳边说："原是那宝二爷让他来报信的……"见妙玉依然无动于衷，心想大凡称男人都唤二爷，且这贾府里也不止一个二爷，师父大约并未听清是哪个二爷，于是又大声说："是那贾宝玉，让他来报信的——咱们倘若明日不搬走躲藏，那忠顺王爷说不定就要派人来害咱们了！"妙玉只是举杯闻香，淡淡地责备琴张道："怎么是老君眉？"琴张心里起急，顾不得许多，遂提高声量赌气说："正是老君眉！是这府里过去的老太太一家子都爱吃的老君眉！如今他们一家子在槛内，死的死，流的流，卖的卖，疯的疯……师父就是任谁都不怜惜，那贾宝玉，他是用师父这只绿玉斗吃过茶的，师父跟我说过，他算得是个有些个知识的人，那年他过生日，师父还曾写下贺帖，巴巴地让我们给他往怡红院的门缝里送去过……如今这事牵连到他，他倒只顾着师父和我们的安危，托本家亲戚不过夜地来报信……师父难道不该怜惜那贾宝玉、宝二爷、有知识的人吗？……"说着，不禁跪到了妙玉面前，以致流出了泪来。妙玉面上，依然羊脂玉般不起纹丝涟漪，只是说："你且起来。去把庵门打开，放那人出去。且就此再不必关上庵门。待出去进来的都没影儿了，跟嬷嬷们多从井里打几桶水，把他们脚沾过的地方，一一洗刷干净。再把那人跳进来一带的竹子尽悉伐了，跟那让他沾过的菊花等物一起，拖到庵门外烧成灰烬。"指示毕，先将老君眉茶倾在废水瓯内，用茶筅刷净茶壶，另换碧螺春茶叶，有条不紊地重烹起来。琴张无奈，只得出了禅堂，命嬷嬷开庵门放人，又过去对仍站在竹丛旁等候的贾芸说："无论我如何禀报，横竖不中用。或者二爷亲去那耳房窗下，痛陈利害，也算彻底救我等一命！"

　　贾芸早听说这妙玉性格极放诞诡僻，没想到竟不近情理到这般地步，只得移步到那禅堂耳房窗下，恭恭敬敬地朝里面说："师父恕贾芸冒昧。我是宝二爷堂侄贾芸。宝叔亲派我来。那从这府里出去的靓儿，保不定此时已向王爷说出了师父来。我临来时，宝叔说了，我若办不成这事，王爷派人找上这庵，师父让王爷鞠逼了，他便立刻自裁——因为他觉着是自己当日不慎，才惹下了这桩祸事。恳求师父明日一早便迁出庵去，躲避一时，若师父一时不知该往何处，我们连地方都是现成的。"他说完，躬身静听，那窗内竟静若古井，毫无反应。此时琴张也顾不得许多了，走近贾芸，小声对他说："实在我们也不知该避往何处。当年进这庵，是林大爷派人把我们接来的，我们四个女流，就是要迁，何尝有力气迁？虽说可以花银子雇人，究竟不如二爷等来帮忙稳妥。只是不知二爷所说的那现成地方是何处？"贾芸告诉她："只要你说动了师父，其余都不是问题。你说的那林大爷正是在下的岳父，可幸的是已由北静王府买去，不至受苦。给你们找的暂栖之所，正是北静王府内的家庙，忠顺王爷哪里寻你们去？稳妥至极的。且若觉得那里好，就久留彼处也无碍的。宝二爷若不是判了个回原籍祖茔定居，那北静王也收留他了……你们快做准备吧，我明日天亮即到，帮你们迁走！"琴张点头道："你一定来。我们一定走。"

这时两个嬷嬷已开启了庵门，那板儿泥鳅般闪进庵来，把嬷嬷们吓了一大跳。那板儿直奔贾芸，大声埋怨道："你怎么这半日不出来？"又东张西望道："菩萨在哪里？我要跪下拜拜！"从半掩的门依稀看到禅堂里供的观世音，拿脚便要往里去，贾芸忙将他拦住道："莫惊了师父！你要拜，就在这门外拜也是一样的！只是明天一早，你要在这里先帮忙他们搬家，菩萨才能保佑你！"板儿朝那禅堂里探头道："怎么只见到一只佛手？好好好，我就求这佛手保佑吧！"说着咕咚跪下，朝里面观音大士的佛手磕了三个响头，双手合十，大声祈祷说："菩萨保佑，明天一早能到银号兑出贾兰哥哥给我的一百五十两银子，能凑齐那另外五十两银子，能拿上二百两银子，到那勾栏巷锦香院，找到那鸨母，把那巧姐儿给顺顺当当赎取出来！菩萨你一定保佑我等好人！我等一定一辈子做好人，行善事！若是我有一天做了坏事，像那狠心的王仁一样，你就拿响雷劈了我！"祈祷完了又磕了三个响头，方站起来，憨憨地对贾芸说："我帮这里搬家，只是要先去银号兑完银子再来，再说你还答应我，帮我凑五十两，你莫诓我！"贾芸道："不诓你，下午我们凑拢银子，一同去赎巧姐儿！"

贾芸与琴张告辞，互道"拜托"。贾芸和板儿出了庵门，嬷嬷们忙将庵门掩上，重上门闩。琴张进到禅堂，掀帘走入耳房，见妙玉一个人坐在榻上，且品佳茗，独自侧身榻几，在那几上棋盘里摆开黑白阵式。琴张不禁近前劝道："师父可都听清了？人家一片好心，且设下万全之计，咱们明早迁走吧！"妙玉似全无所闻，手中捏着一枚白子，凝视棋盘，只是出神。琴张急得以至干哭，跪在榻前，哀衷恳求说："师父自己不怕，可我和嬷嬷究竟也是生灵，我佛慈悲，总还是要放一条生路给我们的吧！"妙玉从容地下了一子，方望着琴张道："你这是怎么了？起来吧。且按我吩咐去做——不要关闭庵门，让嬷嬷们再把它打开。把弄脏的地方尽悉打扫干净。给观音菩萨前再续新香。我自有道理。"妙玉的格外安详，令琴张如醍醐灌顶。她忽然丧失了此前一直主宰着她的恐慌，站起来，从容不迫地，一项项执行起师父的吩咐来。

6

　　翌日卯初，贾芸匆匆从廊下赶往栊翠庵。头天亥正，他把板儿带回家中歇了一夜，板儿在客房里倒头便睡，鼾声如歌。他因枕边小红说起那王熙凤的遭遇，唏嘘不已，弄得一夜无眠，只算是略闭眼养了养神，起床后叫醒板儿，嘱他到银号兑完银子，务必赶到栊翠庵会齐。

　　用些个碎银子，又很轻易地混进了大观园。晨光中的大观园，其破败衰颓的景象，竟比昨晚那夕照和月光下更令人触眼鼻酸。回想起当年到怡红院做客，宝二爷在大红销金撒花帐下趿鞋相迎；在园子里拦起帏幔，坐在山石上监工种树；拾得小红香罗帕，托坠儿将自己一方帕子赠还……无数往事，恍若梦境，如今人事皆非，繁华落尽，泰去否至，怎不令人肝肠寸裂。又想到那王熙凤，原是琏二奶奶，初时琏二爷对之言听计从，好不威风，后来王家势败，琏二爷对她可就另眼相看了，动辄喝令，稍有迟慢，便骂声不绝，再后，更嫌她害死尤二姐，私放高利贷，惹出种种麻烦，爽性把她休了，让她和那平儿换了一个过子，从二奶奶变成了凤姑娘……眼下更被那张如圭买去做妾，小红昨晚去求见，竟被拒之门外，听那张家婆子私下里说，张如圭大老婆给她来了个下马威，一句话没回好，当即让人拖到院子里跪瓷瓦子，茶饭也不给吃。今日该被带到张家湾，坐船去金陵了，也不知她每日里饱受挫辱、以泪洗面，还捱不捱得到金陵……

贾芸未至栊翠庵，先朝稻香村望去，只见篱门紧闭、阒无声息，可见李纨、贾兰等赶早不赶晚，早已搬出。

来至栊翠庵前，山门洞开，进去一望，凡门皆大开，却不见一个人影。大殿里三世佛前，海灯粲然，香炉里新续的供香，地面光洁如镜。去西厢房，书架空空，片纸无留。唤琴张，无人应答。到嬷嬷们住的下房，只剩炕席桌椅，却是窗明几净。庵内花木显然经过最新一轮的修理，无一片锈叶，无一朵败蕾，正道甬路皆净若玉砌。到那东禅堂，香烟缭绕；唤师父，唯有梁间回音；耳房里，木榻空空，蒲团犹在，茶具皆无而茶香氤氲。原来妙玉等竟已自行迁出。难道他们现在已在北静王府的家庙内？蒋玉菡是何时接应他们的呢？

贾芸心中，十分纳罕。在禅堂里，对着那观音大士立像，双手合十，低头祝祷。拜完，忽觉观音的一只佛手，指向香案，定睛细看，香案上有一褡包，近前再看，褡包上写着两行字："昨夜祝祷者得。非其得者，取之即祸。"贾芸稍一思索，便知感叹。原来这妙玉师父果真非凡，怪不得宝二爷提起来敬佩有加。他也不去动那褡包，径出庵门，沿着来路，去迎板儿。忽见板儿喘吁吁而来。板儿见了他，不等他发话，先骂起粗话来。原来板儿一早便去寻那银号，银号验过贾兰给他的那张银票，告诉他那是张早已兑清的废票！板儿怒说，定要找到贾兰，把他痛揍一顿！然而那贾兰奸猾已极，究竟搬到哪儿去了？昨日问他，只是含糊其辞，今日跟公差们打听，没人能说得清！贾芸劝他息怒，问他："可记得你昨晚对菩萨的祝祷？"板儿回答："还要再去祝祷！求菩萨保佑那巧姐跳出火坑！"又叹："只是这一时半会儿，哪里借出二百两银子？我真恨不得把自己卖了赎她，只是怕没人肯出二百两的价！"贾芸也不多说，遂把板儿带至庵中禅堂，板儿跪祝毕，贾芸把那香案上的褡包指给他看，板儿问："妙玉师父他们在哪儿？为何把褡包搁在这里？"贾芸说："妙玉师父已然仙遁。这褡包是你的。"板儿不解，贾芸便把那褡包上写的字念给他听，让他掏出里面东西细检。板儿掏出一大包银子来，皆是上好成色的纹银锭子，数一数，共四十锭，贾芸道："这都是五两一锭的，恰是二百两整！"板儿先是发愣，后来咕咚又跪倒观音菩萨前，叩头不止……当年板儿随姥姥进大观园游逛，手里抱着个大佛手玩，那时巧姐儿手里却抱着个大柚子玩，巧姐儿见了佛手，便哭着要佛手，众人忙将二人手中之物对换，巧姐得佛手当即破涕为笑，板儿也喜上了那又香又圆的柚子（柚子本来就又被叫作香橼），人生命运，难道真有草蛇灰线、伏延千里的因缘际会？板儿将巧姐儿救回农村，两人皆有情意，终偕连理，此是后话。

且说那蒋玉菡在北静王府，与府里长史官等着接应妙玉一行，结果却只有贾芸匆匆赶来，道妙玉等已无踪影。后来更去西门外牟尼院等处探访，皆无消息。无不纳罕。

　　就在那一天，接二连三，发生了好多桩事。

　　圣旨下，将原宁国府第，赏给了仁顺王爷；原荣国府第，赏给了信顺王爷：凡在崇文门发卖未卖出的贾府人员，皆赏给了新保龄侯费阆。

　　经忠顺王爷讯问后，石呆子控贾雨村贪赃枉法强夺古玩案已送都察院受理，而对贾雨村的参本也已上达。后来贾雨村因此被褫职问罪，"因嫌纱帽小，致使锁枷杠"；他虽在贾氏两府塌台时狠踹了贾氏两脚，自己到头来还是与宁、荣两府连坐。那石呆子官司才赢，其古扇尚未取回，却一命呜呼了。有说是高兴死的，有道是死得蹊跷的，也难判断，不过那二十把古扇仍由忠顺王爷收藏把玩，倒是真的。

　　忽又有圣旨下，命忠顺王爷为钦差大臣，往浙江沿海验收海塘工程。忠顺王爷陛见圣上后，不敢懈怠，回府即令打点行装，先往通州张家湾，待船队齐备，即沿运河南下。秋芳为其打点衣物时趁便说："此次验收，那边官商人等一定竭力奉迎，王爷所喜的成瓷，也许那边不难搜罗。"王爷厉声斥道："难道你要我收受贿赂不成！那贾氏的文玩古瓷乃圣上恩赐予我的，贾宝玉竟敢藏匿至今，拒不交出，我虽要务在身，此事岂能甘休？已令长史官每日与刑部察院等处联络，定要将那贾宝玉严鞫归案。听说他已启身回金陵，若走水路，我们官船追上他不难！我何用别处搜罗？对那贾宝玉严拷拷问，自然他会把那成瓷藏匿处供出，哪怕是埋地三丈，我就不信刨不出来！"秋芳噤声，再不敢言及成瓷之事。

当日下午，王爷一行即轿马骡车，浩浩荡荡，前往张家湾。

傍晚时分，那忠顺王府长史官领着一群家人，从张家湾送行回府，路经东便门时，长史官一眼认出，那贾宝玉竟大摇大摆，在泡子河边的摊贩堆里行走，遂指挥手下将其扭获送官锁拿，一时围观者甚众。只见那贾宝玉连连喊冤，道："我没犯法，如何捕我？"长史官冷笑道："原以为你买舟南下，捕获也难，没想到竟得来全不费工夫！"又有人听见他高呼："你们认错人了！"长史官道："我如何会错？当年在你们荣国府里，当着你老子，我亲向你索要琪官，你那嘴脸，刻在我心中，你以为几年过去，换了点破衣烂衫，就能瞒天过海？"喝令押走，又让手下人挥鞭驱散俗众，那些草芥小民见王府势力炙手可热，谁敢冒犯？纷纷散去。但贾宝玉二次落网的消息，当晚在都中便不胫而走。

落霞满天，一派惨红。正是：金满箱，银满箱，展眼乞丐人皆谤。又道是：一局输赢料不真，香销茶尽尚逡巡。

7

都中西北郊，有一处园林，称畸园。园子不大，却很特别。那园子的围墙很不规整，折弯很多，高矮不齐；里头树木蓊郁，任其生长，不甚修剪；不种花草，只放怪石；池塘颇大，其形若磬，池边有一亭名曰"倒亭"，从池中倒影上看，恰是一攒尖顶在上、厚亭基在下的寻常亭子，但若正面望去，每每令人瞠目结舌，几疑是幻——"攒尖顶"倒栽在地下，亭柱伸上去，撑着个厚厚的平顶，且由那平顶上吊下一张腿儿朝上的圆桌，周遭还吊着四个反放的绣墩，并有一圈反置的围栏。这畸园系何人所有？为何建造得如此怪诞离奇？说来话长。

当年有一君山伯，与妙玉祖父交好，君山伯逝后，其子袭一等子，与妙玉父亲初亦友善，那时两家在苏州所住官署相邻，官署间有一园林，两署侧门均可通。彼时那一等子的公子，名陈也俊，正与妙玉同龄，都是十来岁的样子，常到那园子里淘气，而妙玉极受祖母溺爱，有时祖母亦纵她到园子里嬉戏玩耍。两小无猜的陈也俊和当年的妙玉，在那园子中捉迷藏、掏促织、荡秋千、摸鱼儿，渐渐竟铸成青梅竹马之情。后来两家都督促孩子跟着西宾攻读四书五经，两个人课余仍得便就溜入园中游戏，曾一起偷读《庄子》，醉心于成为一个"畸于人而侔于天"的"畸人"。有一回妙玉（当时自然无此法名，且以此代称）望着池塘中亭子的倒影说："为何亭子在水镜里偏顶子朝下？"陈也俊便拍胸起誓："来日我一定让你在水镜里看到亭顶子在上！"两家都知二人的亲密，也算得门当户对，双方祖母均有婚配之意。谁知祖母们相继去世，而因官场上的朋党之争，其父辈后来分属两派，两家竟反目成仇，再不通往来。有公爵家遣官媒婆来妙玉家，欲将妙玉指配到其府上做童养媳，来日可望成为诰命夫人，妙玉父母拟允，妙玉却哭闹抗拒，以致拒进饮食，直闹到去了玄墓蟠香寺带发修行。可叹这，青灯古殿人将老；辜负了，红粉朱楼春色阑！后妙玉父母双亡，她继承了十箱家财，并一个丫头两个嬷嬷共三名世仆，开始了孑然一身的人生跋涉。妙玉进贾府大观园后，为何格外厚待那贾宝玉？正是因为，她从宝玉的谈吐做派中，设想出了离别后的陈也俊那应有的品格。且她从冷眼旁观中，窥破了贾宝玉与林黛玉之间那悖于名教的彻腑情爱，她对之艳羡已极。表面上，她心在九重天上，视人间情爱诸事如污事秽行，其实，她常常忍不住将那贾宝玉当作陈也俊的影子，对之别有情愫。又比如说斥责黛玉："你这么个人，竟是个大俗人，连水也尝不出来……隔年蠲的雨水那有这样轻浮，如何吃得！"心中想的是：宝玉对你那样痴情，你也真是身在福中不知福，实在该败一败你的兴头！不过，她也并不指望这辈子与陈也俊怎么样了，她以极度的冷漠高傲，来压抑心底的欲望。"相与于无相与，相为于无相为"，她努力把一切化为零，而自己高居于零之上。她活得冰雪般洁净，也冰雪般凄美。那陈也俊呢，他父亲在妙玉出家前已迁升京官。后陈也俊亦父母双亡，他袭了二等男，只享男爵俸禄，不谋具体差事，在都城郊外过起了自得其乐的逍遥日子。宁国府那秦可卿"死封龙禁尉"时，他曾往祭。他与贾宝玉交往不深，平日来往较密的有韩奇、卫若兰等王孙公子。父母在世时，多次欲给他娶亲，曾将那通判傅试之妹傅秋芳包办给他，他以放弃袭爵、离家出走为威胁，拒不迎娶。父母双亡后，朋友们也曾为他张罗过婚事，均被他婉辞。他的心中，只存着妙玉一人。直到贾家快崩溃时，他才知道妙玉是在那荣国府中大观园的栊翠庵里。贾氏两府被查抄后，他及时设法给妙玉递去了密信，告诉妙玉，他建有畸园，从不接待外客，几无人知晓，十分安全隐秘，随时等待她去居住。许多天过去，妙玉并未给他丝毫音信。但万万没有想到的是，这天妙玉却几乎可以说是从天而降，给了他一个绝大的惊喜！

且说妙玉在畸园中安顿下以后，移步池边，猛然见到那座"倒亭"，心中如被磬槌敲了一下，幼年往事，蓦地涌回心头，不禁凝如玉柱，良久无言。

陈也俊踱到妙玉身边，问她："水镜中的亭子，望去如何？"

　　那妙玉心在酥痒，脸上却空无表情，淡淡地说："未免胶柱鼓瑟了。"

　　陈也俊道："我这园里很有些怪石，你无妨用以破闷。"

　　妙玉道："你们槛内人，时时有闷，须求化解。其实何用苦寻良方。只要细细参透'纵有千年铁门槛，终须一个土馒头'这两句好诗，也就破闷而出，有大造化了。"

　　陈也俊便知，妙玉是难从槛外回到槛内了。不过他仍心存痴想，指望凭借着"水滴石穿，绳锯木断"的耐性，渐渐地，能引动妙玉，迈回那个门槛。

　　二人在园中款款而行。妙玉毕竟是"畸人"而非正宗尼姑，指点着那些怪石，道："我曾有句：'石奇神鬼搏，木怪虎狼蹲。'其实不过是凭空想来，没曾想你这园子里，触目皆是如此。可见心中的神鬼虎狼，是很容易活跳到心外，倒让人防不胜防的。"陈也俊听在耳中，虽觉怪异难解，却也品出了些润心的味道。那妙玉实可谓"欲洁何曾洁，云空未必空"。她"却不知太高人愈妒，过洁世同嫌"。她拼命压抑"不洁之欲"，以空灵高蹈极度超脱来令任何一个接近者尴尬无措、自觉形秽，求得精神上的胜利，可是，究竟有几个人能理解她、原谅她，甚至喜欢她、爱慕她呢？那大观园里，李纨对她的厌恶溢于言表，就是自称跟她十年比邻而居，乃贫贱之交，并以她为半师半友的邢岫烟，背地里也苛评她道："僧不僧，俗不俗，男不男，女不女，成个什么道理！"唯有贾宝玉说过，她乃"世人意外之人"，算是她的一个真知己。但那贾宝玉在妙玉心中，原只是想象中的陈也俊之替代物。现在陈也俊真的活现于自己面前，究竟能否如贾宝玉似的，是个些微有知识的人，那还真是个谜哩！妙玉心中挣扎得厉害，寻思中不禁瞥了陈也俊一眼，陈也俊原一直盯住她看，二人目光短暂相接，击出心中万千火星。忙都闪开了。

妙玉下榻于畸园角上，一处另隔开的小小院落里。那里面有七八间屋子，内中一应家具用器色色俱备。屋子只是原木青砖，不加粉饰，琴张等将其中正房布置成禅堂，四个人安顿下来，倒也俨如栊翠庵再现。陈也俊有意不问妙玉住到几时——他心下自然是期盼就此永留——妙玉也不明言究竟为何飘然而至，更不申言欲住多久。畸园来畸人，倒也对榫。

两日过去，傍晚时分，嬷嬷们在厨下备斋，琴张出园去附近集上买线回来，径到妙玉书房报信。当时妙玉正在给焦尾琴调弦，见琴张神色不对，且不理她。琴张报说："集上的人议论纷纷……"妙玉截断她道："攘攘市集，乃槛内最秽之地，你快莫在我面前提起。且你既买妥青线，快将琴囊破处补好，方是正理。"琴张道："实在是此事师父不能不知——那贾宝玉，已被官府捉拿，因他拒不交代成瓷藏匿地点，故每日过堂被拶得死去活来，收监时脖子、手、脚九条链子锁住，站在铁蒺藜笼里，稍一晃荡，立刻刺破皮肉……"妙玉理弦之手，不禁木然，心如刀剜，却不动声色。琴张说到最后，忍不住议论说："师父莫又要嗔我妄听多嘴，实在这事跟咱们关系非同一般。那贾宝玉也着实可怜可叹！集上的人都知道，皇上把贾家所有的古董文玩都赏给那忠顺王爷了，说那贾宝玉藏匿成瓷名器，是欺君重罪，那忠顺王爷有这个由头，自然不见成箱的成瓷，绝不会甘休！那审案的官，也巴不得讨王爷的好，为让那贾宝玉招出真相，只怕是还要施予酷刑。那王爷虽奉旨坐船南下，去验收浙江海塘工程，却留下了话，一旦那贾宝玉招供，搜出了成瓷，要径送他的任所，亲自目验。集上有人说，那贾公子也不知为何死不开口，人都是肉做的，你那成瓷就是藏给子孙，自己被打个稀烂，又有何意义？不如招了算了，尚能留下一命……"琴张说时，随时准备着让妙玉截断，这回却居然容她一口气道出了许多的话来，不禁微微诧异，自己先停顿了，只望着妙玉，也不知该不该再放肆直言……那妙玉也不责她，也不催她，调琴弦的手指微微颤动着，一根弦绷得越来越紧……琴张料无妨，遂继续议论说："……我听了真有点害怕，那贾宝玉要把咱们供了出来，可怎么是好？只怕是他早晚要让酷刑逼着招供出来……他虽可怜，咱们可是危险了啊！多亏陈公子这地方十分的隐蔽，又有他着意保护，即使那贾宝玉说出来是咱们才有祖上传下的成瓷，及许多的珍奇之物，一时那忠顺王爷也无处寻觅咱们……再说，我还有个想法，退一万步，那忠顺王爷真找上门来了，咱们的东西又不是那荣国府的，本不在查抄、赏赐之列，难道他竟强夺不成？……"这时妙玉指下的一根琴弦猛地断了，倒把琴张吓了一跳；妙玉定了定神，吩咐琴张："你且缝补琴囊。我累了，且去歪一会儿，莫来扰我。"

琴张缝补琴囊时，渐渐消退了在集上所听消息的刺激。斋饭熟了，飘来面筋的香味。嬷嬷来请师父和她用斋了。

8

张家湾大运河渡口，码头边舟船云集，航道中的大小船只，有扬帆下行的，有收帆待靠的，一派繁忙景象。

妙玉、琴张从一辆两只骡子驮着的骡轿上下来，两位嬷嬷从一辆驴车上下来，早有骑马先到、等候在码头的两位男子迎上来，前面一位告诉妙玉船已备妥，且行李已都运入舱内，另一位便引领琴张扶持妙玉上船，两位嬷嬷手提细软包袱，跟在后面。那两位男子，一位穿长衣系玉佩的，是陈也俊，另一位短打扮的，是以前伺候贾宝玉多年的焙茗。妙玉忽然决定买舟南下，归于江南，陈也俊闻之，心中十二万分地不舍，但既是畸人，必行畸事，自己一旦爱上了畸人，也只能是爱畸随畸，所以虽愣了一阵，却不问其为什么，只说好，由他做妥善安排，保证她们平安南下。妙玉见陈也俊并无俗流惋惜坚留情态，心中更爱他了，只是二人缘分有限，也只能相约于来世吧。妙玉说："鱼相忘于江湖，人相忘于道术。"陈也俊应道："天与人不相胜也，是之谓真人。"二人不禁相视一笑。这淡淡一笑，在妙玉来说是多年压抑心底的真情一现；在陈也俊来说，是对他多年苦苦期待的一个不小的回报。妙玉，乃奇妙之玉；陈也俊，虽系陈年故人，然而也是一块美玉——"俊"谐"珺"的音，"珺"，美玉也。他们都是世人意外之人，正所谓：芳情只自遣，雅趣向谁言？陈也俊按妙玉之意——谁也不惊动，悄悄地走——为她安排了一切，只是为了一路安全，特从好友韩奇处，借来一位忠实可靠的男仆——当年是跟随贾宝玉的小厮焙茗，如今已然成年，贾府败落后流散到韩奇家——负责将妙玉四位女流送抵目的地。妙玉临上船前，从袖中抖出常日自己吃茶的那只绿玉斗来，递与陈也俊，也不说什么。陈也俊接过，揣入怀内，亦默默无言，二人就此别过。妙玉等上了船，焙茗又引船主至陈也俊前，陈也俊嘱咐再三，又格外赏了些银子，船主拍胸脯表示包在他身上，陈也俊方上马挥鞭而去，也不回头张望。

当日下午，船便解缆启航，可喜顺风，船行迅速。妙玉在舱中打坐，琴张在船尾与焙茗闲话。琴张叹道："总算是叶落归根。京都几年，恍若一梦。论起来，那荣国府对我们不薄，这样的施主，恐再难遇到。只是他家败得也忒惨些了，那贾宝玉好不容易放出监来，允回原籍居住，不曾想竟又被严鞠枷号……"说到这里忙打住，怕把"皆是为了我们师父藏有祖传成瓷的缘故"等语逸出口来。那焙茗四面望望，悄声跟她说："你们哪里知道，那被枷号的宝玉，不是贾宝玉，是甄宝玉！"琴张一时不明白，道："可不真是宝玉吗！"焙茗便说："那日随韩公子赶堂会，路过闹市，正将犯人们枷号示众，我亲眼见了，虽说他跟我们二爷长相上真是没有一丝差别，可我们俩人一对眼之间，我立时便知道那绝不是二爷……二爷跟我，历来是一个眼神儿，就什么都齐了！可那人……他虽满眼的冤屈，那眼神儿却不跟我过话儿，我定神一想，他准是那甄家的甄宝玉，他家在金陵被抄检后，逮京问罪，倒比我们贾家倒霉得还早些，听说他后来跟乞丐为伍，每日在泡子河靠唱莲花落谋生……那忠顺王爷他们是认错人了！"琴张闻言，抚着胸脯道："阿弥陀佛！原是不相干的一位冤大爷……"焙茗皱眉沉吟道："不相干吗？……只怕我们那位真的，还不知道，若是知道了……怕是要弄假成真了！"琴张道："怎么你满嘴真真假假、假假真真的？我都糊涂了！"焙茗便道："原难明白的。记得二爷跟我念叨过，曾在梦里见着一座大牌坊，那上头有副对联：假作真时真亦假，无为有处有还无。你能明白吗？"说着有船工走来，二人忙止住话头。

当晚入睡前，琴张把从焙茗那里听来的话，跟妙玉学了番舌。

妙玉眉梢略有颤动，却缄默无语。

几日后，船至临清，靠拢码头，补充给养。妙玉让琴张打听一下，忠顺王爷的船队经过了有多久？琴张颇觉纳闷儿，打听这个作甚？但对师父的吩咐，她从来都是不打折扣地尽快执行。自己不好向船主开口，便转托焙茗探问。焙茗问那船主，船主道："快别提那钦差！他们二十来只大船，昨天才走，把这岸上的鸡鸭鱼肉、时鲜菜蔬拣好的挑走了也罢，竟把那面筋、腐竹、粉皮、豆芽、鲜蘑、竹荪……凡好的也搜罗一空，你们要上好的斋饭，只怕只有到苏州上了岸，自己想办法去了！我给你们好不容易弄了点青菜豆腐，将就点吧！到了瓜洲，他们怕要停留多日，好的自然他们占先，只怕那时连像样的豆腐也弄不到几块了——他们那差役拿走东西向来不给钱，你想就是有东西，谁愿意摆出来卖呢？"这样总算弄清楚，忠顺王爷的船队且走且停，并未远去，或许就在前面一站。

又过了几日，入夜时分，只听见船下浪声要比往日激昂，从船舱的窗户望出去，依稀可辨的只有浩渺的江水，不见两岸轮廓，知是运河已汇入大江。再细往远处看，两三星火，闪烁不定，摇橹的船夫高声道："瓜洲到了！"

天亮前，他们一行的船已靠拢码头。所泊靠处，已在码头的边角上，因为码头正中，泊着忠顺王爷的船队。那王爷作为奉旨出巡的钦差，沿途各站的官员竭力奉承，船队的每只船上都插着旗帜告牌，停泊时周遭有小艇巡逻，不许民船靠近。

天色大亮。早餐毕，妙玉让琴张和嬷嬷们上岸走走，只留焙茗在舱外以防外人骚扰。正欲打坐，忽听船舱外传来打骂声与哭辩声，那后一种声音里颇有相熟之韵，不禁侧耳细听，越发觉得非同寻常。

将窗帘掀开细观，只见是一只在江中兜生意的花船，只有棚顶，露出船上所载之人，是一个鸨母和几个妓女，那鸨母正在打骂那抱琵琶的妓女，道："你那舌头就该剪下一截！'二月梅'三个字都咬不准，什么'爱月梅''爱月梅'的……本以为你是棵摇钱树，谁知道是白费我的嚼用！"那抱琵琶的只是不服，争辩道："我改好了多少的唱词儿，你怎么就不算这个账了？……"妙玉心下判断已定，顾不得许多，忙到舱门边，掀开门帘，招呼焙茗，命他将那花船唤过来，告诉那船上妈妈，只要那琵琶女过这船来，银子多给些无妨。焙茗虽大不解，却也照办了。琵琶女过了船，付了那鸨母银子，言明两个时辰后再来接，那鸨母喜之不尽，花船暂去了。

那花船上的琵琶女，不是别人，便是史湘云。原来她未及出嫁，两位叔叔便被削爵判罪，家产罚没，所有人口尽行变卖，她被辗转卖了几次，这时流落在瓜洲渡口，每日被遣在花船上，由鸨母监督和另几位姐妹兜揽生意。她因有些咬舌，唱功自然不如其他姐妹，只能以演奏琵琶等乐器取悦客官，为此被鸨母打骂也非止一日。被妙玉唤上船后，两个人待在船舱里，妙玉关拢了门窗，也不曾有琵琶弹奏及吟唱之声，移时，只有幽幽的哭泣之声逸出，究竟两个人都说了些什么，别人何以得知？那守卫在窗外的焙茗，不曾认出史湘云来，只管望着江水发愣。

且说琴张回到船上，进到妙玉的舱房时，舱房面貌已恢复如初。琴张本想报告些岸上的见闻，却见妙玉已命船工与焙茗将她事先做了记号的四只箱子，摆放在那里，颇觉诧异，未及开口问，妙玉便对她说："琴张，我们要就此别过了。"琴张几乎不相信自己的耳朵，且连为什么也问不出来了。妙玉沉静地说："这些年来，你跟着我，真难为你了。也不是谢你，也不是补偿你，这只最重的箱子，你拿去。里头有什么，打开自然明白。两位嬷嬷，也很不容易，那两只箱子是给他们的。这只最轻的吗，焙茗护送我几天，麻烦他了，转交他吧。这四只箱子的锁，我都给你们换了寻常的，钥匙都在锁上，你们各自管好吧。"琴张这才急着问："师父要到哪儿去？这里才是瓜洲，还没过得大江，离苏州还远呢！临出京的时候，您不是说，我们还可能要走得更远，说不定要去杭州吗？我还当您要带我们去灵隐寺呢！"妙玉说："我要带上六只箱子，在这里下船了。"琴张急得哭了，因问为何要在这瓜洲下船，且为何弃她不要？并发誓要追随妙玉，不愿自去。妙玉道："我去一架枯骨那里，往烂泥潭里跳，比如下地狱了。这是我的运数。你为何要白赔在里面？"琴张听不懂她的话，但知师父从来是主意既定，驷马难追，九牛难拗，哀哀地哭个不停。妙玉竟由她哭个痛快。

9

翌日，在京城和瓜洲渡发生了两桩性质相同的事情——都是唯有"世人意外之人"才做得出来的。

在京城，贾宝玉到官府自首，使甄宝玉获释。本来，甄宝玉被冤屈的消息，蒋玉菡、袭人等一直不让贾宝玉知道，但这件事终于还是被贾宝玉听说了，他趁藏匿他的人不备，走出了那处所，径直去了官府。不过他当然不会说出成瓷收藏者是妙玉这一真相，为使妙玉有更从容的时间躲藏到最安全的地点，他对官府说他家的成瓷可能藏在了大观园沁芳闸底下，官府于是派公差去挖掘，那工程很麻烦，先要抽干积水，清掉淤泥，才能进一步寻找。最后不可能找到，贾宝玉自知难免一死。但他自从林黛玉沉湖后，已离家出走，当过一回和尚，对生死问题已有憬悟。后他还俗与薛宝钗成婚，两人只是名分上的夫妻，并无房中之事。两府被抄后，他也身陷缧绁，更看破了生关死劫，因此为解脱甄宝玉、掩护妙玉，他不仅视死如归，心境还格外地平和安详。

在瓜洲渡，琴张、两位嬷嬷，还有焙茗，被妙玉遣散，他们带着妙玉赠予的箱子，各奔前程。那焙茗用那箱里的赠物换了许多银子，赎出自己，此是后话。

琴张等分别离去后，妙玉便带着六只箱子，径到忠顺王爷面前去出首。她平静地对忠顺王爷说："你所追查的那成瓷五彩小盖钟，出自我处。那日贾府老太太等到我那栊翠庵里吃茶，因她只吃了半盏，就递给她家一个穷婆子亲戚吃了，我嫌那婆子肮脏，不要那盖钟了，是贾宝玉看不过，要去赠给了那穷婆子的。当日宝玉在山门内将那盖钟递与了老太太的一个小丫头，当时叫靛儿，如今就在你府里，改叫靓儿了——此事可与她当面对证！你以为那贾府有多富贵？他们哪来的成瓷珍藏？若不是我家祖上将世代搜罗的珍瓷奇宝传给了我，我也不能有这许多！不是我说狂话，我这些箱子里任一样东西，只怕你把宁、荣二府用篦子篦过，再掘地一丈，也未必找得出一样旗鼓相当的！光你看迷了眼的成瓷小盖钟，就还有许多，更不消说还有比那珍奇百倍的稀罕物，也不光是宋朝的柴窑、汝窑、官窑、哥窑、成窑的名瓷，举凡元朝的青花五彩瓷、明朝的永乐窑、宣德窑、成化窑出的瓷……我这些箱子里都有！也不光是名瓷，其余的宝贝多得很，像晋朝王恺先珍玩过、后来宋朝苏东坡又镌过字的葫芦饮器，整只暹罗犀牛角精雕出山水楼阁的钵杯……王爷虽一大把年纪，此前怕也未必见识过吧！……"一番话把王爷听得心中怦怦然好不垂涎，因道："既如此，你快打开这些箱子，让我一一过目！"妙玉冷笑道："取出几样让王爷过目，原也容易。只是王爷过目后，要赶快发话放人才是，若不把那贾宝玉放出，我是绝不开箱的。"王爷道："若真是成瓷等珍宝都在你处，那贾宝玉确实没有，倒也可以放人。"妙玉道："你且下文书，让驿站速递京师，发话放人。"王爷道："你且开箱，我目验后，你话不虚，我全数收下，那时自然可以依你所求。"妙玉冷笑更深，因道："岂有此理！我带箱子来此，为的是证明贾宝玉无辜，你放人本是应当的。圣上的王法，抄家不涉及家庙，虽把贾家的文玩珍宝赏给了你，却并不包括家庙里的东西，何况这些东西是我祖上所传，并非贾氏所有，王爷凭什么全数收下？"那王爷虽为妙玉的抗辩所激怒，但妙玉的美貌，他乍见时已心中酥痒，而应答中的那一种冷艳，更令他意醉神迷，遂爽性霸道地宣称："你既来了我这里，怕就由不得你了！我给你定个窝藏贾氏财产的罪名，易如反掌！你带来的这些个箱子，我全收了不算，连你这人，也别想走脱了！把你先枷号起来，拶你几堂，就算是屈打成招吧，我总是立于不败之地，你到何处喊冤？何人敢为你申冤？"妙玉此时笑出了声来，环顾在场的下属军牢仆众——他们均屏息侍立，低眉顺眼，不敢稍有表示——朗声道："众位都听清了！这就是王爷、钦差大臣的金言玉语！原来一贯只是这样的本事！我料到如此！"又笑对王爷说："你这一架枯骨！你这一塘泥淖！我今天既敢登门拜访，便'既来之，则安之'！好好好，我箱子留下，人也不走！只是你务必即刻写下文书，命驿站速送京都，速速把贾宝玉放出！"王爷大怒，拍案道："你一个尼姑，竟敢跟我发号施令！你腔子里有几个胆？你且先给我打开一只箱子！"妙玉只是不动，王爷命下属们："给我强行打开！"下属去看那箱子，原来每只箱子上都用一把怪锁锁定，那锁并不用钥匙来开，是九连环的模样。妙玉冷冷地说："你们谁也开不了，这九连环锁需得我亲自来解，你等就是在旁看着，怕也难学会——莫说不能强行开箱，就是我自己，倘有一丝差错，箱子里设有机关，它便会猛地发作，将里面的瓷器立时夹成碎片。这是我祖上为防偷盗，特制作的，解九连环锁的功夫，传到我已是第五代了，你们要想将箱里的珍瓷尽行夹碎，我也无奈！"王爷将信将疑，忽然一跺脚，指着一只箱子，命下属取钳子来，强行把锁扭落，下属刚把锁头扭动，只听箱中豁啷啷一阵乱响，掀开箱盖，果然里面所设的竹夹已将所有珍贵瓷器尽行夹碎。妙玉双手合十，道："阿弥陀佛！罪过！罪过！"王爷暴怒，对妙玉大吼："你给我解锁开箱！不开，我杀了你！"妙玉道："杀了我，是我的造化。"只管闭眼念佛。王爷见她那闭眼念佛的模样，竟更妩媚挠心，心想毕竟不能人财两空，而应人财两得，稍平了平气，坐回太师椅上，喘了一阵，道："没想到，你倒厉害。原来你是样样都筹划好了，跟我来做交易的。"妙玉道："我本槛外之人，原不懂风尘中交易二字何意，但为拯无辜于冤狱，少不得自跳淖泥、甘堕地狱，竟到槛内，与你来做此桩交易。"王爷向左右下属仆人等递过眼色，均躬腰后退。妙玉笑道："其实光天化日之下，扰扰人世之中，既做交易，何避耳目！你我两方，在你来说，必欲人财两得；在我来说，必欲那贾宝玉被释且安全无恙。你不见我亲手开箱、取出成瓷等珍奇古物，如何肯放人？我不见你真的放人，又如何肯真的开箱取宝？

若不能真保证那贾宝玉的安全，我又岂甘白璧就污？"王爷问道："你我皆不愿受骗上当，这交易如何进行方妥？"妙玉问："你在这瓜洲渡，还可滞留几日？"王爷道："在此依旨尚有附带公务，需再停留四五天，八天后抵杭州，验收海塘。"妙玉道："好。不必到杭州去了结了。我带来的六箱珍宝，已被你毁掉一箱，尚余五箱。你下文书派驿马速送京都，释放贾宝玉后，我为你打开一箱。那贾宝玉释放后，你要安排让他即刻到张家湾登舟，昼夜兼程来此瓜洲渡。他路上每行一日，我给你解一把九连环锁，大约打开三箱后，即可抵达，我要亲自看到他，问明情况属实，待放他走远后，方打开那最后一箱——自然是登峰造极的一箱，里面每一样文玩，皆价值连城自不消说，只怕那奇光异彩、迷离闪烁，将你三魂六魄，尽悉摄去，也难抵挡。"王爷眯着眼、咂着舌，狞笑着道："每日开一箱，倒也是渐入佳境的法子，亏你设想得出。只是那最摄我三魂六魄的是什么？何时方与我共入红罗帐？如无此乐，那贾宝玉我到头来是不能放掉他的！"妙玉咬牙道："你须知道：佛能舍身饲虎！"

忠顺王爷命文书写下信函，当即派驿马快递都中，以释放贾宝玉。妙玉果然打开了一只箱子，里面是整套的官窑脱胎填白餐具，光润莹洁、璀璨夺目，王爷见了喜之不尽。那妙玉解那九连环锁时，兰花指如玉蝶翻飞，令旁观者眼花缭乱，实在是无法偷技。王爷颇后悔乱开了一箱，损失约有万金之数，不过即使是那些碎片，托程日兴等卖去，恐也还值白银千两，忙命依然收好。王爷准妙玉暂居一舱，供以素食，每日白天打坐，傍晚当面开箱，二人交易，竟俨然按部就班地进行。

10

秋风劲吹，船篷鼓胀，忠顺王爷府的人，带贾宝玉顺运河乘风而下，三日后，竟赶到了瓜洲渡。

宝玉原不知究竟为何如此，只以为是强行将他遣返金陵祖茔。船靠瓜洲渡码头，他还问："几时渡过镇江去？"谁知竟不再南渡，唤他下船，被引到忠顺王爷的大船上，那船舱颇为宽敞，隔为里外两大间，外间布置成官衙景象，一进去，军牢快手两边肃立，劈头望见那王爷坐在案后，神气活现、志满意得，竟当即喝问他道："贾宝玉，你谎报成瓷藏匿地点、戏弄官府、藐视王法，死有余辜。现念你家确实并无成瓷庋藏，杀你无趣，将你释放，你知感恩戴德吗？"宝玉并不回答，心中只是反复揣测，王爷究竟玩的什么花样？自己死不死早已无所谓了，倒是仍须格外小心，不要因为自己再牵累别人。那王爷鼻子里哼哼几声，以壮威严，接着说："我公务在身，日理万机，哪有许多工夫跟你啰唆！现在只跟你撂明一句话：好自为之，滚得越远越好，休再让我觉得碍眼！如若不然，小心你的性命！"说完挥手令两厢人等退到舱外，又道："你滚以前，让你见一个人。这是我和她的交易，她既该交货时交货，我又何必藏掖拖延？"扭头朝里间唤道："妙玉！你要的货到了！自己出来验明正身！"宝玉正大疑惑间，妙玉忽从里间闪出，宝玉简直不敢相信自己的眼睛，那果真是多时不见的妙玉！妙玉上下打量了宝玉一番，问："还记得那年在栊翠庵，我用无锡二泉水，烹茶请你们品的事吗？"宝玉纳罕至极，不由得说："那回你分明是用苏州玄墓蟠香寺梅花上收的雪水，烹给我们吃的呀！"妙玉点头道："怕他们拿甄家的那个宝玉诬我。你如此说，我放心了！"宝玉问："你怎么在这里？"妙玉只是说："我为先天神数锁定于此。"又指着一旁王爷说："我不得不屈从这架枯骨。我的功德，只能如此去圆满。他放走你，必得玷污我。我若不依，你我皆难逃脱。所以今天我现真面目于你，可知我面上虽冷，心却无法去其热。我恨不能日日在九重天上，到头来却不得不堕地狱。然而我无怨无悔。从今后，你且把我忘却到九霄云外，将原来所有印象，揩抹到星渣皆无，才是正道！"宝玉悟到是妙玉牺牲了自己，以换取自己的自由，不禁垂泪道："何必救我？莫若一起死去！"妙玉道："你忘了？你曾疾呼过'世法平等'，难道你能挺身而出，救那甄宝玉，我就不能救你吗？人是苦器，俗世煎熬，于己而言，原无所谓，不过若是他人因己蒙冤受难，那时无动于衷，置若罔闻，则一定万劫不复了！"王爷望着二人狞笑道："行了行了！宝玉快走！哪得许多的酸话，说个没完？"更对宝玉说："妙玉她原执意要见了你，方让我近身，我哪里上那个当？她不答应，我便让驿马速去阻你南下，将你结果，她知我说到便能做到，不得不违心俯就，哈哈，昨日已将她把玩，果然如花似玉、妙不可言！"复又对妙玉说："你可不要赖账！我放走宝玉，那最后一口箱子，你可要给我解开那九连环！赏过那些登峰造极的宝贝，我可就要命船队过江南下了！"宝玉只觉得心如刀剜，妙玉竟并无狼狈之色。

妙玉问王爷："我让你派人把那花船上的琵琶女叫来，可已在外等候？"王爷说："还有这事？我已忘到爪哇国了。"不过他还是唤人把那琵琶女引了进来。那女子进到船舱，劈头望见宝玉，先是发呆，后来一顿脚，叫了声"爱哥哥"，便大哭不止。宝玉大惊，近前细觑，竟是史湘云！一阵晕眩，几疑是梦，忙掐自己人中，湘云确在身前。妙玉一旁道："我已付给那老鸨身价银，湘云亦自由了。你们二人一起远走高飞吧，去得越快越好，越远越好。"王爷不耐烦了，催道："我这里是何等地方？你等岂能久留？快滚！"宝玉、湘云要谢妙玉，妙玉扭身便掀帘闪进了里舱。宝玉、湘云呆望着那门帘，如万箭穿心，只是出不得声。王爷大声驱赶，二人含泪携手走出大船，毕竟无人阻挡，过了跳板，上了岸，二人快步如飞，转瞬消失在蒙蒙秋雾之中。后来宝玉、湘云重新得到各自的金麒麟，一起在僻静的乡野里度过了一段如梦如幻的生活，正是：寒塘渡鹤影，清贫怀箪瓢。

11

那晚王爷一再催促妙玉打开最后一只箱子。妙玉一再说："你派人追杀宝玉他们了吧？似你这种心肠的人，向来言而无信，惯会杀人灭口，我不能再让你得到这一箱绝世奇珍。"王爷至于赌咒发誓，丑态百出地央求说："我的妙姑姑、妙奶奶，行行好吧！我杀他们有甚趣味？这一箱的绝世奇珍好让我心痒难熬！你快让我一饱眼福吧！你的心思，或是怕打开了这一箱后，我倒把你杀了吧？我知你不怕死，只是我现在把你亦视作无价之宝，一刻离不得你呢！因此刻是奉旨出外办事，有诸多不便，你且忍耐，一回京都，我就休了那大老婆，将你迎为正妻；那秋芳我也再不理她！至于那个靓儿，专会告密，实在讨嫌，早晚将她乱棍打死！"妙玉只是延宕时间，王爷也知，那是为让宝玉、湘云二人能安全远遁。

第二天船队便要浩荡南下，这一晚大船小艇挤在码头，王爷的那只最大的船拥在最当中。直到王爷要脱衣就寝了，妙玉经王爷一再催逼，这才到那箱边蹲下，欲解那九连环。王爷伸长脖子，双眼瞪得铜铃般大，期待着那能将三魂六魄尽悉摄去的奇珍异宝显现。妙玉手碰到了九连环锁，抬头问："可真要我开？"王爷见妙玉脸上现出怪异的笑容，那笑纹里分明迸射着复仇的快意，便知不妙，意欲躲开，然而哪里还来得及？只见妙玉将九连环锁拼力一拉，里面早已安装好的机括，击出火花，将满箱的烟花爆竹顿时点燃，轰隆一声，箱盖炸得粉碎，火星四射，噼啪乱响，船舱内帐幔等物立刻燃烧起来，蹿动的火苗迅即使木制船舱变成一团火球，王爷要往外逃，妙玉狂笑着死死抱住了他一只腿……

主船着火，殃及周围，火借风势，很快使大船小艇燃成一片火海，仓皇之中，如何扑救？下属军牢等只知纷纷跳水，各自逃命，一片鬼哭狼嚎之声。

岸上不少百姓，被火光声响惊动，披衣上街，涌到码头附近观看，一时议论纷纷，众说不一，或双手合十口中念佛，或暗中称快大遂于心。只见火势越演越炽，王爷所在的那只大船舱顶在烈焰中坍塌，内中那只引起大火的箱子里，有更多的烟花被启动爆裂，那是些十分美丽的烟花，升腾到夜空中，或如孔雀开屏，或似群莺闹树，或赛秋菊怒绽，或胜珊瑚乱舞，此灭彼亮、呼啸相继，真是奇光异彩、迷离闪烁，倒映在滔滔江水中，更幻化出光怪陆离、诡谲莫测的魑光魅影……

岸上的观火者，几疑置身在元宵佳节，每一种烟火腾空爆绽，都引出一阵抍掌欢呼。烟火停顿了，众人皆以为到此为止，但心中都企盼能再饱眼福，许多人不改那翘首之姿，双眼仍凝视深黛色的夜空。这时那瓜洲官衙派出的救火兵丁才迟迟而至，厉声喝道，勒令众人回避。忽然，熄灭一时的烟火又有一只高高蹿向天际——那是妙玉事前绑在自己心口前的一只，直到她在烈焰中涅槃时方爆裂迸飞——挪步欲去者忙煞脚仰望，人们互相指点，连兵丁们亦不由得驻足观看，只见那只烟火升至极高处，缓缓绽出一片银润洁白的光焰，并终于显现为一朵巨大的玉兰花，久久地停留在茫茫夜空，那凄美的玉兰花仿佛静静地俯瞰着扰扰人世，品味着人间恩怨情仇，终于，在悲欣交集中，渐渐地隐去……

1999 年 1 月 4 日，完篇于绿叶居

【后记】

1993 年 6 月，我完成了《秦可卿之死》的写作。1995 年 8 月，完成了《贾元春之死》的写作。现在我又写完了《妙玉之死》，终于了结了一桩久存于心的誓愿。这三篇小说，凝聚着我在《红楼梦》探佚方面几乎所有的发现与心得。三篇小说整合在一起，不仅是对秦可卿、贾元春、妙玉的命运结局来了一回大解谜，而且还附带提及"金陵十二钗"中另外九钗在八十回后真实状况，以及诸如贾宝玉和宁、荣两府的其他老少爷们，还有甄宝玉、柳湘莲、冯紫英、卫若兰、贾芸、小红、袭人、平儿、鸳鸯、茜雪、焙茗、贾蔷、龄官等诸多人物的命运发展线索或最后归宿。现在一般的读者，所读的《红楼梦》大多是被"红学"界称为"通行本"，即把高鹗所续

的后四十回连缀在前八十回后的版本，不少读者以为高鹗所写的那些东西，大体上就是曹雪芹原来的构思，现在我要再一次向这些读者大声疾呼：不能相信高续！高鹗出生比曹雪芹晚半个来世纪，两个人根本不认识、无来往，高鹗在曹雪芹去世二十五六年后才续《红楼梦》，他们二人绝非合作者，况且高鹗的思想境界与美学追求与曹雪芹不仅相去甚远，简直可以说是常常地背道而驰。有的"红学"家，如周汝昌先生，认为高续不仅糟糕，而且是一种阴谋，是故意要把一部反封建正统的著作，扭曲为一部到头来皈依封建正统的"说部"，也许他的论证尚需更强有力的材料来说明，但那思路的走向，我是认同的。从现存的比较接近曹雪芹原稿的手抄本的一些署名脂砚斋、畸笏叟的批语中，我们可以发现不少证据，证明曹雪芹是基本上写完了《红楼梦》全书的（这部著作在脂砚斋笔下，一直把《石头记》作为最终定稿的书名）；可惜由于种种仍需探幽发隐的复杂原因，只存下约八十回，八十回后均令人痛心地迷失无踪了！八十回后应该还有多少回？未必是四十回，"红学"界有认为是三十回的，有认为是二十八回的，我个人比较倾向全书一百零八回的判断。

高鹗对曹雪芹原意的歪曲与亵渎，在对妙玉的描写和命运结局的安排上体现得最为严重。他把第五回"太虚幻境"里"金陵十二钗正册"中涉及妙玉的判词"欲洁何曾洁，云空未必空"，竟理解成此人肉欲难抑；后来同样影射人物命运的《世难容》曲里，有一句"到头来，依旧是风尘肮脏违心愿"，他显然把"风尘"狭隘地理解成了类似成为妓女那样的状况，把肮脏就按通常俗语那样理解成了"龌龊"，这是绝大的错误。历年来已有若干"红学"家指出，

"风尘"不止有"流落风尘"这一种用法，也可以理解成"红尘"即俗世的意思，而肮脏在古汉语里读作 kǎng zǎng，是不屈不阿的意思，如文天祥的《得儿女消息》诗有句曰："肮脏到头方是汉，娉娉更欲向何人？"由于《红楼梦》前八十回里妙玉只在第四十一回和第七十六回里正面出现了两次，其余的暗写也仅寥寥四次（大观园落成后，林之孝家的向王夫人介绍她的来历；元春省亲时，曾到园中佛寺焚香拜佛题匾；李纨罚宝玉去栊翠庵讨红梅，妙玉后来又给了薛宝琴及众人红梅；宝玉寿辰她派人送贺帖，引起邢岫烟的议论等），所以读者在前八十回里觉得这个人很难把握。周汝昌先生认为，妙玉和秦可卿属于类似情况，也是罪家之女，被贾府藏匿在大观园中，后来贾氏获罪，这也是一条罪状。我原也曾顺这思路揣摩过，结果得出了不同的判断：以王夫人的胆识，她是绝不会在经历过"秦可卿风波"后，做主再收容罪家之女的，何况是将其安排在贾元春即将莅临的省亲别墅之中；她不等林之孝家的回完，便允妙玉入园，林之孝家的道，妙玉说"侯门公府，必以贵势压人，我再不去的"，王夫人竟笑着决定下帖子请她；倘是藏匿罪家之女，会这样轻松吗？还主动留下字据！在有的抄本上，这一段对话里，"林之孝"先写作"秦之孝"，后将"秦"字点改为"林"，此点大可注意，我以为，这样的蛛丝马迹，显示出曹雪芹从生活原型到艺术形象定位时的一些来回调整的苦心。我对妙玉家世来历与命运走向的探佚，便循着这样的一些线索前行。

在透露妙玉结局的《世难容》曲里，"好一似，无瑕白玉遭泥陷；又何须，王孙公子叹无缘"究竟怎么解读？许多人，包括不少的"红学"家，都认为"王孙公子"指的就是贾宝玉，我却不敢苟同。贾宝玉只爱林黛玉，只期盼着能与林黛玉终遂"木石姻缘"，这在书中写得非常清楚，他对薛宝钗、史湘云都无姻缘之想，怎么会对妙玉"叹无缘"呢？一般读者容易觉得妙玉在暗恋宝玉，最明显的证据是她把自己平日吃茶的那只绿玉斗拿给宝玉吃茶，又在宝玉过生日时派人送去贺帖，但这恐怕全是误会。妙玉确实放诞诡僻，可是她在大观园中，明明知道宝玉与黛玉、宝钗已构成了一个"三角"，倘再加上湘云，已是"四角"，难道她还想插足其间，构成"五角"，谋一"姻缘"吗？这是说不通的。其实，在第十四回里，曹雪芹开列来给秦可卿送殡的名单，有这样的句子："余者锦乡伯公子韩奇，神武将军公子冯紫英，陈也俊、卫若兰等诸王孙公子，不可枚数。"冯紫英在前八十回中的"戏份"已然不少，据"脂批"透露，卫若兰在八十回后将是一个正式登场的人物，且与金麒麟这一重要道具有关，这大家都是知道的，那么，紧接在冯紫英之后，又紧排在卫若兰前面的陈也俊，难道只是一个"顺手"写下的名字，在书中仅显现一次而已吗？我们都知道《红楼梦》的艺术手法，是"一树千枝，一源万派，无意随手，伏脉千里"、"一击两鸣"、"武夷九曲之文"，又频频使用谐音和"拆字法"来点破或暗示人物的品格命运，这是曹雪芹给我们当代用方块字写作的小说家们留下的宝贵美学遗产，不但不应怀疑亵渎，而且应当发扬光大。我由此大胆推测，对妙玉"叹无缘"的王孙公子，正是这个明点出了属于"王孙公子"系列的陈也俊。

"金陵十二钗"里，唯一既无贾、史、王、薛四大家族血缘，也未嫁到这些家族为媳的，仅妙玉一人，且排名第六，竟在迎春、惜春、王熙凤等之前，这说明在曹雪芹的总体构思中，她一定会起着非同小可的作用。倘从她和贾宝玉的关系上考察，则他们二人的契合点，应是她认定宝玉是个"些微有知识的"，而宝玉深知她是个"世人意外之人"，他们的那种精神境界，是一般常人难以企及的。误会为双方有"姻缘"之想，是因为八十回后关于他们关系的描写皆尽迷失。我现在的探佚成果，已呈现在大家面前，我想这样解释妙玉在贾宝玉命运中的至关重要、不可取代的作用，至少是自圆其说的吧！

我这篇关于妙玉命运结局的探佚小说，一是根据前八十回文本，特别是诸多细节，如茜雪因枫露茶被撵；靓儿在"薛宝钗借扇语带双敲"时受辱；独小红能说出"千里搭长棚，没有个不散的筵席"等悟语；贾宝玉在袭人家看见了其两姨妹子"红衣女"，认为正配生活在深堂大院，且可作为亲戚；傅秋芳二十三岁未嫁，傅家嬷嬷议论宝玉的痴行痴语；王熙凤与贾琏的关系经历了"一从二令三人木"的三个阶段（"人木"即"休"字），后"哭向金陵事更哀"；关于巧姐儿的《留余庆》曲里说"劝人生，济困扶穷，休似俺那爱银钱忘骨肉的狠舅奸兄"；关于李纨的《晚韶华》曲里，批判她"虽说是，人生莫受老来贫，也须要阴骘积儿孙"；板儿曾在大观园里用佛手换来巧姐的香橼；妙玉赞"文是庄子的好"……等等，当然，最重要的，是从那只成窑小盖钟，衍化出一波又一波，直至推向最高潮的艺术想象；另一探佚的根据，则是脂砚斋、畸笏叟的批语，如"狱神庙回有茜雪、红玉一大回文字"，"小儿常情，遂成千里伏线"，"伏芸哥仗义探庵"〔有把"探庵"说成就是"探（狱神）庙"，我认为此处明言"探庵"，应是指去了栊翠庵〕……其中我最看重的，是南京靖应鹍藏本第四十一回，在叙及妙玉不收成窑杯的文字旁的这条批语："妙玉偏辟［僻］处，此所谓'过洁世同嫌'也。他日瓜洲渡口，红颜固不能不屈从枯骨，各示劝惩，岂不哀哉！"（原过录批语错乱太甚，此校读参照了周汝昌先生的研究成果）因"靖本"已迷失无踪，因此有人认为像这样的其他抄本上没有的独家批语是作伪者杜撰，我认为不可能是作伪，因为找不出"作案动机"。我从这条批语出发，将种种线索融会贯通，结撰出了现在这样一系列情节，故事结尾的空间，便安排在瓜洲渡口。

《红楼梦》是我们中国文学的瑰宝，曹雪芹是中国最伟大的小说家，我对《红楼梦》前八十回百读不厌，对曹雪芹的美学造诣十分景仰，研读《红楼梦》、探佚其八十回中的修改缘由，特别是探佚八十回后的人物命运、情节发展，使我沐浴在母语的至美享受之中，沉迷于中华优秀传统文化的丰富厚重、奇诡神妙之中。之所以不揣冒昧，把自己探佚的成果以小说的形式呈献与喜爱《红楼梦》的读者们，正是因为我坚信，《红楼梦》里仍有我们发展当代中国文学取之不尽、用之不竭的思想和美学滋养！感谢读我"红学探佚小说"的人们，欢迎批评指教，祈愿有更多的"红迷"涌现！

1999 年 1 月 5 日凌晨，绿叶居中